法医秦明

VOICE OF THE DEAD

万象卷 06

HIDDEN
EYES

偷窥者

法医秦明 著

死亡不是结束
而是另一种开始

江苏凤凰文艺出版社
JIANGSU PHOENIX LITERATURE AND
ART PUBLISHING

图书在版编目（CIP）数据

法医秦明.偷窥者/法医秦明著. —— 南京：江苏
凤凰文艺出版社，2022.12（2025.9 重印）
ISBN 978-7-5594-7237-3

Ⅰ.①法… Ⅱ.①法… Ⅲ.①长篇小说 – 中国 – 当代
Ⅳ.① I247.5

中国版本图书馆 CIP 数据核字 (2022) 第 203239 号

法医秦明.偷窥者

法医秦明 著

责任编辑	周颖若
特约编辑	孙 琳
封面设计	王照远
出版发行	江苏凤凰文艺出版社
	南京市中央路 165 号，邮编：210009
网　　址	http://www.jswenyi.com
印　　刷	三河市中晟雅豪印务有限公司
开　　本	700mm×980mm　1/16
印　　张	21.5
字　　数	371 千字
版　　次	2022 年 12 月第 1 版
印　　次	2025 年 9 月第 16 次印刷
书　　号	ISBN 978-7-5594-7237-3
定　　价	52.80 元

江苏凤凰文艺版图书凡印刷、装订错误，可向出版社调换，联系电话 025-83280257

「我总觉得有人在看我……」

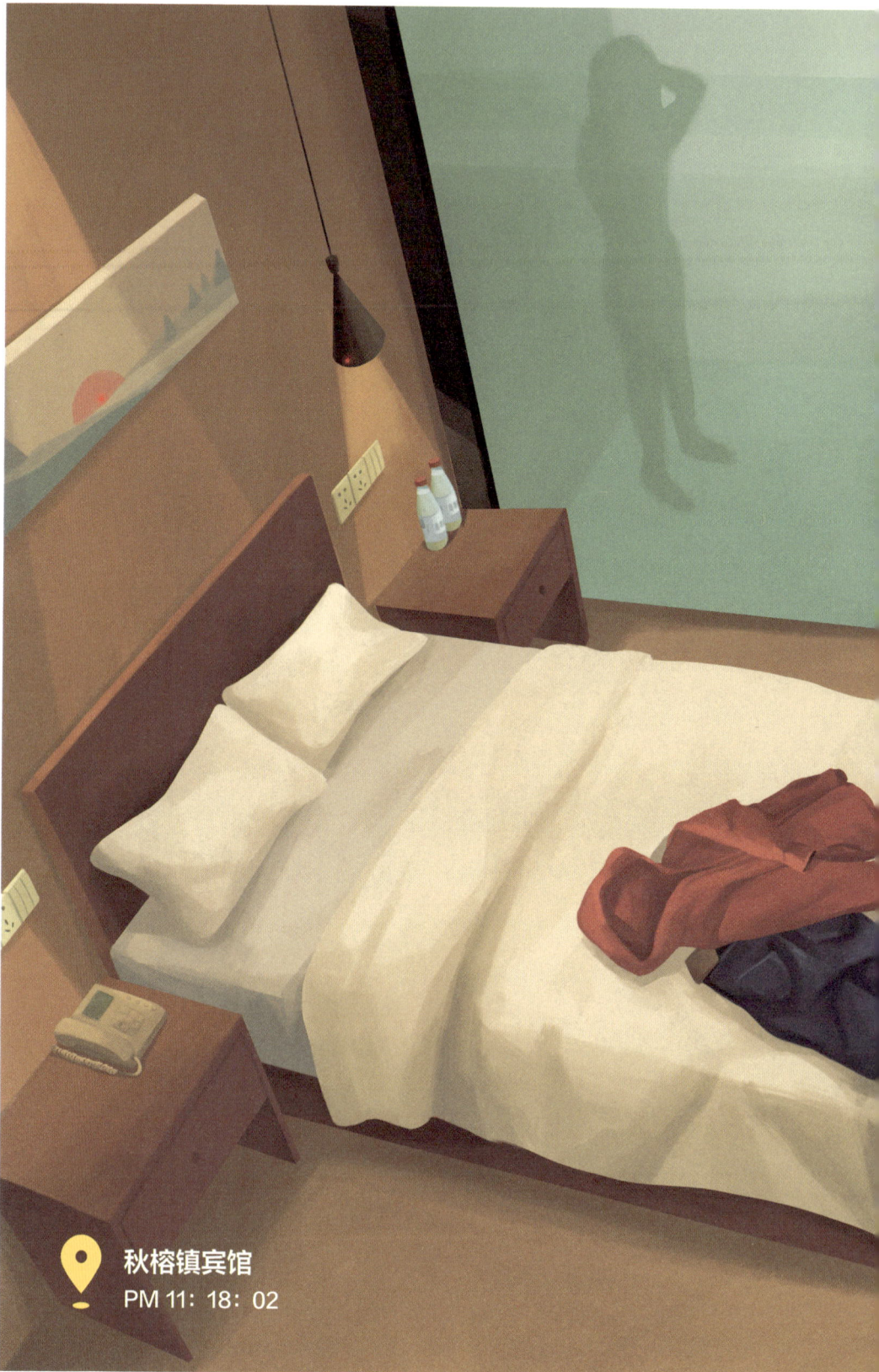

秋榕镇宾馆
PM 11: 18: 02

我深夜入住一家酒店，
反锁好门，拉上窗帘。
洗澡的水声让一切显得很安静，
但我总觉得有人在看我。

我满怀期待地走进试衣间，
脱下衬衫，试穿新款衣服。
昏暗的灯光让一切显得很安静，
但我总觉得有人在看我。

爱尔莉服饰店2层

PM 2：54：18

雅福居小区
PM 8: 22: 08

我疲惫地坐在书桌边，
时钟嘀嗒，
试卷好像怎么都写不完。
缓慢的笔尖让一切显得很安静，
但我总觉得有人在看我。

以前一个人时，

那一刻的时间、空间和身体，完全属于自己。

———

现在一个人时，

那一刻的沉浸、欣喜与私密，都可能被目光掠夺。

———

偷窥的镜头，无处不在。

镜头背后是无尽的深渊，把我深深地往下拽。

———

直到我没有一寸隐私、没有一丝秘密，甚至没有呼吸……

你能帮我堵上那些窥探的眼睛，让我安全地享受独处吗？

龙林省勘查小组 · 出场成员介绍

秦明

职业：法医、勘查小组组长。

学生时代就有"秦大胆"的绰号，从《尸语者》开始进入法医行业，在师父陈毅然的带领下，经历风风雨雨，成为更成熟的法医。勘查小组的同伴们喜欢喊他"老秦"，但实际上年龄并不算大。妻子铃铛是他在法医系的师妹，儿子小小秦刚出生不久。

林涛

职业：痕检。

林涛是秦明最早的搭档，负责检验现场痕迹、收集物证。

因为长相清秀，性情又温和，林涛走到哪里，总是特别容易引人注目。

但私底下他怕黑又怕鬼，每次勘查阴森恐怖的现场，都得鼓足一百倍的勇气。

李大宝

职业：法医。

大宝原先是青乡市的法医，后来进入省厅勘查小组，成为第二位法医成员。他对破案很着迷，也特别能吃苦，尽管时不时就要出差，也总是很乐观，口头禅是"出勘现场，不长痔疮"。《幸存者》里，"宝嫂"梦涵在婚礼前夜遇袭，几乎丧命。

陈诗羽

职业：侦查员。

在警校时，陈诗羽便是一个战斗力很强的优等生。尽管不擅长交际，但率直的她，也赢得了师兄弟们的真心佩服。虽然父亲是秦明的师父，但小羽毛凭借自己的实力留在了勘查小组。

韩亮

职业：司机。

韩亮是个神奇的富二代，因为对破案有兴趣，便以辅警的身份加入省厅，每天开车载着勘查小组往返在案发现场和解剖室之间。因为韩亮的资料搜索能力特别强，见识也很广，所以被小组成员们誉为"活百科"。

万象

死亡不是结束，而是另一种开始……

献给支持和热爱着法医工作的人

———————

法医
秦明
VOICE OF THE DEAD

/ 典藏版 /

新序

万劫不复有鬼手，太平人间存佛心。抽丝剥笋解尸语，明察秋毫洗冤情。

一双鬼手，只为沉冤得雪；满怀佛心，唯愿天下太平。

在写典藏版序言之前，我翻出《偷窥者》原版序言看了一遍，还真是感慨万千。距离我出版《偷窥者》已经过去了整整六年，真可谓时光荏苒、岁月如梭啊。

六年前，我刚开始写这本书的时候，对整体的写作规划还没有清晰的思路。当时它只不过是法医秦明系列的第六本书，我所期望的只是能把法医秦明系列一直延续下去而已。

《偷窥者》出版后，我和元气社的小伙伴一起讨论起了法医秦明系列的未来：是继续一本一本往下写呢，还是做一些新的变化？最终，我们决定把法医秦明系列分卷，将已经出版的六本书归为一卷，将未来计划出版的六本书归为另一卷，在不同的卷中进行不同的尝试，希望能让法医秦明系列变得更为丰富和多面。

于是，就有了你们后来看到的万象卷和众生卷。

万象卷就是法医秦明系列的前六本书，即《尸语者》《无声的证词》《第十一根手指》《清道夫》《幸存者》《偷窥者》。众生卷的六本书，则是《天谴者》《遗忘者》《玩偶》《白卷》《蝼蚁之塔》《骨钟》。当然，目前只出版到《玩偶》，后面三本还在写呢。

众生卷的书名比书出来得早，是因为它们都属于"命题作文"。

我在众生卷的每一本书里，都会集中探讨某一个主题。比如《天谴者》讨论的是社会责任；《遗忘者》抨击的是"女德"；《玩偶》揭露的是家暴。下一本《白卷》聊的则是和校园有关的话题。有了大的命题，我就会在创作的过程中，不断收集和挑选相关的素材。这对我来说也是一个很有趣的考验。

其实我们还策划了第三卷，叫人间卷，不过那都是后话了。

万象卷出版得早，版权也陆续到期了，再版的时候，我一本一本对它们进行了修订，也就是后来的典藏版。因为每本书的到期再版时间不同，所以万象卷的典藏版也是陆续上市，直到今年，也就是法医秦明系列初次登场的十周年，万象卷六本书的典藏版才终于集齐了。

万象卷的起点是《尸语者》，也是我根据自己真实经历写的一本法医手记。

或许是市面上很少有以法医为第一视角的悬疑小说，《尸语者》问世后受到了很多关注，法医秦明系列也就此诞生。为了保证这个系列的真实感和专业性，法医秦明系列里的每一个案子，几乎都有真实原型。为了搜集写作素材，我平时去现场都会带着一个小本子，如果遇到了有难度的案子或是听说了有意思的素材，睡前都会在本子上快速记录几笔。

万象卷的每本书里，基本上都有十几个案子。除了主线案外，所有的单元案基本上都是独立的。从任何一本书看起，都不会影响阅读。用《偷窥者》原版序言里的话来说，我希望通过这些形形色色的案件，展现出形形色色的人、形形色色的犯罪动机，从而揭露出复杂的人性。

人性不是非黑即白，每个人都有很多面。无论是好人还是坏人都一样。温柔和刚直一纸之隔，黑暗和光明一念之差。看到了人性的万象，或许也可以提醒我们，不要因为一念之差，而走上了岔路。

当年在为《偷窥者》的创作准备素材时，我也是花了很大的心思。这本书里，既有曾经轰动全国的案件，也有和当下环境紧密结合的命案。这也是很多读者特别喜欢《偷窥者》的原因。

每次修订典藏版，我都会先通读原版，再和编辑讨论决定如何改版。有时候，我会因为对某一个情节设计不够满意，而大幅修改主线案件（比如《幸存者》的典藏版）；有时候，我也会因为有很多想表达的东西，而把一本书扩充成了两本书（比如《尸语者》的典藏版）。这次，对《偷窥者》的修订也是一样，相信读过原版的朋友，也能从典藏版中获得一些新鲜感。

《偷窥者》主线案件的原型，是我在一次出差办案的过程中，无意中从我的一名老领导那里听来的。之后，我又通过多方考证，补充了解了案件中很多细节内容，所以在写起来的时候，整体算是比较顺畅。因为它是根据真实案件改编的，也确确实实地发生在我的身边，所以案情也格外接地气。

我记得在这本书出版后不久，就有相似的情节在网络上曝光了。很多网友因此还戏谑地说我是"乌鸦嘴"。其实我真的不是"乌鸦嘴"，只是人性向来便有阴暗面，当"偷窥癖"搭上了科技发展的便车，技术手段难免会给犯罪的发生提供了温床。

现在，六年过去了，信息化时代进一步发展，偷窥的手段和技术更是进一步提升，这类型的案件也层出不穷，涌出不少新的犯罪形式和手段。所以，借着《偷窥者》典藏版上市的时机，我觉得有必要再和大家深入聊聊"偷窥"的话题，希望能给大家带来一些警示性的内容和防范性的知识。

所以，我针对近年来发生的偷窥事件，查阅了大量的资料，撰写了一篇大约两万字的长文作为本书的番外。说老实话，写作的过程也是学习的过程，这个过程可能是痛苦的，结果却是很有成就感的。我和元气社的小伙伴们说，我写这一篇两万字长文薅掉的头发，比我写一本小说薅掉的头发还多。翻阅资料、整理结构、填充内容，每一项工作都很是煎熬，但我也因此学习到了大量的知识，对偷窥行为和隐私保护意识也有了全新的理解。所以我相信，这一篇干货满满的番外，一定会给你带来不少收获。

照例声明：法医秦明系列依旧会保持本色：一、以个案为基础，加入穿插全书的主线；二、以真实案例为蓝本，以普及知识为目的，不矫情、不造作、不玄乎；三、绝不违背科学精神。本书中每起案件的具体情节均系虚构，人名、地名都是化名，如有雷同，实属巧合，切勿对号入座，否则后果自负。所谓的真实，是书中法医一个个巧妙推理的细节，是法医的专业知识和认真态度，是法医和其他警察同行在破案中展现的睿智和洞察。

在读者的鼓励和鞭策之下，在元气社小伙伴们的帮助之下，我们一起度过了十年的时光。我相信接下来的十年，老秦会继续努力向前奔跑，为大家呈现更好的作品。

2022 年 7 月 1 日

CONT 目 录 ENTS

大多干尸的眼球虽然干瘪降解，但还是能看到黑白眼珠的分界的。眼前这具背包客尸体的眼眶里乱糟糟的，而外表皮肤却没有一点损伤，有什么野兽是只啃眼珠子的吗？

小楼的一楼已经被水面淹没，周围一片汪洋。二楼的墙面上被打开了一个大洞，是小楼通向外界的唯一出口。如果没有船的话，插翅难飞，这简直就是一个天然的牢笼啊！

她好像一直处于很恍惚的状态，一会儿清醒，一会儿糊涂。如果是我，被逼着去搬尸体，一定会疯的。

"N号房"事件虽然发生在韩国，偷窥离我们却并不远。

法医秦明

VOICE OF THE DEAD

引子

如果你掉进了黑暗里，你能做的，
不过是静心等待，直到你的双眼适应黑暗。

村上春树

1

外面淅淅沥沥地下着雨，声音细小而遥远。

左怜犹豫地解开了衬衫的第一粒扣子。

她看了看周围灰白色的石灰墙，深深地叹了一口气。

她不知道自己在哪里，也看不到太阳的升起和落下。

这个简陋破旧的房间，除了四面的墙壁，只有一扇紧闭的铁门。

就像一处被世人遗忘的墓穴。

左怜苦笑着摇了摇头，好在，囚禁她的人，似乎还不想让她死。

麻雀虽小，五脏俱全，房间里居然能摆下一张行军床、一个写字台、一台只能收到中央台和龙番卫视的破电视、一个能冲澡的莲蓬头，还有抽水马桶。地上铺着一张也不知道从哪里弄来的旧凉席，和这个季节格格不入。

吃的、喝的，那个人会按时送来。其实，左怜也不知道是不是按时送的，只是每次饿了的时候，那个人就会从铁门上的小窗里把食物递进来。只是，那个人很少开口说话。不管她怎么问他、骂他，他所回应的都是沉默。

想到这里，左怜又苦笑了一声。

不知道她那位风流成性的富豪老公，现在又在哪个女人的温柔乡里流连。她甚至怀疑他压根儿就不知道自己失踪了，反正漂亮的妻子只是一个证明他成功的摆设，用到的时候拿出来，用不到的时候，她在不在原地，又有什么关系呢。

左怜确实不知道自己在什么地方，甚至记不太清自己是怎么来的。在开始的一段时间，她也不知道是三天还是一周，反正在那段时间，她一直被恐惧笼罩着，她开始还怀疑过对方是自己丈夫派来的，但后来，她感觉自己隐隐约约听到了其他女人的声音。那声音，叫人心里发毛。

　　左怜不知道自己会遭遇什么。但她想好了，与其被陌生人轻贱，不如拼死到最后一刻。她这一辈子，已经过得很不痛快了，没必要连最后的时刻还得逆来顺受。

　　所以在昏暗的灯光下，她蜷缩在行军床上，不眠不休地度过了那段时间。

　　不过，她一直毫发无损，于是有些放松下来。她想尽一切办法，想去打开那扇铁门，却无计可施。她柔弱的手指，甚至不能抠开门缝一丝一毫。在她的指甲被掀翻了一个的时候，她彻底放弃了。她开始适应昏暗的灯光，开始适应没有手机、没有网络的"社会"。

　　她会偶尔看看电视，掌握今天的时间，获知现在是白天，还是黑夜。

　　从电视上的时间来看，噩梦已经持续了一个多月。

　　房间昏暗潮湿，洗了的衣服要等三天才能干，所以她只能更改一下自己每天换衣服的习惯了。那个人从小窗口递进来的内衣不合身，但总比不穿好，将就着吧。

　　一个多月来，她每天仍然穿戴整齐。这是她为自己守住的最后的尊严。

　　最害怕的事情，就是洗澡和如厕。但这又是必须做的事情。

　　她每次做这些事情的时候，都觉得背后有一双眼睛。虽然她清楚这个房间有门无窗，只有她一个人居住。

　　熬到浑身发臭、难受无比的时候，她才不得不战战兢兢地去洗澡。

　　虽然每次什么都没有发生，但那种感觉依旧无比强烈。

　　又到了必须洗澡的时候了，左怜犹豫地除去了自己的衣服。

　　她把莲蓬头掰得靠墙一些，防止水溅到床上或电视机上。她慢慢地打开了水龙头，因为水压的作用，莲蓬头微微颤抖了两下，开始缓缓地往下洒水。

　　左怜拿起一块肥皂，往身上涂抹。嫁给那个有钱的男人之后，她就没有再用过肥皂洗澡了，但现在，一切似乎又回到了起点。这些年的忍耐和不甘，又有什么意义呢？她抚摸着自己仍然光洁的皮肤，思绪万千，想让这些纷繁的念头冲淡那种一洗澡就会有的感觉。不过，这种感觉挥之不去。

　　左怜下意识地朝身后黑暗的地方看了看。

　　咔。细微的一道声响，被水流声覆盖了。

　　左怜全身的汗毛突然一立。

　　她赶紧伸手关掉了水龙头，用毛巾挡住了胸部，朝身后的铁门看了看。

　　吱呀呀。

铁门好像在动。她也不确定是不是在动，但是确实有声音。

左怜靠紧了墙壁，在慌乱的心跳声中，紧紧盯着铁门。

铁门果真打开了一半。

透过水雾，左怜看到一个朦胧的人影站在门口。

2

外面哗啦啦地下着雨，雨滴打在窗户上的遮阳篷上，发出难听的声音。

房间里很黑，伸手不见五指。

均匀的鼾声并没有催眠男人。

男人仰面躺在床上，盯着上方的天花板，那里应该有斑驳的污渍。是的，他根本看不见天花板，但是他熟悉这里的一切。

男人没有丝毫困意，他在静静地等待着时机的到来。

挂钟在墙上嘀嘀嗒嗒地走着，男人看不清挂钟，只能在心里默念着数字，计算着时间。

右手腕上的手铐铐得很紧，这让他感觉自己右手的血液运行都有了障碍，他的右手像手铐一样冰凉。

他微微活动了一下手腕，想让手腕的束缚放松一些，也想试探一下身边的这个人是否真的睡着了。

身边的人没有反应。

如果男人没有数错的话，现在已经深夜 1 点了。

按照规律，身边的这个人，此时已经睡熟了。

男人准备开始行动了。

他悄悄地用左手从内裤边缘取出了事先准备好的铁丝，费力地摸索着，想把铁丝伸进手铐的锁眼。黑暗之中，把一根细铁丝塞进锁眼有多难！男人用了差不多十分钟，才达成了目标。

他费力地保持着别扭的姿势，为了不惊醒身边的人，小心地用铁丝探测着手铐的锁芯。

这不是他的专长，但他必须冒死一试。

一辆汽车经过，车灯光透过窗帘，照到了身边那人的脸上。

一脸疤痕，狰狞可怖。

身边那人被灯光打扰了美梦，哼哧着翻了个身，身上的赘肉随之晃了一晃，露出一条残缺的小腿。

男人正聚精会神地开锁，被这突如其来的翻身着实吓了一跳。

他迅速收回铁丝，假装睡觉。

身边那人吧唧了几下嘴巴，继续发出鼾声。虚惊一场。

男人不敢轻易再动，他瞪着眼睛，继续数着钟点。大约又是半个小时过去了，男人重新开始摸索着锁眼。

即便是初春雨夜，男人还是因为紧张的心情、别扭的姿势和困难的动作，而满头大汗。

咔。

手铐开了。

男人的嘴角微微上扬。

打开了手铐，男人的右手终于恢复了血色。他揉了揉酸痛的手腕，悄无声息地翻身起床，套上了外套，蹑手蹑脚地走到了门口。

他知道，这扇门年久失修，若是贸然打开，肯定会发出难听的响声。一旦惊醒身边那人，他就真的功亏一篑了。

他小心地打开了门闩，用力托着大门，让大门和墙壁连接的铰链之间摩擦力最小。他费力地慢慢开门，开出一肩宽的门缝后，闪身出门，然后又慢慢地将门关上。

男人摊开双手，仰面朝天，让雨水肆意地打在他的脸上。

他又自由了！

此时的男人，热血沸腾，即便寒雨也无法浇灭。

他不急于离开，而是在雨中漫步，让雨水打湿了他的外套，享受着这初春夜晚的凉爽空气，和恢复自由给他带来的快感。

我回来了！

男人低吼着，逐渐加速，向西北方向狂奔而去。

法医秦明

VOICE OF THE DEAD

第一案

幽灵鬼船

———

时间很贪婪——有时候，
它会独自吞噬所有的细节。

———

卡勒德·胡赛尼

1

夜已深了，没有月亮，没有星星，只有船头的那一个忽明忽暗的破旧电灯泡让赵汪洋获取了一些光亮。

处在这一望无际的湖面之上，就像是身陷一个巨大的黑洞，深邃无比。好在现在导航技术发达，赵汪洋知道，再往东航行七公里左右，就是码头了。

龙番湖南北三十多公里宽，东西六十多公里长，水域面积近两千平方公里，湖中岛屿耸立，水产丰富。渔民们在这里捕鱼，打围养蚌，圈养螃蟹、龙虾。这里是他们赖以生存的母亲湖，他们的温饱、他们的存款，都是从湖里的水产上来的。

当地尚未大力发展旅游业，所以很少有人知道在龙番市的郊区，还有着这么一片美丽的自然风光。没有千篇一律的商业街和熙熙攘攘的旅游团，龙番湖周围的渔民们过着比较清静的水边生活。

除了周末和节假日时，一些本市的居民会到湖边采采风，这里平时很少会见到大批拥挤的游客。周围没有工厂、城区，湖面也未被污染。这里也是城市化进程中，难得的一片净土。

赵汪洋是渔民村的小康户，他爸爸在临终的时候告诉他，等政策开放了，一定要找一座小岛来种桃树，尤其是龙番湖湖心岛，小山上的土壤最适宜桃树的生长。他不知道父亲是怎么得出这个结论的，对此也是半信半疑——这桃树喜旱不喜涝，怎么能在湖心岛丰收？但遵遗命是中国人惯有的传统。所以在政府开放湖心岛承包的政策之后，赵汪洋第一个去领了一座小岛。他不仅在湖边承包了一大片螃蟹养殖基地，还在岛上开辟了一片桃园。

刚开始的三年，湖心桃园套进去了赵汪洋的全部家当，这让他质疑起父亲的决定。不过到了第四年，桃园开始产出桃子的时候，他才知道父亲所言不虚。岛上的桃子又大又甜、皮薄多汁，可谓桃子中的上品。他不仅收回了全部成本，还在第一个收获年就大赚了一笔。很快，龙番湖的几十座湖心岛上，全部被人效仿种上了桃树，以至龙番湖桃子成了水产品之后的又一大品牌。

初春，是桃花盛开的季节，龙番湖桃花成了一个景点。没有多少外地人知道这处美景，但是对龙番市本地人来说，这里绝对是一处赏心悦目的唯美之地。在无人机的航拍视角下就能鸟瞰整个龙番湖，湖面波光粼粼，水中繁花点点，一座座粉红色的小岛煞是好看。

因为船只是被政府严加管控的，所以也没有多少游客可以到桃花岛上去近距离接触这些美物。不过岛主们还是担心有游客偷偷潜上小岛破坏桃林，或者是初春多变的天气对桃树造成损害。于是，就有了一周两看的规矩。

昨天天色阴沉，刮了几阵子怪风，赵汪洋担心自家的桃树被刮倒。他下午登岛，一边埋怨着两名聘用的工人同时请假，一边独自忙碌到夜幕降临。说来也真是倒霉，他正准备起航返回码头的时候，湖面上突然又开始起风了。这级别的风力，他的那艘快艇肯定是招架不住的。于是，他只能独自在岛上等待大风的平息。

大风终于在深夜里平静下来。赵汪洋打开了船头的电灯，发动快艇向东岸的码头驶去。很快，还有七公里就抵达码头了，天气还算不错，这让赵汪洋放下心来。

虽然不用担心被怪风掀翻快艇，但对四周的黑暗，赵汪洋还是有些心悸的。以往来岛上干活儿，赵汪洋总会带上那两个雇来的帮工，人多也就不怕了。这次，他一个人航行在这无边的黑暗之中，虽然是个七尺男儿，但也难免有些害怕。

可是没想到，越害怕，还就真的越容易看见不想看见的东西。

赵汪洋今天真是背到家了。

他看见，远处仿佛有一点灯火正在闪烁。若隐若现，极其诡异。

这么晚了，除了自己这个倒霉蛋，还会有谁在航行？而且，看灯火的高度，肯定不是他驾驶的这种快艇，而应该是一艘有一定高度的货船。

最让他感到不解的是，灯火距离他不远，但是他完全听不见发动机声。

为了验证这一点，赵汪洋关掉了自己快艇的发动机，竖起耳朵听着。除了水波拍打船舷发出有节律的啪啪声之外，四周安静得吓人。

谁会在深更半夜把船开到湖中央，然后关掉船上的发动机，随浪颠簸？这深邃如黑洞似的湖面漫无边际，不仅危险，而且恐怖。

难不成，这是"鬼火"？

赵汪洋也是个大专生，知道"鬼火"产生的原理。"鬼火"一般都是在坟墓之间产生，因为人体骨骼内含有磷，磷与水或者碱作用时会产生磷化氢，磷化氢的燃点很低，当达到燃点时，形成的有光无焰的火便是"鬼火"。不过，这宽广的湖面之上，哪儿来的磷？

绕开它，赶紧回家吧。赵汪洋这样想着。

不过，好奇心驱使着他把控船头，低速向灯光的方向驶去。

一百米开外，一艘小货船的轮廓逐渐清晰起来。影影绰绰之中，可以勉强辨别，小货船的甲板之上没有货物，灯光是从位于甲板末端的驾驶室里发出的。

不过，灯光之下，并没有驾驶货船的人员。

赵汪洋看见的只是一艘普通的货船，而不是其他什么奇怪的东西，略感安心。他把手中的强光手电朝小货船上照了几下，画了几个圈，大声喊道："有人吗？船怎么停这儿了？"

声音被湖浪声覆盖了，并没有传出去多远。

赵汪洋继续接近小货船，逐渐看清了货船的模样。这是一艘很破旧的小货船，船壁都已经生锈，船头也没有什么他认识的符号。货船处于静止状态，随着湖水的波动而荡漾着。

赵汪洋站在快艇上，踮起脚来看货船的驾驶室。

驾驶室里的灯光暗淡，忽闪忽闪的，但是足以看清楚，驾驶室里空空如也。整艘船寂静无声，在这片漆黑的湖面上安静地荡漾。

甲板上没人，驾驶室没人，人去哪儿了？赵汪洋很是纳闷。谁会把船停在这里？难道是之前那阵怪风吹断了货船的缆绳？如果是大风刮过来的，怎么会正常地开着灯呢？而且，把一艘船从码头吹到七公里以外，也太夸张了吧？

赵汪洋有些蒙，怔怔地想着要不要上船去看看。

他的大脑飞快地转着，却第一时间想到了小时候听到的故事。

他不会撞见了"幽灵鬼船"吧？

传说七十多年前的龙番湖上，曾经有一对恋人驾驶着渔船捕鱼，遭遇了一艘日本人的巡逻艇。日本人拦停了渔船，在船上侵犯了貌美如花的女孩，又将这一对恋人残忍杀害。后来，那对恋人的家人在湖面上找了好久，就是找不到船的影子。不过，从那以后，经常有夜航的渔民们，会看到一艘渔船的影子，在湖面上漂漂荡荡。每次它一出现，湖面上就会刮怪风，还曾经掀翻了几条船，死了不少人呢。村民们认为是那对恋人冤死后化为厉鬼，专门索人性命，于是称那船为"幽灵鬼船"。

赵汪洋一直认为，那是老人们编出来的故事，为了不让年轻人夜里航行遇到危险，才用这样的故事吓唬他们。绝对不是真事儿。

不过，眼前的这一切，为何和传说的事情极为相似呢？

他刚开始种桃树的时候，就有人阻止他，说桃树是很邪门的，别人都不会把桃树种在家里的前院。如果把桃树种在湖心岛，这片湖里，肯定会出现邪门的事情。十几年来，他从没撞见邪门的事情，这些说法在脑海中也就慢慢淡了。不过，当他看见自己无法想通的怪现象的时候，这些言语又重新涌进了他的脑袋。

赵汪洋在冷风中打了个寒战，他感觉自己全身的鸡皮疙瘩都起来了。想登上货船一探究竟的念头，瞬间没了。

他拉动快艇发动机的拉索，准备发动快艇远离这艘邪门的货船。突然，他仿佛听见了一阵奇怪的声音。那声音夹杂在拉动拉索的哗啦声和湖水啪啪的荡漾声之间，格外刺耳。

他颤抖着停下拉动拉索的动作，侧耳辨别声音的来源。

不错，那声音正是来源于货船的甲板之上，仍在继续。嗡嗡的，一阵一阵的，一会儿大，一会儿小，仿佛有着节律。那声音像是某个人被蒙住了口鼻正在呻吟，又或是什么东西发出的狞笑，或者说像是某种怪兽正在低吼。

甲板上没人哪！

哪儿来的声音？

赵汪洋被这突如其来的怪声吓蒙了，他一个趔趄，跌倒在快艇之中。随着他的跌倒，那怪声似乎更加强烈了，而且仿佛带着甲板的震动，离他越来越近。

赵汪洋颤抖着、挣扎着爬了起来，快艇因为他的剧烈动作而东摇西晃。他竭尽全力站稳在快艇上，拼了命地拉动拉索，终于拉着了发动机。他掉转船头，开足马力，疯了似的向码头方向驶去。

背后的嗡嗡声仍在继续，夹杂在发动机的轰鸣声中，刺激着赵汪洋的耳朵。

"我是真没想到，你和宝嫂度蜜月，居然跑去玩鬼屋？"

我坐在办公室里，一脸难以置信地看着刚回来上班的大宝。不久之前，大宝和宝嫂这对历尽磨难的有情人终于举办了婚礼，师父[①]也给大宝大方地放了婚假。好

---

① 秦明的师父叫陈毅然，国内知名的法医专家，省厅刑警总队副总队长。

在这段时间也没什么案子，勘查小组难得有了清闲时间。听说大宝回来了，林涛、陈诗羽和韩亮都赶紧聚到了办公室里。

大宝一边给我们发鬼屋的纪念品，一边笑嘻嘻地摸着自己的头："去鬼屋还是梦涵提的呢，她说连凶手都见过了，什么妖魔鬼怪都不在话下了。"

"看来宝嫂又恢复了往日的精气神啊！"韩亮笑。

"嗯，宝嫂说大家周末有空来我们家聚餐，她之前向铃铛学了一些菜，正准备露两手呢。"大宝美滋滋地说。

"好啊！"陈诗羽看了一眼韩亮，"不过，韩亮好像去不了。他最近一天到晚神秘兮兮的，一下班就没影了。"

"不会吧？"林涛赶紧挨着韩亮问，"难道你又有新的女朋友了？"

韩亮耸耸肩："没有，我就是抽空看这些年的公务员考题。"

这倒是我没有想到的。韩亮给我们勘查小组当司机也有很长时间了，作为辅警，他也经常协助我们破案，因为资料搜索能力特别强，见识也很广，所以总被我们称呼为"活百科"。辅警的工资都很低，但韩亮是个富二代，干这行纯粹出于兴趣爱好，我曾经以为他哪天新鲜劲过去了就会辞职，没想到他居然真的考虑把警察当成一辈子的职业了。

"哇，韩亮你——"大宝显然也和我一样激动。

"别别别，"韩亮赶紧挥挥手，"千万别误会，我只是帮个朋友看看资料而已。对我来说，能和你们一起办案就行，是辅警还是正式警察，都没所谓的。"

"朋友？"林涛的语气酸酸的，"什么朋友，值得你这么花时间……"

陈诗羽一脸好奇，正要听韩亮回答，桌上的电话不合时宜地响了起来。

"龙番湖派出所昨天晚上接到110指令，说有人在湖中央看到怪异的灯火，靠近查看，发现是一艘漂着的没有人驾驶的货船。接警后，派出所申请特警支队水上大队支援，调集了巡逻艇进行寻找。经过连夜寻找，由无人机最先发现了货船的踪迹。今天早晨，特警巡逻艇将货船拖回码头，特警登船检查时，发现货船里有尸体。"电话那头的声音听起来像是一个新人，他僵硬地念着传真文件，"货船里的尸体，市局法医经过检验，认为该案存在问题，拿不准，需要你们前去支援。"

"有头绪吗？"我习惯性地问道。

"啊……啊？什么头绪？"对方一阵茫然。

我解释道："市局有没有说是否确定为命案？如果是命案，有没有侦查方向？"

对方可能没料到我会问这个问题，开始紧张起来。话筒里传来哗哗的翻文件声，他一边翻一边说道："啊，嗯，这上报的材料写得很简单，嗯……好像没说。"

我挂断了电话，一边简短地和大家说着情况，一边招呼着大家准备勘查器材出发去现场。

"龙番湖，湖面中央，有人看见无人驾驶的船，特警去找了一夜才找到船。检查见有尸体，无头绪。"

"龙番湖每年都有水漂，但基本都是排除他杀。"林涛说，"那里人少，又没有什么经济实体和娱乐场所，很少有命案发生呢。即便有个别命案，也都指向明确，市局处理就完了。我们工作这么久了，还没去龙番湖出过现场吧？这案子能有什么问题呢？"

"不管，出勘现场，不长痔疮。走，出发！"大宝兴奋地喊出了他万年不变的口号。

2

"湖面中央？无人驾驶的货船？"韩亮握着方向盘，问道。

"是啊，指挥中心给的信息也就这么点了。"我说。

"确认船是在湖面中央？"韩亮说。

"嗯，昨晚被人发现的。"我点了点头。

"啊，难道是传闻中的'幽灵鬼船'？"韩亮沉吟道。

"什么幽灵？什么鬼船？"林涛表示抗议，"咱们还没到现场呢，能不能先不要自己吓自己？"

韩亮笑笑，不说话了。

"你也太草木皆兵了吧，就'幽灵鬼船'四个字，能有什么好怕的？"小羽毛坐在副驾驶上，头也不回地说。

自从小羽毛加入了勘查组，我们的小破车就有些拥挤了。因为我们不好意思和女孩子挤在一起，于是副驾驶的座位总是留给小羽毛，而我们三个大男人则挤在后排。

我挪了挪身子，腰身被大宝的屁股挤得有些发麻。

不一会儿，车子开进了龙番市的郊区，在通往龙番湖东码头的水泥路上颠簸了半个多小时后，我们看见了波光粼粼的龙番湖。

东码头已经被封锁，路口横七竖八地停着几辆警车，闪着警灯。几名民警守着拴在警车之间的警戒带，不让围观群众进入。围观群众叽叽喳喳地讨论着案情，发挥着他们的想象，几个记者模样的人夹杂在中间，飞快地在本子上记着。

我们经过人群的时候，仿佛再次听见了"幽灵鬼船"的名号。

"事儿太大了，现场我暂时还没进，大概了解了情况，就直接邀请你们来了。"龙番市公安局法医科胡科长板着脸对我们说，顺手指了指停泊在码头的一艘破旧货船。

货船不大，船体有些生锈了，随着湖浪轻轻地撞击着码头的边缘。

"事儿多大？几具？"大宝说。

胡科长低声说："前期排险的特警上船后没看到人，发现船舱盖开着，进去看了，六具尸体，四男两女。"

"男女不对称，看来不是殉情，不是集体自杀。"大宝猜测。

"那可不一定，说不定有对同性恋呢？"韩亮轻轻地说。

"自杀不会直接跳湖吗？"我说。

"初步看了甲板，没什么搏斗痕迹。特警说几个人死得很安详，没血没伤，韩法医从船舱口大概看了一下尸体，也没看到什么损伤，死因不明。"胡科长说，"这事儿挺蹊跷的。"

"丝毫没头绪吗？"我抓紧时间穿戴勘查装备。

"完全没有，他们都在传，是'幽灵鬼船'出现了。"胡科长苦笑了一声。

林涛又是一哆嗦。

今天已经好几次听见这个名词了。

"'幽灵鬼船'到底是个什么东西？"我忍不住好奇。

胡科长摆摆手，说："民间传说，封建迷信，无稽之谈。"

说话间，我们已经穿戴好勘查设备，准备进入现场。货船的船舷有一人多高，想直接爬上去有些困难。警方已经在码头地面和船舷之间搭了一块舢板，我们踏着这块摇摇晃晃的舢板，像杂技演员一样艰难地攀上了货船的甲板。

甲板上空荡荡的，甲板的末端是一个一层楼高的驾驶室，驾驶室里亮着灯，除了在玻璃前耸立的舵轮，也一样空空如也。

"程子砚，有痕迹物证吗？"林涛一上甲板，就向龙番市公安局的一名小女警问道。

这个小女警叫程子砚，是个90后，虽然参加工作不算太久，但已经很出名了。她是中国刑警学院痕迹检验系的毕业考状元，成绩突出，所以在被分配到龙番市公安局的时候，就成了热点人物。市局关于程子砚的传说很多，说程子砚还有个妹妹叫作程子墨，也是朵警花，而且是公安部刑侦局某个神秘组织的成员，可以说是年轻有为。

我是第一次见到程子砚，不知道林涛是怎么认识她的，显然他们已经很熟悉了。不过他们专业相同，之前打过交道也很正常。

程子砚听到林涛的招呼，脸微微一红，声音不大，却吐字清晰："林科长，甲板上我们都处理过了，没有血迹，没有指纹，在驾驶室里找到几处疑似棉布手套印，但没有鉴定价值。我听说死者也有戴手套的，不能排除是死者自己留下的。"

"没有足迹？"林涛讶异地问。

"甲板是钢铁制成的，又生了锈，载体不好，所以我们没能找到有鉴定价值的足迹。"程子砚指了指身边的韩法医说，"不过船舱里我们还没进去看，就韩法医趴在舱口大概看了一眼。"

"是不是没人敢进这'幽灵鬼船'的船舱啊？"大宝笑着说。

大宝故意把"幽灵鬼船"四个字的声音放大，引得林涛不自觉地缩了缩脖子，朝甲板中央掀起的船舱盖看了看。

我没有急于下到船舱，到驾驶室看了一圈后，又沿着船舷走了一圈。

"林涛，你看看这是什么？"我趴在货船的一侧船舷，指着船舷的边缘，说。

林涛走了过来，用放大镜看了又看，说："泥巴。"

"是足迹吗？"我也不确定。

"像又不像。"林涛说，"泥巴上还沾着一片树叶。"

我从勘查箱里拿出一个镊子和一个物证袋，小心地把黏附在泥巴内的树叶给抠了出来，问韩亮："什么叶子？"

韩亮抬眼看了看，指着远处的点点粉红，说："桃树叶。"

"哦。"我应了一声，把树叶小心地装进了物证袋。

"这些泥巴，在甲板上也有好几处类似的。"程子砚说，"不过确实看不出有足迹的形态。"

"还真不好说。"林涛端起相机，说，"全部拍下来，我们回去慢慢研究。"

"嗯。"程子砚也端起了相机，跟在林涛身后开始工作。

见甲板上没有什么异样，我对林涛说："下面，还是你们痕检先去看看吧？"

林涛走到甲板舱门口，朝下方看着，除了可以看到搭在舱门口的铁梯，里面黑洞洞的，什么也看不见。林涛咽了咽口水。

"那我先下吧。"小羽毛整了整鞋套，准备顺梯子往下，"真搞不懂，这有啥好怕的。"

林涛很尴尬，拦住小羽毛说："别别，小羽毛，我下，我下，按规矩是我先下。"

拉扯间，跟在后方负责拍照取证的程子砚，默默地先走到了舱门口，挡在了两人面前，轻声说道："我们痕检不贸然下去，不是因为害怕。如果没做好防护工作就下去，万一有什么问题谁负责呢？"

小羽毛有些讶异，看了程子砚一眼，气氛顿时有点尴尬。大宝赶紧蹿了出来："防护工作确认了，确认了，刚才特警都排过险了，舱内没毒，没爆炸物。要不我先进去？我鼻子灵，有什么异样我就蹿出来。"

说完，大宝率先进了船舱。我和林涛随后也顺扶梯走了下去。三道勘查灯的强光，瞬间把昏暗的船舱照得雪亮。

船舱很小，有七八平方米，而且只有 1.5 米的高度。进了船舱就只能弓着腰前进。船舱里没什么货物，地面上有一些瓶瓶罐罐，落了不少灰尘，看起来有些时间没动过了，瓶瓶罐罐摆放得都很整齐，说明在这个狭小的空间里，并没有发生过搏斗。船舱一侧舱壁是半圆形的隆起，看位置应该是紧贴着发动机的一面。六具尸体都在这个半圆形隆起的舱壁旁边互相倚靠着。

比这更加震撼的画面我也见过。多年之前，那辆拉着十几具尸体的公交车[①]，就让我连续几周被噩梦缠绕。法医遇见的死亡案件多了，也许心态会变得淡然，但恻隐之心并没有变。看到这六具尸体互相依偎着，不知道他们生前看到了什么，遭遇了什么，我的内心深处依旧隐隐作痛。目睹同类遇害的惨状，必然是不舒服的，但这种情感也会督促着我们竭尽全力追寻真相。我暗自咬了咬牙，继续观察现场。

这个船舱不是完全密闭的，除了顶端开启着的舱门，两侧舱壁都有连通外界的裂隙，有些许阳光投射进来，偶尔还能感觉到细微的湖风吹拂在脸上。

林涛趴在地上，看了半天，端起相机一边照相一边说："这里面好像没有泥巴，有一些灰尘减层足迹[②]，有鉴定价值。"

---

① 见法医秦明系列万象卷第一季《尸语者》（上册）中"水上浮骸"一案。
② 灰尘减层足迹，指的是当地面覆盖有均匀的灰尘时，一旦有人踩上去，就会黏附走一部分灰尘，由此形成的足迹。

我点点头，弓着腰走到尸体旁边。尸体还没有腐败，如果不是惨白的脸加上黑紫色的嘴唇，还真以为这六个人是在船舱里睡觉呢。

六具尸体的衣着都很完整，每个人的身边都有一个大的旅行包，摆放得也很自然，并没有翻动的迹象。

"这六个人是游客啊。"我看着他们的装束和随身物品，说。

"游客？"大宝说，"自己租的船？可是怎么就整齐地死在船舱里了？哎哟……我怎么有点头晕？"

这家伙，该不会还在故意吓唬林涛吧。我没有理睬大宝，掰动尸体的关节，发现尸僵并不是很硬。我又看了看尸体的角膜，已经混浊了。这说明死亡时间在24小时到48小时之间，尸僵都已经开始缓解，却还没有缓解完全。

死者的衣着都是完整的，所以我大概看了看每个死者暴露在外的部位，都没有发现明显的损伤。

难道这真的是一起意外？

如果是意外，死者又是怎么死的呢？中毒？疾病？寒冷？

都不太像。如果是食物中毒的话，现场应该会有一些呕吐物；如果是气体中毒，那前期排险的特警也会发现船舱空气里的毒物；如果是疾病，总不能六个人一起患病猝死吧？那寒冷呢？现在已经是初春了，他们穿得这么厚，尸体又没有反常脱衣现象[1]，不像是冻死的呀。

这案子果真挺蹊跷的。

好在，案发现场是在一艘货船上，空间有限，而且船是漂浮在湖面上的，周围也不可能进行什么外围搜索，这就给勘查工作省去了很多麻烦。不过，在有限的空间内，没有发现特别有效的证据，这也给侦查工作增添了不少难度。

既然现场勘查工作不能取得重大突破，那么案件定性的重任就要落在尸体检验上了。好在从目前看，还没有能够支持这是一起命案的依据。如果只是某种原因导致的意外死亡事件，接下来的事情也就不是我们刑侦部门该做的了。

虽然还没有查清死因，也没有确定案件性质，但是没有明显的暴力性损伤和被侵害的迹象，我也算是放了一半的心。

---

[1] 反常脱衣现象，是指冻死者在死亡之前，因为冷热中枢的麻痹，会出现幻觉热感，即"反常热感觉"，从而开始脱除自己的衣物，有的甚至能把自己脱下来的衣服整齐地叠放在旁边，然后死去。

"殡仪馆的同志来了吗？"我问道。

"来了，等着拖尸体呢。"程子砚蹲在舱门口对下面的我们说。

"走吧，这里也没啥有价值的东西。"大宝攀上了铁梯。

"等等。"我的眼角余光突然扫到了铁梯后面的一处反光点。

铁梯的后面，我们给忽略了，没有注意勘查。其实，这里散落着好多个被撕开口的塑料袋。

我小心地从铁梯后面捡起塑料袋，左看看，右看看。

"几个破塑料袋，和案件会有关系吗？"大宝说，"这里这么多瓶瓶罐罐，总不能都给提取回去吧？"

"不不不，这和瓶瓶罐罐不一样。"我说，"那些瓶瓶罐罐上面都落满了灰尘，一看就知道是有些时间没动过了。而这三个塑料袋的成色看起来很新，撕口也很新，应该是最近才撕开的，说不定就和案件有关系。"

"可是，这些塑料袋是做什么用的？"林涛凑过来用勘查灯照了照塑料袋，说。

这些塑料袋比一般装食品的塑料袋要大，透明的，除了正面印了一个"500g"，没有其他任何可以识别的标志。

"五百克，是什么东西的重量？"大宝也好奇。

我摇摇头，说："不确定，要查。不过，最先要做的，还是把塑料袋带回去进行指纹检验和 DNA 检验，希望能有所发现。"

我从勘查箱里拿出三个大物证袋，把塑料袋整齐地叠好，装了进去。

"嘿，这塑料袋是制式的啊？如果多印一些字，还就真和我们的物证袋一样了。"大宝捂着胸口说，"不行了，我胸闷，我得上去。"

"胸闷？不是吧，你也被'幽灵鬼船'吓到了？"林涛幸灾乐祸地说。

从舢板上回到了码头，胡科长正等着我们，一见到我们就说："案件已经有重大进展了。"

"什么重大进展？"我满心期待。

"货船的主人找到了，死者的身份也全部查清楚了。"胡科长说。

"确实是进展，但是也不是重大进展吧？"我有些失望，"这对我们搞清楚死因、搞清楚案件性质没有丝毫帮助啊。"

胡科长神秘地说："你且听我慢慢说来。"

原来，刑警部门在案发后，重点对货船的归属以及死者的身份进行了调查。不到两个小时，调查就有了结果。

货船是一个叫侯三的人的。这个人最近因为迷上了微商，改行做中间商卖起了水产，放弃了捕鱼、运货的老营生。他老婆见家里的货船一直空着，觉着有些浪费，就擅自将货船出租给一些背包客，作为旅游的交通工具。

因为货船驾驶、出航都是需要相关资质的，所以私自租用船舶出航是违法行为，这会给没有资质就擅自驾驶船只的人员埋下安全隐患，也会给湖面上的其他船只造成威胁。所以，在得知侯三擅自出租船只的行为之后，刑警部门毫不犹豫地将侯三夫妇传唤到了刑警队。

经过调查，侯三确实在3月1日，也就是前天下午接了一单生意。那天湖上刮了几阵怪风，侯三本来以为没有生意了，结果正好遇到六名来自福林省的背包客，他们说是想体验一把自驾轮船的快感，去岛上赏桃花、野炊、露营。于是他们和侯三谈好了价钱，侯三教了他们基本的驾驶方法。下午3点30分，六个人付了钱就出航了。因为天色有点阴沉，侯三记得他们出航时还开了灯，当时他还有点心疼油钱。

前天正好是侯三祖父的忌日，所以侯三在收完钱后，就拖家带口去祖坟祭奠了。当晚吃完饭回家，次日又和邻居打了一整天麻将，侯三夫妇两人几乎就没有离开亲友、邻居的视线。他们应该确实对六人死亡的事件不知情。

而且，侯三夫妇几乎一致的证词就是，船上没有任何有毒、有危险的物质，船上绝对没有任何其他人，只有那六个背包客。

"我还是没有听懂，这对我们的案件定性有什么帮助呢？"我问。

"换句话说，那条船上，只有福林的六名背包客。"胡科长说，"没有其他人了。而且，这幽幽湖面，又哪里有什么天降奇兵来作案？这就像是一个封闭的现场，所以啊，即便是命案，也是自产自销了。"

"可不能说得那么绝对。"我摇头，"不管怎么说，这案子的疑点还是很多的。为什么尸体那么集中？为什么从表面上看不出死因？为什么死者要集体钻到狭小的货舱里？是看到了什么令他们害怕的事情，还是遇见了什么不能避免的灾难？"

"那倒也是。"胡科长说，"不过，这案子从目前的调查情况来看，总体来说还是比较乐观的。这天下哪儿有什么邪门的东西？光天化日，朗朗乾坤，又是六个人一起，有什么好怕的？能看到什么可怕的东西？鬼吗？"

林涛又是微微一抖，叹道："今天是什么日子？你们每个人除了鬼就不会说点别的？"

"嘿，你还真别说。"我说，"我们赌一把，我说明天省城各大报纸、网媒都要出消息了，消息的噱头就是鬼，就是这个'幽灵鬼船'。信不信？"

"死了这么多人，社会影响肯定是很大的。"胡科长皱起眉头，说，"唉，只能说顶着压力尽快破案吧，至于媒体想怎么写，我们也没办法了，希望看新闻的市民可以理性一些，别以讹传讹就行。"

"我理解的'幽灵鬼船'，应该是那种看得见、摸不着的东西，那才够吓人。"大宝说，"这破船就摆在那里，算什么'幽灵鬼船'。"

"接下来我们怎么办？"程子砚见林涛脸色发白，似是转移话题，又似是安慰地说道。

"林涛和程子砚去研究足迹，我们其他人去解剖室检验尸体，我们出发吧。"我急切地说道。

3

龙番市公安局法医学尸体解剖检验室很大，四间解剖室相对而立，四扇大门的中间围着一个小广场，几间解剖室同时进行尸检时，各解剖室的主检法医就能在这里互相交流。因此，六具尸体同时进行检验，也不是问题。

市局调集了七名法医以及五名实习生投入了尸检工作，加上我和大宝，我们一共分成了三组。

因为人员多了，工作效率大大提高，我也可以腾出手来，研究研究六名死者的衣着和随身的物品。

现场的空间太狭小了，不方便检验，我们只能将所有随身物品的初始情况拍照固定后，再把它们全部带到几间解剖室中央的小广场进行检验。

喜欢户外的背包客的装束几乎都是一样的：一套不太厚的冲锋衣，加上一个大背包。为了区别每个人的衣着和背包，我们按照尸体的编号，给衣物和背包进行了编号。四名男性死者分别编为1号至4号，两名女死者编为5号和6号。

六名死者的外衣都被脱了下来，在小广场上排成一列。

衣着都很整齐，没有破损，也没有撕裂。所有的口袋里虽然没有东西，但是也没有翻动的痕迹。至少从衣着上看，一切都很正常。

背包也是这样。六个背包里，装着一些旅行的用具、睡袋和野外生存的工具，还有一些干粮。看来非常整齐，没有任何翻乱的痕迹，只是没有钱包、手机之类的物品。

"出来旅行不用带现金吗？"大宝也注意到了这个细节，"而且连手机都没有？这都什么年代了！"

"不可能。"我皱眉思索，"没有钱，怎么能租到这条船？据说租金不便宜呢。"

"会不会是钱藏在比较隐蔽的口袋？"大宝一边说，一边仔细地搜索着每一个背包，"或者，他们的钱全部交给一个人保管，然后这个人的包有夹层什么的？"

我和大宝把背包里的物品全部拿了出来，里里外外地搜索，仍然没有任何发现。

"奇了怪了。要说把钱藏在夹层里，咱们找不到倒是有可能。但是手机呢？一部手机都没有，怎么和外界联系？这如果是小偷的话，那也太邪门了，可以不接触任何其他物品，直接把钱偷走？"大宝诧异地说。

我摇摇头，说："别忘了，他们是在一条船上，在那么大一片湖面上，小偷一上来，不就被发现了？"

"那抢劫呢？"大宝说。

我想了想，说："如果是抢劫的话，会有多少人参与抢劫？这毕竟是六个人。在没有任何抵抗、威逼和约束的情况下，凶手不翻动死者的包，就能把钱全部抢走？这有点邪门吧？"

"那钱去哪里了？"大宝说。

"死因还是关键哪。"我说，"而且我们现在还是一头雾水。"

我起身走进解剖室。

三间解剖室的第一具尸体都是男性，此时都已经被脱去了外衣，只穿了条短裤躺在解剖台上。尸表检验已经进行得差不多了，大家都在安装手术刀片，准备开始解剖检验。

死者的眼睑内未见明确的出血点，面部也未见明显发绀。但是口唇青紫、指甲青紫。除了1号尸体手指有一处疑似损伤的红色斑迹以外，其他均没有看到明确的损伤痕迹。

三间解剖室的主检法医发现的情况几乎是一模一样的。

如果用通俗的语言去表述尸表检验所见，就是死者具有一部分窒息征象，却又不是很典型。而且，死者生前没有遭受过严重暴力，没有被约束、威逼，也没有抵抗。对窒息的形成，也不好解释，因为口鼻腔、颈部、胸部都没有损伤痕迹，导致窒息的机理也不是很清楚。

难道真的是中毒？

我也开始怀疑中毒的可能了。因为人的死因主要是外伤、窒息、中毒、疾病、高低温、电击六种。在排除了其他死因存在的可能后，加之不可能六个人同时突发疾病猝死，那么窒息和中毒就成了法医重点考虑的原因。

某些药物的中毒，也是有部分窒息的征象存在的。但是机械性窒息必须有相应位置的损伤才能确证。这么一考量，中毒就成为首要怀疑的对象了。

不过，很多有毒物质中毒，都有相应的尸体现象。比如很多毒物会导致呕吐，现场会遗留呕吐物；比如有机磷中毒会导致瞳孔缩小成针尖样；比如一氧化碳中毒的尸斑会呈樱桃红色，等等。可这六具尸体不仅没有任何中毒的征象，所处的现场环境也不太符合中毒应该具备的条件。

大多数死因，是在进行完尸表检验后就心里有数的。只有中毒和突发疾病可能在尸表上表现出的迹象不明确，再有就是一些隐匿性的外伤，导致内脏、血管的损伤。所以，我们只能把希望全部放在解剖工作上了。

我有些急不可耐了，赶紧装上了刀片，开始解剖。

基本和尸表检验一致，我们逐层分离了死者的颈部、胸部、腹部的皮肤，还有皮下组织和肌肉，充分暴露了骨骼，依旧没有发现任何损伤。死者所有的脏器器官、血管都位置正常，没有破裂和出血。

"邪门了。"大宝说，"就连颈部皮下、肌肉都没有出血，绝对不可能是机械性窒息。"

"可是窒息征象很明确啊。"和我们同组的赵法医说，"内脏瘀血，心血不凝。"

"嗯？窒息征象不是应该有眼睑出血点吗？"一名实习生在旁边问道。

我笑了笑，说："我先回答你的疑问，书上说的窒息征象，是说有这些征象可能提示窒息，但并不是说窒息一定会产生所有的窒息征象。所以我们要单独看每个征象产生的原因，比如你说的眼睑出血点，产生机理是毛细血管压力增大导致的出血。比如在掐扼颈部的时候，因为掐扼动作的力量有限，只能压迫颈部浅层的静脉，而颈部的动脉仍在供血，静脉回流受阻，就会对睑球结膜和颜面部的毛细血管产生压力，从而出现大量的出血点。但是在缢死的案例中，因为重力作用对颈部产生的压迫力量大，动静脉同时被压闭，毛细血管里的压力小，出血点就会少。所以，窒息有可能产生眼睑出血点，也可能不产生眼睑出血点，靠这一点来排除窒息是不准确的。"

实习生若有所悟地点点头。

"再回到赵法医刚才提到的问题，其实有的药物可以导致内脏瘀血和心血不凝，所以看到这两个特征，也不能确定是窒息造成的。咱们还需要更多的线索来进行验证或排除。"我一边说，一边剪下一部分胃壁组织和一部分肝脏，"你们看，死者的胃内容物全部排空了，也不像是刚吃过东西，如果是中毒，是怎么中毒的呢？这些标本赶紧送市局化验，马上告知我们结果。另外，他们是几点钟吃的午饭，知道吗？"

侦查员皱着眉头，用两个手指小心地拈起装着死者内脏检材的物证袋，说："我马上送。根据前方调查的情况来看，这六个人应该是在湖边镇子上吃了一顿早午饭，大概是 10 点 30 分吧。"

我切开死者的十二指肠，发现十二指肠内还有一些食糜，说："死者胃内容物已经排空，然而食糜的末端仍在十二指肠，说明胃内容物是刚刚排空的。按照一般规律，这应该是末次进餐后六个小时死亡的。"

"六个小时，嗯，那就是下午 4 点 30 分死亡。"大宝说，"按照船老板的说法，3 点 30 分出发，也就是说，死者才在船上待了一个小时？"

"不过，首先得确认十二指肠的食糜确实是 3 月 1 日上午 10 点 30 分的那一餐。"我用止血钳从十二指肠里挑出了一点食糜，仔细地看着，说，"嗯，他们吃的是地皮炒鸡蛋？"

"对对对，地皮炒鸡蛋是我们这里的特色，根据调查情况，他们案发当天确实吃的是这个！"侦查员激动地说。

韩亮在一旁皱了皱眉头，说："我的妈呀，腐败尸体我都无所谓，就是佩服你们法医研究胃内容物的劲儿。这……这个太恶心了。"

"有个问题。"一名实习生说，"我听说，昨天晚上这条船被人发现的时候，发现人一口咬定是因为船上发出一种奇怪的声音，才把他吓得尿了裤子。像是，像是鬼叫。"

"鬼叫？哈哈！"大宝不以为然。

我说："幸亏林涛不在。我觉得吧，从那个时候开始，船上应该就没有活人了。所谓的鬼叫，应该是发现人的说辞而已，就是给自己台阶下，为自己吓得尿裤子找个理由吧。"

解剖完毕了，依旧没有发现任何损伤。

我叹了口气,走到了小广场上,看看其他几台解剖进行得如何。

"我们的情况和你们的一模一样。"胡科长说。

"我们也是。"韩法医也说。

三台解剖的主检法医都站在小广场上,看着地面上整齐排列的衣物和背包,有些发愁。毕竟经过解剖,对死者的死因心里一点底也没有,这种情况还是很少见的。

"结合现场情况,只有可能是气体中毒。"胡科长说,"其他死因可以完全排除。"

"你知道哪几种气体可以导致尸体出现明显的窒息征象吗?"我问。

韩法医想了想,说:"还真是没有多少。除非是……二氧化碳?"

"二氧化碳?"我问了一句。

这让我不禁想起几个月前的"食人山谷"[①]案件。不过,那起案件和这一起有着本质性的区别。那起案件,是因为一个独特的地理形态,形成了一个四面高山、中间低洼的"空气湖",而那里长期缺乏空气流通,比氧气重的二氧化碳逐渐沉积在湖底,形成了一个二氧化碳湖。二氧化碳湖也有一个无形的湖面,人只要一低于这个湖面,就会因为周边环境有大量的二氧化碳而出现中毒症状,立即失去意识,坠入湖底,从而死亡。同行的人看到同伴跌入谷底,纷纷想去搭救,每下去一个人,就跌落一个人,因此造成了多人死亡的惨案。从此,群众中便传开了"食人山谷"的说法。

不错,二氧化碳中毒,不仅无声无息,而且毒物检验无法查出。死者没有导致机械性窒息的损伤,却会出现窒息征象。仅仅从尸体的表象上来看,这几名死者还真是挺符合二氧化碳中毒的特点的。

不过,二氧化碳中毒一定是需要现场环境支持的。一艘经常使用的货船,虽然船舱相对密闭,但是毕竟不是完全密闭。而且经常在湖面行驶,也不可能在船舱里积蓄高浓度的二氧化碳。没有高浓度的二氧化碳,人是不可能迅速死亡的。

总的来说,现场环境是不符合二氧化碳中毒的必备环境的。

这个原理,我们大家都懂。但毕竟尸体情况比较符合,所以我们也没有就此否定。

"啊,对了,我检验的那具尸体,还是有点损伤的。"韩法医一拍脑袋说,"不过,对案件应该影响不大。"

"嗯,你是说手指的损伤吗?"我说,"在现场的时候,我看到了,但是没有仔

---

① 见法医秦明系列万象卷第五季《幸存者》中"食人山谷"一案。

细看，你仔细看了吗？"

韩法医摇摇头，说："损伤很小，没有什么提示的意义。"

"是擦伤还是挫伤？"我问。

韩法医说："用放大镜看了，不是擦伤，也不是挫伤，是血疱。"

血疱不是法医的专业用语，法医应该称之为血性水疱。这是在尸检的时候很少被注意的小损伤。只有在这种全身根本找不到损伤的尸体上，血疱才会被重视。

我走进韩法医的解剖室，拿起死者的手指仔细看了看。死者的右手拇指、食指和中指的指腹有明显的红肿，红肿部位的中央各有被一个血疱撑起来的表皮。指腹已经被韩法医切开来看了，深部软组织水肿也很明显，用放大镜观察，甚至可以看到深层软组织有坏死的迹象。

"毒物化验初步结果，未检出有毒物质和元素。"侦查员气喘吁吁地跑回解剖室，说。

检验结果在我的意料之中，所以我也没有搭话，只是抬头问韩法医："这是什么损伤？"

"软组织局部损伤都有可能导致这样的血疱。比如摩擦啊、高低温啊什么的。"韩法医不以为意地说。

"不，不是摩擦的。"我若有所思，"这是典型的冻伤。"

"哈哈，这都什么天气了，还有冻疮？"大宝说，"冻疮肯定和本案没有关系嘛。"

我摇摇头，没有说话。脑子里的线索一直在努力地想对接，可是一时半会儿就是对接不上。有一种想法在我的脑海里不断地跳跃，呼之欲出。我想去抓住它，可是怎么也抓不住。我今天看到的一切，一定有着必然的联系……可到底是什么联系呢？我感觉自己快要想出来了，却总差着那"临门一脚"。

"时间不早了，如果不想在下午茶的时间吃午饭的话，我建议还是开始第二轮解剖检验吧。"胡科长打断了我的思路。

我晃了晃脑袋，说："好，抓紧时间吧。"

我们分别回到了各自的解剖室，清洗完尸体、解剖台和解剖器械之后，把解剖完的尸体抬上运尸车，把待检验的尸体抬上了解剖台。

我们组第二轮检验的是5号尸体，一具年轻的女性尸体。因为之前的衣着检验，尸体的外衣已经被脱除，仅留下了文胸和内裤。

虽然尸体的征象和我们之前检验的2号尸体几乎一致，但我还是依规矩对尸体进行从头到脚的尸表检验。

看起来，这具尸体也是丝毫没有损伤。

女性尸体尸表检验的时候需要提取的物证，相比男性尸体要多不少，比如口腔、乳房、阴道和肛门的擦拭物就要提十几份。在准备棉签的时候，大宝瞥了一眼解剖台上的尸体，说："怎么感觉死者的内裤绷在身上绷得那么紧？裆部像是有硬物一样。"

我鄙视一笑："没见过女人来例假？"

大宝小心地拿着棉签，防止污染，我和实习生则配合着褪去死者的内裤。

内裤褪下臀部的时候，忽然哗啦啦一阵响声把我们吓了一跳。

我们顿时傻了眼。

5号女死者的内裤里，居然掉出来了很多东西，有一部苹果手机、一串钻石手链、一块伯爵手表，还有一块翡翠挂坠。

"这、这、这……这女的把这么多东西藏裤裆里，不硌得慌吗？"大宝大吃一惊。

我脑海里的各种线索飞速翻滚，眼看就要接上了。

我转头跑进了胡科长所在的解剖室，他们检验的是4号男性死者。尸表检验动作比我们快，已经准备开始动刀了。胡科长见我慌里慌张地跑了进来，一脸茫然。

我二话不说，转头又往韩法医的解剖间跑，和正从解剖间里跑出来的韩法医撞了个满怀。

"裤裆里……"韩法医说。

"有值钱的东西！"我说。

韩法医狠狠地点了点头。

闻讯而来的胡科长莫名其妙地看着我俩。

此时，我的思路完全接上了。

我说："尸检工作你们先做，大宝和韩法医负责，我和胡科长得赶紧去市局！这种看起来没有异常和疑点的案件，此时还没有成立专案组吧！"

4

专案组会议室。

刚刚紧急通知成立的专案组，成员们都是一脸茫然。

幽灵鬼船

"龙番湖的那个案子，确实是一起多人死亡、性质极其恶劣的命案。"龙番市公安局的赵局长开门见山，"现在请秦法医介绍情况。"

"我先来说一下死亡时间吧。"我说，"根据调查所示的死者进食时间和情况来看，我们可以初步确定死者是在登船后一个小时左右死亡的，也就是 3 月 1 日下午 4 点 30 分左右。"

"就是说，报案人发现船的时候，几个人都已经死了一天一夜以上了？"主办侦查员狐疑地问。

我坚定地点了点头。

"可是，如果真的在发现时船上已经没活人的话，哪儿来的怪声？"一名侦查员问。

"那可能是精神因素。"大宝抢话道。

我拍了拍大宝的肩膀，打断他，说："不是精神因素，是这个。"

大宝疑惑地盯着我。

我从桌子下面拿出一个物证袋，袋子里装着一部白色的手机。

"这部手机，被装在了一名女孩的内裤里。因为女孩已经死去，她的尸体姿势正好把手机压在了舱板上。"我说，"当手机来电话的时候，虽然没有铃声，但是手机的振动带动了舱板的震动，从而发出嗡嗡的声音。在深更半夜，没有引擎声的干扰，寂静无声的湖面上，是很容易听到这个声音的。加之发现人内心恐惧，自然而然就在感官上放大了这个声音。这个观点，已经被手机上的未接来电的时间证实了。"

大家议论纷纷，多半是因为解释了"怪声"这一点，一些相信"幽灵鬼船"的同事彻底放心了。

"登船后一个小时左右死亡的？那么，他们有足够的时间下船登岛。会不会是在岛上出了事情，然后被移尸到船里？那么船就不是第一现场，船上的'平静'也就可以解释了。"主办侦查员跳出了固有思维，说。

"不，他们没有上岸。"我说，"我有两个依据。第一，从技术部门破解后的手机来看，里面有大量的自拍照。照片延续到登船后，有在货船上拍摄远方岛屿的照片，但是没有登岛的照片。虽然现在时间还差了点，但是岛上的桃花也开了不少，风景很美丽，如果登岛，她没有理由不拍照。第二，六名死者的鞋底都很干净。其实每座岛屿旁边的小码头上都有泥巴，他们一旦登岛，必然会在鞋底遗留有泥迹。"

"有道理，也就是说，货船仍是第一现场。"林涛说。

我看了眼林涛，点点头，说："因此，货船上的一切，都对本案有着关键的作用。"

"货船上没有什么关键线索吧？"主办侦查员说，"从现场勘查笔录来看，并没有发现可以证实犯罪的依据啊，那么你们是如何确定这是一起多人死亡、性质恶劣的命案的？"

"从随身物品上。"我说，"我一开始对尸体进行衣着检查时就觉得很奇怪。貌似很整齐，却深藏玄机。在所有的衣着和随身物品里，我居然找不到任何一点值钱的东西。直到我们开始检验两具女尸的时候，才发现了问题。"

"什么问题？"

"两名女性死者的随身有价物品，都被藏在了内裤里。"我说，"很显然，这是一个保护性的动作，保护自己的随身财物。那么，这个动作就提示我们，这是一起抢劫案件。"

"死亡是在船上，又是抢劫。"主办侦查员沉吟了一会儿，说，"那就是驾船靠近、登船作案了。不过，即便能证实抢劫的犯罪行为，还是没有依据证实杀人的犯罪行为啊。"

"是啊，这就是我们法医需要搞清楚死者死因的原因。"我说，"在这起案件中，我们一开始也遇到了困难。因为从尸体的征象看，只有二氧化碳中毒，才能解释这么蹊跷的集体死亡。而二氧化碳中毒的诊断关键，是现场环境符合条件。显然，一条船的船舱里，是不可能具备形成二氧化碳湖的条件的。"

"等等，如果是二氧化碳中毒，怎么会是命案？"侦查员们一头雾水。

"开始，我也想不明白是怎么回事。"我继续说道，"但是发现了一名死者手指的冻伤以后，结合现场提取的塑料袋，还有大宝刚到现场就叫着头晕、胸闷等情况来看，这是一个人造的二氧化碳湖！"

侦查员们还是没有反应过来。

"其实，短时间内制造大量的二氧化碳很容易，方法就是干冰。"我微笑着说，"船舱内的温度较高，如果将打开的密封干冰直接扔进船舱，干冰会迅速升华成二氧化碳。"

"可是正常空气中也有二氧化碳吧，但也不至于死人啊，更不至于死这么多人啊。"侦查员质疑道。

我说："我们先来算一笔账。船舱有多大？长、宽各 3m，高 1.5m，所以体积是 $13.5m^3$，除去人体、杂物占去的体积，船舱内的空气大概有 $13m^3$。通过现场勘查，我们在现场发现了十个塑料袋，每个塑料袋上都印着'500g'的标志。开始，我们不知道是啥意思，现在看起来，应该是装干冰的塑料袋。十袋干冰，一共是5kg，按照1565kg/m³的密度计算，一袋干冰体积约为0.0032m³，升华后变成800倍体积的二氧化碳气体，也就是2.5m³。因为升华的过程非常迅速，所以舱壁缝泄漏的部分可以忽略不计。那么，13m³的船舱空气内，二氧化碳浓度在半小时之内就能达到将近20%。"

大家凝神听着，有侦查员还拿出了计算器，边算边点头。

我又继续说道："其实，在本身就缺氧的环境里，二氧化碳的浓度达到10%就足以导致人体中枢神经系统麻痹，从而死亡。干冰升华为二氧化碳气体后，因为二氧化碳气体比空气重，所以不会从船舱顶部开启着的舱门大量泄漏，而是迅速积攒、充斥在货舱之内，导致人死亡。可是，货舱并不是完全密闭的，经过在湖面上一天两夜的漂泊，货舱内的二氧化碳浓度已经低到了人体可以接受的范围，所以排险特警和我们都没有发现货舱内空气的异常。只有大宝这个感觉灵敏、对二氧化碳耐受力差的个体，才会觉得异常。"

大宝干咳了一声，瞄了我一眼。

"这……这真是罕见的杀人方式！"侦查员叹息道，"可是，他们为什么不逃？"

"不逃的原因，一是害怕，二是不知道危险的到来。"我说，"一名死者指腹的冻伤，就是他想拿起干冰袋看看里面装着什么东西而造成的。因为干冰在升华的过程中会迅速吸热，所以用手触摸才会造成冻伤。通过林涛对干冰袋上指纹的分析，可以证实这一点。不知道当时那名死者有没有意识到那是干冰而不是冰块，可惜，即便知道是干冰，大多数人只知道二氧化碳无毒，却不知道在有些特殊情况下，二氧化碳也可以致命。"

"冻伤？"一名侦查员好奇地问，"如果他们手指都冻伤了，那为什么不可能是冻死的？"

我赞许地点点头，说："问得好。刚才我解释了，干冰在升华的过程中迅速吸热，确实会瞬间降温。但是，因为它升华得太快，产生的足量的二氧化碳就会先置人于死地。通俗点说，温度还没降到零下10℃，人还没来得及冻死，就因为二氧化碳浓度先达到10%而窒息死了。现场其实也有寒冷状态的体现，只是我们都没有注意。几名死者都挤在一起，而且挤在靠近货船马达的舱壁上，说明他们在取暖，甚至希望马达产生的余热可以给他们温暖。"

"那下一步我们该怎么办？"赵局长发话了，"干冰这个东西，很好买。而且，也有很多湖边的居民把干冰用在鲜桃的保存和运输上。"

"下面的分析就要一点点来推进了。"我说，"首先，作案动机是谋财，没有其他的动机了。其次，六名游客是偶然经过这里，租船的行为也是偶然的。既然没有必然性，那么作案就不太可能是预谋的，而应该是偶遇。基于这两点，我们的侦查方向就应该是 3 月 1 日下午正常出航且船上正常情况下有运输干冰的恒温箱、需要携带干冰出航的人。"

"那这一点就很奇怪了，现在又不是鲜桃产出的季节！"赵局长说，"没果实，要干冰作甚？"

"赵局长，我有话说。"

我们纷纷回头，看见韩亮坐在角落里微微举手。

赵局长点头示意他发言。

韩亮说："赵局长您搞错了，其实真正运用干冰最多的，还真不是鲜桃运输，而是船舶业。"

"哦？"这我们都没有听说过。

"我也是之前对船舶感兴趣的时候，找过相关的资料。因为船体较大，清洗不易，所以干冰被广泛运用于船舶的清洗、修理行业。"韩亮微微一笑，说，"节能减排，防止二次污染，还很好用。"

坐在旁边的小羽毛向韩亮投去了佩服的目光。

"那我们应该去找船舶修理、清洗的工厂喽？"侦查员问。

韩亮点点头，说："不过，这种东西很便携，也不太贵。龙番湖的生意户富得流油，自己买、自己用也不稀奇。"

"这样的话，那排查量就大了。"赵局长摸着下巴，皱着眉头，说，"生意户可不少，船舶更是多啊。"

"可是，既然是偶遇，为什么有人会带着那么多干冰在湖面上跑？"主办侦查员说。

"这可不算多。"韩亮说，"我刚才在网上搜了一下，清洗设备的话，每分钟就得消耗三到五公斤干冰，而且现在的清洗设备都是便携的，体积只比办公桌大一点。只要船上安装能够短时间储存干冰的恒温箱，这些干冰就可以被带到任何一个岛屿上进行清洗操作。我猜，也有人专门做这样的生意吧。"

"也就是说，我们去找这些专接上岛清洗船舶的活儿的人，就能破案了。"主办侦查员说。

"也得考虑自己家有清洗设备、到岛屿上可以在空闲时间自己进行清洗的人。"小羽毛插话道。

我点点头，说："不管是专业清洗，还是自己顺便清洗，作案人都应该和这个岛屿有关系。"

我用激光笔指了指大屏幕上的龙番湖岛屿图中的一座小岛。

"为什么？"赵局长见我居然能锁定到这么小的范围，顿时喜形于色。

"因为在现场勘查的时候，我在现场船舷上发现了一块泥迹。"我说，"船舷这个位置较高，不可能直接和地面相接触。那么，既然上面有泥，只可能是有人翻船舷登船的时候蹭上去的。而且，泥迹里还沾有一片树叶，韩亮说是桃树叶。"

"桃树叶太正常了！"侦查员说，"每座岛上都有无数棵桃树，更有无数片桃树叶。"

"我也知道。"我说，"不过，我当时就抱着碰运气的心态做了一些安排。桃树喜旱不喜涝，一般都生长在岛屿中心的小山上，而在岸边是很少的。即便有，也是用来拴船的。码头的岸边就更少了。你们不知道，植物也可以进行 DNA 检验吧。"

大家瞪大了眼睛。

我接着说："于是，我就找人去各座小岛看了看，看见码头边有桃树的，就摘了树叶回来。在龙番市农业大学的支持下，我们进行了植物 DNA 的比对，确定这片树叶来自这座叫作龙舌岛的岛屿码头上的一棵桃树。"

"真是柳暗花明又一村啊！"主办侦查员顺着激光笔的指向看着龙舌岛，感叹道，"真没想到还能从桃树的 DNA 入手找线索！不过，我们即便是抓获了犯罪嫌疑人，如果他拒不交代罪行，我们又有什么证据来证明呢？或者说，我们有没有拿得出手的证据，可以攻破嫌疑人的心理防线？"

我肯定地点了点头，说："我们至少有四项证据。第一，他的船上或家里存放了干冰，且存放干冰的包装和现场遗留的一致。第二，龙舌岛和现场货船的联系就是这片树叶，这也是有力的证据。第三，林涛和程子砚对现场货船进行了勘查，可以明确的是，凶手没有下到货舱里，只在甲板上活动。而他鞋上的泥巴正证实了这一点。这些泥巴虽然零碎，但是在林涛和程子砚对其进行碎片式拼接后，居然拼出了一枚完整的足迹。第四，你们对嫌疑人进行抓捕的时候，同时要搜查他的住处。不仅要找鞋，更要找枪。"

"枪？"主办侦查员大吃一惊，"我们国家对枪支的管控多严格啊，现在谁还能玩枪啊。"

"通过林涛和程子砚的推断，上到货船甲板的，只有一名犯罪嫌疑人。"我说，"犯罪过程是这样的：凶手在岛上进行洗船作业时，鞋底黏附了码头的桃树叶。在返程的路上，他看见了案发货船。之前，他可能知道这艘船的船主经常向外租赁船只，租赁船只的人肯定有钱。于是他借故让货船停下，然后徒手攀登上了货船。登上船后，他立即控制了船上的六个人。六个人依次从身上、背包里取出值钱的物品交给凶手。凶手得手后，让六个人一起下到货舱里。因为六个人看到了他的真面目，所以他选择用这种难以被发现的手段杀人灭口。即便他的小船里还有他的同伙，但是上货船甲板的，只有他一个人。而且，受害人被困在货舱里，看见白雾腾起，却没有爬上来自救，是因为他们觉得在货舱里比在外面安全。既然是一个人，为何能对付六个人，其中四个还是大男人？不仅全程能够威逼控制，还能让他们顺从地从自己的背包和衣服里拿钱，只有一种可能，就是有枪。因为有枪，震慑力是巨大的，足够让六个人乖乖听话。但即便有枪，毕竟只有一个人登船，所以控制力是有限的。两名女死者居然还有机会把钱财藏进裤裆，而不被发现。震慑力大、控制力弱，这是少人持枪控制多人的特点。"

"没的说了。"主办侦查员说，"今天就能破案！"

省厅有坐班制度。只要不去出勘现场，都是要在办公室里做一些其他行政工作的。所以我们从市局出来，直接到办公室继续早晨没有做完的工作。

下班前，我们接到了市局打来的电话。果真是龙舌岛的种植户作的案。凶手是兄弟俩，平时喜欢私藏自制枪，近期因为赌博而输掉了几乎全部的家产。高利贷追得急，他们已经等不到桃子丰收的时候了。于是，他们萌生了抢劫的想法。但偶遇货船、抢劫货船是他们临时起意的。

老大上船抢劫，老二唆使老大杀人，并且想出了这么一个杀人不见血的方式。

我微微一叹，说："守着这么好的桃树，却没有走对路。又是赌博，又是玩枪，又是借高利贷，活生生的六条人命，就这样断送了。"

"最后也是桃树，暴露了他们的罪恶。"林涛道，"你们说，以后这里会不会流传'桃树显灵破案'的传说啊？"

"看来某人对'幽灵鬼船'是免疫了。"大宝笑笑，"行咧，我刚回来就能破这么有意思的案子，回家跟宝嫂又有的说了！"

法医秦明

VOICE OF THE DEAD

第二案

血色双屋

所有小孩都会长大，除了这一个。

《小飞侠彼得·潘》

1

周三的上午，轮到我坐班法医门诊进行伤情鉴定。伤情鉴定作为伤害案件中一个为定性、起诉、审判、量刑提供依据的程序，几乎是我国公安法医，尤其是基层法医最日常的工作。

但是，法医们对这项工作通常是不感兴趣的。毕竟，伤情鉴定没有侦破命案时的紧张刺激，也没有破案后的酣畅淋漓，还很容易给自己惹来麻烦。被诬告过的法医，不计其数，比如我的"堂兄"[①]的称号就是这么来的。即便一身清正，也难逃"众口铄金"，所以，在网上就没几个"清白"的法医。

我们省厅法医部门，伤情鉴定的受理量算是很少的，但按时坐班法医门诊，也是我们的日常工作。法医门诊设在公安厅大门口的门卫楼里，隔壁都是保卫科的同事，所以虽然整个公安厅有一千五百多名同事，但是只有我们和保卫科的同事混得最熟。

那天我和大宝正坐着班，幸运的是没遇到什么来访。大概是这段时间还比较太平，最近也没啥积压的案子，到了快午饭的时候，林涛、陈诗羽和韩亮也顺道过来看我们，刚聊了两句，就听到法医门诊的门开了。

保安队队长张炎探进一个脑袋，神秘兮兮地说："韩亮，门口有一个美女找你。"

公安厅里有很多保密部门，所以肯定不能随便进出。凡是来厅里找人的人员，都必须由被找的同事带进公安厅。这是为了安全，也为了秩序。

韩亮"哦"了一声，低头出门，去门口会见张炎口中的"美女"。

在一起工作了好些年，有美女来找韩亮已经不是什么稀罕事了，但我们还是按捺不住自己的八卦之心。等韩亮一走出办公室，我们仨男人就扒在窗户上往大门口

---

① 见法医秦明系列万象卷第二季《无声的证词》中"林中尸箱"一案。

望去。

"就那个吧？"大宝说，"哎哟喂，你们说，为什么韩亮的女朋友都长得跟模特似的呀？"

我敲了一下大宝的脑袋，说："嘿，我可听到了，我要告诉宝嫂去！"

"我说什么了？我也没说什么呀！"大宝摸着脑袋，一脸无辜。

"你们说，这是不是韩亮之前帮忙找资料的那位'朋友'呀？"林涛别有用心地瞥了一眼陈诗羽。陈诗羽愣了一下，瞄了一眼窗外，开口道："你们这么好奇，干脆走到人家面前去问不就得了？"说完，她开门就要往外走，却正好撞到了韩亮的身上。

韩亮轻轻扶了一下陈诗羽，陈诗羽却往他身后看去："哎？人呢？"

"什么人？"

"你女朋友啊。"陈诗羽若无其事地说着，耳朵尖却有点发红。

"哦，她是我前女友。"韩亮也若无其事地解释道。

从韩亮进门起，我们几个就赶紧回到了自己的座位上，各自做出正在认真工作的样子。听到这时也忍不住了，我先开口问："哦？前女友来找你？这是要复合的节奏？"

"那倒不是。"韩亮挠挠脑袋，"她就是来报案。"

"报案？报什么案？"大宝跳了起来。他是一个"无案不欢"的人。

"应该也不是什么大事，我觉得她可能是悬疑小说看多了。"韩亮说，"她说，周末去龙番湿地公园玩的时候，在一片沼泽的旁边闻见了一股特殊的臭味，怀疑那儿有埋尸。"

"埋尸？要不要去看看？"大宝说。

"我让她直接去找派出所报案了，派出所会去看看的。"韩亮说。

我点点头，说："这样也好。其实你刚才提到湿地公园的时候吧，我就有些担心。那个地方又偏僻，又是敞开式的，还没有监控设施。如果谁杀了人，那里还真是个很好的埋尸地点。成片的沼泽地，埋哪儿了，还真是不好找。"

"你这是多虑了，哪儿有那么多凶杀案啊，哈哈。"林涛看起来很开心。

"这不会就是个借口吧？"大宝一脸坏笑。

"你们真是想多了。"韩亮笑笑，"只是朋友而已，分手了难道就不能当朋友吗？"

大宝没说话，林涛赶紧先撇清自己："别问我，我还没初恋呢。"

"如果是和平分手，当然可以当朋友。"陈诗羽倒是不咸不淡地回复了一句，"不能当朋友的，应该都是分手分得比较惨烈的吧。"

林涛顿时精神了："那小羽毛，你，你之前……"

他越是想问，越是卡壳，忍不住用胳膊肘蹭蹭大宝，想让大宝帮腔。可大宝似乎被小羽毛的话戳中了心事，整个人木木的，好像有些走神。我正要开口说些什么，保安队张队长又一次打开了我们的门诊大门，说："嘿，你们勘查组今天是要开家属联谊会吗？门口又有个美女。"

"又是找韩亮的？"我和林涛异口同声。

"不是。"张队长说，"这回找的是李大宝。"

大宝倒不是一个人回来的。他后面跟着一个穿着米色连衣裙的女人，进门时女人的头微微低垂着，看着似乎有些虚弱，栗色的卷发垂在肩上，是那种精心打理过的造型。她一抬头，我就愣了一下。

"曲小蓉？"

女人抬起眼帘看了看我，礼貌地点点头，却没有挤出一丝笑容。她的眼睛好像有点肿。

所有人都看看女人，又看看我和大宝，等着我俩谁能来介绍一下。

"这……"我也不知道该从何说起，只能对着曲小蓉问："你，你怎么来龙番了？"

"我来找大宝。"曲小蓉哀伤地看了一眼大宝，大宝却避开了她的眼神。

我有些着急，又有些气愤，冷冷地说："大宝已经结婚了，刚度完蜜月，你要是想了解他过得好不好，就不用操心了。"

曲小蓉咬了咬下嘴唇，一时没有说话，却也没有要离开的意思。

气氛有些尴尬，也有些微妙，我干咳了两声，转头问大宝："大宝，需要我们回避吗？"

"不不不，不要，她找我是公事，没什么可回避的。"大宝赶紧摇头，说，"是杜洲，他突然失踪了。"

"失踪了？"我有些意外，但依然没好气地问，"失踪了就在当地报警啊，找你做什么？"

"我报警了。"曲小蓉低声说，"如果不是万不得已，我也不想来找大宝。但我心里真的很慌……"

曲小蓉的声音已经带着哭腔，我一时倒没了脾气。陈诗羽默默拿了一把椅子过来，让她坐下说。

"我知道，大宝你肯定还恨我，恨我们。但杜洲也是你的发小，就算那件事我们做得不对，你也顾念顾念小时候的情谊，你帮帮他，好不好？你帮我找到他，我以后做牛做马，也会报答你的大恩大德的……"曲小蓉抽泣着看向大宝。我看大宝的脸色苍白，赶紧打断道："别说这些，还是说重点吧，杜洲是怎么失踪的？"

"前几天，我和他吵了一架。"

曲小蓉接过韩亮递来的纸巾，一边擦拭着眼泪，一边说道："之后，他没回家，我也赌气没理他。结果，过了好些天他都没回来，打他电话也没人接。他以前从来都不会这样的……我找遍了他的朋友，也没打听到他的消息，只听说他可能会来龙番办事儿。我在龙番也不认识什么人……只认识大宝……"

陈诗羽在一旁问道："那你报案之后，派出所那边找到了什么线索吗？"

曲小蓉摇头："没有，什么都没有，他们说，一有消息会立即通知我，说不定杜洲自己气消了就回家了……可是，以前就算我们吵架了，他也总是会主动来哄我的……而且，而且孩子在肚子里都三个月了，我不相信他会因为一点小事就离家出走……"

听到这里，我不知道该说点什么。我在基层派出所锻炼的时候，时常也会遇到这样的报案，夫妻吵架后一方离家出走，这在大多数情况下确实不是案件。派出所一天遇到的鸡毛蒜皮特别多，恐怕确实也没有办法把警力优先放在办理一个正常成年男人的失踪事件上。

"然后我又来到龙番，龙番警方说没有依据证明杜洲是在龙番失踪的，所以不能立案。"

曲小蓉泪眼婆娑。

"他们说得没错。"我说，"你说杜洲有可能来龙番办事儿，那有什么车票之类的吗？"

"这个很难查，青乡到龙番每天都有很多趟大巴。"大宝闷闷地插话说，"还有很多私人运营的中巴，不确定他有没有上车，也不知道上车时间的话，很难查。"

"有个朋友说，他最近可能想把业务拓展到龙番来，不过一直还没有落实这个事情。我觉得，他应该就是来龙番了，但肯定是在龙番遇到了什么事，才……拜托你们，帮我找找杜洲吧！我不想孩子出生的时候就没有爸爸……"

曲小蓉又哭成泪人了，显然把我们当成了救命稻草。

"我们是人，不是神啊。"我说了一句师父惯用的口头禅，"什么线索都没有，龙番一千多万人口，我们上哪儿找去？要不你还是等等派出所那边的消息……"

这个时候，指令电话突然响了起来。看来今天的事情真是都撞到一块儿了。

"指挥中心，是勘查一组吧？"指挥中心在电话里说，"昨天晚上，青乡市发生了一起命案，母女二人在家中被杀，经过一晚上的侦查，初步发现犯罪嫌疑人，但是因为证据问题，不能草草定案，想请求省厅支援，对下一步证据进一步完善。"

我挂断了电话，表情严肃。

"我们要去青乡市出勘一个命案现场。"我看向曲小蓉，"命案大于天，我们肯定要优先办理的。"

"可是，杜洲他……"曲小蓉哭得头发都沾在了脸上，"求求你们了，我真的不知道该怎么办了。"

"这样吧，既然我们是去青乡办案，"我挠挠头，说，"等办完案子，正好也可以问问当地警方在杜洲失踪的事情上有什么新进展。"

在基层派出所警力不足的情况下，省厅也是可以指导和协助办案的。我这么一说，曲小蓉的情绪多少平复了一些。我看了一眼大宝，从曲小蓉进门时他就紧绷着的脸色，似乎也缓和了一些。

"那你是留在龙番，还是和我们一起回青乡？"大宝低头不看曲小蓉，问。

曲小蓉坚定地点点头说："我留下来，如果他真是在龙番，我每天出门去街上转，说不定，能在街上遇见他呢？"

"那你注意安全吧，找个安全的地方住下来。"我一边说着，一边整理勘查箱，招呼着大家上车出发。

大家坐在车上，都很想问个究竟，但是鉴于严肃而且尴尬的氛围，谁也不好意思先开这个口。

我咳了一声："大宝，这事儿你打算怎么跟宝嫂说？"

"我……"大宝轻声叹了口气，说，"虽然当年出了那样的事，但一个大活人不见了，我也没办法放着不管。"

"究竟是怎么一回事啊？"林涛忍半天了，"所以曲小蓉到底是谁？怎么听着人物关系这么复杂呢？"

"你可跟宝嫂好好说，别让宝嫂伤心。"我没有理林涛，继续说道。

大宝叹口气："刚才上车前，我已经给梦涵打过电话了。梦涵说一码归一码，她支持我们的决定，让我别想那么多，先把人找到再说。"

"哎，还是宝嫂敞亮。"我由衷地感叹道，"大宝，你能遇到宝嫂这么善良大气的人，真是你的福气。"

"你们这是在打哑谜吗？"林涛的好奇心被充分调动了起来。当然，他只是作为其他两个人的代言人发话，因为所有人都想知道这是怎么回事。

"说起来，就有点狗血了。"我在征求了大宝的意见后，徐徐说道，"曲小蓉、杜洲和大宝是发小，算是青梅竹马，一起长大吧。大宝先向曲小蓉表的白，两个人谈了几年恋爱，也到了领证的地步。不过就在大宝和曲小蓉婚礼的那天，当伴郎的杜洲却突然在婚礼现场跟曲小蓉告白了，曲小蓉又哭又笑，就丢下大宝跟杜洲跑了。"

"我去，拍电影吗？"一向淡定的韩亮，都忍不住握着方向盘叹道。

"可不是嘛，我当时就在婚礼的现场，看得目瞪口呆。"我看了一眼大宝，他似乎已经看淡了往事，只是苦笑了一下。于是我继续说道，"如果这是拍电影，那大家可能还会觉得是个浪漫的爱情故事，但是在现实中，并不是片尾曲一出来，故事就落幕了。曲小蓉跟着杜洲跑了，可双方的父母、朋友还在酒席上坐着，司仪傻站在台上，大家全傻了。曲小蓉的妈妈，差点当场犯了心脏病。"

"那大宝……"陈诗羽从副驾驶座回过头来，脸上是不忍的神色。

"说实话，我当时整个人都麻了。"大宝耸耸肩，做出一副轻松的样子，"不知道我在哪里，不知道我在干什么。一整个月，我都是恍惚的。每天吃了睡，睡了吃，你看，这不就长胖了。"

我心疼地拍拍大宝的肩膀："所以那段时间，大宝真的很不容易，我很担心他就这样垮了。他甚至不能看到婚纱，一看到婚纱，就会全身抽搐、不省人事。有一次我们路过一个婚纱店，大宝突然倒地，把我们都吓坏了，好在事发地离医院不远，我们赶紧把大宝送进医院抢救，可是当时连 CPR（心肺复苏术）都没用，医生用了 AED 才把大宝抢救过来。"

"这么夸张？"林涛张大了嘴巴。

我点点头，说："是癔症。"

"癔症这么严重？"陈诗羽也觉得不可思议。

"按照医生的说法，还有药物的作用。大宝那段时间一直靠药物维持睡眠，那几天熬夜办案，没有吃药，出现了药物的戒断反应。不过，我一直认为人的精神可以控制身体。"我说,"同样,也可以控制神经系统和心电传导。在治疗过程中,大宝偶遇了以前的老同学宝嫂,她是当地医院的神经内科医生。可以说,大宝和宝嫂一路走来,极为不易。最后,也是因为宝嫂的不懈努力,大宝才走出了阴霾。他们两个人一起参加了省城的遴选考试,双双考来省城,也是为了离开那伤心之地。"

"虽然不知道你们两个人经历了什么,但是我知道,想克服心理障碍,真是件不容易的事情。"韩亮的声音从驾驶座传来,很是真挚。

"是啊。"大宝说,"一切都过去了,梦涵就是我的英雄。"

"你也是她的英雄。"林涛安慰道,"你陪她重生了。"

"不。"大宝把脸埋进手掌里,说,"从那场婚礼后,我一直不能看见婚纱,就连拍结婚照都没敢让梦涵穿婚纱。后来我鼓起了勇气,打算让梦涵穿婚纱在房间等我……她被伤害,归根结底还是因为我①。"

说到后面几句的时候,大宝的声音哽咽了。他藏了好久的内疚,今天终于全部发泄了出来。

"宝嫂苏醒后,你已经看到了她穿着婚纱的样子,而且能够坦然接受。"林涛感慨地说,"这就说明你已经过了那道坎儿。你对宝嫂的爱,早已掩埋了那些伤害。"

"好了,事情已经过去了,大家整理心情,迎接新的挑战吧。"我叹了口气,正色说道,"现场就要到了。"

2

引导我们的警车并没有把我们直接带去现场,而是带我们来到了青乡市公安局。

专案组正在进行案情研讨会,我们走进专案组大门的时候,也没有过多地寒暄,而是直接走到会议桌旁坐下。王杰局长和陈强支队长见我们走了进来,示意现场勘查人员把幻灯片恢复到头一张,重新汇报一遍。显然,这场研讨会刚刚开始不久。从侦查员们疲惫的神情也可以推断,从昨天晚上发案到现在,大家一直都没有合眼。

确实,即便是有头绪的案件,为了第一时间扎实证据,专案组也不可能给侦查员们留睡觉的时间。

---

① 见法医秦明系列万象卷第五季《幸存者》。

血色双屋

案件发生在昨天晚上9点，地点在青乡市一个老小区某栋居民楼的三楼。住在案发现场楼上的一名住户晚间下班回家，经过现场的时候，发现大门下方门缝里，往外渗着血迹。当时这人就被吓蒙了，再仔细一看，楼梯上也滴落了不少血迹，于是赶紧报了警。

派出所民警赶到现场的时候，门缝渗出的血液似乎又多了一些。民警不由分说，端开了大门，发现屋主母女二人被杀死在客厅里，现场血流成河。

幻灯片显示出整个中心现场，也就是客厅的全景图。

"客厅的摆设很简单，一个电视柜、一台空调、一组沙发、一张餐桌和几把椅子。"青乡市公安局刑科所的张成功所长介绍道，"这是被害人于萌轩，她主要的被侵害地点是那一组沙发。"

沙发的"贵妃靠"上，躺着一个年轻女性，大概30岁。她上身的衣着没有异常，但下身是赤裸的。她的棉毛裤和外裤被脱下来，整齐地放在沙发"贵妃靠"一旁，内裤褪下一条腿，挂在另一条腿的脚踝处。

"这不像是强奸啊。"大宝说，"衣服那么整齐地脱下来，那么整齐地放在旁边。"

"大宝的想法和我们不谋而合啊。"张所长神秘一笑，说，"于萌轩是颈部左侧中了一刀，是切割创，凶手一刀直接划破了她的左侧颈动静脉。"

"切割？"我问道。

"是的，很肯定是切割创。"青乡市公安局法医——大宝以前的同事——孙伟说，"有拖刀的痕迹，刀很锋利。从我们仔细观察来看，创口的周围像是有试切创。可是试切创多见于自杀，难道凶手是因为害怕才会留下试切创？"

我示意孙法医把死者颈部的照片放大。

"这不是试切创。"我说，"试切创一般都会出现在创口的起始端，多半是自杀的人不敢轻易下手而导致的。这些创口旁边密集的小切创并不位于创口的起始端，而是和创口平行。我认为，这是威逼创。威逼不成，直接割颈。"

孙法医恍然，点头道："秦科长说得有道理。一来我们实在不好用试切创来解释这些损伤；二来于萌轩身上还有其他的威逼伤①。"

投影幕布上显示了一张死者的衣物照片，死者上衣有几个小洞，应该是刀尖形成的。衣服下方，死者的胸腹部也有几处细小的裂口，应该是被刀尖威逼、顶住而

___

① 威逼伤，是指作案人用致伤工具威逼胁迫受害人，在其身体上造成的轻微损伤。

形成的。

"威逼强奸？"大宝问。

我摇摇头，说："当然也不能排除是自愿发生性关系，因为毕竟衣服脱得很整齐。第一现场没问题吧？"

孙法医点点头，说："从我们的勘验来看，有血迹的地方，只有现场客厅，其他地方都完全没血。而且，于萌轩所躺位置的墙壁上有大量的喷溅状血迹，可以判断，她就是在这个'贵妃靠'上被割颈的，而且割颈后直接丧失行动能力，就没动弹过了。另一名死者赵于乐周围也有大量喷溅状血迹，说明凶手在杀死赵于乐后，也没有移动她的尸体，而是直接离开了现场。"

"赵于乐的死因是什么？"陈诗羽的声音有些哑。她最看不得小孩子被害，一碰见这样的案件，她就全程情绪低落。

"死者赵于乐，5岁，女，死在沙发旁的餐桌边，身中十八刀。"张所长也有些沮丧。

"十八刀？谁这么残忍！"大宝叫道。

照片切换到餐桌脚下那个可怜的小女孩。她一身洁白的外套几乎已经完全被血浸染了。从接下来的几张尸检照片可以看出，赵于乐的头部、胸部、腹部遭受了多次锐器刺击，导致全身多组织器官、多处大血管破裂。这种急性失血，可以让一个5岁的孩子在一分钟之内死亡。

"现场没有什么痕迹物证吗？"林涛问。

张所长摇摇头，说："其实客厅地面的条件还是蛮好的，但大部分区域都已经被血迹浸染了。也就是说，即便凶手留下了血足迹，也被后来流出来的血液覆盖了。"

"其他房间呢？"我问。

张所长说："其他房间没有任何翻动的迹象，地面我们都看了，但是脚印杂乱，实在无法甄别出有没有外人的足迹。"

"案件性质呢？"我问。

"没有侵财迹象，又没有任何社会矛盾关系，只有性侵的迹象。"张所长说，"而且性侵动作发生得不猛烈，又没有提取到精斑，最关键的是，法医尸检的时候，在于萌轩大腿内侧发现了一小片亮晶晶的区域，初步看应该是避孕套外的油渍。由此，我们初步判断凶手是戴套了，现场衣物又脱得整齐，所以，我们分析有没有可能是在性生活过程中，发生口角，然后激情杀人。"

"没有社会矛盾关系是什么意思？"我问。

陈支队插话道："经过了一夜的调查，于萌轩没有任何婚外恋的迹象，也没有什么有矛盾的人。这样说吧，她在一家幼儿园里当会计，收入不低，但是接触的人很少。加之性格较为内向，每天都是幼儿园、家里两点一线，几乎没有社会矛盾点。"

张所长补充道："而且，我们通过现场勘查，可以确定现场门窗都是完好的，不可能有人非法侵入。唯一的可能性，就是敲门入室或者开门入室。也就是说，必须是熟人或者有钥匙的人。于萌轩的死亡时间是下午6点30分左右，也就是她刚刚下班回家后不久，从现场厨房的情况看，她还没有开始做饭。前面说了，没有和死者关系复杂的矛盾人员，这个时间点又不可能来偷情，那这时进入室内的，会是谁呢？"

"我知道了，电话里说初步发现的嫌疑人，指的就是她丈夫？"我点点头说，"不过，门窗完好，不一定要敲门或者开门入室吧？尾随，趁其开门的时候冲入室内也是可以的。"

"这个绝对不可能。"陈支队说，"因为母女俩一起回家上楼的时候，正好迎面碰见了二楼的住户。二楼的住户和她们有一些远亲的关系，所以平时走动也比较多。这个调查点不会错，也就是说，昨天下午6点钟，两名死者上楼，正好碰见二楼住户下楼。如果有尾随的人，自然会被二楼住户看到。然而，并没有。所以我们可以大胆地排除尾随进入室内。"

"看起来，你们已经把她的丈夫控制住了？"我问。

陈支队点点头，依旧愁容满面，说："其实我们内心都确认是她丈夫干的。"

"有什么依据呢？"我心存疑窦。

陈支队说："派出所接到报案后，立即保护现场，然后从市局调集了血迹追踪犬。毕竟楼道里有滴落的血迹，凶手手上和凶器上也应该沾有大量的血迹嘛。果真，警犬跟着血迹行走的方向一路追去，直接找到了死者丈夫赵辉的家。"

"这是很好的证据。"林涛说，"不过，她丈夫怎么不和她们住在一起？"

"是这样的。死者丈夫赵辉在市电力公司上班。嗯，怎么说呢，就是国家的一个蛀虫吧。"陈支队说，"他嗜酒如命，每天早晨到单位点个卯，然后就会立即到附近的小酒吧里去喝酒，天天都处于醉酒状态。因为于萌轩怎么劝他，他都不肯改，所以她就想着惩罚惩罚他——在半个月前，于萌轩要求赵辉到他父母留下的老房子里住，把酒戒了才能回家睡。因为赵辉的父母也都是以前供电局的老职工，所以分的房子也在这个小区，距离案发现场也就隔着几栋楼。父母去世，房子就一直空着。赵辉住到老房子里后，不但不悔改，反而变本加厉。我们去他家里勘查的时候，发现地面上全是二两装的二锅头的瓶子，满满一屋子。"

"这应该就是病理性醉酒了。"我点点头。

陈支队接着说："警犬追到赵辉居住的一楼门口的时候，正好碰见了赶来赵辉家出警的另一队警员。一问，他们说是赵辉在两个小时前，也就是昨晚7点钟左右的时候，报案说自己在家里被人抢劫了。这队警员刚给赵辉做完笔录准备离开。"

"啊？"大宝说，"他正好在这个当口儿被人抢了？"

"贼喊抓贼的事情也不少见。"王杰局长开口说。

大宝点了点头。

陈支队说："我们当时就觉得不对。血迹是直到赵辉家的，中间都没打弯儿。然后赵辉还正好在死者被害半个小时后报警说自己被抢劫了，而根据技术部门提供的情报，熟人作案的可能性又那么大，最后加之赵辉对整个'被抢劫'的经过根本就说不清楚，所以我们二话不说，就直接把赵辉带回来了。经过对赵辉家现场勘查，我们在客厅里发现了一把匕首，大小和法医说的杀人凶器差不多，然后提取了匕首上的血迹和赵辉家里的几滴滴落状血迹送检。昨天晚间，DNA结果出来，匕首和赵辉家里的血迹都属于死者于萌轩、赵于乐的血。"

"那岂不是证据确凿？"大宝问。

我摆摆手，让大宝不要轻易下结论，问："这个赵辉叙述的被抢劫的经过是什么？"

"他说，有一个蒙面男人，身高和他差不多，比他瘦，拿着匕首来到家里，让他给钱。"陈支队说，"赵辉正在喝酒，借着酒劲和蒙面男人发生了激烈的搏斗。虽然赵辉的肩膀被刺了一刀，但最终他还是夺下了对方的刀子。然后对方就仓皇逃窜了。"

"现场有几滴滴落的血迹，血并不多。"孙法医一边放着对赵辉进行人身、衣着检查的照片，一边说，"地面是水泥地面，不具备检验足迹的条件，但肯定没有血足迹。"

"我明白了，这就是你们困惑的原因。"我说，"死者下午6点30分死亡，赵辉7点就报案。半个小时，他可以走回家，可以打电话，但是不一定有时间把身上的血衣，还有自家的地面全部清除干净。在于萌轩家查不出足迹，是因为血足迹被后来流出来的血迹覆盖了，但凶手的身上、鞋底一定会有大量的血迹。如果是赵辉干的，他的家里也应该有血足迹。"

"有道理啊！"大宝恍然大悟，"这个案子有问题。"

"即便是这样，我们内心还是确认是赵辉所为，因为他的表现太反常了。"王杰局长说，"一进来就哆哆嗦嗦的，会不会是他中途抛弃了鞋子，然后回到家中换掉血衣？"

"王局长说的这种可能性也是存在的。但是他哆哆嗦嗦，也不排除可能是因为病理性醉酒，所以才让你们觉得反常。"我说，"我倒是觉得还真不一定是赵辉所为。你看啊，一来，赵于乐是他的亲生女儿，即便他是激情杀人杀了于萌轩，也没有必要杀害自己的女儿啊！即便是杀人杀红了眼，要灭口，也不至于捅那么多刀啊！二来，如果是赵辉所为，按照现场还原，就是他和妻子于萌轩在沙发上过性生活的时候发生矛盾而杀人。但我们别忘了，当时他们的女儿也在客厅或者房间，夫妻过性生活的时候，谁不避着子女？毕竟孩子5岁了，也懂一些事了，所以这不合情理啊。"

"如果按照赵辉的说法，"林涛显然支持我的观点，补充道，"凶手在强奸、杀害完于萌轩，又杀死赵于乐后，直接去了赵辉家，然后对其进行抢劫，过程中滴落了死者的血迹，匕首又被赵辉夺去，就符合我们现在的证据支持了，而且也印证了赵辉说的都是真的。"

"按林科长说的这样，也是可以形成整个现场证据过程的。"陈支队说，"但是案情不合理。赵辉说，他在搏斗中拉下了凶手的面罩，确认他是不认识这个凶手的。既然是个生人，对方又是如何进入于萌轩家里的呢？于萌轩一个人带孩子，警惕性应该是很强的。这就不符合我们现场勘查的结论。而且，如果是不认识他们两口子的人，又怎么会在杀死两人后，准确定位到另一个人，然后去实施抢劫呢？随机的吗？如果是巧合，这巧合都已经不合情理了。"

"那倒也是。"我说，"这里面肯定有一个谜团没有被我们解开。在这个时间点作案，又能准确找到受害人分别居住的两个家，受害人还声称绝对不认识。最重要的，凶手还不是尾随进入现场，而是和平进入现场的，这些点之间，矛盾太多了，我一时半会儿也想不明白。"

"连那么可爱的孩子都杀，太可恶了，必须破案！"陈诗羽咬牙切齿地说。

投影幕布上的照片正好停留在赵于乐躺在血泊之中的画面，现场尽是血液，惨不忍睹。

我稳定了一下情绪，说："杀人现场，确实不存在财物丢失，对吗？"

"呃，也不是绝对的。"孙法医说，"现场勘查，确实没有发现什么地方被翻动过，而且也没有什么地方沾有血迹，看起来是没有翻找财物的动作。但是赵辉一直声称他们家的床头柜里有一个铁盒子，铁盒子里面长期放着三四万块钱作为平时的机动资金。我们后来又去床头柜看了，确实有一个铁盒子，但里面一分钱都没有。不过，这个醉鬼到底哪句真话、哪句假话，谁也不知道。就是在审讯室里，他都迷迷糊糊的，老是吹牛说自己的收入有多高多高，年薪几十万什么的。"

我灵光一闪，顿时看见了一丝曙光。我问："那赵辉不是受伤了吗？"

孙法医点点头，切换照片，说："你们看，他就是左侧肩膀上中了一刀。其他地方没伤了。"

"如果是贼喊抓贼的话，自己也可以形成这个位置的伤吧。"王杰局长说。

大宝点点头，说："这里自己可以形成。"

"但别人也可以形成。"我说，"凡是自己可以形成的损伤，别人都可以形成。"

"谁说的？"大宝和我抬起了杠，"自己咬舌头，形成的是外向圆弧的损伤。别人咬你的舌头，形成的是内向圆弧的损伤。不信你试试，别人怎么咬你的舌头能形成外向圆弧的损伤？所以，自己咬舌头形成的伤绝对是独一无二的，别人就形成不了。"

大宝说的还真是很有道理，我眼看抬杠抬不过他，果断转移了话题："这案子疑点诸多，我觉得我们必须复勘现场、复检尸体才能有进展。现在的侦查工作，我觉得还是要以赵辉一家三口平时接触的人为调查的重点。"

"出发吧！"陈诗羽已经等不及了。

3

小区是二十世纪九十年代初期建设的，所以比想象中要破旧不少。于萌轩和赵辉夫妻俩工作单位都不错，收入也不低，所以住在这样的小区里，也算是将就着了。

现场三楼被警戒带封闭了，门上还贴着封条。负责看护现场的派出所民警帮我们打开了房门。

一股血腥味扑面而来。

好在我们已经习惯在这种气味下工作，所以也没有什么过分的不适。

经过了接近二十四小时，地面上的血迹已经凝结成块，不过依旧可以看出当时的惨烈。

尸体所在的位置，也被痕检员们用粉笔画了出来。现场搭了一座由勘查踏板组成的小桥。我们穿戴好勘查装备，沿着勘查踏板到中心现场走了一圈。

确实，在这种大面积覆盖血迹的地面上，是不可能寻找到有利物证的。我们看见中心现场的各个重点部位都已经被痕检员刷黑，说明他们已经注意到每一处犯罪分子可能触碰到的地方。不过，按照他们的说法，要么就是载体不好，要么就是被污染。总之，整个现场并没有提取到任何可以直接指向犯罪嫌疑人的证据。

踏板延伸到主卧室的门口就到了尽头。根据现场勘查，并没有依据证实犯罪分子和被害人在案发当时进去过主卧室。但是按照赵辉的说法，他丢了床头柜内的三四万块钱。

我检查了自己的鞋套，没有问题，和林涛一起走进了主卧室。我们边走边拉开柜门、抽屉进行检查。我们检查的重点，是死者的床头柜。

拉开床头柜，里面的东西摆放得很整齐。果真，抽屉的里面，藏着一个铁皮小盒子，那盒子不大起眼。正是这种看起来不起眼的小盒子，才最适合藏钱吧。我们打开了铁皮小盒子，见里面有一些存折和首饰，不像是被洗劫过的。但是，里面确实没有一毛钱。

"铁皮盒子也都看了，除了死者的指纹，就没有其他人的指纹了。"痕迹检验出身的张所长说。

我点了点头，顺手扒拉了一下床头柜里的杂物。杂物之中，有一枚避孕套包装。我拿起这枚避孕套看了看，是一个锡纸包装的避孕套。这应该是两枚避孕套，包装连在一起，使用的时候可以撕开。但是这剩下的一枚，还保留着被撕下的那一枚避孕套的一小部分锡纸。显然，这是被撕掉的时候，撕口没有沿着分割线离断，而是从锡纸袋的一端离断了，残留了一小部分锡纸袋的边角。

我拿起来闻了闻，又用手套蹭了蹭。残留的锡纸袋的内侧，还有不少润滑油。

"这上面有指纹吗？"我把避孕套丢给林涛。

林涛打起侧光，翻来覆去把避孕套看了个遍，说："肯定没有指纹。"

"凶手可能戴了手套。"我说。

林涛恍然大悟："哦！你是说……对对对。"

"意义不大。"我说，"现场看得差不多了，我们去周围看看环境吧。"

走出了现场大门，派出所民警赶紧把大门锁好，然后恢复了封条。

陈诗羽和大宝沿着楼梯走到案发楼房周围，进行简单的外围搜索。而我和林涛则顺着楼梯从案发的三楼，一路爬到顶层，见顶层并没有通往楼顶的途径，于是顺着楼梯往下走。

走到四楼和三楼之间的楼梯平台的时候，我们发现这个宽敞的平台边摆放着一辆破旧的自行车。自行车已经好几年没有动过了，车轮胎都已经烂掉，和地面上的灰尘融为一体，整个车辆都被厚厚的灰尘和蜘蛛网覆盖着。

我蹲在自行车旁，细细地看着自行车，指着自行车的坐垫问林涛："你看这坐垫的侧面有什么问题？"

林涛眯着眼睛看了看，说："有一个新鲜的擦蹭痕迹，但是没有鉴别的价值。"

"足够了，去解剖室吧！"此时的我，虽然不能说是胸有成竹，但是对本案的定性，已经有了基本的判断。我充满信心，又充满期待地招呼着大家驾车赶往青乡市公安局法医学尸体解剖检验室。

尸体从冰柜里被重新拖了出来，分别摆在青乡市公安局法医学解剖室内的两张解剖台上。两具尸体因为失血，显得格外苍白。

两名死者的死因和损伤都不复杂，从尸表上就可以看得真真切切，而且第一次解剖的时候，照片和录像都很细致。所以，我们没有必要重新打开死者的胸腹腔。

毕竟解剖孩子的尸体，实在是一件触目惊心、摧人心志的事情。

我走到于萌轩的尸体旁边，仔细看着她颈部的创口。虽然创口旁边有小的细纹，但是致命的一刀又准又狠，直接深至颈椎，一刀毙命。

而于萌轩胸部的几处威逼创，不禁让我想起了数年前的那起灭门惨案[1]。在那起案件中，我们正是通过这样的损伤明确了侦查方向，从而破案。此时，眼前的这几个细小的创口，几乎和那起案件的威逼伤一模一样。

我的心里更有底了。

我走到赵于乐的尸体旁边，她可爱的小脸上毫无血色，双睑可怜地低垂着。她身上的十多处刀口，此时仍在往外流着血。我心情沉重地用纱布拂去流出来的血迹，仔细观察着创口的分布。十八处创口，有在前胸的，有在腹部的，也有在背部的。这个凶手为何如此残忍，对一个5岁的小女孩下这般狠手？我似乎看见女孩在遭受刺击的时候翻滚着的身体，以及凶手那凶神恶煞般的眼神。

我程式性地翻看了赵于乐的嘴唇，突然发现她的齿间似乎有一丝血迹。不过这也正常，她流了那么多血，污染到口腔也是很常见的事情。而且，如果是刀子刺破了肺脏，咯血也是正常的。

但就是在那么一念之间，我试着用手指晃动了一下她的牙齿。

---

[1] 见法医秦明万象卷系列第一季《尸语者》（下册）中"午夜凶铃"一案。

咦？怎么好像有松动？

我一紧张，赶紧挨个儿检查了赵于乐的所有牙齿。

"牙齿有松动！"我叫道，"你们昨天晚上的尸检，没有发现吗？"

"昨天晚上尸检的时候，牙齿已经因为尸僵的作用无法检查了。"孙法医说，"死者是失血导致死亡的，尸僵缓解可能会提前，现在看来，她的下颌尸僵已经开始缓解了，所以能感受到牙齿的松动情况。"

"所以复检尸体很有必要啊！"我说，"上牙列，从左三到右三，全部二度松动。下牙列，中切牙和侧切牙都有松动。"

"5岁了，换恒牙了吗？"大宝问道。

我看了看牙齿，说："有恒牙，也有乳牙。因为乳牙的牙根会逐渐被吸收，所以松动的程度厉害一些。下牙列都是恒牙，所以松动的程度轻一些。"

"为什么牙齿会松动？是正在换牙吗？"大宝问。

我摇了摇头，陷入了思考。

我最先想到的是小女孩前胸后背的多处损伤，随后想到的，则是法医对赵辉进行人身检查时拍摄的那一组照片。

此时，我的心中已经豁然开朗。

"可以放人了。"我对身边负责联络的侦查员说。

"放……放人？"侦查员一脸不敢相信的表情，"还没抓人，就放人？放谁啊？"

"赵辉。"我说，"他不是凶手。"

"可是，谁才是真凶？有方向吗？"侦查员担心地问。

"有！你先回去报告专案组放人，别超了十二小时的拘传羁押期限。"我说，"等会儿，我们专案组见。"

我们回到专案组的时候，刑警队已经把赵辉放了，但还是安排了警员对其进行监控和跟踪。毕竟，毫无依据地放人，专案组并不放心。可是刑拘还没有办下来，拘传的时限也确实快到了。

"放人的依据是什么？"王杰局长很担心，开门见山地问道。

"王局长别着急，我们慢慢说。"我微微笑了笑，说，"我们从案件的性质开始说吧。在此之前，我们并不明确这起案件究竟是谋人、谋财还是谋色。因为从现场来看，几乎具备了所有的可能性。但是通过对现场的复勘和对尸体的复检，我现在坚定地认为，这是一起以谋财为主要动机的杀人案件。性侵只是顺带的。"

"愿闻其详。"王杰局长说。

"首先，我们从死者于萌轩胸部的威逼伤说起。"我说，"凶手威逼于萌轩的动作，是让她拿钱，而并不是性侵。我们试想，于萌轩如果躺在沙发上，凶手的刀子还会一下一下地戳她的胸部吗？不，只需要用刀子威逼她的脖子，就可以让她完全动不了了。那为什么凶手还要一下一下地戳她的胸部呢？是因为凶手是在运动过程中，威逼于萌轩运动。简单说，就是逼着她走到有钱的地方，拿钱给他。"

"钱是放在床头柜的盒子里？"主办侦查员问，"赵辉说的是真的？"

"极有可能。"我说，"因为我发现床头柜里真的有个小铁盒子，小铁盒子里真的没钱了。最关键的是，小铁盒子的旁边，放着两枚避孕套，而其中一枚，被慌乱地撕下了。撕下的避孕套残留的锡纸里，还有一些润滑油没有干。赵辉已经半个月没回家了，于萌轩又没有婚外情，那么，我有理由认为，这枚被撕下的避孕套是和本案有关的。换句话说，凶手并没有做好性侵的准备，而是在威逼于萌轩找钱的时候，无意中看到了避孕套，这才起了色心。这一点从法医的检验中可以证实，现场有性侵迹象，但是没有留下精斑，而且死者大腿内侧有避孕套的油迹。"

"也就是说，凶手的目标，是床头柜里的钱。"林涛解释道。

我点点头说："依据此行为特征，我有理由分析认为凶手的目标是钱。"

"如果是侵财的话，那就真的不像是赵辉作案了。"王杰局长沉吟道，"两口子虽然分居，但是赵辉有足够的金钱来过日子、买酒。他没有必要去自己家里抢钱。这就是你排除赵辉作案的主要依据吧？"

"而且，从作案手段来看，凶手是个老手。"我摇摇头，表示这并不是我的唯一依据，说，"换句话说，其一，他肯定有过前科劣迹。从两名死者身上的损伤可以看出，这个人心狠手辣，不计后果。其二，他知道戴着手套作案，这一点从林涛对避孕套的勘查以及大家对整个现场的勘查来看，可以证实。他心里很清楚，如果不戴手套，自己就有可能会留下指纹。其三，他即便是强奸，也知道要用避孕套，甚至在强奸完成后，把避孕套甚至避孕套的包装锡纸袋都带离了现场。"

"熟人？前科劣迹？"主办侦查员翻看着笔记本，说，"我可以肯定，赵辉和于萌轩的社会关系中，绝对没有有前科劣迹的人员。秦科长，你的这一点推断应该是错了。"

"不是我错了。"我说，"因为作案人，根本就不是熟人。"

"赵辉这一句说的也是真话?"侦查员问,"不过,不是熟人的话,怎么会让于萌轩乖乖地、整齐地脱下裤子?又是怎么敲门入室的?更不能理解的是,不是熟人,怎么会先后抢劫这一家人的两套房屋?难道真是巧合?"

我见侦查员急得涨红了脸,朝他摆了摆手,笑着说:"兄弟别急,听我慢慢说来。第一,乖乖地脱下裤子,并不表示就是熟人。凶手在于萌轩的颈部留下了多处类似试切创的损伤,就是为了让她乖乖地脱下裤子。而且小孩子也在家里,凶手完全有可能用小孩子的性命来作为要挟。被小孩子看到不雅的一幕,总比夺去小孩子的性命要强得多。第二,我自始至终也没有说过凶手是敲门入室的,他完全有可能是尾随。"

"我打断一下。"侦查员说,"可是住在二楼的邻居反映,她下楼的时候,死者正在上楼,后面没有尾随的人。一旦死者进了家门,就会关门然后锁门,凶手就进不去了。"

"我记得之前你们说的这一点。"我说,"但是,如果凶手之前就藏在三楼去四楼的过道平台上呢?这样,二楼的邻居看不到凶手,而躲在平台上的凶手完全可以利用死者打开房门的这一瞬间,推她入室,然后关门,这样就不会有任何人来打扰他作案了。"

这一点,是整个专案组都没有考虑到的。大家都是一副恍然大悟的样子。

我打开投影仪,指着幕布上的照片说:"这是三楼到四楼的过道,上面停着一辆自行车,自行车上覆盖了许多灰尘,但是座椅上的一处新鲜擦蹭痕迹,可以证实我的观点。虽然这处擦蹭痕迹没有比对的价值,但是我们可以看到,这个平台很宽敞,自行车又很脏,所有上楼的住户,都会绕开它走——这就是为什么它可以覆盖那么多灰尘,而没有任何擦蹭。然而,凶手长时间潜伏在这里,难免就会碰到自行车,留下新鲜的痕迹。"

"这个发现很精彩。"王杰局长说。

侦查员:"确实精彩。但是,这恰恰不就证实了是熟人作案吗?不然,为什么凶手放着这么多住户不去抢劫,而非要抢于萌轩家?"

"你说得对。"我赞赏道,"凶手对于目标的选择,是非常单一的,目的性非常强。这就说明,凶手对死者的情况是非常熟悉的。不过,一定要是熟人,才会对他们熟悉吗?如果是有熟人和生人共同作案呢?"

"熟人放哨,生人杀人?"侦查员说,"可是我们调查到现在,也没有发现赵辉两口子的哪个熟人具备作案时间。"

"如果只是熟人提供情报，生人独立去作案呢？"我说，"赵辉和凶手搏斗的时候，凶手失利了，甚至被赵辉看见了面目。如果有帮手，这时候应该一起来杀人灭口了吧？但是没有，凶手选择了逃离。"

"对了，之前你们不是介绍过吗？哪怕在审讯室里，赵辉也总是吹嘘他有钱。"陈诗羽插话道，"如果是这样的话，应该有很多和他接触过的人都知道他有钱。说者无意，听者有心啊！"

"很有道理。"我说，"下一步，排查所有赵辉可能接触，并且曾在其面前吹嘘自己有钱的关系人，然后再找这些关系人的关系人。一旦有过前科劣迹，尤其是抢劫、强奸的前科劣迹，就要将其作为重点排查对象。"

"可是，即便是有了怀疑对象，我们又如何甄别呢？"侦查员问，"也没有证据可以证实犯罪啊，如果嫌疑人到案后，打死不承认，我们又该怎么突破口供？又该用什么证据起诉？"

"既然不是赵辉作的案，那么赵辉说的肯定是实话，那我们找到所有可疑人员的照片，就可以给他辨认啊！"大宝说。

"会不会是赵辉指使人干的？那他也有可能说假话啊。"一名侦查员插话道。

我摇摇头，说："赵辉雇凶杀人？有仇吗？他不考虑自己的女儿吗？难不成赵辉会雇凶去抢劫自己家里？或者是雇凶去性侵自己的老婆？肯定不会。我认为最大的可能，就是小羽毛刚才说的。"

我怕大家不知道小羽毛是谁，于是朝陈诗羽的方向努了努嘴。

即便我这样说，主办侦查员还是沮丧地摇摇头，说："不可能辨认。我们之前让赵辉看过一些照片，他说谁都像是凶手。这是一个有病理性醉酒的人，成天晕晕乎乎的。在那种紧急情况下，天色又暗，他肯定是没有辨认能力的。"

"没关系，只要你们找得到嫌疑人，我就有证据确定他是凶手。"我斩钉截铁地说道。这样自信坚定的语气，是为了给侦查员提供信心。其实我的心里，还是有一丝担忧的。

"好。"几名侦查员一扫连续作战的疲惫，信心满满地夹着本子出了专案组大门。

王杰局长也在收拾着自己的公文包。

"王局长，我还有件事想麻烦你一下。"我说。

4

我简单地向王局长介绍了曲小蓉和杜洲的事情，想了解下目前的进展。毕竟，杜洲是否还在青乡，是我们寻找杜洲需要确认的第一步，如果连杜洲有没有离开青乡都不知道，是不可能进行下一步查找的。

当然，假如在杜洲离开了青乡的情况下，我们能够明确杜洲去了哪座城市，就再好不过了。

"男？33岁？"王杰局长说，"一个大男人，才失踪三天，你们就急成这个样子啊？也太夸张了点吧？说不准他在哪儿潇洒呢。"

王局长的反应，也在我的意料之中。一个大男人消失三天，确实不算是特别紧急的情况。于是我打圆场似的说道："家属比较着急，都找到省厅了，要是能确认人没事，也就都放心了。"

"放心吧，既然你都找我问了，我肯定会留意这个失踪案的进展的。"王杰说，"命案破了，我们压力也小了，可以好好查一查。天色不早了，我觉得你们可以回去休息了，这忙了一天，也怪不容易的。明天早上吧，给你双重喜讯。"

我知道王杰局长说的"双重喜讯"是指破案加上查到杜洲的消息。

我因王杰局长的表态放宽了心，甚至我对于破案的担忧也放下了许多。于是，我们小组的几个人，找了一家小宾馆住了下来。

"我昨天在网上看到有些人骂我们这些公务员，说我们出差就是浪费纳税人的钱，一晚上要花那么多钱。"大宝委屈地说，"真想叫那些人来看看，我们住的都是什么地方！"

我笑着看了看大宝和韩亮住的房间的浴室，顶都快掉下来半边，淋浴间连花洒都没有，直愣愣的一根PVC管子往下流着水。

"警犬队给狗洗澡就是用管子，而不是用花洒。"我嬉笑着。

"头儿！我们出差的标准是三百元一间好不好！你非要来住一百五十元的！"大宝抗议着，"反正也是被骂，我们为什么不能按照标准住好一点？省了钱还挨骂，图啥啊？"

我笑着说："住的地方，干净就行，那么多要求干吗？我和你说啊，越高档的宾馆，风险越大。说不定别人会认为住高档宾馆的人都是有钱人，这些人就会找个小姐，敲诈勒索、诬告陷害你什么的。"

"你这都是什么理论！"大宝不悦，"身正不怕影子斜好吗！"

"行了行了，下次住好点，住两百元的！"我笑着说，"今晚将就一下吧，明天我们估计就要打道回府了。"

大宝还有心情嬉笑，我觉得他也是放下心来了。如果明天杜洲的事儿真的有了进展，他应该会松一口气吧。但我又隐隐约约有些担心，万一曲小蓉的感觉是对的，杜洲真的出了事……在奇怪的忧思中，我进入了梦乡。

很奇怪。

我总认为专案组会在早上7点钟之前就给我打电话求助，所以连闹铃都没有定。可完全没有想到，我这一觉一直睡到8点多也没有人来打扰，是被隔壁等不及的陈诗羽敲门才喊醒的。

我们一行人匆匆忙忙地赶到了青乡市公安局的专案组，看到侦查员们急切的眼神，我就知道嫌疑人可能已经归案了。

"我让他们别那么早打扰你们。"王杰局长笑着说，"你们养好了精神，也好给我们尽快破案。"

"双喜临门是王局长给我的承诺吧？"我也笑着说，"怎么样呢？"

"必须的啊！"王局长说，"第一喜，你交代的任务，基本完成了。我们也是花了不少精力，现在可以确定，杜洲是在三天前的中午，乘坐长途大巴，去了龙番。"

我浑身的鸡皮疙瘩顿时起来了，曲小蓉的直觉很对，杜洲还真的是来了龙番。不过，这个消息确实是个喜讯，至少给我们下一步寻找指明了方向，也算是往前大大地跨了一步，把一亿分之一的寻找概率提高到了两千万分之一。

"感谢感谢。"我由衷地说道。

王局长说："不过，他去了龙番之后，究竟在哪个区域失踪的，我也就无能为力。但经过我们的调查，杜洲应该和这个人在龙番联系过。"

王局长递给我一张纸，上面有一个人名，还有他的工作单位和电话号码。

这真是个意外的收获。我如获至宝似的把字条折叠好，放进了衣服的口袋，说："太感谢了，后面就交给我们吧。那第二个喜讯呢？"

"不知道是喜是忧啊。"王局长的脸上露出了一丝迷茫，"昨天晚上，我们经过彻夜调查，发现了一个犯罪嫌疑人。这个人叫张龙，曾经因为抢劫、强奸被判处了十二年有期徒刑。一个月前，他刚刚刑满释放。这个人的侄子，叫张希若，是一家酒吧的老板。"

"就是赵辉经常去喝酒的那家酒吧？"我抢着说，"赵辉上班点完卯，就会去的那家酒吧？"

王杰局长点了点头，说："不错，正是那家酒吧。"

"这个张龙近期在青乡？"我问。

"是的，我们找到他的时候，他正在张希若酒吧的后堂里睡觉。"陈支队说，"于是我们把张龙、张希若一起给抓了回来。"

"不是他们，还能有谁？他们具备了所有的条件！"我欣喜若狂。

王杰局长说："可是，经过一晚上的突审，两个人不约而同地都做出一副毫不知情的无辜模样，这让我们的侦查员都快丧失信心了。"

"正常，案发这么久了，两个人也该建立攻守同盟了。"我依旧喜形于色，说，"带我去见他们。"

走进了审讯室，一个平头男正坐在审讯椅上打瞌睡，似乎对我的出现毫不关心。侦查员说，这个男人就是张龙。

"醒醒！"我走上前去，大喝了一声。

平头男抬起头来，恶狠狠地看着我。

从他的眼神中，不知怎的，我自己内心已经确认，那个杀人犯就是他。

"起来，脱光衣服。"我冷静地命令道。

平头男依旧恶狠狠地盯着我，动都没动。

"现在没开空调，有点冷。"侦查员提醒我，"审讯全程录像，检察院会质疑我们是用寒冷手段刑讯逼供的。"

"对待杀人犯也要像对待大爷一样吗？"我咬着牙，狠狠地放话道，"我说话你他妈听不见吗？人身检查！"

我一直很恨强奸犯，更恨那些对小孩子都下得去手的畜生。此时的我，眼神里大概有种不能控制的杀气。我经历的审讯不算多，但我知道，对峙的时候，气场很重要。

果然，平头男慢慢地站起，虽然眼神还是恶狠狠的，但开始慢慢地脱衣服了。

我耐心地等到他脱光，开始对他进行人身检查。

当我看到他小腿后侧的那一块红色区域的时候，就彻底放下了心，之前的担忧一扫而光。

"这是什么？"我一边指着张龙小腿后侧的红色区域问道，一边张罗着林涛照相。

"胎记。"张龙说。

我冷笑着从口袋里掏出警官证，砸在张龙的脸上，说："看看我是干什么的，胎记？你怎么不说是痣？"

"那是……什么？"侦查员耐不住好奇，探头问我。

"咬痕。"

我说完这一句的时候，特地留意了一下张龙的表情。他很会表演，面部的表情依旧恶狠狠的，但全身的鸡皮疙瘩瞬间起来了，连下体都瞬间提了一下。

这是受到惊吓的表现。

"小女孩咬得你很疼吧？"我说，"所以你下了那么狠的手？若不是隔着裤子，估计得撕下你一块皮来吧？"

"胡说！"张龙的眼神明显有些闪烁，"你们凭什么说是咬痕？"

"你不知道有一种技术，叫作牙痕比对吗？"林涛插话道，"认定能力可以和DNA相当了！畜生！"

林涛平时文质彬彬，遇见可恨的凶手，难免和我一样蹦出几个脏字。

"好了，你可以穿上衣服了。"侦查员见我们拍照完毕，催促张龙赶紧穿回衣服。

张龙坐回审讯椅，侧身对着我们。

姜振宇教授说过，这是一种保护型姿态。我知道，因为这一处咬痕，张龙的心理防线其实已经出现"蚁穴"了。他的负隅顽抗，坚持不了多久。

我和林涛退出了审讯室，静静地坐在隔壁的观察间里，看着审讯人员一步一步彻底攻破了张龙的"千里之堤"。

张龙刑满释放后，为生活所迫，来到两千多公里外的青乡市投奔只比他小五岁的侄子张希若。

张希若做的也是小本生意，对于好吃懒做、花销还大的张龙，实在是伺候不起。但是迫于血亲的关系，还有张龙的凶恶，张希若只能忍气吞声。

每天想着如何把张龙这尊"大神"请走的张希若，终于想出了一个办法。经常来店里喝酒的赵辉，不是成天吹嘘他的待遇有多好、存款有多多吗？正好，这是一个既能请走张龙，又能发泄心中嫉妒的机会。张希若决定唆使张龙去抢一把。赵辉这个成天不用干活儿、嗜酒如命，还能拿着稳定高薪的人，也该出出血了。

因为数年的接触，张希若对赵辉家了如指掌，也知道他现在和老婆分居。逐个击破、化整为零，正是张龙实施抢劫的一个绝佳策略。于是，张希若把赵辉家的现状以及具体地址都告诉了张龙。

张龙自己也表示，只要能弄到几万块钱，他就回老家去发展。两地距离这么远，不过一桩小小的抢劫案，警察怎么也不会找到他。

按照预谋，张龙在于萌轩家楼上的平台潜伏了一个多小时，终于等到她带着孩子回家了。他趁着于萌轩开门的机会，猛然从楼上冲下，把母女俩推进了屋里，反锁了大门。

在那把寒光闪闪的匕首的威逼之下，为了保全自己和孩子的性命，于萌轩只能妥协和配合。张龙把小女孩关进了小房间，然后威逼着于萌轩拿出了三万多块钱现金。欣喜若狂的他，无意间看到了床头柜里的避孕套，顿时兴起，要求于萌轩和他发生性关系。

于萌轩性格内向而且懦弱，面对这样的情况，只能乖乖就范。

张龙一边把避孕套包装纸装进口袋，一边拉开拉链准备性侵。

可是就在张龙爬到于萌轩身上的时候，赵于乐不知道怎么从小房间里走了出来。这个只有5岁的小女孩，看见张龙正在"欺负"妈妈，果断地冲了上去，又抓又打，还一口咬住了张龙的小腿后侧。

张龙没想到一个5岁的小女孩会如此勇猛，咬合力也这么大。吃痛的张龙回身要殴打小女孩，而此时，于萌轩也趁机抓住了张龙持刀的手，防止他伤害女儿。

然而，一个弱女子怎么会是一个壮汉的对手？张龙挣脱了于萌轩的手，直接一刀，杀害了她。

即便妈妈没有动静了，赵于乐依旧咬着张龙不松口。张龙只能反持着匕首一顿乱扎，他也没有想到，他居然用这把锐利的匕首扎了小女孩十八刀，才让她松口。5岁的孩子已用尽了所有的力气，她倒在沙发旁的餐桌边，身上每一个刀口都在往外流血，在剧烈的疼痛中离开了这个世界。

张龙逃出于萌轩家的时候，感觉自己的小腿肚子韧带受伤，走路都走不利索了。但是他执着地按照既定的方案，又去了醉鬼赵辉家里。

按理说，这个点正是赵辉喝得烂醉、不省人事的时候，抢劫动作可以进行得毫无阻碍。可没想到，酒精是先兴奋中枢神经，再抑制中枢神经，这个醉鬼此时正喝到兴头上，战斗力甚至比清醒时还要强上几倍。

所以，张龙在和赵辉的搏斗中落了下风，还被赵辉掀开了面罩，不得不丢弃凶器，狼狈逃走。当然，按照张龙的说法，若不是小腿受伤，他也不会如此不堪。

张龙被赵辉看到了长相，极为恐惧，准备当晚离开青乡市。可是，那个时候警察已经全部上街，开始密集排查犯罪嫌疑人，张龙一时半会儿也走不掉，只能藏匿于张希若的酒吧之中。不过第二天，张希若探来消息，说警察已经抓了赵辉，这让张龙顿时放下心来。他决定好好潇洒几天，等风头一过就逃离青乡。

警察抓到张龙的时候，他刚刚从卖淫店里回来。

根据张龙的交代，警方找到了他埋藏血衣的地方，加之牙痕的比对，本案迅速得以告破。

"我说，这个酒鬼爸爸，真是害了一家人。"林涛感慨道。

大宝点头赞同："对了，老秦，你看到小女孩的牙齿松动，怎么就敢确定是咬人所致？"

我顿了顿，说："依据经验的直觉吧。当时我要求专案组放人，主要依据也是如此。赵辉的人身检查照片显示，他全身并不存在咬伤。"

"这么小的孩子，就知道要保护妈妈。"陈诗羽有些哽咽，"她这么勇敢，这么拼命，长大了应该是一个很优秀的女孩子吧？"

"嗯，有时候我真希望有一个平行世界，"韩亮也有些唏嘘，"勇敢的小女孩能在那里长大，所有的遗憾也能有机会得到弥补。"

陈诗羽突然看向韩亮："你有什么想弥补的遗憾吗？"

韩亮愣了一下，笑道："没有，我哪有什么遗憾。我有吃有喝有车开，有什么好遗憾的。"

"对，还有很多'朋友'。"林涛赶紧补充道。

"很多，很多'朋友'。"大宝也笑了。

"走啦走啦，回龙番继续找人啦。"韩亮挠着头，拉开了车门。

法医秦明

VOICE OF THE DEAD

第三案

抛尸之夜

———

极善与极恶，只在一念之间。

———

凑佳苗

1

"哎,阮彪的电话怎么就打不通呢?"我靠在后排的一角,一手拿着王局长给我的写有地址和电话的字条,一手拿着手机。几乎每隔五分钟我就会打出一个电话,可是对方的手机一直在提示:正在通话中。

"他这是跟谁在煲电话粥呢?"大宝说,"如果不是煲电话粥,怎么会一直占线?"

"要不然,我们把车直接开去字条上的地址?"韩亮见车即将开出高速公路,征求我的意见。

"这个惠丰大厦是在什么位置?"我问道。

"我来搜一下。"大宝掏出手机准备上网查询,"我刚买了智能手机,嘿,和电脑一样!"

"百脑汇附近的一座写字楼吧?"韩亮在大宝打开地图 App 前,便先说了出来。

"好吧,你不仅是活百科,"大宝悻悻地收起手机,"还是活 GPS。"

"司机都是活 GPS。"韩亮笑笑。

"别收啊,这个惠丰大厦 B 座 13 楼 1302 室,应该是什么公司?"我对大宝说,"这个你可以搜一搜了,韩亮说啥也不一定知道得那么详细。"

韩亮握着方向盘耸了耸肩,表示无能为力。

大宝又来了兴趣,拿起手机查了起来。

"嗯,叫什么民之乐家居工程有限公司。"大宝说,"就是装修公司吧?搞那么多新鲜名词干吗。"

"那我就直接开去惠丰大厦?"韩亮又问了一遍。

我点了点头,说:"我可以先打个 114 来问问电话,说不定也能直接找到阮彪的办公室电话什么的。"

我满怀信心地打了电话,可是 114 的话务员告诉我,这家公司的固定电话,已经被注销了。我吃了一惊，一家正常运营的公司，即便更换住址、更换电话号码，也不至于在 114 上直接注销啊。难道，公司解散了？王杰局长肯定是查到了阮彪这个联络人，然后通过内网查询了地址和电话。但内网的更新速度未必跟得上公司实际信息的变更，所以地址和电话不一定准确。那我们该如何去找这个叫阮彪的人？

"我们快到了。"陈诗羽说，"找一找这个地址吧，说不定没想象中那么复杂呢？"

说话间，我们停下了车，怀着忐忑不安的心情坐电梯上到了这栋惠丰大厦的十三楼。1302 室哪儿还是什么装修公司，走进这个写字楼，满眼的奢侈品品牌。这里，俨然是一个国外奢侈品的代购点。

一个胖女人用"葛优瘫"的姿势，慵懒地靠在一把太师椅上，眯着眼睛看着我们鱼贯而入。

"我们是公安厅的，想通过您了解一下，这个住址的原主人，现在去哪里了。"我出示了警官证。

女人没理我，倒是颇有兴致地打量了一下林涛，说："哟，这位小帅哥，你也是公安？"

林涛被她看得不太舒服，没吭声。

"帅哥留个微信呗，留了我就告诉你原主人去哪儿了。"女人笑嘻嘻地继续看着林涛。

我用征求意见的眼光看着林涛，意思是说：为了找人，暂时牺牲一下也无妨吧？林涛则恶狠狠地瞪着我，意思是说：你还真的为了查案就让兄弟出卖色相啊？陈诗羽没说话，只是在一边静静地观察着。

大宝则左看看，右看看，像是进了大观园一样，说："哟嗬，这里还有卖包、卖表的，为啥不找个店面啊？哎哎哎，你看看，这手表好个性啊！里面有几颗钻，还能转，好玩。"

大宝拿着手表晃来晃去。

"喂！那位警察同志。"女人指着大宝，脸色顿时冰冷了好几度，"那手表你弄坏了的话，靠你那点工资可赔不起！"

说完，她脸色一变，又一脸坏笑地对着林涛："留个微信呗，人家又不干什么奇怪的事！"

陈诗羽正想说什么，我赶紧用哀求的眼神示意林涛抓紧时间，不能再在这里消耗下去了。林涛一脸不情愿地在柜台的纸上写下了一串数字："行了，告诉我吧。"

大宝一脸不屑，拿着手表问韩亮："一块破表，能值多少钱？"

韩亮听大宝这么一问，抬眼看了一下，说："萧邦，这一款二十几万元吧。"

大宝吓了一跳，像是上香一样，双手捧着手表，举过头顶，慢慢地放回原位。

女人得意地发出咯咯的笑声，缓慢地坐起，像一只树懒一样，用手机加了林涛的微信，还给他发了一个大大的"红心"表情，引得我起了一阵鸡皮疙瘩。

"阮彪是吧？"女人直接说出了我们要找的人的名字，看来还真的有戏，"我和他不熟，他把写字楼卖我了，说是自己的公司被一家叫什么的公司给并了，换地方了。"

"叫什么的公司？"我追问道。

"我记不起来了，除非帅哥请我吃饭。"女人给林涛飞了个媚眼，脸上的肥肉一颤一颤的。

林涛有种被骗的感觉，涨红了脸想和她理论，被韩亮一把抓住，拽出了写字楼。

"怎么了？"我们几个边快步跟上，边问韩亮。

"我想起来了，这家民之乐，是被龙番最大的装修公司龙腾公司吞并了。"韩亮说。

"我去，这你都知道？"大宝又是大吃一惊。

"我上次看报纸，好像是看到有这么一则公示。"韩亮说。

"报纸的中缝你都看？"我说，"你怎么不早说？害得林涛都得去出卖色相。"

"这哪里记得住？之前觉得'民之乐'这个名字比较熟悉搞笑，听那胖子一说，我才想起来之前在报纸上看到过。"韩亮摊着双手对林涛表示歉意。

陈诗羽不满地看了我一眼："林涛被人欺负，这事儿不应该怪你吗？"

林涛解围道："没事没事，加个微信还好，韩亮已经很牛了，不然估计老秦得让我和她共进晚餐了。"

"我是这样的人嘛！走，去龙腾公司走一走。"我嘿嘿一笑，赶紧说道。

不愧是大公司，不需要我们多费口舌，公司前台就帮我们找来了这张纸片上写着的阮彪。

阮彪和他的名字不一样，一副文质彬彬、谦谦君子的样子，西装笔挺地往我们面前一站，双手递上一张名片。

"不好意思，我换了电话号码，原来公司的联络手机，因为号码不错，所以保留到现在这个公司，业务拓展部在用。"阮彪礼貌地说。

业务拓展部我是知道的，就是每天拿着那些不知道从哪里弄来的电话号码，挨个儿给人家打电话推销装修的部门。这就是我一直打电话都是占线的原因。看来，不论是大装修公司还是小装修公司，业务拓展的办法都是一样的。

"附属业务部总经理。"我笑了笑，说，"我们就不寒暄了，我就想问问你，你认识杜洲吗？"

"杜洲？"阮彪坐在我们对面呷了一口咖啡，做出思索状。

不好，看来是不太熟悉，我心里一沉。

"哦，是不是青乡水暖公司的？"阮彪像是想起了一些线索。

我看了看大宝，大宝点了点头。

"2月28日，他和你联系过吗？"陈诗羽主动揽下了询问的工作。

阮彪拿出手机看了看日程表，一拍脑袋，说："啊，我想起来了。是这么回事，他们青乡水暖公司，一直想和我们公司谈战略合作。我是附属事业部嘛，装修的时候，安装家电啊、家具啊、锅炉啊、暖气啊什么的，我们就会和一些家电、家具、水暖公司进行合作。因为我们的业务量是全省最大的，所以他们青乡水暖想让我们向客户推销他们的家庭暖气系统。"

"杜洲是销售部经理，所以他就希望能和你见面，对吗？"陈诗羽继续追问。

阮彪点点头，说："那一天，是我们约好见面的时间，后来他坐大巴来的时候，碰上了高速堵车，误了我们约定的时间。如果我没有记错的话，他应该是在下午4点30分到了龙番，给我打了电话。我当时正好在约请一个客户，所以告诉他先住下来，第二天上午我会电话联系他见面。"

"你们见面了吗？"大宝急着问。

"没有。"阮彪摇摇头，说，"第二天我再打他的手机，就一直是无法接通的状态。我打了好几个，一直是这样。"

陈诗羽点点头，说："这个和曲小蓉反馈的情况是一致的。第二天，曲小蓉打电话给杜洲，也一直是无法接通。到现在一直都是这样。"

阮彪小心翼翼地问我们："他……是不是犯什么事儿了？我确实不认识他，见都没见过，就通过几次电话。"

"不是，放心。"我笑着拍了拍阮彪的肩膀，"如果他再次联络你，请你马上联系我们，谢谢了！"

大宝仍不死心："他给你打的那个电话，就简单交谈了几句吗？没有和你说他在哪里或者准备去哪里吗？"

阮彪皱眉想了想，说："我确实不知道他在哪里，他没告诉我在哪儿，也没告诉我会住在哪里。毕竟，我们不熟。你看，通话记录在这里，下午4∶35他打的我电话。"

阮彪掏出手机给我们看。

"那电话里，有什么动静没有？"我也抱着一线希望。

"挺吵的，还有消防车的声音。"

没想到我这一问，还真问出了线索，不禁喜出望外。

"消防车出警是要求五分钟之内抵达现场的……"我话刚说一半，小羽毛就明白了。

"我这就联系消防队的兄弟，请他们帮忙查一下那天下午4∶30—4∶35之间接的消防警情。"

小羽毛边说，边出门打电话。

"你们这是……"阮彪见我们这样，还是有些担心。

我和善地笑了笑，说："没事儿！你帮了我们大忙了！"

勘查组办公室里，我把一张龙番地图铺在桌子上，在地图上做着标记。

"这么短的时间里，居然会有两起火警。"大宝说，"还隔得那么远，究竟哪个才是杜洲所在的区域？"

我抬眼看了看大宝，笑着说："这根本就不是问题，我是在考虑他会住在哪个宾馆。"

"你知道他是在这两个区域中的哪个区域？"大宝惊讶地问。

"这个我都知道！"林涛笑着说，"外地人到龙番来找人办事，肯定是刚下汽车不久就会打电话联系。你看，这个火点在这里，距离汽车站后门不远，所以肯定就是这个区域了。"

"对啊！"大宝一拍脑袋。

"消防中队在这里，火点在这里，所以这一条路就是消防中队必然选择的一条路。"我在地图上用红笔标记出一条道路，"说明杜洲打电话的时候，也恰好在这条路上。这条路的周围都是小商贩，车多人多，所以会比较吵。因为比较吵，所以可以排除是其他区域传来的消防警报。"

"可惜，这条路的周围有很多宾馆。"小羽毛说，"毕竟是车站附近嘛，这就给我们的查找带来了麻烦。不知道他会住哪一家。"

"可以排除那些便宜的小旅馆。"大宝说，"杜洲不会在住宿上亏待自己的，他一直在这方面很讲究。以前，以前我们一起出去玩的时候，都是他做攻略的。他的消费习惯应该不会变——"

"这个线索很重要。"我打断了大宝的话，省得他尴尬，"我之前就很担心那些黑宾馆不用登记身份证就让人住，这样我们就不好找了。只要他住的是正规宾馆，那么我们就应该可以找到他的踪迹，而且寻找的范围也大大缩小了。"

"可惜我们没有权限查询旅馆管理系统，不然直接上网一搜就知道他住哪儿了。"小羽毛看着屏幕，屏幕上写着：您的数字证书不具备相应权限。

"毕竟是个人隐私。"我说，"虽然警方已经受案调查杜洲的失踪事件，但目前没有犯罪事实，还无法立案，这样我们也不可能申请到查询的权限。"

"那怎么办？"大宝有些着急。

"还能怎么办？"我看了看外面阴沉沉的天气，说，"抓紧时间吧，趁着还没别的案子，我们分头去找，挨个儿宾馆问问。"

我们走出办公室，见警车已经停在楼下，韩亮坐在驾驶座的位置上摆弄着手机。我拉开车门坐了进去，韩亮像是被吓了一跳，迅速把手机往怀里藏。

"等等，等等。"我一把抢过韩亮的手机，发现黑白色的屏幕上正跑着一条贪吃蛇，"你这是什么手机？你还玩这么古老的游戏？"

"哇，诺基亚8310？"陈诗羽也很惊讶，"这是我小时候才看到过的手机吧？"

"我记得韩亮平时不是用另一个手机的吗？"林涛狐疑地说，"你怎么同时用两个手机呢？有什么秘密？"

"我……这……你们真是无聊。"韩亮一把抢回诺基亚，小心地揣回怀里，说，"你们小心点，别把我手机弄坏了。比起那块萧邦表，这个手机才更赔不起呢！"

"那确实，都停产了，上哪儿赔你去？"我也跟着笑道。

"韩亮肯定有个小秘密，就是不愿意告诉我们。"林涛凑近韩亮的脸，坏笑着盯着他。

"嘁……谁没有秘密？天快下雨了，赶紧走吧，我看大宝都急了，你们倒是要去哪儿呀？"韩亮连忙岔开话题。

"汽车站后面那一片宾馆，我们分头去找杜洲的踪迹。"

大宝点点头，和平时相比，他确实没了开玩笑的精神。我们放过了韩亮，但我确实有点好奇，韩亮这家伙，平时和我们玩闹归玩闹，可对自己的事情总是守口如瓶。真不知道他的这个手机背后有什么秘密。

地方很快到了。天上下起了小雨，我们穿上警用雨衣，分成三组，沿着我用红线标出的那条大路，从三个不同方向，逐一寻找杜洲的住宿痕迹。

林涛因为长得帅，容易忽悠前台的服务员，所以他一个人被分为一组，专门查找大路、岔路上的宾馆。林涛的工作量明明是最大的，可未承想，人帅好办事，他居然是最先完成任务并抵达集合点的。

虽然我们三组人都完成了任务，不过也就是仅仅完成了任务而已。三组人都没能查询到杜洲的住宿信息。

也就是说，2月28日那天晚上，杜洲并没有在这个区域的旅馆居住。

"究竟是怎么回事？"大宝沮丧道，"会不会是在另外一个火点附近？他会不会打完电话后，直接打车去了别的区域？"

"不排除这些可能。"我说，"我们的推断都是建立在统计学意义上的，只是可能性大罢了，所以事实完全有可能超出我们的推断。不过我们能做的，也就是这些了。龙番那么大，我们也没有能力去排查所有的宾馆。"

"说不定他根本就没有住下来呢？"林涛擦着额头上的汗，对着车窗玻璃整理发型。

"怎么办？"韩亮打着火，问。

"下班后，我去找曲小蓉聊聊吧，看看杜洲有没有可能在龙番住到朋友、同学家什么的。"小羽毛自告奋勇。

大宝感激道："为了我的事，麻烦大家了。"

"这哪是你的事呢，"我说，"你就放宽心吧。回家别耷拉着脸，要不宝嫂又该担心了。"

警车的发动机发出轰鸣声，向公安厅的方向驶去。

2

第二天一早，我刚到办公室，就看见小羽毛在打电话。

大宝也到了，看来昨天没睡踏实。他没打扰小羽毛，压低声音冲我说道："小羽毛说，昨天见过曲小蓉了，没多少新线索，杜洲也是第一次来龙番。除了我，他们俩就没有其他认识的人了。"

"既然人生地不熟，他应该不会胡乱打车到别的地方去居住，因为阮彪也没有告诉他公司地址。那我们昨天找的范围应该没错啊。"我朝陈诗羽点点头，她完全没顾上搭理我，于是我问大宝，"小羽毛在给谁打电话呢？"

"小羽毛说，她有同学被分配到了那个片区。她正在委托他们帮忙找线索呢。"

"不愧是我们的小羽毛。"我赞叹道。勘查小组里有个侦查员，对外联络确实高效不少。

说完，我又拿出地图，低头细细地看。

陈诗羽打完了电话，抬头问我："刚才是有话跟我说吗？"

我点了点头，说："没啥，就是夸你呢。对了，小羽毛，你还是要围绕淮南路附近一带来找线索。我刚才看了看，虽然淮南路上有车站，有商贩，但是沿着岔路走出五百米，就是人迹罕至的地方了。另一头的岔路上也是一些小的居民聚集区。这些地方都比较僻静，我觉得应该是寻的重点。"

"对啊，杜洲是和曲小蓉吵架后出来的，路上又碰见堵车，到晚了也没赶上和客户见面。"大宝说，"换谁都心情极差吧？如果他想散散步什么的，说不定就走到没人的地方了。然后，然后……"

"好的，我去办。"陈诗羽打断了大宝，说。

一上午的时间，陈诗羽都在打电话。大宝感动万分。然而，一直到中午，都没有任何回复。下午刚上班，陈诗羽又继续开始打电话发动另一拨同学帮忙查找线索，我则在公安网上查看着龙番市地图的监控系统。

很可惜，汽车站周围的大路以外，都没有监控探头。也就是说，一旦杜洲走上了小路，就离开了监控范围。既然这样，我们也就没有必要大费周章去走申请查找监控录像的流程了。

林涛突然一把推开办公室大门，说："老秦，你手机是没电了吗？师父找不到你，要发火了。"

我慌忙拿出手机一看，果真进入到低电量保护模式了，连来电都没提醒。我吓出一身冷汗，对一个随时需要出勘现场的法医来说，手机关机，或者接不到电话，都是大忌。

"好在我联系得上。湿地公园，尸体。"林涛喘了几口气，说，"师父让我们去看看。"

"韩亮来了没有？"我问，"不会就是上次韩亮的前女友说的那件事情吧！"

"来了，就在楼下。"林涛说，"我看啊，八九不离十，湿地公园有埋尸！"

一路上，大家都在热烈地讨论，一个沼泽地里，会有什么样的尸体现象。只有韩亮一声不吭地开着车。

车子开到湿地公园东北角岔路的边上，就开不下去了。我们只好拎上勘查箱，步行往那一片沼泽地的方向走。远远地，我们就看到了很多警察把一块沼泽地围得水泄不通。唯一一条通往沼泽地的小路，无人打理，荆棘遍布，我们费了不少力气才走到了沼泽地的旁边。

上次看到的那个长得像模特的韩亮的前女友，正一脸不安地站在现场。看到韩亮出现，她顿时像是找到了避风港一般，几步就扑进了韩亮的怀里。韩亮抱也不是，躲也不是，任由女孩紧紧地贴着自己，只好轻轻地拍了拍她的背。我们几个都尴尬地装作没看到。

"所以是真的有尸体，真的有尸体……"女孩喃喃着，显得非常恐惧。

"是这位余莹莹小姐报的案，说是在这里闻见一股臭味。"派出所民警说，"我们出警过来看了看，没闻见什么臭味。不过既然有群众报案，我们也就安排了民警今天一早穿着橡胶衣，拿着工具下沼泽查找，真是没想到，一查就查出个尸体。"

"没味啊。"大宝吸了吸鼻子。

我开始还以为我的鼻炎又犯了，看起来，大宝这个"人形警犬"都没有闻到异味，就不是我的嗅觉出问题了。要么，是这个余莹莹对尸体的气味特别敏感；要么，就是瞎猫碰见死耗子了。

"尸体在哪儿？"我问。

民警说："当时下去的民警就看见一个脚指头，没敢动，就报告市局了，市局就请了你们来。"

我点了点头，穿上勘查装备，沿着痕检部门铺设的勘查通道，一点一点地接近沼泽地，在沼泽地的旁边停了下来。

沼泽地里，大家正忙得热火朝天。

包括程子砚在内的几名痕检员正在沼泽地周围进行痕迹搜索。我完全想象不到，像程子砚这样看起来文文静静的女孩，涉足肮脏的沼泽地，会是一种什么样的感受。但她看上去似乎毫不介意。

沼泽地里，几名法医和民警穿着打鱼人穿的连体橡胶衣，在对一堆淤泥进行清理。如果我没有猜错的话，这堆淤泥的下方，应该就是一具尸体。

可是我想得简单了。法医们清除完淤泥之后，发现泥土下面居然是一层摆放整齐的石头块。法医们又逐个把石头块搬出来，发现下面压着一张木工板，木工板被抬走后，才看到一堆黑乎乎的东西，不用说，这就是尸体了。

可见，这绝对不是什么意外陷入沼泽死亡的尸体，而是被人一层层精心掩埋的尸体。十有八九是命案了，我心里想着。

"这一片沼泽地是什么时候开发成湿地公园的一部分的？"我转头问身边的湿地公园的管理员。

"应该是 2001 年吧。当年我们建设湿地公园的时候，对这一片沼泽地进行了清理和开发。"管理员说，"不过公园效益一直不好，这里又是偏僻的拐角处，所以也没人来，就搁置了。"

"以前，通往这里的路就是这样？"我问。

"是的。"管理员说，"这里岔路比较多，我们也是不主张人们从这些岔路进来的，所以周围的路也没人修。"

我若有所思地点了点头。

"我去，这是不是尸体啊？这么软？"几名法医把尸体拖上岸，韩法医掰动了一下死者的胳膊，似乎可以将其弯折成任何一个角度，"这不会是假人吧？"

"哪儿有假人可以做得这么逼真的？这就是一个身材瘦小、皱巴巴的小老头啊。"大宝戴着手套，也拎了一下尸体，说，"哟，这尸体确实很轻哦，轻得有些不可思议。"

说完，大宝掰开死者的口腔和眼睑，说："一般假人都不会把牙齿和舌头做得这么逼真，他还有坏牙！"

我浑身一激灵，赶紧蹲下来拿起尸体的上肢仔细看了看，然后用纱布擦去尸体表面黏附的泥土。整个尸体的皮肤都呈现暗褐色，皮肤比较硬。尸体是个男性，上身应该穿着一件 T 恤，下身穿着七分牛仔裤。头发还都保留完好，刘海儿比较长，两边头发比较短。

"这是泥炭沼泽？"我转头问身后的管理员。

管理员吃了一惊，点点头，说："好专业啊，正是泥炭沼泽！"

"这就罕见了！"我叫道，"这是泥炭鞣尸啊！"

"什么什么尸？"林涛问。

"泥炭鞣尸！这是一种保存型的尸体现象。尸体的皮肤会变得像鞣革一样，这样皮肤的状况也会被保存得非常好。如果生前有皮肤上的损伤，现在依旧可以辨别出来。"我解释道。

"为什么会有这样的现象？"林涛好奇地追问道。

"你看，尸体埋于富含多种腐殖酸和单宁物质的酸性土壤或泥炭沼泽中，由于鞣酸与腐殖酸的脱钙与防腐作用，腐败停止发展，皮肤鞣化，肌肉和其他组织蛋白逐渐溶解，尸体体积高度缩小，骨骼和牙齿脱钙变软，重量减轻、变软易曲……"我如数家珍般讲个不停。

大宝则在一边感叹道："哦，以前上学的时候学过，保存型尸体现象有四种——干尸、尸蜡化、泥炭鞣尸和浸软嘛。但工作这么多年，我还真一次都没见过泥炭鞣尸！"

"你当然没见过！全国法医也没几个见过。"我说，"以前我们国家就发现过几例，北欧那边泥炭沼泽多的地方，倒是发现过不少。不过，被发现的泥炭鞣尸好多都是两千年前的！"

"啊！那这不会也是一具古尸吧？"大宝一惊。

"你傻呀，这个我不用学法医都能看出来。"韩亮敲了一下大宝的脑袋，"两千年前哪有穿 T 恤、牛仔裤的？"

"是啊，这个不会太久。"我说，"2001 年这片沼泽才刚刚开发，所以肯定是2001 年之后埋尸的。而且，尸体也没有显著变轻、变小，也不至于软化到随意曲折。说明，这具尸体才刚刚出现泥炭鞣尸的征象，只是停止腐败、开始软化而已。"

"可是，谁会把这个小老头埋到这里呢？"大宝说。

我摇摇头，说："泥炭鞣尸的尸体会脱钙、脱水、肌肉溶解，所以整具尸体会变小，皮肤也会显得皱巴巴的。但这并不表示他是个小老头。你看看他的发型，显然是个年轻人。"

"哦，是啊，十几年前这种发型挺流行的。"韩亮说。

"北欧以前发现过一具泥炭鞣尸，被发现的时候，尸体皱巴巴的、满头红发，看上去如同恶魔，人们叫她伊蒂女郎。后来经过研究，人们才知道她是被人献给众神的祭品，死的时候才 16 岁。这也证明了活人祭品的传说在人类社会中曾经真实存在。"我说，"至于这个尸体究竟有多大岁数，我们还是得想些办法。"

"埋尸埋得如此细致，说明应该是熟人作案啊。"龙番市市局的胡科长说，"看来寻找尸源又要成为本案的重点了。"

"当然死因也很重要。"我已经掀开死者的衣物，大致看了一遍尸体表面。

这具尸体全身都没有任何刀口或者大面积的挫伤。颈部、口鼻也都是正常的颜色，并没有发现他生前有损伤的痕迹。既然没有外伤，没有机械性窒息的损伤，那么这个人是被人杀害的依据就不太足了。

"是啊，一般杀人的话，要么就是工具性、机械性暴力，要么就是掐、扼、捂、勒之类的机械性窒息。"胡科长说，"这具尸体上，好像都没有表现呀。"

"一步一步来吧。"我说，"首先是个体识别。T恤、牛仔裤以及发型这些条件，可以作为寻找尸源的依据。但是具体失踪时间不能确定，衣服腐蚀、破损得也很厉害，这样撒网去找，难度太大了。对尸体本身来说，身高、体重是没法判断了，年龄还是很重要的。"

"耻骨联合呢？"大宝问，"用这个来判断年龄不就行了吗？"

"我们平时是怎么处理耻骨联合的？"我问道。

"不就是解剖的时候取下来，然后煮，等软组织可以剥离的时候，再拿出来剥离软组织、暴露骨骼联合面，从而根据联合面的特征进行年龄的判断？"大宝一脸疑惑地说出我们的常规操作。

我点头："没错，但这是泥炭鞣尸，尸体骨骼的钙大量流失，这样的骨骼变软、易折，要是放到高压锅里，别说煮了，一受热就没了。"

"啊？那怎么办？"大宝一下子没主意了。

"你忘记师父最近带我们研究的课题了吗？"我说，"就是宝嫂出事之前，我们研究的。"

"什么课题？"胡科长和韩法医也很好奇。

我解释道："是成人活体年龄推断新方法的研究。以前，我们判断尸体的年龄，要么是通过取下耻骨联合来推断，要么就是通过X光片观察骨骺愈合情况来判断未成年人的年龄。可是，如果是骨骺愈合的成人，又不能取下耻骨联合，该怎么判断年龄呢？师父带着我们，找到了市立医院的CT室主任，一起研究了这个课题。就是用三维重建技术，重建成人活体的骨盆，然后在三维重建系统之中，把耻骨联合打开，就可以观察到耻骨联合面的形态了。"

"好主意啊。"胡科长赞道。

我点点头，说："这个课题已经快结题了，研究成果已经很成熟了。"

"你的意思是，把他拖上CT机？"林涛指了指地上的尸体，惊讶地说。

"不行！绝对不行！"市立医院CT室管主任在自己的位置上正襟危坐，"我们这是大医院！我们的管理很规范！活人上的机器，死人怎么上？"

管主任是一个胖乎乎的中年男人，戴着一副无框眼镜，整天忙忙碌碌的，即便是大冬天，我也经常看到他满头大汗的样子。

"我们对尸体进行了封闭处理，不会污染你们的机器。"我一脸诚恳地笑着说，"我们用塑料薄膜把尸体裹了几圈，外面还套了一个封闭的橡胶袋。这些既不影响CT射线，又能有效防止尸体污染你们的机器。你放心好了！"

"哎，CT也不是无菌的，但，但是你们这么操作，我心里硌硬，你知道吗！"管主任唉声叹气地抱怨着。

此时天色已黑，但不进行三维重建，我们也不敢轻易解剖尸体，生怕损坏了耻骨联合而无法判断死者的年龄。所以，不管多晚，我们都必须做通管主任的工作。

管主任是正准备下班的时候，被我们堵进了办公室。平时，市局的法医和我们，都和管主任非常熟悉。几乎全国各地的公安法医，和医院的医生关系都很好，除了双方算是半个同行、惺惺相惜，更是因为在办案、科研等方面有诸多合作。

管主任的办公室就在常规CT室的旁边。这是市立医院的常规CT室，不像急诊CT随时有CT检查要求，常规CT是不接收急诊的，可以按时上下班。此时，已经是下班时间，CT室的外面已经没了人。被我们这么一大帮人堵住，管主任就知道我们这次来不是啥好事儿了。

"硌硬也就你一个人硌硬。"胡科长也一脸笑容地凑过去，"别人又不知道。"

"这要是让我们院长知道了，我这主任也就当到头了！"管主任摆摆手，一副油盐不进的样子。

"我下周请你喝酒。"我说，"还有小龙虾！"

"你请我吃唐僧肉我也不干！"管主任说。

"您这是在为社会治安做贡献！您这是在为逝者洗冤！"大宝也追在管主任的身边，激情澎湃地游说，"这将会是伟大的决定！"

"别忽悠我，我又不是公安，我没这义务。"

"我们这不是没钱买CT机吗？不然也不会让您这么为难啊。"我说，"但这案子真是很重要，不用这办法，就没别的办法了。"

"你有没有其他办法关我屁事啊。"管主任点了一根烟，"你们究竟让不让我下班了？我老婆要骂了。"

"您不答应，估计还真是走不了。"我把凳子往门口一放，开始耍无赖，笑着说。

管主任被我一副无赖的表情逗乐了，但是很快恢复严肃的表情说："我告诉你们！这是原则问题！即便你们不让我回家，我也绝对不会同意的！哼！"

3

解剖室里。

我拿着死者的耻骨联合的三维重建图片，细细研究。

"管主任这次发挥得真不错。"大宝说，"这影像处理得，就和真的一样！"

"确实，所有的特征点都暴露得非常清晰。"我说，"管主任的水平还是没的说的。"

"你看这是什么？"大宝指了指三维重建影像图片中，死者的腰部位置。

因为要进行耻骨联合的三维重建，就必须扫描整个骨盆。既然管主任都同意了，我们就干脆交钱直接做了全身CT。

从数年前，国外就提出了"虚拟解剖"的概念，最近在我国司法部司法鉴定科学技术研究所司法鉴定中心已经开始尝试运用。虚拟解剖，其实就是对尸体进行全身CT扫描加三维重建。把尸体的各个内脏器官重建出来，从影像上发现死者内脏器官的一些损伤和异常。但因为三维重建出的结果仅仅是图像层面上的效果，所以虚拟解剖并不能代替解剖。只是在解剖前，通过虚拟解剖，法医可以明确肺栓塞等不做解剖预案就容易漏检的问题，也可以对一些骨折的形态进行分析判断，从而推导出致伤过程。

当然，目前虚拟解剖还没有在全国推广普及，我们连CT都没有，更谈不上进行虚拟解剖了。既然不会运用虚拟解剖技术，我们对死者的全身三维重建图像也没法进行细致的研究，只是大体看了看死者的内脏器官。

死者的内脏器官已经缩小了，但是总体的结构还能辨明，看起来，并没有发现明确的内脏损伤。

在观察影像的时候，我们突然发现死者的右侧腰部，好像有一些异常。我们的CT阅片能力有限，加上这又是极为罕见的尸体现象，我们还真没有办法判断他腰部那一坨黑色的高密度影究竟是什么。

"既然从CT片上看不清楚，不如就直接看尸体？"我一边说着，一边戴上手套。

尸体的衣服已经腐烂，碎片都贴在身上，身上黏附了大量的淤泥。尸体虽然看上去很是肮脏，但好歹在这种酸性的泥炭沼泽里，不会引来蛆虫或者是其他什么奇怪的虫子。所以，相对于巨人观，这样的尸体对法医的挑战要小很多。

我耐心地把死者腰部的衣服碎片撕下来，毕竟后期还需要复原、拍照，并放到悬赏通告上去，所以不能破坏。尸体表面黏附的泥土和腐败的衣物都粘在一起，分不清彼此。我一边用镊子提取衣物碎片，一边用细水流冲洗掉附着在尸体表面的泥土。

很快，我就感觉到镊子有些异样，镊子的尖部触碰到了一些硬块一样的东西。尸体的皮肤虽然鞣革化了，但是并没有硬化。那么这一块硬硬的东西，要么是泥土中的石块，要么就是死者腰间带着的东西。

硬块一样的东西，和CT影像上显示的一样，已经深深地陷入了死者腹部的皮肤。并不是死者的皮肤有破损，而是硬物被压进了皮肤里。结合现场的情况，死者的尸体上面压着一张木工板，木工板上方又有石块、淤泥等重物。因为水的浮力作用和木工板的重力作用，这个硬物就被实实地压进了皮肤里，久而久之，皮肤鞣革化，硬物就在尸体腹部形成了一个凹陷。

我费了半天劲，才从死者腹部的凹陷里，把这个香烟盒大小的硬物给抠了出来。在水流的冲洗下，它终于露出了真面目。

"我去！是这个！"我喊陈诗羽过来，问，"你知道这个东西是什么吗？"

"怎么不知道，BP机呗。"陈诗羽对我的问题，一脸不屑。

"真是BP机啊？哈，这可是个古董了。"大宝来回把玩着这一台已经被腐蚀得几乎失去原来面貌的小机器，说，"小羽毛，你们90后有好些人都不知道这是什么玩意儿吧？不过你爸爸当年肯定有，公安民警必须是人手一台的。"

"你也别说人家，那个时候，我们都还年轻。"林涛说。

我看着眼前的这台BP机，它的屏幕早已消失殆尽，露出机器里面锈迹斑斑的芯片。机器表面的塑料都已经变成了黑褐色，机器的商标也残缺不全，但是还能隐约看到几个字母。

"摩托罗拉大汉显。"我说，"这机器当年不便宜，我们上学那会儿，铃铛的传呼机就是这个型号。"

"只可惜机器已经彻底坏掉了。"大宝说，"不然恢复芯片数据，知道了传呼号码，搞不好还能查到机主是谁，尸源就找到了。"

我眼睛一亮，说："韩亮，BP机是什么时候停止运营的？"

韩亮快速在手机上翻了一下，说："2007年3月左右，联通宣布终止传呼业务。"

我皱起眉头，看着尸体，一具已经变成这样的尸体，不太可能只有六七年的时间吧。很显然，在死者死亡的那个时间，BP机还是很流行的东西。挂着一台摩托罗拉大汉显，就是身份和财富的象征，所以死者才会把传呼机这么张扬地挂在衣服外面。

"不过，实际上，2002年之后，手机就开始普及了。"韩亮补充道，"2002年年底，几乎就没有人使用传呼机了，更不会有人这么招摇地把它挂在身上。"

韩亮像是和我不谋而合。

"我去！2002年！"大宝说，"这玩意儿比韩亮你的那部诺基亚8310还得早个一两年吧？这可以拿回去当藏品了！"

韩亮见大宝又提到他的那部古老手机，便沉默不语了。

我则有些兴奋，掰着手指头说："湿地公园是2001年春天开发的，说明死者是2001年春天以后被埋进现场的。而BP机是2002年年底基本消失的，说明死者是2002年年底之前死亡的。这样时间一合并，加之死者的衣着，我们可以大胆判断，死者要么是2001年夏天死亡被埋，要么就是2002年夏天死亡被埋。"

"这个推断很有用。"陈诗羽说，"毕竟，时间跨度有这么大，即便我们明确了死者的特征，去对照失踪人口，也是大海捞针。现在我们锁定了这么有限的时间段，找起尸源就简单多了。"

我点了点头，一边招呼大家一起来撕下衣服的残片，一边说："时间确实很久远了，十多年了，不太好调查。不过，虽然无法判断死者的身高、体重，但是我们可以从死者耻骨联合上骨化结节的融合情况来准确判断，死者应该是23岁左右，上下误差不超过两岁吧。而且死者的发型也可以固定下来，回头找模拟画像的同事画一张图，加上我们能复原的衣服，应该比较好找尸源了。"

"要我去通知市局侦查部门吗？"陈诗羽说，"先让他们排查着，如果实在没线索，再贴悬赏。这案子年代久远，要查清案情，就得赶紧行动了。"

我点点头，同意陈诗羽的观点，这两年来，她进步飞速。陈诗羽脱下手套，风风火火地离开了解剖室。

"不过，尸体的肌肉组织都已经溶解了。"大宝说，"皮肤也都鞣革化了，头发虽然还在，但是不知道毛囊保存得如何。他的DNA我们应该取什么检材[①]呢？骨骼还是牙齿？"

---

① 检材，不同于大家常说的"物证"，比物证的含义更为宽泛。在现场和尸体上提取到的任何可以用于进一步检验鉴定的物质，都称之为检材。经过检验鉴定的检材，如果对案件侦破有作用，则会被称为物证。

"泥炭鞣尸的骨骼、牙齿因为脱钙而性状大变，不过牙齿有牙根深埋于下颌骨，所以我觉得应该是牙齿更加靠谱一些吧。"我说，"大宝，你想办法，拔颗牙。"

这可不是一个简单的活儿。本来新鲜尸体的牙齿就非常难拔，这具牙齿已经脱钙的尸体，更难。夹住牙齿的力度太小的话，摩擦力不够，拔不下来；但是如果力度太大了，牙齿就会被夹碎了。

不过大宝这个看上去很糙的汉子，做这些细活儿却比我要强上不少。

我刚刚检验完尸表，他就拔下了一颗磨牙和一颗尖牙。不过，是建立在夹碎五颗牙的基础之上，看来这对大宝来说也是难题。我让大宝把他的两个"作品"小心地放进烧杯里，然后用酒精浸泡一下。

尸体的表面，看不出任何致命性损伤。能够观察到的损伤，就是手上的两枚针眼和胸部的两处皮肤颜色改变。

一枚针眼是在死者的左手手背上发现的，针眼被一块黑色的纱布覆盖。其实不难看出，这块"黑色的纱布"，应该是医院常用的针眼贴。不论是谁，去医院打点滴的时候，护士都会送你这么个"礼物"。只是原来它是白色的，经过污泥的浸染，变成了黑色。

另一枚针眼位于死者的右侧臂弯里，是经常抽血的位置所在。

看上去，这是一个刚刚去医院就诊的病人，抽了血、打了点滴。可是，仍有一个疑点不能解释，那就是死者臂弯里的针眼下方，没有发现任何的颜色变化。按理说，这样的抽血动作，技术再好，也难免造成一些软组织损伤，从而导致尸体皮肤和皮下的颜色变化。不过这个针眼下方，确实没有。

胸部的两处皮肤颜色改变，则更加蹊跷。

这两处颜色改变，在死者的胸部乳头两侧，仿佛是一些印痕。但印痕又不太清楚，我们无法判断这个损伤是否真的存在。既然搞不清楚损伤的性状，我们决定用记号笔先画出印痕的轮廓，再作定夺。

我和大宝分离了死者的胸部皮肤，然后一面看皮肤正面，一面看皮下组织，慢慢地，我们把这两块不清楚的皮肤印痕画了出来。

这是位于死者左胸部和胸部正中的两块类方形的印痕，四角都是圆弧。

我和大宝一人站在解剖台的一边，凝视着这两个规则的印痕。

"电除颤仪！"还是做过急诊科医生的胡科长最先反应过来，"这明明就是电除颤仪留下的痕迹啊！死者被医院抢救过！"

我恍然大悟，说："我说他右臂的针眼怎么没有出血，这就是没有生活反应①啊！如果死者是经过抢救的，那么人工呼吸、推注肾上腺素、电击这些动作都是必需的。人工呼吸咱们看不出来，其他两个动作咱们都可以看出来！"

我们都知道，在死者濒临死亡的时候，如果人工呼吸不能奏效的话，用电除颤仪电击被抢救人的胸部，还是有一定概率把濒死期的人从死神手里夺回来的。肾上腺素在抢救一些休克的病人时，会起到很明显的作用。

"也就是说，死者在死亡前，经历过抢救？"我有些诧异。

"那就调查医院啊！"大宝说。

"查什么医院？"我说，"医院每年抢救那么多人，你查得过来吗？而且，在医院死亡的人，都会有登记，那么谁还会这么无聊，把尸体拖那么老远去埋掉？"

"不是在医院死的，怎么会有抢救的痕迹？"大宝说，"电击，加推注肾上腺素？"

"会不会是医院搞的鬼？"胡科长说，"出了医疗事故，怕担责任，然后直接埋尸？"

"别开玩笑了。"我摇摇头，说，"医疗纠纷有处置的程序，即便是医疗事故，也有医院担着，个人哪儿有必要埋尸？而且，你去哪家医院，觉得能在医疗事故死人后，神不知鬼不觉地把尸体挪出来埋了？"

"那……诊所呢？"大宝说。

"诊所有电除颤仪？"我说。

"一般诊所都是看看小病，几乎都不会去配备这些大型抢救设备的。"胡科长说。

"那是怎么回事？"大宝问，"难道是非法行医？因为非法用药而引起药物过敏，导致过敏性休克，经抢救无效死亡，然后再悄悄把人给埋了？"

"先抢救后埋尸的部分可以解释，但你说的情况，有两个关键点不符合。"我说，"其一，非法行医的都是地下的小诊所，就跟胡科长说的一样，小诊所里一般都不配备电除颤仪；其二，过敏性休克会导致尸体有很多征象，比如皮疹、喉头水肿、消化道出血等。这具尸体虽然年代很久远了，但幸好是保存型尸体现象，我们能观察到很多信息。连针眼我们都找到了，如果有这些反应，我们完全可以通过颜色变化来发现。既然死者连喉头水肿都不存在，你又有什么依据说他是过敏死？"

"这……"大宝一时语塞，"那还有什么可能性嘛，我实在想不出来了。"

---

① 生活反应，是指人体活着的时候才能出现的反应，如出血、充血、吞咽、栓塞等，是判断生前伤、死后伤的重要指标。

我摇了摇头，说："一时搞不清楚也是正常的，但是尸源查清楚了，说不定一切都清楚了。现在我们看到的，至少有一点是可以确定的：这应该不是一起故意杀人案件。死者全身没有暴力性损伤，而且死亡前接受过抢救。"

"不是故意杀人，为什么要埋尸？"林涛说。

我说："埋尸和碎尸一样，未必就是故意杀人案件，可能是行为人怕担什么责任吧。不过，即便不是故意杀人案件，这也肯定是一起刑事案件。要么就是过失致人死亡，即便不是过失致人死亡，也应该追究行为人侮辱尸体的罪行。"

"我还是觉得会和医院有关系。"胡科长说。

我点点头，说："我们先想一想，死者的死因究竟是什么。尸体解剖已经接近尾声了，你们对死因有什么看法吗？"

"现在已经排除了机械性损伤和窒息，我现在比较害怕的是疾病死亡。"大宝说，"虽然死者的内脏都还在，但是里面的细微结构都已经溶解殆尽了，是不可能再进行组织病理学检验了，即便有什么疾病，也查不出来了。"

"高低温导致的死亡也查不出来。"胡科长补充道。

"高低温死亡毕竟是要经历一个很长的过程的，从死者的衣着上看，倒也不像。"我说，"而且死者那么年轻，有疾病的概率也不大。"

说完，我瞟了一眼刚才被浸泡在酒精里的死者的牙齿，眼前一亮。

我用镊子小心地把牙齿从烧杯里夹了出来，说："你们看！这是什么！"

"玫瑰齿？"几个人异口同声地说出了答案。

经过酒精的浸泡，牙齿的牙颈部出现了一圈整齐的玫瑰色红环。

"怎么会有玫瑰齿？"林涛说，"我以前听你说过，玫瑰齿对于诊断窒息有一定的法医学意义。可是你们刚才都说过了，排除窒息死。"

"玫瑰齿是法医学界争议比较大的一个尸体现象。"我眯着眼睛看着牙齿，说，"有很多文献称，在机械性窒息、溺死、电击死中，都可以看到玫瑰齿的现象。"

"那就是说，意义不大。"林涛说，"那你这么兴奋做什么？"

我摇摇头，说："不管它能不能证明什么，但是至少让我想到，该不该想办法排除一下死者是电击死呢？"

电击死很少见，在我经历的那么多起案件中，只有一起是电击死亡的。而且，电击死多见于意外，少见于自杀，罕见于他杀。不过，我上次经历的案件，还就真是他杀。不管是什么死亡方式，首先我们得验证我的猜测对不对，会不会是电击死。

电击死的特征之一，就是电流斑。在皮肤和电线接触的那块地方，会因为焦耳热的作用，导致皮肤上出现火山口似的烧灼痕迹。电流斑是诊断电击死的重要条件之一。

"可是尸表我们都看了，没有看到电流斑啊。"大宝说。

我摇摇头，说："我们检查尸表，主要检查一些关键部位，对那些比较隐蔽的地方的皮肤，我们检查得就没有那么仔细。而且，尸体的皮肤已经鞣革化了，电流斑也不可能那么典型。所以，我们还是得在尸体一些不重要的地方的皮肤上检查一下。"

说完，几个法医一起，分片对尸体的皮肤开始进行细致的检查。

4

在检验到死者的脚底的时候，我终于发现了异常。

"好了，这还真有可能是电击死。"我说，"你们来摸一摸这一块皮肤。"

死者的脚底板，和全身的皮肤一样，都呈现出一种暗褐色，但是接近脚后跟的位置，皮肤明显有些发黑。脚后跟不是尸检的重点部位，所以之前我们也没有注意。现在细看起来，还真是有些类似电流斑，而且用手摸上去，不仅比周围的皮肤硬，还有微微隆起的感觉。这个用法医学理论很好解释。这一块皮肤因为焦耳热的作用而变性，所以也不会和其他位置的皮肤那样鞣革化，因此出现了差异。

"组织病理学检验能确诊这是电流斑吗？"大宝问。

我点点头，用手术刀小心地把死者脚底板那块黑色的区域切了下来，然后放进了装有福尔马林的塑料瓶中。

我们检查了死者的胃内容物，可以看出里面还是有不少食物残渣的，而且很多蔬菜纤维都清晰可辨。由此可以判断，食物并没有在胃内消化多长时间，死者是在饭后不久就死亡的。泥炭鞣尸这种尸体现象就是这么神奇，因为所处的环境是酸性环境，抑制了腐败菌群的生长，导致尸体不会腐败，胃内容物也不会腐败得很厉害，仅仅是被残留胃酸消化了部分。

在明确了死者的死亡时间后，我们结束了这台解剖。

因为死者的皮肤已经鞣革化，所以缝合起来非常困难，针很快就会变钝。但我们还是不厌其烦，缝几针就换一枚新针，更换了数根缝针后，终于把尸体缝合完毕。

我们拎着盛有死者脚底板皮肤的瓶子，驱车赶回公安厅。恰巧，法医组织病理学实验室的方俊杰主任也在。

"这个就交给你了，组织块小，容易固定，所以我们明天应该就能拿到结果吧？"我笑着说。

方主任则一脸苦相："上个案子刚结束，我已经两夜没睡了，你又来？"

"拜托啦！"我说，"我估计明天上午，这具尸体的尸源就能找到了，届时专案组肯定要我们明确死因。虽然现在高度怀疑电击死，但还是需要你的确认。"

"命案吗？"方主任问。

"不是。"我说。

我很少在死因都不明确的情况下，就对一个案子的性质下结论，所以方主任看我这么确定，反而有些意外，笑着说："不是命案也这么着急？"

"不管是不是命案，毕竟是一条生命。"我说，"都这么多年了，现在既然发现了，快一点结案，也算是对死者的慰藉吧。等这个案子了结了，我还得帮大宝找人呢。"

方俊杰理解地点点头，表示一定尽快做出结果。

第二天一早，我们就被召集到龙番市公安局的会议室，显然，调查尸源的工作已经基本完成了。

"死者的身份应该是龙番市国腾旅行社老总李小武的儿子，李靖。失踪的时候是23岁，身高175厘米。大学毕业以后，因为家境殷实，所以他长期在家宅着，也不去找工作。"赵其国局长说，"按照我们的报警记录来看，李靖应该是2001年8月13日失踪的，14日其父母发现联系不上他之后，就报警进行了寻找。派出所也帮忙集中寻找了一段时间，但是没有收获，一点线索都没有。时间长了，就不了了之了。毕竟，这种失踪案件，时间一长，事主多半是凶多吉少。"

我听到赵局长这么一说，心里咯噔一下。那杜洲呢？他不会真的就这样没了吧？

婚礼上的闹剧发生后，大宝就没再见过杜洲一面，他不愿意面对自己昔日的兄弟。因为宝嫂的出现，大宝彻底放下了曲小蓉的事儿，过往的情伤也算是都翻篇了。但挚友的背叛，是另一种难以抚平的伤痛。大宝跟我说过，他最开始追曲小蓉时，是杜洲帮忙出谋划策的；曲小蓉不开心的时候，杜洲帮他想办法哄她；曲小蓉想要浪漫的时候，杜洲帮他安排行程。杜洲对身边的人一向温柔细腻，大宝对杜洲也一直是很感激的。他甚至想过，如果当年自己跟杜洲说出喜欢曲小蓉的时候，杜洲能坦白地告诉自己，跟自己公平竞争，他也不会那么难受。至少，恋情消失了，友情还在。

如果杜洲真的死了，大宝心中的这道裂痕，或许永远都无法修复了吧。

抛尸之夜

"李靖失踪前的行踪调查了吗？"我抽回纷乱的思绪，问。

赵局长点点头，说："调查了，死者那两天牙疼，一直说要去打点滴。失踪的那天，李靖因为牙疼已经好几天没正经吃过饭了。所以当天中午，李靖在家里吃了一些素菜和米饭，就睡觉了。下午等他父母回家后，就发现他不见了。至于他下午可能去什么地方，他父母也拿不准。通过调查周围的邻居，有一个邻居称，李靖下午是穿着拖鞋、T恤和牛仔大裤头，捂着腮帮子离开家的。我们分析，很有可能是去医院打点滴了。"

"对啊对啊！"大宝说，"我拔牙的时候注意到死者有蛀牙！很有可能发炎比较厉害。"

"那他究竟去了没？"我问。

赵局长说："后来经过对医院的调查，没有记录。这也很正常，因为李靖家附近没有什么医院，只有一家新开的私人诊所。"

"私人诊所？"大宝来了劲，"非法行医？"

"不不不。"赵局长说，"是合法的。"

"那去调查了吗？"我问。

赵局长说："当时有一个侦查员去问了，但是诊所的医生否认接诊过这样一个人。毕竟是新开的诊所，各种病历制度都不完善，所以也无从查起。"

"这家诊所，有电除颤仪吗？"我问。

赵局长一脸茫然。

"就是抢救人的电击仪器。"我解释了一下。

赵局长翻着桌子上的卷宗，然后举起卷宗给我们出示，说："是这个吗？这是当时侦查员去诊所看的时候，拍摄的照片。"

"对！就是这个！"我很开心地说，"很少有诊所具备这样的仪器，而我们就在尸体上，发现了类似的痕迹。"

"抢救？"赵局长有些纳闷。

我说："虽然现在死因还没有定论，但我高度怀疑死者是被意外电击致死的。简单说，死者可能不小心踩到了电线上，医生发现他被电击死后，经过了推注肾上腺素、电击等一系列的抢救手段，却没有抢救成功。所以，这应该不是一起命案。"

"嗯，既然有抢救的动作，那应该不是故意杀人。"赵局长摸了摸下巴，说，"而且，按你说的，医院不可能埋尸，那么这个具备特殊仪器的诊所，还真是挺可疑的。这个诊所的主人的背景，你们调查了吗？"

侦查员点了点头，正准备汇报，我的手机亮了起来。我一看，是方俊杰来的电话，于是向赵局长说了声"抱歉"，转身离开了会议室。

"怎么样啊老方？"我知道死者脚底板皮肤的检测已经出结果了。

老方在电话里疲惫地说："切片出来了，我刚刚看完。你切的那块皮肤，表皮细胞融合变薄，致密，细胞间界限不清，染色深，但我不确定这些情况是不是皮肤鞣革样化导致的。不过，我在切片里找到了一些黑色的物质，它们肯定不是因为尸体变化而导致的，这些黑色物质没有被染色，很显然，应该是金属碎屑沉积。而且，从切片中可以看到，基底细胞层纵向伸长、扭曲变形，呈栅栏状排列，还有一些伸长似钉样插入真皮中。这是核流①啊。"

老方的诊断，足以证明我切下来的那一块皮肤正是电流斑。

我挂断了电话，返回会议室，说："确诊了，就是电击死！"

会议室里没有欢呼雀跃，反而鸦雀无声。我左看看，右看看，发现韩亮一脸尴尬地坐在那里，仿佛正在说什么。

"怎么了？"我问。

韩亮说："刚才侦查部门的同事说了，这个诊所的老板，叫余光华。"

"嗯，怎么了？"我大为不解。

韩亮接着说："余光华是余莹莹的爸爸。"

"嗯，余莹莹？"我愣了一下，恍然大悟，"余莹莹是你的前女友，就是来报案的那个！我们都没闻到的尸臭味，就只有她闻到了……"

"除非她原本就知道那里有一具许多年前的尸体！"大宝说。

"或是她一直怀疑那里有尸体。"韩亮补充说，"我觉得她的状态，好像对真的挖出尸体也挺意外的。"

"余光华多大年纪？"我问。

"2001年的话，是41岁。"侦查员说。

我点点头，说："从埋尸的层次感就能看出凶手心态并不是很慌乱，反而比较沉稳，确实符合这个年纪的人所为。而且余光华既然是合法的医生，也有着高学历、缜密的思维，具备作案的条件。"

---

① 核流，指的是显微镜下可以观察到的电击伤的皮肤特征性改变。

抛尸之夜

"看来，当年调查的时候，这个余光华说了假话。"赵局长说，"不过，这个李靖又是怎么触电身亡的？余光华为什么要毁尸灭迹呢？"

"按照目前的情况推测，最有可能的案发过程是这样的。"我说，"李靖因为牙疼，到余光华的诊所里就诊。因为是牙龈发炎，而且服药无用，所以最好的办法就是静脉滴注抗生素。在输液完成后，李靖手背上的针眼贴都还没来得及拿走，就因为不知道踩到了什么有电的地方，从而意外触电死亡。"

"如果李靖的触电和余光华没多大关系，他为何要埋尸？"赵局长说。

"这就不太好推断了，有多种可能。"我说，"现在我考虑的问题是，时隔十多年，咱们又该如何取证？"

"如果余莹莹真的知情，我相信她会作为证人的。"韩亮说。

陈诗羽看了韩亮一眼，开口道："但是光有一个人的证词够吗？"

"一个人的证词肯定是不行的，无法构成证据锁链。"赵局长说。

"咱们再回忆一下，抛尸现场环境特殊，如果一个人去埋尸，是很难做到的。"我说，"必须有两个人抬尸、抬木工板，一个人递石头、一个人码石头，才能做到那样整齐的埋尸现场。"

"我的天哪！余莹莹不会是帮凶吧？"大宝惊叹道。

"不可能。"韩亮说，"十多年前，余莹莹才十来岁。她爸爸不至于让一个没什么体力的小姑娘帮忙抛尸吧？"

"既然有两个以上的人作案，"我接着说，"那么只要知道另一个参与的人，就能获取另一份口供。两份口供的证明力就更大了。"

"可是，过了这么多年，诊所现在肯定也是大变样了。"赵局长说，"不能证明当年诊所存在触电的现场条件，证据链依旧不够完善。"

"当年出事的时候，诊所正好刚刚开业。"我推测道，"会不会是装修施工的原因，才出现了触电源呢？"

"我记得余莹莹和我说过，诊所刚开业时，她爸爸就和工程队打过一次官司。"韩亮说。

我激动地说："真的吗？那就去法院查一查 2001 年 8 月以后，余光华的这场官司究竟是怎么回事。"

"这个去法院调取就可以了，很简单。"赵局长说，"不过，我还是不放心，万一是余光华故意电死李靖的呢？"

我笑了笑，说："我倒是没有这个顾虑。一来，你们并没有查出这两个人之间存在矛盾。二来，足底触电的偶然性很高，本身就很难出现在他杀案件中。三来，如果是故意电击，为何还要抢救？我觉得，只要搞清楚案件的全部情况，大家就不会怀疑这是一起预谋杀人案了。"

果然，那纸十多年前的判决书，成了案件的最终突破口。

当年，余光华状告工程队在装修诊所的时候，因为卫生间冲水踏板的连接处和电源相通，导致诊所的另一名医生储强触电。好在抢救及时，储强得以复苏。

当然，这场官司毫无疑问是余光华赢了。工程队重新改造了卫生间，并且支付了储强一大笔赔偿费。侦查员在寻找储强的时候遇到了一点问题，当年他拿到一大笔钱后，就从诊所辞职了。他本来就是一个驴友，此后便开始了漫游全国的生活。所以警方并没有寻找到储强。

不过，在余莹莹这里，侦查员们很快就获得了进展。她本就是本案的报案人，尽管报案时并没有完全说实话，但在查案的这段时间里，她也非常关心案件的进展，侦查员稍一攻心，她便吐露了真相。她说自己从小就怀疑父母杀过人，最近她总是做噩梦，报案也是为了解开自己十多年来的心结。

听到侦查员们转述的话后，余光华和妻子神色黯然，几欲落泪。他们在审讯过程中没有做过多的抵抗，便交代了当年发生的一切。毕竟，那一晚之后，他们也曾意识到女儿对自己的疏远，但当时处理尸体的恐惧感压倒了一切，让他们无暇顾及女儿的变化。这些年来，他们俩也整夜整夜地失眠，或许内心深处，早就期望着这一天的到来了。

余光华在老家开的就是一个小诊所，他的妻子是他的助手，两人靠诊所发家致富，攒了一些积蓄，决定到省城龙番市发展。然而，搬家不容易，新买的店面、装修款、仪器购置款……不仅花光了两人所有的家底，还让他们背上了不少贷款。但是余光华看好龙番的市场前景，认为自己在几年之内就能还清贷款，一家三口一定能在这里过上衣食丰足的小康生活。他很有野心，为了省下钱来多招几个医生和助手拓展业务，甚至把住处安置在了诊所店面的楼上，虽然带孩子不太方便，但上下班确实便利了许多。

可是诊所开张没多久，意外就发生了。

抛尸之夜

2001 年 8 月 13 日，李靖因为牙疼来就诊，余光华在询问其过敏史之后，并没有进行皮试，而是直接给李靖打了头孢。毕竟，头孢过敏的还是少数。

李靖打完点滴之后，自行去了卫生间，余光华和妻子也没有过多关注。直到后面一名病人发现卫生间的门紧锁，余光华才想起，那里面有一个人。

在撬开房门的时候，余光华看见李靖斜靠在卫生间里，毫不动弹。余光华的脑子里，此时只有一个词：过敏性休克！他肠子都悔青了，如果不怕麻烦，给李靖做一针皮试多好！现在完了，自己一辈子的心血、眼看就要开始的新生活，一切都完了，彻底完了！他几乎不敢想象，自己已经负债累累，再加上这一大笔医疗事故赔偿，将会面临怎样的处境。如果诊所刚刚开业就治死了人，以后还有谁敢来这里看病？

余光华一面胡思乱想，一面赶紧招呼妻子一起把李靖抬到内间急诊室里抢救。在抬起李靖的时候，他感觉到自己手心一麻。但他压根儿就没有往触电的方向去想。余光华只觉得自己全身都是麻的，脑袋嗡嗡作响，他强作镇定，没有叫其他医生进来，只让妻子和自己一起待在急诊室里进行抢救。但他们的抢救注定是徒劳的，因为李靖早已死亡了。妻子慌得脸色发白，余光华强打精神，笑着出去安抚看热闹的病人和家属，说这个人只是上厕所眩晕，休息一会儿，补一点葡萄糖就没事了。

好在此时天已经黑了，诊所也到了下班的时候。病人陆续散去，余光华的员工们也陆续下班，并没有人在意这件小事。等到人都走光了，余光华把诊所锁上门，他一面稳定心神，让妻子先给在楼上写暑假作业的女儿余莹莹做晚饭，一面思考着如何处理李靖的尸体。

最终，他决定把尸体埋进刚刚开发的湿地公园。那个地方人少，也不会有人去里面打鱼，是最好的藏尸地点。等数月后，尸体变成白骨，一切就都安全了。两人默默等到半夜，女儿已经睡着了，街上的行人也没了踪影，才小心地将尸体搬出门，塞进自家的轿车里。

为了省钱，余光华的车子平时都停在路边。他把车子挪到诊所门口时，十几岁的余莹莹本来就觉得父母这一天的脸色古怪，睡得很不踏实，发动机的声音将她吵醒了，她一看父母都不在身边，轻轻喊了几声又没人应，便惊慌地跑到窗边，正看到父母在那里搬运一具人形的东西。这画面给她强烈的震撼和恐惧，她一晚上都没睡好。第二天早上，余莹莹悄悄去看车子，发现车轮上确实有一些陌生植物的新鲜残留，说明车子昨晚确实出过远门，她看到的一切都不是梦，而是真的。

一个月后，诊所的一名医生储强在上厕所的时候，用光着的脚后跟踩了一下冲水踏板，居然触电倒地，后来经过抢救才挽回了生命。这时候，余光华才想明白李靖的真正死因：他并不是死于药物过敏，而是穿着拖鞋、用光着的脚后跟踩冲水踏板的时候，被电击而死；如果他穿鞋踩踏板，就不会有事。时隔一个月，这才发现了真相！自己竟给那支黑心的工程队背了一个大大的黑锅。

但毕竟是自己把李靖的尸体埋下的，现在总不能再把尸体挖出来报案吧？满心怨恨的余光华决定状告工程队，一是避免诊所再发生类似的事件，二也是为了对事情的始作俑者泄愤。

余光华以为问题和真相都随同那具尸体，永远被深埋在公园地下。但他完全没有想到，余莹莹隐隐约约看到的那些画面，居然给她幼小的心灵带来了极大的创伤。十多年来，余莹莹经常想起此事，虽然不确定那是不是死人，但是总觉得心存芥蒂。余莹莹喜欢看悬疑小说，和韩亮交往之后，也听韩亮聊过一些命案，她越想越觉得那晚的事情有问题。后来，她偶然和朋友去湿地公园玩，看到了记忆中黏在车轮上的那种植物。想起这么多年来，父母对湿地公园都颇为忌讳，她便怀疑那里就是父母的藏尸地。

最近，余莹莹打算报考公务员，这桩积压的心事，让她非常不安。受不了噩梦的折磨，余莹莹终于鼓起勇气来找韩亮报案，知道父母并非凶手后，她总算松了一大口气，却又为他们即将身陷囹圄而备感自责。

"他们会怎么判？"韩亮关心地问道。

"看起来，并不存在过失致人死亡的情节。"我说，"但是，任何人的尸体都是需要被尊重的，这样毁尸灭迹，也触犯了刑法，应该构成侮辱尸体罪了。那可能是三年以下有期徒刑啊。"

韩亮没有吱声。

"真是一念天堂，一念地狱。"大宝说，"如果他第一时间报警，其实此事和他半毛钱关系都没有。"

"结果这十几年里，一家三口都活在这个秘密之下，好好的日子也过得支离破碎。"林涛说。

"父母都要进监狱，那她就只有一个人了。"韩亮叹口气，"唉，看来我得多请她吃几顿饭，安慰安慰她了。"

陈诗羽抬眼看着韩亮，欲言又止。

法医秦明

VOICE OF THE DEAD

第四案

迷雾地下室

——

要记住，人之所以走入迷途，

并不是由于他的无知，而是由于他自以为知。

——

让－雅克·卢梭

1

　　余莹莹家的事儿，让我挺感慨的。

　　明明是一家人，却各怀心事，像惊弓之鸟一样地活着。我难以想象这样的家庭里，还能有什么样的温馨气氛。但我也很内疚，因为小小秦出生后，我能在家里待的时间也不多。铃铛辛苦地照料着这么小的孩子，产假结束还要继续上班。如果不是我妈和丈母娘轮流到家里帮忙带孩子，我简直难以想象这个家要怎么维系。

　　八九个月的孩子，已经会开口喊爸妈了。每次我在家的时候，铃铛就抓紧机会教小小秦喊爸爸。但因为出差太多，父子俩能好好相处的时光实在太少。上次从青乡出差回家，我胡子还没刮，就去抱小小秦，结果小小秦立马就吓哭了，铃铛哄了半天才好。自己的儿子把自己当成一个陌生人，这样的感觉真是不好受。

　　整个晚上，我的脑海里都是小小秦一脸害怕的样子，只能等到他睡熟了，坐在摇篮边静静地看着他的小脸蛋。

　　小小秦的第一次翻身、第一次会坐、第一次能爬，我都错过了。我不是一个好爸爸，也不是一个好丈夫。感觉每次回来，家里都会有一些新的摆设、新的变化，提醒着我错过了多少生活中与铃铛共度的美好时刻。

　　这种难受又无奈的感觉，让我不禁想起最疼爱我的爷爷。在他临终时，我却不能陪在他身边。当时爷爷因为肺源性心脏病而做了气管插管，无法言语，神志忽好忽坏。我本来请了假想留在老家医院陪爷爷，却接到了案件的紧急电话。当时爷爷还是很清醒的，他看到我纠结的表情，颤巍巍地在我的手心里写下了四个字"国事为重"。我哭着拥抱了一下爷爷，便赶去了案件现场。可是没有想到，那一次见面居然成了诀别。

　　爷爷的生命时钟不会等我，小小秦的成长时钟也不会等我。

　　作为警察，我很少有大段大段假期来陪伴家人，只能希望在下班后的零碎时间里，多做点家务，多陪陪他们，让自己错过得更少一些吧。

第二天，我走进办公室，发现大家正在笑闹。

"所以你上次找公务员的考试资料，是给余莹莹准备的。"林涛对韩亮说，"你还真是个体贴的前男友啊！那贪吃蛇也是余莹莹的爱好吗？"

"和她没一点关系。"韩亮道，"我和余莹莹现在就是普通朋友，你们真是想多了。"

"哦，那贪吃蛇还是另一个'普通朋友'的故事喽？"林涛继续笑。

"你说要请余莹莹吃饭，后来兑现了吗？"陈诗羽插话道，她似乎对这件事还挺上心的。

韩亮被陈诗羽从自己不想多说的话题里拖了出来，备感轻松，于是坏笑着说："那是必须的，我用她的手机号在她家附近的几家饭店都充了会员卡。就算我不在，她也可以请别人一起吃嘛。吃好了，心情就好了。"

我都没想过还有这样的操作，陈诗羽更是一时说不出话来。

"哇，有钱人就是这么追女孩子的吗？"林涛大为震撼，"我都听饿了，韩亮，中午请我们吃饭呗！"

"行啊，没问题！"韩亮轻松一笑。

"行了，刚上班就想着吃午饭了。"我笑着终止了他们的对话，"小羽毛，杜洲的事情，有什么进展吗？"

陈诗羽摇摇头，说："目前还没有。附近的兄弟单位都打过招呼了，他们巡逻的时候会帮我们留意，但毕竟还没立案，只是受案，优先级没有那么高，所以还没什么线索。"

很多人可能不太清楚立案和受案的区别。公安机关立案侦查，是需要满足三个条件的。一是当地机关要有管辖权，二是有证据证明犯罪嫌疑人确实存在犯罪事实，三是依据法律规定应当追究刑事责任。满足了这三个条件，才可以立案。

所以，如果有人报警了，警方就会有一个受案的程序。受案后，警方经过调查，确实发现了有犯罪事实，有证据能证明了，才会立案。当然，不是说没有立案就没有侦查，只要受案了，也是有侦查的，要不然怎么能找到证据去立案呢？

我点头，表示知道了，把包放在办公桌上，左右看了看，说："大宝还没来吗？"

"没有，他请了公休假，应该是在杜洲失踪附近周围地带搜索。"林涛说，"这家伙真蛮上心的，对我们来说，公休假多宝贵啊！一年就那么几天。"

"毕竟是他从小玩到大的兄弟。"我说，"虽然狠狠地伤了他一次，但是发小的情感，不是那么容易摒弃的。"

在我们勘查组，大家从聊天模式切换到工作模式只需要一秒钟的时间。在终止聊天后，大家就开始埋头苦干，各自完成自己需要完成的材料任务了。

直到一阵电话铃声打破了办公室的宁静。

我抬眼看了看，并不是指挥中心的指令电话，所以暂时也就放下心来。电话是找陈诗羽的，陈诗羽接电话后，简短地对答了几句，抬眼和我们说："在杜洲失踪的范围内，发现了一些血迹，不知道我们能不能过去给一些指导性意见。"

听到"血迹"二字，我的脑袋瞬间嗡嗡作响。

不过我知道，城市这么大，像血迹的痕迹太多了，比如油漆啊、颜料啊、果汁啊什么的。而且，即便真的是血迹，也有可能是动物血。在命案现场，我们也经常会甄别疑似血迹是不是和犯罪有关，主要是要对血迹进行确证实验和种属实验。

所以，即便在杜洲失踪范围内找到一些类似血液的东西，也未必有多大的意义。就算我们确定那就是杜洲的血，也只能给我们接下来的寻找提供方向，而不一定能让公安机关立案侦查。

但是不管怎么说，有发现总比石沉大海好。

毕竟不是出命案现场，为了不占用勘查车，我们几个人挤进了韩亮的小跑车，小羽毛给大宝打了电话，让他到现场和我们会合。毕竟，大宝对杜洲更加熟悉，说不定会有我们想不到的观点。

一路上，我们都在抱怨韩亮这个身高180厘米的大个子，为何要买这么个小车，连我们四个人坐下都费劲。韩亮则一脸委屈，说是自己私车公用，还得被数落。

毕竟不是刑事案件案发现场，所以没有那么大的阵仗。但是远远地，我们就听到了哭声，备感纳闷。走近一看，发现曲小蓉正坐在地上哭泣，而大宝正蹲在她旁边一米之外，和她说着什么，身边还有一个穿着单警装备的年轻警察。

我对大宝有些不满，把他拉到一边，说："大宝，你怎么直接把她带这里来了？这里啥也说明不了，八字还没一撇呢。"

大宝一脸委屈，说："是梦涵说，既然我休假的时候要去找杜洲，不如就喊上曲小蓉一起，一个孕妇自己在街上毫无章法地找人也不安全。所以你们打电话的时候，我们俩正好就找到这附近来了。"

我无奈地摊摊手，走到"现场"旁边，感激地朝年轻警察点点头，然后蹲在地上观察着这个被民警发现的可疑的地方。

"这是个什么地方？"林涛站在我的身边，观察着周边的环境，说道。

"这里距离汽车站已经有两公里了。"民警说，"算是一个偏僻的地方，但是居住在附近的拆迁户也不少，所以又不算特别偏僻。再往东走一百米，就是神仙山了。"

我知道，神仙山虽然也算是一个公园，但是因为植被茂密、缺乏管理，所以并没有市民真正地把那里当成公园。公园是敞开式的，没有门卫和监控，什么人都能进去。这里发生的命案很少，但来这里自杀的倒是不少。

"所以这个巷道平时来往的人多吗？"我刚问完，就有两个人骑着助力车从我的背后掠过，好奇地看着我们。

"这个不好说。"民警哑然失笑，"这里是很多人上下班的必经之路，高峰时期人多，但其他时段，有时候连个人影子都没有。"

我点点头，看着这一片被民警发现的"血泊"。

这一摊"血迹"已经干了，面积大约是 20 平方厘米。我打开勘查箱，用棉签取了一点"血迹"，用联苯胺实验测试了一下，是阳性。

"是血迹。"我说，"取一些送到郑大姐那里，做个 DNA 检验。"

听我这么一说，曲小蓉的哭泣声又大了起来。

"不过，即便有了 DNA 数据，又怎么能确定是不是杜洲的呢？有杜洲的 DNA样本吗？"我看向大宝和曲小蓉。

曲小蓉像是没有听见我的询问，继续哭泣，而大宝则茫然地摇摇头。

"别哭了。"我被她哭得有些头疼，"首先不能确定这是不是人血，说不定是有人在这里杀鸡杀鸭呢！其次，即便是人血，也不能确定是不是杜洲的。最后，即便是杜洲的血，这么点出血量也不至于死人啊！你哭什么呢？"

听我这么一说，曲小蓉好像被抚慰了，抽泣着说："我刚才来的时候，在血的旁边，看见一只鞋子，那就是杜洲的鞋子。所以……所以，这血肯定是杜洲的！鞋子里应该有杜洲的 DNA 吧？秦，秦老师，这么多血，真的……真的不会死人吗？"

我没说话，还在思索着。既然现场还提取了杜洲的一只鞋子，那么这摊血是杜洲的可能性就比较大了。当然，也有可能是杜洲伤害了别人。

"没有立案，能做检验吗？"陈诗羽问。

我摇摇头，说："不过可以先做出结果，不出鉴定报告，至少对我们的寻找有明确方向的作用。"

说完，我在血泊的周围细细看了起来。不出我所料，这一处血迹果然并不是孤立存在的。在血泊旁边不远处的墙壁上，仿佛有一些喷溅状的血迹。血迹在一个人高的位置。按照我对杜洲的印象，如果这处血迹真的是从他身上喷出来的，那就应该是在他头部的位置。我的心里暗暗打鼓：如果是身体其他部位破损，出了这么多血，并不会致命。但如果是头部受伤，流了这么多血，可就不一定了。毕竟颅脑损伤的致死率还是挺高的。

不过，很快我又踏实了一些。

因为林涛在血泊旁边的垃圾中，发现了一些纱布，甚至有些纱布上还沾着血迹。如果是受伤后还有人包扎的话，那么就说明受伤当时杜洲并没有生命危险，而且得到了医治。所以从发现血迹到发现纱布，可以说预测有明显的改观。

又勘查了一会儿，确定这块地方没有其他可疑的物品了，我们决定收队。

"几处血迹和纱布，还有曲小蓉发现的杜洲的鞋子，一起送 DNA 室进行检验比对。"我说，"可惜现在没有立案，无法调动警力资源。不然，对神仙山公园内部，以及神仙山附近进行搜索，或者对 120 出警记录以及附近的各家医院进行调查，很有可能就找到杜洲的线索了。"

"就这两个调查范围吗？"陈诗羽问。

我点点头，说："目前掌握的情况，只能框定这两个范围。不过，即便只有两个范围，工作量也是巨大的。"

陈诗羽点点头，转头看向年轻民警："能行吗？"

"大师姐交代的，我们就算上班没时间，下班也帮你找啊！"民警挠头笑笑，"就是下次散打训练什么的，手下留情，手下留情，哈哈。"

陈诗羽扑哧乐了，我们却是一脸震惊，没想到陈诗羽居然在学校里还有个"大师姐"的称号，而且还是靠散打打出来的声望，难怪她说话这么好使，都是实力啊。

工作完成，进展不大，但是我们只能收队。

大宝开着他的小摩托，载着曲小蓉准备送她回酒店，而我们则坐进韩亮的车里，往公安厅的方向驶去。

在车子拐过一个弯的时候，我们突然听见一阵呼啸声，眼前一道蓝白相间的熟悉的影子闪过，向我们的一边掠去。

"是龙番市局刑警支队技术大队的刑事案件现场勘查车。"林涛反应最快，说道。

"一般需要勘查的盗窃现场，是不会拉警报的。"我说，"既然拉了警报，而且跑那么快，肯定是死人了。"

"要不要跟上去看看？"小羽毛此时好像是被大宝附身，就差喊一句"出勘现场，不长痔疮"了。

"可以啊，反正上午的行动我们已经和师父报告过了。"我看了看手表，说。

韩亮二话不说，猛打方向盘，以一个漂亮的弧线掉转车头，向前方的勘查车追去。很快，我们的车子便跟在了勘查车的后面。

"现在你们知道我这么高的个儿，为何要买这么小的车了吧。"韩亮扬起得意的笑容，说，"驾驶性能真的很棒啊！"

"你下次展示车技的时候，能不能事先和我们说一下？"因为急转弯，坐在后排的我和林涛几乎抱在了一起，我没好气地说。

"刚才提取的血迹纱布什么的检材，不送去郑大姐那里吗？"林涛问。

"韩亮一会儿把我们送到现场，就赶紧回厅里送检材，请郑大姐以最快速度出结果。"我说，"送完后再来现场等我们。"

我们跟着勘查车，很快抵达了一处安置小区。

这片安置小区位于龙番市的市郊，是龙番市经济开发区一大片工业园区拆迁后回迁的居民聚集地。因为拆迁的时候，当地不仅补给了居民一套安置房，而且补偿了一大笔拆迁款。所以，这里的居民几乎都在城里买了房子，把这里变成了出租屋。

小区的房子有大有小，还有一些租户为了省钱，甚至租了别人的地下储藏室来住。市局出勘的这个现场就是位于小区一栋房屋的地下储藏室。

我们从韩亮的车上下来的时候，把胡科长吓了一跳。

"哎哟，怎么了这是？"胡科长说，"这案子怎么惊动你们了？"

我微微一笑，说："别紧张，我们看见你们的车子，就跟着来了，反正我们今天上午没工作。"

"我说呢。"胡科长说，"虽说是死了两个人，但基本排除是命案，当然，除非有人蓄意投毒。"

"投毒？"我说，"中毒死亡吗？"

"不好说。"胡科长说，"是前期出勘现场的派出所民警猜的。你们也看到了，我们刚到。"

我点点头，说："他有什么依据呢？"

"封闭现场。"胡科长说，"租房的是一家三口，男的叫毛庭，40岁，在城里务工。女的38岁，叫荣冬梅，是个家庭主妇，陪着孩子在城里读书。小孩叫毛远大，13岁，读初一，在这附近不远的102中学读书。男的生性内向，没有什么社会矛盾关系，母子俩更是没有什么认识的人了。"

"案发前的情况，调查过吗？"我问。

"刚才我在车上的时候，听侦查部门说了一点。"胡科长说，"昨天晚上8点多，毛庭下班回家。今早7点多，他的工友来地下室找他一起上班，敲半天门没人开门，所以绕到窗户那边看了看，发现一家人都躺在地上，于是踹门进入了。后来附近居民帮忙叫了120来，毛庭还有微弱的呼吸，送医院了，母子两人都死了。地面上有呕吐物。"

"地下储藏室还有窗户？"我也绕到楼房的另一侧看了看。

"这个地下储藏室不是真正的地下，就是比地平面低一些。"胡科长说，"所以有半扇窗户是在地平面以上的，看起来，就像过去的监狱，只有墙顶才有那半扇窗户。为安全起见，窗户外面都有防盗窗，别人是进不来的。事发的时候，现场窗户开了一条5厘米宽的缝。我们来之前，痕检部门已经看了，窗户无异常。"

话音刚落，程子砚拎着勘查箱从地下储藏室走了出来，看到林涛，她似乎有些意外，轻声说："林科长好。"

她顿了顿，又说："秦科长好。"

我微微点头，说："里面怎么样？"

程子砚说："地面痕迹看完了，除了120医生、护士的足迹以外，剩下的就只有这一家三口的足迹。我们有充分的依据排除其他人进入过现场。当然，他们家看起来平时也没有其他人来。"

"那是，住在这里，确实不好意思请别人来。"林涛说，"地下室啊，晚上进来不会有点恐怖吗？"

"哪儿恐怖了？"陈诗羽毫不客气地说，"不要老是吓唬自己好不好？"

林涛被噎得没话说。

程子砚轻轻笑道："其实进去就还好啦。"

2

果然，现场没有林涛想的那么恐怖。地下过道里摆满了生活用品，几乎成了这里租户的储藏室，看起来充满了生活气息。

现场是在地下储藏室的尽头，这个住人的小屋子其实是由两间储藏室组成的。可能是房东回迁的时候分到了两间储藏室，所以他用砖头砌上了一间的门，然后将两间储藏室打通，一起出租。

两间储藏室合成了一个小套间，每间大约15平方米大小。因为是地下储藏室，而且每间储藏室只有半扇窗户通往屋外，所以即便是大白天，屋内也显得极其昏暗。

根据报案人的描述，早晨7点，天才蒙蒙亮的时候，现场的两个顶灯都是开着的，因此报案人才可以在窗户外面把整个屋内的情况尽收眼底。

现场的地面显然已经被程子砚他们处理完了，而且并没有发现其他人的足迹。结合报案人发现的时候，现场大门都是紧锁的，所以算是一个密闭的现场。既然是密闭的现场，意外事件的发生概率就高了许多，即便不是意外事件，也应该是自产自销。

因此，这样的现场就会让法医的压力少一些。我们没有使用勘查踏板，而是穿上了鞋套，直接进入了现场。

为了使这两间地下储藏室看起来像住人的地方，房东特地装修了一下。除了地面选用了载体条件很好的瓷砖以外，墙壁也都贴满了瓷砖以保证储藏室的墙壁不会发霉。房顶也都用廉价的吊顶装修了，所以看起来室内环境还算是不错的。

连通入口的那间储藏室里摆着一张床和一张餐桌，以及几把椅子。从床上被套的花色来看，这应该是夫妻二人平时居住的地方。里间的储藏室里，用一扇玻璃门把储藏室一分为二。靠两个储藏室通道的部分放着一张小床，而里面的另一部分则同样被玻璃隔断，平均分为两部分，靠近带有窗户的墙壁的一半是一个小小的厨房，而另一半则是洗澡间加卫生间。

厨房和卫生间共用一扇玻璃推拉门。如果洗澡的时候，门是拉向卫生间这边，那么厨房则是对外面敞开的；如果洗完了澡，打开卫生间的门，玻璃门则关闭了厨房的通道。

通往外界的窗户，被玻璃隔断，一分为二，一部分是厨房通往外界，一部分是孩子的卧室通往外界。现场的窗户外面有密实的防盗网，但是铝合金推拉窗的两边都拉开了近 5 厘米的窗缝以保证通气，毕竟天气已经不是很冷了。

我里里外外看了一圈，发现这里毕竟是个地下室，这个屋子即便打开了一些窗缝，也依旧保持了非常高的封闭度。因为从四周瓷砖墙上都可以看到一些附壁的水珠，这是通风不足而使得空气中的水分没有被蒸发所致。可想而知，屋子里的空气湿度是非常高的。

死者母子俩一横一竖地躺着，母亲躺在里间的床上，孩子则倒在床下，头边都有一些呕吐物。现场情况就是这样简单，死者身上没有任何明显的损伤，现场也没有任何翻乱的痕迹。当然，这样的现场，又没钱又不好偷，小偷是不会来的。

要说有疑点，唯一就是女死者是全身赤裸的。

毛庭是在外间被发现的。外间的餐桌上摆着几个菜、几副碗筷，还有一瓶白酒和一个酒杯。桌脚边也有一摊呕吐物。根据 120 医生的笔录，毛庭是倒在餐桌的旁边，没有了意识。看起来，他应该是正在进食的时候，突然倒地的。听 120 医生说，毛庭的生命体征非常不稳定，现在还不能确定能否挽救他的生命。

"看起来是个意外事件啊。"我说，"所有人都有呕吐，不能排除是食物中毒。"

我让韩法医拿了几个物证袋，把桌子上所有的剩余食物、酒以及餐具都提取了。

"不会是一氧化碳中毒吗？"林涛走进了厨房，细细地看着挂在墙壁上的热水器。

"热水器是连接罐装液化气的。"程子砚说，"以前的老式煤气已经不用了。而且，这家人住在这里已经快两年了，除非热水器突然发生故障，不然不会说以前没事现在有事。"

"而且尸体的尸斑不具备樱桃红色的特征。"胡科长说，"因为碳氧血红蛋白是樱桃红色的，所以在一氧化碳中毒的案例中，尸体多见尸斑樱桃红色的特征。"

我点点头，说："那也不完全是绝对的。"

说完，我也走到林涛身边，看了看热水器。

热水器很新，应该是两年前这户人住进来的时候新装的。热水器采用了墙排的模式，由一根直径 20 厘米的大管子连通到墙壁上的孔眼，将产生的废气排出屋外。这应该是一种很安全的使用热水器的方式。而且，热水器的一旁还有一个白色的探头，上面写着：一氧化碳探测器。看起来，这个热水器是新的款型，附带了可以检测一氧化碳并且超标报警的功能。

我搬了一个凳子到厨房，站在上面细看了这个探测器。探测器上印着一排字：

一氧化碳超标时，本探测器持续蜂鸣，并亮起红灯。

显然，它并没有报警。

我从板凳上跳了下来，说："看起来，是食物中毒的可能性大了。"

胡科长点点头，转头向屋外的侦查员说："根据痕迹检验，我们并没有发现外人侵入的迹象。死者也没有损伤痕迹。不过，既然考虑是食物中毒，建议还是要解剖并且提取胃内容物和肝脏，会同现场提取的食物一起来进行检验。另外，你们现在要重点调查死者这些食物的来源，如果可以排除投毒的情况，应该是场意外。"

"希望伤者能够救回来。"我说，"如果他的意识能恢复，也能帮助我们搞清楚。"

从现场出来，已经接近中午了。

"我们去解剖，你们还去吗？"胡科长问我们。

我看了看手表，说："现在参加解剖，就有可能耽误下午的班了。这个现场是我们没接到指令就自己来蹭的，还是不耽误上班比较好。"

"好的。"胡科长哈哈一笑，说，"以现在的情况看，基本可以排除是一起命案了，只是一般的非正常死亡事件而已。"

"一年也有几百起这样的非正常死亡事件，你们是够辛苦的。"我说。

分手后，我们走出了现场。韩亮早已把他的跑车停在了现场小区的外面。我们一股脑儿又挤了进去。

"刚看完现场和尸体，进你的车，不介意吧？"我开玩笑似的说。

"我像是那么讲究的人吗？"韩亮一边把他的那部老手机揣进衣服的内侧口袋，一边系着安全带说。在车里等我们的时候，他似乎又在用那个老手机玩贪吃蛇了。

"不像。"林涛笑着说，"但是像一个有秘密的人。"

韩亮假装没听到，按着一键点火，发动了车子。

随着汽车发动机的轰鸣，我的手机和陈诗羽的手机同时响了起来。

"不好，我们发现血迹的那个地方的后山上发现了一具尸体！"陈诗羽接完电话，说，"我有个同学今天调休，找了几个朋友，想在血迹附近撒网寻找的，结果找出了另一个案子。"

"DNA 室传来消息，地面、墙壁和纱布上的血迹都是杜洲的。"我也接完了电话，有些着急，"你同学能确定发现的尸体不是杜洲吗？"

陈诗羽摇摇头，说："死者是个女的。"

韩亮踩着刹车，回头看着我，等着我的决定。

我坐在后座上，咬着嘴唇想了想，说："走，虽然可能联系不大，但我们还是去看看具体情况吧，以防万一。师父那边，我来打电话请假。另外，你同学报警了吧？"

我们沿着刚才的路，重新回到了发现血迹的现场，然后步行通过巷道，来到了神仙山公园的门口。

市局勘查B组显然已经出动了，另一辆现场勘查车已经停在了公园的门口。

走到神仙山的山脚下，我似乎就闻见了一股腐臭的味道。现在仍是初春，高度腐败的尸体并不常见。但是因为多年法医工作的磨炼，我对腐臭的气味非常敏感。所以，我在山脚下，几乎就可以判断我们马上要面对的，将是一具腐败的尸体。

大宝听到消息也随后赶到了。听说死者是一名女性，他也算是放心不少。我们都在祈祷这一起案件和杜洲的失踪没有关系。毕竟，一旦有了关系，说不准杜洲不是下一个受害人，就是凶手。

神仙山的半山腰，拉起了警戒带，周围站着很多民警。这里植被茂密，看起来平时人迹罕至。因为灌木的阻挡，民警们都歪歪斜斜地站着。

陈诗羽的同学此时已经卸去了单警装备，他穿着警服，牵着一条德国牧羊犬站在灌木丛中，正作为报案人接受接警民警的询问。

这种警察询问警察的情况倒是不多见，我饶有兴趣地走到一旁旁听。

"这不是警犬吧？"陈诗羽蹲在德国牧羊犬的旁边，有些惊讶地问道。

"这是我自己的狗。"同学见到接警民警一脸惊讶，赶紧解释道，"我是学警犬技术的，结果被分配到派出所工作，就只好自己养一条过过瘾了。"

"那你这狗狗训练得也太专业了，居然能找到尸体！"陈诗羽发自内心地赞叹道。

德国牧羊犬像是能听懂陈诗羽的表扬，昂了昂脖子看她。

同学一脸自豪："那是当然，这狗可是我精心调教出来的，敢和警犬基地的任何一只犬比试。"

"是怎么发现的尸体？"我好奇地问道。

同学点点头，说："早上我下了夜班，就发现了那摊血。大师姐说是要在周围找，我一时半会儿找不到帮手，就牵着它出来了。结果它一路狂奔，就带着我直接找到了这里。"

我扭头看到市局勘查B组的但法医正在检验尸体，问："这里经常有人来吗？"

"几乎没有。"辖区民警说，"这个公园本来就缺乏维护，来的人很少。即便有人来，也都是在山脚下那个广场乘乘凉、聊聊天什么的，很少有人会爬山。"

"现场有什么痕迹吗？进出口什么的。"我问痕检员。

痕检员摇摇头，指着地面说："这里都没路，天气干燥，泥土也留不下足迹。我们看了周围的灌木，确实是有折断的迹象。但是并不能确定是死者自己走过来折断的，还是被人抛尸的时候折断的。所以，也没有什么意义。"

我点点头，走进中心现场，询问正在专心工作的但法医："但哥，尸体看起来怎么样？"

不用但法医叙述，我已经被扑面而来的腐臭味熏得够呛。尸体全身肿胀，表面呈现出墨绿色，有不少腐败液体流了出来。尸体的面部被凌乱的长发覆盖，而且因为腐败液体的浸润，头发牢牢地粘在脸上，看不清死者的面容。不用看也知道，此时死者的眼球和舌头，肯定都因为腐败气体的作用被顶得突出来了。死者的身材应该很瘦弱，但是此时，我只看得出膨胀得非常厉害。虽然此时的温度还比较低，但已经有少量的苍蝇在周围盘旋。尸体的下面，还有一些不知名的小虫子爬来爬去。苍蝇一般在8℃～40℃的环境里出现，现在已经有十几摄氏度的空气温度了。但是因为气温不稳定，所以苍蝇数量少，也没有发现大量的蛆虫附着在尸体上，无法根据蛆虫的长度来判断死亡时间。

"这个季节，都已经巨人观了。"但法医说，"看起来应该死亡七天以上了。"

我点点头表示赞同。

"腐败得还是很厉害的。"但法医吐了一口痰，说，"臭得很。不过我大概看了关键部位，没有发现明显损伤。"

"看衣着，像是个流浪汉，或者精神病患者。"林涛皱着眉头站在一边说。

死者的衣服已经完全被腐败液体浸润，皱巴巴地粘在尸体上，呈现出黑绿色、潮湿的样子。但是我们还是能看出死者的衣着是比较完整的，没有明显的撕裂痕迹。

"死者上身是棉毛衫、旧毛线衣和旧外套；下身是棉质平角内裤、棉毛裤和旧裤子。赤足，无袜子和鞋子。"但法医说，"但是所有的衣服穿着都是整齐的。而且，我看了内衣里面，也没有泥土的黏附，不符合野外侵犯后人为穿上衣服。总体来说，衣着是正常的。"

"没有穿文胸，而且衣服都很劣质。"我说，"还真是挺像流浪人员的衣着。"

"可惜现在因为尸体腐败的因素，无法判断之前的衣服是否干净了。"林涛说，

"如果衣服不干净，就能肯定了。"

"死因毫无头绪吗？"我问，"会不会是饥饿、寒冷导致的死亡？"

"没有反常脱衣现象，没有依据显示冻死。"但法医说，"而且现在天也不是很冷，死者还穿了这么多衣服。只是不能排除迷路后饿死的可能。"

"也就是说，还得进一步解剖来看。"我说。

但法医点点头，说："对了，这么一个非正常死亡事件，你们怎么来了？"

我笑了笑，说："我们最近在办一起失踪案件，在离这个现场不远处，有一摊血迹，是失踪人员的血迹。我们害怕这起案件和失踪案有着某种关系，所以过来看看。"

"现在看起来，死者身上没有伤，也没有血迹。"但法医说，"所以和你那起失踪案有关的可能性不大了。"

"下一步怎么办？"我问。

"尸体马上要拖回去解剖检验。"但法医说，"首先得搞清楚死者的死因。如果不是命案的话，就要把特征交给办案单位去找尸源了。看看失踪人员 DNA 库里有没有线索。"

我看了看手表，转头对我们小组其他几个人说："反正已经请假了，不如一起去看看？"

"必须的。"大宝说。

3

抵达龙番市公安局法医学尸体解剖室的时候，刚好看见胡科长他们勘查组检验完尸体，在锁门。

"你们怎么又来了？"胡科长一脸茫然。

"发现了一具无名尸体。"但法医说。

"你们这是来我们市局体验生活吗？"胡科长笑着说。

我挠挠头，说："对了，刚刚那个地下室的案子，检验结果怎么样？"

"完成尸检了。"胡科长说，"排除机械性外伤、机械性窒息、疾病和电击，现在基本肯定是中毒死亡了，就要看是中什么毒了。我们看了胃内容物，和现场呕吐物的成分吻合，和现场桌上的菜也是吻合的，而且是用过晚餐后不久死亡的。"

对很多法医来说，腐败尸体未必就是最恶心的。有的时候，对胃内容物的分析，也是很难受的。毕竟要把胃内、肠子内的东西弄出来，然后一点一点地筛，最后根据食物形态来分析和现场的食品是不是同类。毕竟法医也是人，也要吃东西，难免会在吃相同菜品的时候，想到那恶心的胃内容物的状态。

"一听到你们检查胃内容物，我就有点恶心。"陈诗羽坐韩亮的车都没晕，这会儿倒是有点起反应了。

大宝眨巴眨巴眼，说："恶……恶心？没什么呀，看惯了就好了。上次我请你们吃野生老鳖，你们吃得不是挺快活吗？"

"什么意思？"林涛警觉地问。

"上次我喝多了，路过一个水库的时候，趴在水边就睡着了。"大宝说，"等我醒来的时候，发现我旁边趴着一个老鳖，于是我就提回家红烧了给你吃了。不记得了？"

"记得啊，然后呢？"陈诗羽问。

大宝说："哦，我当时喝多了，吐了，老鳖从水里跑出来吃了我吐的东西，然后它也醉了。不然，我怎么抓得住一个大王八！说明胃内容物有的时候还可以钓鱼，钓的还是甲鱼。"

"什么！所以我们吃了那只吃了你胃内容物的老鳖？"林涛瞪大了眼睛。

大宝故作无辜地点点头。

"你也太恶心了！"林涛和陈诗羽一起去捶大宝。

"别在这里闹。"我制止了他们，说，"胡科长，你们赶紧去送检吧，出结果了也告诉我们一声。我们也要开始检验这具腐败尸体了。"

胡科长锁好门，点点头，说："估计检验结果今天夜里能够出来。"

说完，胡科长一组人上车离开，而我们则留下来对山中的腐败女尸进行尸检。

因为腐败的关系，死者的衣物牢牢地粘在尸体的皮肤上。而死者的皮肤又因为腐败液体的渗透，变得容易脱落。所以我们去除了死者的衣物以后，死者的表皮也就脱落得差不多了。

和尸表检验的结果一样，我们仔细检查了这具"绿巨人"，全身都没有找到明显的损伤。表皮是不是存在擦伤，则不得而知了。

我重点看了看死者的足底，因为死者是赤足的，如果足底干净，则会是一个疑点。不过，此时腐败液体产生，死者的足底黏附了大量的泥土，究竟是生前行走时黏附还是死后黏附，已经不太好判断了。不过，死者的足底表皮并没有因为脱衣服而损坏，我小心翼翼地用纱布将死者的足底擦净。

因为腐败，死者的足底皮肤都已经是皱巴巴的了，有没有损伤实在不太好判断。但是总体看上去，好像并没有发现什么老茧。

这倒是让我心里有了一些疑问。如果真是一个流浪汉，一个长期赤足行走的人，足底会没有老茧吗？现场灌木丛生、石子遍布，要光脚爬到尸体所在的半山腰，足底怎么会没有大的溃口呢？但是毕竟尸体是高度腐败的，有可能导致征象的错误，所以仅凭这一点，并不能说明什么。

说不定，并不是一直赤足，而是走到半路才把鞋子走掉呢？

现场附近有杜洲的血迹，还有杜洲的鞋子。一个有尸体，没鞋子；一个没尸体，有鞋子……这两者会有什么关系吗？

一时想不明白，还是从尸体解剖开始。

但法医和大宝一组，对尸体的胸腹腔进行解剖检验，而我则剃除死者的头发，对死者的颅腔进行检验。

剃下头发后，我把头发整理好，准备放进塑料袋。突然，窗口的一束阳光照了进来，我愣了一下。

"这头发，我怎么感觉好像染过？"我说，"好像是栗色的。"

"不会吧？"大宝探头过来看。

染发都不便宜，我很少见到有钱染发的流浪汉。

"没有啊。"大宝说。

"你鼻子那么好使，眼神咋就不行？"我把头发举起来，让阳光照射。

"我也看不出来。"林涛说。

"是我眼花吗？"我对自己的发现也有些动摇了。

"说不定不是眼花，是色盲。"但法医也笑道。

"好吧。"我把头发装好，说，"死因找到了吗？"

但法医摇摇头，说："没有任何损伤的征象，虽然有窒息征象，但是口鼻腔和颈胸部并没有损伤痕迹，也不是机械性窒息死亡。胃里面虽然是空的，但是肠内是明显有食糜的。也就是说，死者是末次进餐后七八个小时死亡的。食糜我们也看了，毕竟已经消化到了肠道，基本辨别不清食物形态了。"

我突然想起大宝说的老鳖，泛起一阵恶心。

"既然这样，显然也不是迷路后饿死的。"我说，"那死因是什么呢？"

迷雾地下室

说话间，大宝已经用"掏舌头^①"的手法，把死者的食管、气管和肺脏拉了下来。因为腐败，内脏器官的结构都已经模糊不清了。

"病理又做不了，拉脏器做什么？"但法医说。

大宝仔细分离了死者的喉部，说："你们看看，死因应该在这里。"

顺着大宝的手指，我们看见死者的喉头部位被大宝分离得很干净。这里的软组织颜色明显比周围软组织颜色要深，而且因为肿胀，闪闪发亮。这里的肿胀不均匀，显然不是由腐败而导致的肿胀。基本可以确定，在死者死亡之前，喉头就已经水肿了。

死者喉头水肿的程度是比较罕见的，整个喉管都因为周围软组织肿胀而被堵塞了，会厌因为被挤压，微微翘起。如果不用手指去探查，我们甚至不知道死者的气管入口在哪里。

"喉头水肿吗？"我从大宝手中接过死者的喉头，问道。

大宝点点头，说："我刚才在检验死者口腔的时候，就看见喉头部位好像有些反光。如果不是高度肿胀，从口腔里是看不到反光的。"

我点了点头，用手术刀切开死者的气管。气管因为是软骨，所以腐败的程度远远没有其他软组织那样快。死者气管内侧的形态还都是正常的。从气管的内壁，可以看到密密麻麻交错的毛细血管网。显然，这也不是腐败形成的，而是一种生活反应。

"死者的气管也是高度充血。"我说，"虽然进行组织病理学检验已经没有意义了，但是我们还是可以推断出，死者死于哮喘病引发的喉头水肿。"

"死者有哮喘？"但法医问。

我说："很有可能。"

"如果有哮喘，还得不到治疗，她是怎么活到现在的？"大宝问。

我摇摇头，说："我觉得只有一种可能，就是以前哮喘发作的程度并不严重，而这一次不知道是什么原因，发作程度加重，又得不到治疗，所以引发了喉头水肿而窒息死亡。"

---

① 掏舌头，一种解剖术式的常用简称。法医用手从颈部下颌下伸进死者的口腔，切断舌头后侧的软组织连接，就可以从颈部把口腔内的舌头掏出来。这样，舌头连着后侧的喉头，加上食管和气管就可以整体从尸体上分离。拽住尸体的舌头，分离后侧的筋膜，就可以把尸体的整套内脏全部和身体分离。

"又或是有人看护的精神病患者，在走失后迷路。"林涛说，"不巧的是，迷路了以后，又突然发病，没有得到及时救治。"

我点点头，说："如果是有人看护的精神病患者，走失后肯定会报警，甚至录入DNA，那么找到尸源也就方便结案了。"

"好在死因找到了，而且是疾病死亡。"但法医松了一口气，说，"既然是疾病死亡，死者身上没有伤，会阴部也正常，没有遭受性侵的迹象，死者的穿着又这么廉价，也不像是有侵财的事件发生，这应该就不是案件了。不是案件，我们法医的工作也就完成了。"

我点点头表示赞同，心想既然死者不是被他人杀死的，那么即便和杜洲有关系，杜洲也不是凶手。想到这里，我的心里踏实了一些。

接下来的工作，就是进行个体识别了。我拉开死者的下颌骨，准备对死者的牙齿进行观察；而大宝则开始用电锯锯尸体的骨盆，准备拿下耻骨联合进行观察。

死者的牙齿非常洁白、干净和整齐。

"她的牙怎么这么干净？"我问。

林涛探头过来看看，说："看起来她平时确实是有人看护的，是意外走失的。"

我点点头，看了看死者的牙齿咬合面说："死者一颗蛀牙都没有，保养得不错。看咬合面，也就二十多岁的样子。"

"这么年轻？"林涛惊讶道。

我说："越年轻越好，有报失踪记录的可能性就越大。"

尸检结束后，但法医一方面要赶回去给办案单位提供法医学意见，一方面要把取下来的耻骨联合进行水煮处理，观察联合面形态，从而更加精确地推断年龄。

而此时已经到了下班时间，我们也就各自准备回家。

虽然发现了一些杜洲的痕迹，仿佛是将工作推进了一步，但是面对茫茫人海，我们依旧无计可施。

在检查完女尸后，我的心里总是隐隐地觉得她和杜洲的失踪有着一些若有若无的联系。但这种直觉究竟从哪里来，我也说不清楚，更没有依据去支持。仅仅是因为两个现场距离比较近吗？我自己想不明白，就不再去深想，一心赶回家去，抓紧这些没有出差的时间，和儿子拉近距离、搞好关系。

带孩子的时间总是过得很快，一眨眼的工夫，就到了睡觉的时间。

一觉醒来，又是新的一天。

我刚刚走进办公室便接到了胡科长的电话。

"地下室那个案件，没那么简单啊。"胡科长说，"昨晚我们局理化部门加了一晚上的班，能想到的毒物都做了，可是所有的检材都没有发现有毒物。"

"啊？"我顿时有点蒙，愣了半晌才说，"那您觉得呢？"

"如果考虑是气体中毒的话，情况就有些复杂了。"胡科长说，"如果是气体中毒，我们提取的检材都不具备检验条件，必须要血液。所以，今天凌晨，我去了医院，一方面调取了毛庭的病历档案，一方面也提取了他的血液。目前的结果是，排除了一氧化碳中毒；根据病历，二氧化碳中毒也可以排除。是不是有磷化氢等其他有毒气体中毒的可能，还在进一步检验。"

"磷化氢中毒常见于意外事件。在六七月份的时候，很多农户会收回稻谷，堆在家里，然后为了防虫，农户会在稻谷上喷洒磷化铝。磷化铝会和空气中的水分发生化学反应，生成三氧化二铝和磷化氢，磷化氢是有毒气体，可以致人死亡。"我说，"但是现在不是这个季节，而且现场也没有存放稻谷的迹象。如果是磷化氢，岂不肯定就是命案？"

胡科长没有吱声。

"我们马上过去。"我说。

坐在龙番市公安局法医门诊，我们轮流翻看着毛庭的病历。

"毛庭现在情况怎么样？"我问。

"生命体征已经稳定了，但是不能说话，好像意识还是模糊的。"胡科长说。

"HBDH、CK 和 LDH 都很高啊，但是炎症反应又不是很明显。"我沉吟道。

"什么乱七八糟的？"林涛一头雾水。

"羟丁酸脱氢酶、肌酸激酶和乳酸脱氢酶。"大宝解释道，"这些化验单几乎都提示了毛庭的心脏功能遭受了严重的损害。"

"如果只是心肌损害，那还是要考虑一氧化碳中毒啊。"我叹道。

"可是刚刚出的结果，毛庭的血内，碳氧血红蛋白含量低于 3%。"胡科长说，"毛庭平时吸烟，吸烟的人达到 4% 都是正常的。而如果是一氧化碳中毒，肯定要大于 10%。"

"可是，如果是一氧化碳中毒，也可以解释毛庭血中碳氧血红蛋白低。"我从书架上拿下一本《法医毒理学》，说，"从病历上看，毛庭是昨天早晨 7 点 30 分就脱离了现场环境，并且一直接受吸氧治疗，一氧化碳会通过毛庭的肺脏原物呼出。有研究显示，正常情况下吸氧，一氧化碳的平均半排出期只有 80 分钟。而我们是昨天晚上抽取的毛庭的血液，当然早就没有了碳氧血红蛋白。死者的血液提取了吗？"

胡科长点点头，说："我马上安排人去重新拉出尸体取血。不过，死者的尸斑并没有樱桃红色的特征啊。"

我翻了翻书，说："这个知识倒是不太常用的。其实一氧化碳中毒也分型，分为闪电型中毒、急性型中毒和慢性型中毒。我们经常遇见前两者，慢性型倒是不常见。前两者是环境里的一氧化碳浓度高，直接导致呼吸中枢麻痹而死亡。但是，如果现场一氧化碳含量正好在致死量的临界点上，很有可能出现慢性中毒，逐渐意识丧失，最终死亡。因为在意识不清的时候，现场一氧化碳含量逐渐减少，然而死者的心肌损害没有得到纠正，所以，最后的结局是心律失常死亡，而体内的碳氧血红蛋白含量并不是非常高，因此尸斑的樱桃红色表现也就不显著。"

"可以解释了。"胡科长说，"可是现场环境不是很支持啊。你看，进入现场抢救的人，并没有中毒，而且现场的一氧化碳探测器也没有报警。"

"是啊，这也确实不好解释。"我说，"不如我们重新回现场看看再说吧。"

4

我在现场的周围绕了一圈，直到现场墙外的窟窿引起了我的注意。

现场的那半扇窗户对应了厨房所在的位置，墙壁上的排气孔，只有 10 厘米大小的直径。可是昨天看现场的时候，我明明记得排气管有 20 厘米的直径呀。

想到这一点，我连忙穿上现场装备，走进了现场。

"看到没有，这么粗的管子，其实是个摆设。"我说，"直径 20 厘米的室内排气管，其实是套在直径 10 厘米的室外排气管上面的。"

"你是说，内管的直径大，所以管子里的一氧化碳不能通过细了很多的外管全部排出？"胡科长摸着下巴说，"可是这个热水器使用了两年啊，之前都没有出过事情。"

我站到之前林涛站的板凳上面，看了看热水器内管的情况。

"这根内管是依靠塑料胶布黏附在墙壁的瓷砖上的，因为管口和墙壁被塑料胶布密封，所以虽然内管较外管粗，但是产生的一氧化碳不能通过其他途径排出，只能通过外管排出室外，所以没事。但是，可能是因为塑料胶布年久，黏性下降，所以脱落了。这样一来，内管管口不仅和外管连通，也同样和室内连通。产生的一氧化碳因为不能顺着管道迅速全部排出室外，有很大一部分通过管口和墙壁的缝隙排进室内。这就是中毒的原因。"我信心满满，"看起来，这一起中毒事件，是可以定性了。是热水器排气管未能按照规定安装而导致的意外事件。"

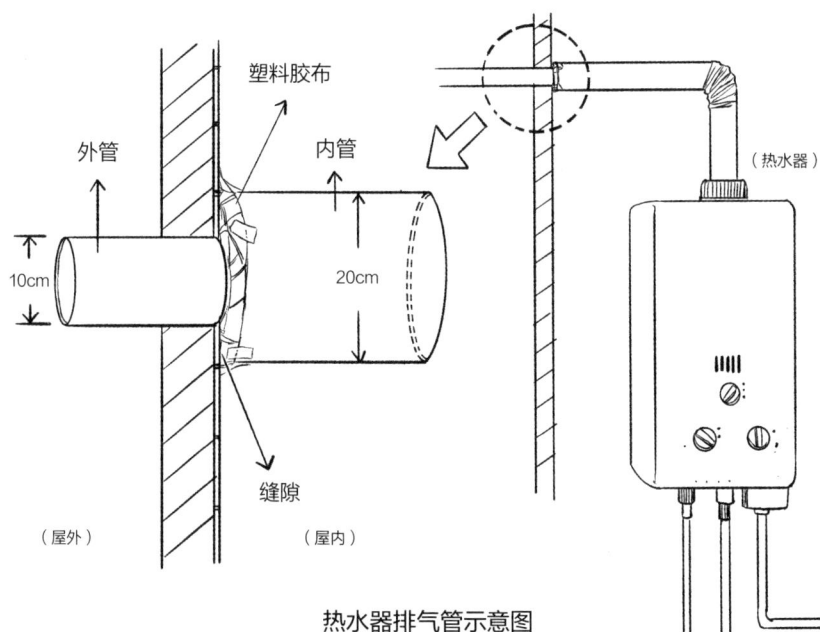

热水器排气管示意图

胡科长此时接了一个电话，说："死者心血内的碳氧血红蛋白在 30% 左右，虽然没有达到公认的致死量，但是足以证明是一氧化碳中毒了。"

"我刚才说了，没有达到致死量，是因为从死者昏迷到死亡经历了一段时间，而在这段时间里，环境内的一氧化碳逐渐减少，死者体内的一氧化碳也被死者原物呼出一部分。"我说，"但是由于中毒没有及时得到救治，所以引起了慢性中毒、心律失常而死亡。这也可以解释，为什么那么多抢救的人进入现场，并未出现中毒症状。"

大家都在低头思考。

"我来解释一下现场情况吧。"我胸有成竹，"案发当时，毛庭在外间喝酒吃饭。先吃完饭的毛远大在里屋床上看书，而荣冬梅则在卫生间洗澡。因为卫生间和厨房是共用一个推拉门的，所以在洗澡的时候，厨房就对室内敞开了。因为洗澡，热水器产生的一氧化碳从管缝中漏出，导致室内的一氧化碳浓度逐渐增高。此时，里间的毛远大和外间的毛庭先出现了中毒症状，分别昏迷。毛远大也是因为有求生意识而从床上掉下。从室内瓷砖上的挂壁水珠可以看出，室内密封环境特别好，而且荣冬梅这个澡洗了很长时间。虽然是关门洗澡，但是一氧化碳同样进入了卫生间，导致荣冬梅身体不适。荣冬梅极度难受，没有穿衣服就拉开卫生间门走了出来，这时候，她已经发生了呕吐和昏迷，丧失了自救的能力。而此时，热水器已经停止工作，而且随着荣冬梅的开门，推拉门把一氧化碳浓度最高的厨房给封闭了起来。经过将近一夜的时间，空气中的一氧化碳从窗户上5厘米的开口处慢慢散发了出去，但是丧失自救能力的荣冬梅和毛远大因为心律失常而死亡。外间的毛庭因为距离产气源最远，所以中毒症状较轻，但是也出现了严重的心肌损害。你们看，这样解释全部案件，是不是很合理？"

胡科长拍了拍手，说："完全可以解释了。不过，如果要结案，还需要进行侦查实验，确定热水器在打开的情况下，是不是能产生大量的一氧化碳进入屋内。如

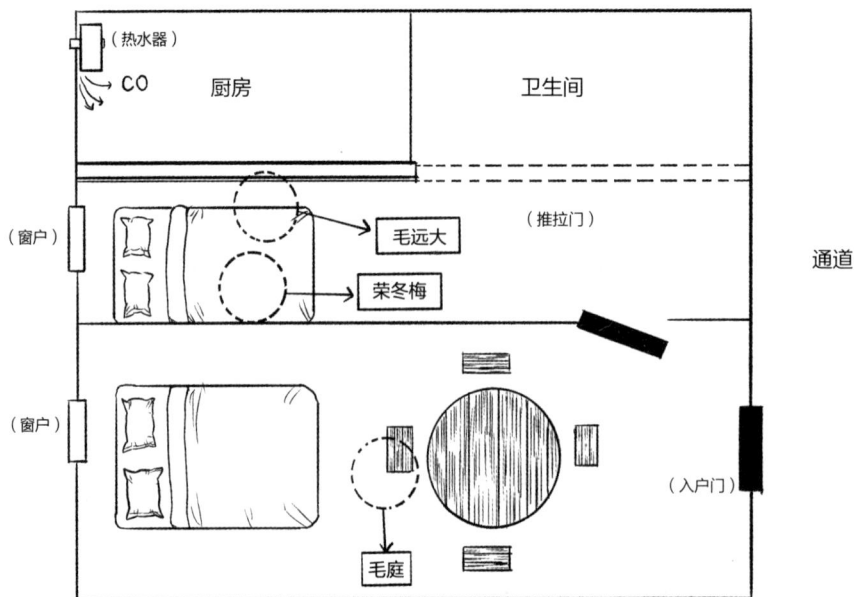

案发现场示意图

果可以的话，就可以顺利地结案了。"

"在这么密闭的空间里，做侦查实验还是有些危险的吧。"我见胡科长拿出自己携带的一氧化碳空气探测器，说。

"再危险也要做啊。"胡科长笑了笑，说，"杜绝一切明火。我放下探测器，然后打开热水器，大家一起离开。"

打开洗澡间的水龙头后，热水器开始轰鸣了起来，我们几个人一起退出了现场。

不到一分钟，探测器便叫了起来。

"秦科长推断得不错，现场产生一氧化碳的速度非常快。"胡科长屏住一口气，迅速冲进现场，先是关了卫生间的热水器开关，然后用相机对探测器上的数值拍照，最后打开窗户透气。

"看来证据确凿了。"胡科长满意地说。

"等等。"一个可怕的想法在我的脑中一闪，"刚才您进去的时候，有没有注意到那个一氧化碳探测器在不在响？红灯有没有亮？"

"没有。"胡科长肯定地说。

"那就不对了。"我说，"之前我的推论，如果我们到现场的时候，现场一氧化碳已经散去，探测器不响、不亮是正常的；案发当时即便探测器响了、亮了，当事人已丧失自救能力也可以解释。但是，为什么我们做实验的时候，它也不响、不亮？"

"聋子的耳朵——摆设？"林涛说。

"这是个新热水器，既然费劲打了钉子把它安装上去，没有道理不给它通电使用它啊！"我说。

"那你是什么意思？"胡科长说。

我没有吱声，静静地等待了一会儿，估计现场产生的一氧化碳差不多都散尽了后，重新进入了现场。

我站在板凳上盯着热水器和管道左看右看，然后对着林涛说："你，要不要上来看看？"

林涛点头会意，拿着勘查灯登上了板凳。

我在下面等着。

"看清楚了，一氧化碳探测仪的电线被拽断了。"林涛说，"因为电线是穿过吊顶的，所以暴露在吊顶外面的地方没有异常，其实在吊顶里面的部分已经断了，所以自然就没有电了，探测仪也就不会报警了。"

"断口新鲜吗？"我汗毛一立。

"新鲜。"林涛举起相机拍照。

"那把暴露在吊顶外面的电线提取回去，看看能不能查出 DNA 来。"我说。

"可能不需要。"林涛说，"内管的外侧有指纹。"

我们都知道，泄漏一氧化碳的罪魁祸首是内管和墙壁的紧闭关系被破坏了。而在这个部位发现了指纹，是非常有意义的。

"会不会是安装管子的时候留下的陈旧指纹？"我仍不放心。

"不会。"林涛斩钉截铁，"管子上面都是日积月累留下的油污。在油污的中间，有一枚很清晰的指纹。是油污减层指纹，很新鲜，表面没有新的油污覆盖。"

"也就是说，这一切都有可能是人为的？"我有些惊讶。

"应该是的。"林涛说，"这个内管和墙壁的附着关系就靠一圈塑料胶布密闭。只要给外管一个作用力，黏附力本来就已经下降的塑料胶布瞬间就失去了它的作用。管子和墙壁之间也就不密闭了，就存在气体的通道了。"

我愣在原地，看着林涛换着不同的姿势去拍摄管道上的指纹。

"三个当事人的指纹都提取了吗？"林涛一边拍照一边问着程子砚。

程子砚说："按照信息采集的要求，全部提取了。"

"好！"林涛说。

我知道林涛的想法。这是一个封闭的现场，而且一般不会有外人进来。三名当事人也没有明显的矛盾关系，程子砚也确定现场并没有发现其他人的足迹。所以，如果是人为破坏热水器的墙排结构，只有可能是内部人所为。

可是，这一切都是为什么呢？

林涛显然是已经拍摄到了他自己满意的指纹照片，他轻松地跳下板凳，和程子砚一起走到室外，拿起之前采集的三名当事人的指纹卡，开始慢慢比对。

陈诗羽站在屋内无所事事，也走了出去，站在林涛和程子砚的身边看着他们比对指纹。林涛热情地给小羽毛边讲解边演示，程子砚却安安静静的。我远远看过去，总觉得这三人的组合有些微妙。

我突然想到了什么，问身边的侦查员说："毛庭这两天的活动轨迹，有没有调查？"

侦查员点了点头，从卷宗里抽出一张纸，递给我。

这张纸上密密麻麻地记载着调查来的情况，是毛庭这两天的全部活动情况。

买菜，上工，喝酒，打牌，体检，喝酒，逛公园，回家。

诸如这样，纸上简单明了地写着每个时间点，毛庭的活动轨迹。

"体检？体检什么？"我问了问。

"他上了一个新的工地，可能是牵扯到要买保险什么的吧，就是到医院做一个常规体检。"侦查员说，"喏，这是医院的体检报告复制件，我也调取了。"

我赞许地点点头，接过体检报告一条一条地看。从体检报告上看，这个40岁的农村男人身体非常健康，所有的指标都在正常范围之内，没有任何毛病。所以说，并不可能是我之前猜想的，他查出了绝症，然后想带着老婆、孩子同归于尽。

体检报告的最后，还写了一句："应体检人要求，对血型进行检验，经检验血型为A型。"

"应体检人要求"？我产生了疑问："施工委托方要求查工人的血型？"

侦查员茫然地摇摇头，说："不知道啊，说不定是为了防止万一，先测好血型吧？我们警察的帽子里不都是有这个警察的姓名和血型吗？是为了好抢救吧。"

我皱着眉思考着，拿出手机接通了郑大姐的电话："郑大姐，市局那个多人中毒死亡的案子，亲缘关系如何？"

在一起非正常死亡事件确定性质之前，警方通常会对死者、伤者等当事人的指纹进行提取，并对DNA进行检验。所以DNA室应该有这起案件当事人的DNA数据。

听脚步声，应该是郑大姐听见我声音急促，跑了几步到接案室，说："看了，死者毛远大和荣冬梅、毛庭都确定了亲子关系。"

"哦。"我的另一种想法好像又被否决了，我不死心地接着说，"那血型呢？"

"血型嘛，你等等。"郑大姐说，"毛庭是A型血，荣冬梅是B型血，毛远大是O型血。"

我恍然大悟，致谢后挂断了电话。

正在此时，林涛兴奋地从屋外跑了进来，扬着手中的指纹卡喊道："现场提取的右手拇指、食指和无名指指纹，确定都是毛庭的！毛庭是这起案件的犯罪嫌疑人。"

"会不会是毛庭做了什么其他的事情，不小心碰掉了管道？"胡科长仍是有些不能理解。

我摇摇头说："碰掉管道的可能性很大，但是不小心碰掉管道的同时，又拽掉了探测仪的电源，这种概率实在是很低吧。"

"哎，也是。"胡科长一定是不能相信，看起来忠厚老实的毛庭是杀人凶手。

"毛庭现在状况怎么样？"我说，"我们去医院看看吧。"

毛庭的病床被一圈白色的帘子围住。

我站在帘子的外面，默默地低头看着毛庭的病历。

侦查员掀开帘子走了出来，朝我默默地摇了摇头。

我点头示意，走进了帘子内。

毛庭仰面平躺在病床上，毫无表情。我走到他的床头，坐了下来，静静地看着他。他的睫毛微微地抖动了几下后，又恢复了平静。

"我相信，你是想和他们一起离开这个世界的。"我开门见山地说，有点像在自言自语。

毛庭毫无反应。

"但是你现在的沉默，让我怀疑你改变了主意，你想独活下去。"我说，"要不然，我来把你的心思说一说吧。"

毛庭依旧毫无反应。

"昨天是你老婆带孩子补习的日子，所以在你晚上 8 点回到家的时候，他们俩都不在家。"我说，"心灰意懒的你，此时做了决定，破坏了热水器的管道，并且处心积虑地破坏了一氧化碳探测器。这个时候的你，一心求死，而且是要带着老婆和孩子一起死。"

我顿了顿，接着说："你知道，你老婆洗澡时间长，热水器排出的一氧化碳，足以把整个屋子的人毒死。对一个小学毕业的人来说，你的设计已经接近完美了。不过，你还是给我们留下了证据。只要有证据，事实就会暴露在世人的眼前。就像你现在的沉默，并不是他们以为的意识不清。从病历上看，你现在应该很清醒，只是不愿意说话罢了。"

毛庭的睫毛颤动了几下。

我趁热打铁，说："可能是因为总有人说你的儿子远大和你长得不像吧？又或是在你的心目中，你的妻子不忠，所以，你一直都以为毛远大不是你的孩子，这个想法就像一根毒刺，深深地扎在了你的心里，也留下了祸根。引发毒刺发作的，就是你的这个血型检验。在你看来，你是 A 型血，你妻子是 B 型血，所以你的孩子肯定是 A 型或 B 型血，对吗？而你的孩子，你早就知道，他是 O 型血。就是这个检测报告，让你下定决心和他们同归于尽的，对吧？养了十几年的孩子，居然不是自己的，所以你没有办法接受这个答案，你也不想面对未来了，对吗？"

毛庭的睫毛剧烈地颤动了几下。

迷雾地下室

"我觉得吧，不怕一个人一无所知，也不怕一个人知识全面。最怕的，就是一知半解，自以为是。"我说，"你一定不知道吧，A 型血和 B 型血的人，生出来的孩子有可能是任何一种血型。"

毛庭的嘴唇微微地动了动。

"我知道这样很残忍，但是我有必要告诉你。是你，亲手杀死了自己的老婆和孩子。"我说，"他们很冤枉。因为，DNA 检测报告确定，毛远大就是你的亲生儿子。"

"不可能！"毛庭突然从床上跳了起来，把我吓了一跳。

帘子外面的几名侦查员更是大吃一惊，冲进帘子里把毛庭死死地按在床上。

我默默地从公文包里掏出几张纸，那是我从郑大姐那里拿过来的鉴定书复制件。

我把鉴定书复制件轻轻地扔在病床上。

毛庭盯着鉴定书看了半天，吃力地读懂了检验结论，整个身体软了下来，呜呜地哭了起来。

我默默地转身离开，因为我知道这个案件破了。

"一个平时老实巴交的人，怎么杀人的时候这么不留情？"陈诗羽感叹道。

"只是怀疑自己的伴侣不忠，就想让她死。"韩亮冷笑了一声，"看起来再老实巴交的男人，还不是也有阴暗的一面。"

这话说得很不像是韩亮的风格，连陈诗羽都侧目了一下。

我感慨道："毛庭一开始是打算同归于尽的。对有些男人来说，戴绿帽子就是要了他的命，他什么偏激的事情都做得出来。"

"我想起了之前的一个案件。"林涛说，"一个犯罪嫌疑人被抓获后，为了验明正身，警方提取了他父母的 DNA，经过比对，确定嫌疑人是其母亲亲生的，但不是其父亲亲生的。后来 DNA 室郑大姐还纠结了半天，不知道该怎么出具鉴定报告。所以最后报告的结论是：嫌疑人某某和其母亲具备亲子关系。"

"干脆就不提父亲的事情。"我说，"免得又发生一起命案。"

"唉。"

法医秦明

VOICE OF THE DEAD

第五案

日暮癫火

———

金钱并不像平常所说的那样，是一切邪恶的根源，唯有对金钱的贪欲，即对金钱过分的、自私的、贪婪的追求，才是一切邪恶的根源。

———

纳·霍桑

1

零利超市是龙番市最大的一个超市，每天顾客络绎不绝。它所在的位置也是龙番市商业最集中地带的中心，占地面积也很大。

零利超市门前的广场甚至比龙番市的市民广场还要大，全部用来停车。每天到了下班时间，零利超市的停车广场就成了龙番市最热闹繁华的地方，来往车辆川流不息。

曹强是市公安局政治处的一名民警，因为在机关单位工作，相对于当交警的妻子来说，时间比较稳定。因此，曹强就担负起了每天到超市购物的"重任"。

这一天，曹强像往常一样，下了班以后就来到零利超市买菜，买完菜之后，推着购物车走向停车广场。这一天的日落时间大概是下午6：10，等曹强走出超市时是6点30分，天已经擦黑儿了。

西边的停车场是整个停车广场中车辆最少的。因为需要从入口处绕一圈才能来到西侧，所以很多人不愿意停在西广场。但是正因为车少，不怕麻烦的曹强每次都会选择在这里停车，不仅容易找到车位，更是方便进出，被别人擦碰的概率也小。

在走近自己轿车的时候，曹强瞥见了不远处的一丝红光。在昏暗的环境里，任何一丝光芒，都是很容易被注意到的。

曹强向红光看去，看得并不真切。仿佛这一束光芒是从一辆轿车里发散出来的。曹强左看看，右看看，可能是因为他买菜的动作够快，比其他人先出了超市，所以这个时间点，西广场上还真是看不到其他人的身影。出于职业的敏感，曹强觉得哪里好像有些不对劲。

曹强把购物车里的东西放进车里，向红光所在的西北角走了过去。果然，停车场最角落的停车位上停着一辆轿车，看外形，还是一辆高档轿车。快要接近这辆车时，突然，嘭的一声，把曹强吓得一个趔趄。

曹强没有看错，红光果真是从轿车里发散出来的——那居然是火！

嘭的一声，是大火烧炸了车窗玻璃。随着这一声巨响，滚滚浓烟从轿车里涌出。曹强吓得倒退了几步，大喊："着火啦！快来人救火！"

那一瞬间，曹强看出这是一辆蓝色的奔驰，车牌号码非常眼熟，正是他同事董建武家的轿车。

然而，他完全来不及对这辆车做些什么，火势起得凶猛，眨眼间就将整辆车吞没，纵使有一百个曹强，此刻也无能为力了。他只能颤抖着拨通了119。

火光、巨响和曹强之前的呼救，给西停车场引来了一群人，有刚刚从超市出来的顾客，也有超市的保安，还有经过的行人。大家七手八脚地打开超市大楼里的消防栓接水，有的拿盆，有的拿桶。这辆蓝色的奔驰已经没有挽回的余地了，大家都在尽可能地保住停在奔驰附近的其他轿车。

不一会儿，一辆消防车呼啸着开到了现场。一分钟之内，水枪开始朝蓝色奔驰上面喷射。曹强站在消防车的后面，焦急地拨打着董建武的手机，一遍又一遍，无人接听。

当大火被消防队扑灭的时候，蓝色的奔驰已经成了一个焦黑的汽车框架，车胎已经受热漏气，车牌照被烧得掉了下来，在一堆黑色的炭末中格外醒目。

"哎哟，这么好的车，也会自燃啊？"

"现在还没到夏天呢，怎么自燃的呢？"

"会不会是车子出故障了啊？"

围观的群众议论纷纷。

不一会儿，一个推着购物车的男人，扒开人群走进了现场，看了看焦黑的汽车框架，一屁股坐在了地上。

"董哥，你的电话怎么打不通，怎么回事？这是你的车吗？"曹强扶着坐在地上的男人，大声问道，引得围观群众的视线全部聚焦到了这里。

董建武坐在地上愣神，突然大喊一声，跳了起来："小玲！小玲在车里！小玲在哪里？"

而与此同时，靠近轿车进行搜查的消防队员高声喊了一句："排长，车里有一具尸体！"

我们勘查小组下午接到一起信访事项的邀请，到龙番市所辖的龙西县检验复核一具尸体。这是一起自杀案件的尸体，家属对县级公安机关法医检验的结论不服，要求重新检验鉴定。为了确保原鉴定结论的准确，应家属的要求，我们勘查小组会同龙番市局的韩法医一起，到龙西县复检。

尸检不难，解释工作却不简单。要用最通俗的语言，把尸体上的一些征象解释给死者家属听，获得他们的理解，这可不是一件简单的事情。

所以，我们的尸检工作一直进行到6点多才结束。

"为何我刚才检验的时候，就感觉一阵阵阴风直吹我的脑颈把子啊？"大宝脱了解剖服，摸了摸自己的颈子。

龙西县的赵法医笑了笑，指了指大宝背后的窗户说："你看，这块玻璃碎了，好久了，一直都没人修。今天刮风，你站的位置正好对着风口，所以阴风就刮你身上了。"

"怎么不找人修呢？"我走到窗户旁边看了看破口，说，"这应该有几个月了吧？冬天你们都是怎么过来的？等到了夏天，这么大的破口，怕是解剖室的空调都要不好使了吧？是因为局里不拨钱吗？"

"那倒不是。"赵法医指了指墙角的一块玻璃，说，"钱倒是不缺，你看，我们都按尺寸裁了玻璃回来。可是我们不会换啊，也找不到人来修啊。"

"为什么？"大宝一脸惊讶。

"人家都不愿意来殡仪馆干活儿。"赵法医说，"更别说是解剖室了。"

"我的天哪，至于吗？"大宝觉得不可思议。

"唉，我们天天进出这里没觉得有多奇怪，但一般人要不是有白事，看到殡仪馆都要绕道走。"我苦笑了一下。

"那你们得亏遇上我了。"大宝笑着从我们的勘查车里拿出一个工具箱，说，"我来帮你们换玻璃。"

"你会换？"赵法医狐疑地看着大宝爬上了器械台，开始用螺丝起子干活。

"师父告诉我，当一个法医，就得是'六匠合一'，什么都得会。"大宝咬着牙转着螺丝起子，说。

"什么叫'六匠合一'？"赵法医饶有兴趣。

"因为要用锯子，所以掌握木匠的技能；因为要用骨凿，所以掌握瓦匠的技能；因为要用取髓器，所以掌握锁匠的技能；因为要剃头，所以掌握理发匠的技能；因为保存骨骼要刷漆，所以掌握漆匠的技能；因为要缝合，所以掌握裁缝的技能。"

大宝如数家珍般解释。

"是啊。"我笑着接大宝的话,"有时候遇到火灾现场,我们还得扒拉灰,还掌握清洁工的技能呢。"

已经出门洗手的韩法医,又返回了解剖室,说:"市里发生了火灾,死亡一人。"

所有的人都一脸黑线地看着我。

我摊摊手说:"如有巧合……那,那就纯属巧合。"

韩法医不知道我们前面在聊什么,认真地说:"我们得赶回去。秦科长,陈总让我通知你们,和我们一起去现场。"

"亡人火灾,一定要去吗?"我揉了揉酸痛的腰。

"你乌鸦嘴,你惹来的事情,怎么能不去?"大宝说。

韩法医没空理会我们的玩笑,一脸严肃,说:"可能是因为涉及我们市局政治部的民警。"

我们拖着疲惫的身躯,登上了韩亮驾驶的警车。程子砚因为有问题向林涛请教,让林涛坐上了市局的勘查车,所以韩法医就换到了我们车上。刚结束了几个小时的尸检,大家都累得有气无力的。就连出起现场不疲不倦、不眠不休的大宝也打起了哈欠。

"对了,杜洲的事件这两天依旧没有任何消息吗?"我打破了车里的寂静,问,"那具高度腐败的无名女尸,也没找到尸源?"

思考了两天,我那种直觉依旧存在,总觉得无名女尸和杜洲失踪这两个事件,有着那么一点联系。

我问的这个问题正好在韩法医的管辖范围内,他说:"你们那个朋友失踪的事情我不知道,但是无名女尸的事件,我们的工作已经完成了。组织病理检验支持死者可能是因为哮喘引发了支气管痉挛和喉头水肿,最终窒息死亡的。现场环境偏僻,没有得到及时救治,是她死亡的辅助原因。耻骨联合我们也分离好了,判断死者 24 岁左右,没有过生育史。"

"失踪人口库呢?"我问。

韩法医说:"DNA 入库了,而且也挂了好多地方的悬赏,到目前为止,没有人前来认尸。"

"奇了怪了。"我说,"这么年轻的孩子,平时家里人对她照顾得也应该很好,怎么丢了以后就没人找呢？她也不像是走了很远才走到龙番的呀，应该就是附近的人。"

查尸源没有结果，没有让我意外失望，反而让我心中疑窦丛生。

"毕竟看起来不像正常人，而且看穿着，家里条件也应该很差。"韩法医说，"现在就害怕这是一起亲人遗弃的案件。"

"要遗弃早就遗弃了，"我说，"还等到 24 岁？"

韩法医摊了摊手，表示无奈。大家都沉默了，各自思考着问题。

龙西县距离市区不远，市局和我们的勘查车很快就驶达了现场所在地。因为是位于市中心最繁华的地段，所以现场周围聚集了大量的围观群众，现场附近的几条主干道甚至发生了交通拥堵。一个中队的交警在现场附近来来回回，忙碌地走着，竭尽全力疏导交通、驱离停车张望的无关人等。

正因为围观群众多，所以现场保护更加严密了。市局调集了附近三个派出所的备勤警力，把整个零利超市西广场用警戒带封锁了起来。原先停留在西广场的车辆已经全部让车主开走。

董建武因为情绪过度悲伤，被民警扶进了警车。曹强正在比画着和民警说些什么。

"你听说了吗？死的是一个警察的老婆。"

"警察家开奔驰啊？"

"是啊！肯定是贪污腐败来的。"

"死了活该。"

几个围观群众正叽叽喳喳地说着，没有注意到刚刚下车的我们。

"谁说警察家不能有钱？"曹强听得很是不舒服，冲过去说，"警察的老爸不能有钱吗？警察的老婆不能有钱吗？哪条法律规定警察一定要骑助力车上下班的？警察家里的人依法依规做合法生意，不沾公家的光，靠自己的本事赚钱，不行吗？你们凭什么说人家？你们这么信口诬蔑死者家属，对得起良心吗？"

我之前就认识曹强，赶紧拉住他安抚道："别激动，别激动，让他们说吧，咱们管不了别人的嘴。"

那几个嚼舌头的人被猛然噎得说不出话来，只好悻悻地说："神经病啊。"

我等曹强气顺下来，才问："曹主任，怎么了？"

"可能是汽车自燃。"曹强看了一眼远处的警车，说，"董建武的老婆柏玲被烧死在车里面。"

接下来，曹强把他发现的整个经过说了一遍。

我皱着眉头听完，然后说："汽车自燃，一般都是在引擎部位出问题，火也会在引擎部位先燃烧起来。那么我们看见的应该是车头先冒烟。可是从曹主任的话来看，起火点应该在车厢内。除非车厢内有火源，不然怎么也不会是车厢内先起火，烧碎了玻璃以后，烟才冒出来。"

"柏玲和董建武抽烟吗？"主办侦查员问身旁的侦查民警。

民警摇摇头，说："都不抽。"

"那会是什么引燃车厢？"主办侦查员说，"而且火还那么大！可以做助燃物检测吗？"

"对汽车做助燃物检测毫无意义。"我说，"汽车的油箱里有汽油，燃烧之后，油箱的汽油自然会作为助燃物助燃，所以助燃物肯定能做出汽油成分，但这又说明什么呢？"

"那依你的经验看，为什么车厢内会起火呢？"曹强插嘴问。

"车辆燃烧有很多种发展过程。"我说，"但按照你描述的情况来看，应该是车厢内有火源，引燃了坐垫等易燃物品。随着火势越来越大，后排座位被毁掉。我们知道，汽车的油箱，其实就在后排座位的下方。温度升高，汽油沸腾，可能会从油箱连通车厢的破口处溢出，导致火势增强，最后因为高温、气压变化，车窗玻璃碎裂。"

"那也就是说，还是因为当事人不小心留了引燃物在车厢里，导致了这一场悲剧？"曹强看了看远处警车内坐着的董建武。

"要不要问一问董建武？"主办侦查员说。

我摇摇头，说："我现在有个疑问，既然火是慢慢起来的，为什么柏玲不逃离汽车？"

"对啊！"主办侦查员说，"又不是在行驶中，或者是汽车故障打不开门。停这儿好好的，车里有火的话，很容易逃离出去啊。除非……起火的时候，已经死了？"

我沉默着没说话。

主办侦查员看了看远处的董建武，低声对我说："要不要把董建武先控制起来？"

曹强立即表示反对："董哥是我们公安队伍里自己的兄弟，他又刚丧妻，咱们如果没有确凿的证据，可不能凉了兄弟们的心啊！"

"不然光天化日之下，谁来这车水马龙的地方杀人？"主办侦查员提出了一个犀利的问题。

"对董建武和柏玲的背景，有调查吗？"我问。

负责外围调查的侦查员点点头说："都是自己人，调查起来也很方便。董建武是十年前入警的，先是在龙城派出所干了六年，然后被遴选到市局机关，在政治处宣传科任副主任科员。柏玲就是本地人，父亲是房地产开发商，她大学毕业后，就一直在父亲的公司里做部门经理，收入不菲。两个人是四年前经人介绍后结婚的，有个 2 岁的孩子，一直是柏玲的父母带着。两个人住在这附近的一个小区内，经常会来这里购物。夫妻感情很好，这一点，政治处的同事都能证实。"

"会不会是为了财产？"主办侦查员说。

我笑了笑。一名优秀的侦查员，必须有怀疑一切的精神，在这一点上，这位侦查员做得很好。我说："今天的活动轨迹呢？董建武有没有反常迹象？"

"没有反常迹象。"曹强插话说，"我们一个办公室，他正常得很。"

侦查员点点头，说："确实没发现什么反常迹象。今天下午 5 点 30 分下班的时候，是柏玲开着她的奔驰来市局接走董建武的。根据路上的监控，车子应该一如既往地开进了超市停车场，这时候是 5：42。根据超市内的监控，董建武是在 5：45 一个人走进超市的，状态也是正常的。根据董建武自己的叙述，柏玲把他放了超市大门门口，然后找地方停车，他自己去购物后，再电话联系柏玲来接自己回家，这是他们平时一贯的做法。不过这一次，他买完东西，发现柏玲的电话打不通，走出超市后发现有人在西侧停车场围观，就有不祥的预感，赶紧跑了过来。"

"这么大的停车场，没有监控？"我问。

侦查员耸耸肩，说："我们已经知会辖区派出所了，希望超市下一步能有整改动作。除了停车场出入口和超市内，其他地方都没有监控。停车场对行人是开放的，如果是一个人徒步作案，作案后可以从无数条没监控的小路离开现场。"

"那就可惜了，少了一条破案的线索。"我说，"不过，董建武作案的可能性几乎没有。"

2

"你是说时间吗？"大宝问。

我点了点头，说："我记得消防火灾调查部门做过一次侦查实验。在没有助燃物的情况下，一个小火苗蔓延到整个车厢，十分钟就足够了。如果有助燃物，就会更快。曹主任说，下午6点30分的时候，车内的火还没有烧裂玻璃，我们满打满算，点火的时间也不会早于6点钟。可是董建武5：45就进了超市，时间上不吻合。"

"不会是定时起火装置吧？"大宝说。

"那是极小概率事件。"我笑着说，"你会做这种装置吗？再说了，如果真的是定时起火，我们通过清理车辆里的灰烬，就会有所发现的。"

"不管概率有多小，都要警惕。"主办侦查员依然对一切保持怀疑，"董建武我们是要暂时控制的。"

"刚才我们怀疑在起火的时候，柏玲已经死亡了。即便她没有死亡，至少也已经失去自救的能力了。"我说，"我们再看看时间线，5：30柏玲开车接董建武下班，5：42车子开进超市停车场，5：45董建武就进了超市，进停车场前，柏玲和董建武一起在车上，那么如果是董建武下手，他只有三分钟的时间在车停好后杀妻、设置定时起火装置，然后再出现在超市门口。这时间是不是短得匪夷所思了？"

大家都在沉思。

"如果排除了董建武作案，在这个时间段、这个地点来杀人的，多半是仇深似海、寻仇报复的亡命之徒了。"主办侦查员说，"因为没人知道董建武会离开多久，也没人知道在这里作案会不会被路人看见。"

"先不下结论。"我说，"我们得先看看现场和尸体。"

因为整个西侧停车场都被警戒带圈了起来，所以我们说话的地方实际离中心现场还很远。我们穿好勘查装备，徒步走向中心现场的那辆被焚毁的奔驰。

路上，我们看见程子砚已经带着十几个市局和分局的技术员，开始对西侧停车场进行画格分派任务。看这架势，是要对整个停车场进行地毯式搜查，以及提取物证。

对于室外现场，范围又这么大，提取痕迹物证的话，没有比这样做更保险的办法了。

我们几个法医沿着痕检部门画出的安全通道，走到了被焚毁的轿车旁边。要不是车头那被焚烧也没有变色的奔驰标志，还真的看不出这是一辆豪车，就连车漆都受热融化了，完全看不出它原来是一辆蓝色的轿车。

车内饰品自然都不复存在，整辆车只剩下一个孤零零的金属框架。车底下则一片"汪洋"，是刚才消防队喷出的水在车内蓄积，然后从被烧破的车底流下的。车窗玻璃受热爆裂后散落在车内外，车内一片焦黑，几乎分辨不出尸体在哪里。

我戴好手套，拉了一下车门。此时铰链已经受热变形，车门随着刺耳的咯吱声被拉开了。

"车门没锁。"我说。

"这款奔驰是点火自动落锁，熄火自动开锁的。"韩亮在一旁捂着鼻子说。

不是看见韩亮的动作我还没有注意，空气中充斥着炭末和粉尘。

"都烧成这样了，你还能看出是哪一款奔驰？！"大宝很诧异。

我更诧异："你怎么知道车辆处于熄火状态？"我探头看了看已经被焚毁到看不清的挡位。

"当然是熄火状态。"韩亮指了指刹车板旁边的一个小踏板。这款奔驰是脚踩式的手刹，踏板是被踩下去的，说明车辆处于拉起手刹的状态。

"熄火再正常不过了。"大宝说，"车子停在这里等老公，总不能打着火吧？多浪费油啊。而且这天气不冷不热的，没必要开空调。"

"所以，任何人都能拉开车门上车。"我考虑的问题和大宝不一样。

"这车里也太复杂了。"大宝说，"我大概看到尸体了。"

在一片烧成焦炭的车底中央，可以看到一具尸体的轮廓。因为尸体上方表面的皮肤都已经焦黑，所以几乎和焦炭融为一体而难以被发现。

尸体的位置很奇怪，并不是坐在驾驶室，也不是卧在后排座上，而是上半身位于驾驶座和副驾驶之间，头部伸到了后排空间。

"怎么是这个姿势？"我率先提出了疑问。

"啊！我知道了！"大宝一副恍然大悟的样子，说，"会不会是看到后排起火了，所以探向后排想去灭火？"

"扯。"我直接否定，说，"任何人发现自己车子后排有意外甚至是危险，第一反应当然是下车、开后门，这样方便，而且安全。哪有用这么难受的姿势去排险的？而且，我们仔细看看就可以发现，其实死者的双侧手臂都被卡在了驾驶座中间的空间里，没有伸向后方。"

"好像是的。"韩亮说，"看起来应该是个比较被动的体位。"

"这……这尸体怎么弄出来呢？"大宝说。

"不太好弄也得弄。"我说，"我们要是把车内所有的灰烬都清理出来，估计要四五个小时。那就太影响这里的交通了。现在最好的办法，就是用塑料布包裹整个车子，然后叫拖车来把车子拉到修理厂去。那里灯光好，也方便我们清理灰烬。不过，没有修理厂会同意我们拉着一辆有尸体的车子进去的，所以，得先把尸体想办法弄出来，送到殡仪馆去。"

所有的火灾现场，尤其是车辆的火灾现场，都有一项必需的工作，就是"扒灰"。扒灰是我们对它的简称，其实它是一项很繁重的现场勘查工作。技术人员会把现场的灰烬全部一点点地清理出来，从灰烬里寻找一些没有烧尽的物质，然后通过这些物质来分析案情。

比如，在一辆汽车焚毁的现场，如果对灰烬的勘查结束后，都没有发现打火机的防风帽等金属物件，就只有两种可能：死者引燃火柴自焚；凶手杀人点火后，带走了打火机。

眼前的这起案件，我们高度怀疑是一起命案，那么扒灰就显得非常重要了，甚至比尸检更加重要。毕竟尸体大部分已经焚毁，对尸体检验的推断工作造成了一定的难度和不确定性；扒灰则可以发现很多线索，比如有没有起火工具、有没有定时引火装置、有没有其他凶器、死者随身物品有没有丢失什么的。

既然制定了下一步工作措施，我们就立即开始忙碌。

几个法医打开了车子的四个门，从四个方向准备把尸体挪动起来。考虑到是火灾现场，尸体很有可能因为焚烧而变脆，大力的动作就有可能破坏尸体的原貌，所以大家都是在实时录像的情况下，小心翼翼地挪动着尸体的各个部位，想形成合力，把尸体悬空抬起。

大家努力了十分钟后，终于把尸体完完整整地和焦黑的车子分离，然后从副驾驶的车门把它挪了出来。

无论负责现场保护的民警怎么驱赶，围观群众就是不走。围观群众不走，民警毫无办法。群众随意地用手机拍摄死者，民警也毫无办法。

在尸体被抬出来的那一刻，我就听见警戒带外发出了嗡的一声，像是炸开了锅。我真是不明白，这尸体有什么好看的？居然能这么兴致勃勃地踮着脚看？我也很佩服围观群众的眼力，毕竟隔着几十米的距离，都能知道我们抬出来的这个焦黑的东西是尸体！

我们把尸体小心地放进了尸袋里，拉好拉链，让殡仪馆的同志把尸体尽快拉走。然后，我们又张罗着用一块超大的雨布包裹车体，防止在车辆拖移的过程中造成车内物品的丢失。

"好就好在现场在超市旁边，这么大的雨布都能找到。"我一边包裹车体，一边说。

看着被烧毁的汽车慢慢地被拖车拖起，我招呼大家抓紧时间赶到修理厂。如果到得早，还能在0点之前开始检验尸体。林涛被留下来和程子砚一起清理现场地面。

相比一个被烧毁的房间，一辆被烧毁的车清理起灰烬要容易很多。我、韩法医、小羽毛和大宝一人负责一个车门范围，开始清理灰烬。韩亮则拿着一个大筛子，逐渐清理我们清理出来的灰烬，进行进一步洗筛。

时间就这样一分一秒地过去，因为扒灰的动作比较大，很快我们四个都成了"小黑人"。满是灰烬的汽车逐渐变得干净起来，车厢各个部分几乎同时见了底。

在粗筛的过程里发现的所有物件中，一枚警徽最引人注目。它被放在副驾驶位置的操控台上，周围还有一个被烧得变形的钢圈，我们几乎可以肯定，这应该是一顶警用大盖帽。

"董建武把自己的大盖帽放这里做什么？"负责联络的侦查员说，"这不是找事儿吗？"

刚当上警察的人，通常喜欢到哪儿都穿着警服炫耀。时间长了，就会发现在生活中穿警服反而会非常不方便。

"会不会是仇警的人，看到这顶帽子，才临时起意选择作案目标的？"大宝说，"这人也太不专业了，这显然是男式的大盖帽，而车主是个女的。"

"报复警察家属，也不是没有过。"侦查员有些寒意地说。

"粗筛是没什么了。"我说，"都是一些车里的零部件，没有发现可以引火的物品的部件，也没有什么所谓的定时装置。不过，发现了一个手机主板，其他也就没什么了。韩亮，你那边细筛得怎么样了？"

韩亮皱着眉头，盯着自己已经被染黑的纱布手套，说："没有看到打火机的防风帽，引火的东西应该被带走了。"

"嗯。"我点了点头，"其他没什么发现了吧？"

韩亮摇了摇头，随即又点了点头，说："不过，我总感觉缺了什么。"

"缺了什么？"大宝疲惫地蹲在韩亮的身边，把韩亮筛出来的一个个小物件拿起来细细地看。

"我看了一下，灰烬里有很多小的金属物件，比如拉链、纽扣什么的。"韩亮说，"大多是可以看出来牌子的。如果不出意料的话，死者应该穿着Gucci（古驰）的上衣、Prada（普拉达）的裤子，都是去年的款式。"

负责联络的侦查员翻了翻笔记本，瞪大了眼睛看着韩亮，不可思议地说：

"这……这你都能看出来？"

"当然，每款衣服的金属件都是很有讲究的。"韩亮淡淡地说，"但我翻找了所有的金属物件，没有哪一件是属于手提包的。"

我低头思索了一下，眼睛一亮，说："按理说，这个满身名牌的大小姐，怎么着也得有个价格不菲的手提包吧？"

"有的，有的。"侦查员翻了翻本子，说，"根据董建武的叙述，柏玲当天拿的是她最新买的那款迪奥手提包，外形很小，粉色，方形、菱形突起格子面的那种。"

"Lady Dior，对吗？"韩亮说。

"呃……"侦查员挠了挠后脑勺。

"那一款包包有个特点。"韩亮说，"就是'Dior'几个字母的金属挂件，而且还有一些有 logo（标志）的金属件。这些东西是不会被焚毁的，可是我并没有筛出来。尤其是那个'O'字母挂件，很大，很容易找到。"

"很好！"我忍不住称赞道，"韩亮的思维真的进步很快。很多时候，我们不仅要发现有什么，更需要发现什么该有而没有。"

韩亮浅浅一笑。

我取下手套，拍了拍手，说："11 点了。距离明天早上 8 点钟的专案会还有九个小时。如果我们还想睡个好觉的话，现在只有三个小时的工作时间了，抓紧时间去殡仪馆吧。"

尸体的表面几乎已经完全炭化了，但还有一些衣物的碎片黏附在皮肤上。

我们一点点地把衣物的碎片剥离下来，发现死者的颈部也黏附有一些织物碎片。

"这个季节，不会戴围巾吧？"我用镊子夹起织物碎片，左看右看。

"没有，嗯，没有。"侦查员说。

"看起来，这应该是安全带啊！"我说。

"安全带？"大宝说，"安全带怎么会黏在颈上？够不着啊！"

"看来，安全带成了犯罪分子行凶的凶器了。"我说完，用止血钳夹起死者烧焦了的眼睑，可是并没有看见明显的点状出血。

"安全带勒颈？"大宝此时正在解剖尸体的躯干部，说，"可是尸体的内脏没有瘀血，都是苍白的，好像没有明显的窒息征象啊。"

"苍白的？"我有些疑惑，顺手解剖了死者的颈部。

死者的颈部皮肤已经被烧焦，看不清皮肤的损伤形态，但是颈部浅层和深层肌肉都没有出血，舌骨、甲状软骨也没有骨折。

我说："死者颈部虽然被安全带套住了，但是好像只是简单的约束动作，而并没有施加致死的力量，不应该是致死的原因。不过，躯干表面和颈部都没有明显的裂口，内脏也没有破口，怎么内脏会出现缺血貌呢？"

"现场也没血啊。"大宝说。

"现场没血是正常的。"我说，"高温焚烧，血液都变质了，不会让我们找到任何痕迹的。"

"会不会是这里？"韩法医正在检验死者的腿部，此时他拿着止血钳指着死者右侧大腿内侧的破口说。

死者经过焚烧，皮肤焦黑、干涸、裂开，所以很难分辨哪里是损伤，哪里是烧焦造成的。但是韩法医指出来的裂口，似乎有些不同。

我连忙拿起手术刀，对死者右侧大腿进行了局部解剖。韩法医没有看错，这里确实不是烧焦所致，而是有三处创口。三处创口有两处刺进了深层肌肉，而且有一处创口直接穿透肌肉，扎破了股动脉。

我们分离出已经断裂的股动脉的两头，拍了照。

"死者气管内有少量烟灰炭末。"大宝顺着我刚才打开的颈部切口继续解剖，说，"说明是在死者濒死期起火的。但是火势不大的时候，她就已经死亡了。"

"被刀刺伤，被安全带勒颈，濒死的时候才起火。"我说，"毫无疑问，这是一起命案。"

话音刚落，林涛、程子砚等人走进了解剖室。

"你们的工作也结束了？"林涛说。

我点点头，说："肯定是命案，至于线索什么的，暂时还没有什么发现，我有一些零星的想法，但还需要整理。你们呢？"

林涛扬了扬手中的物证袋，说："可累死我了，足迹什么的，啥也没有。倒是提回来七十二枚烟头。"

"嚯，这么多。"大宝说，"是清洁工怠工呢，还是我们的市民素质有待提高？"

我则沉吟了一会儿，说："有了！说不定破案的关键，就是这些烟头！"

3

深夜，法医病理实验室里。

我们面前的一张大台子上，平行排列着那七十二枚烟头。

我戴着口罩、头套和手套，手持着一个放大镜，一枚枚地观察这些烟头。

大宝在我的身边打着哈欠，说："你这是不准备睡觉啦？"

"我说了我一个人就可以。"我笑了笑，说，"他们不都回去睡觉了吗？你也回去吧！陪我耗着也没用。"

大宝摇摇头，说："回去睡沙发，不如在这里靠着躺椅。"

"杜洲失踪有半个月了吧？"我说，"我看啊，恐怕真的是凶多吉少了。"

大宝没有回答我，我以为我说错了话，正准备解释，却听见大宝均匀的鼾声响起。原来他靠在我身后的躺椅上，睡着了。

我无奈地笑了笑，继续观察眼前这些烟头。

烟头有新有旧，品牌不同。我首先按照香烟的品牌把烟头分成几个部分，然后每个部分按照新旧不同再次分门别类。

就这样分着分着，线索突然就跃入了眼帘。

我掩饰不住内心的喜悦，拿出相机啪啪地拍照。

闪光灯把熟睡的大宝给惊醒了，他擦着嘴角的口水说："怎么样了？"

"好消息。"我说，"不过对 DNA 室值班的兄弟来说，可不是什么好消息。因为，他们今天晚上要熬夜加班了。"

虽然睡眠不足四个小时，但是第二天一早，我还是精神抖擞地来到了龙番市公安局刑警支队的专案组。在专案组通报会开始后不久，到达了专案组现场。

"看大家的表情，应该是查找死者社会矛盾关系未果吧？"我坐下来后，直接开门见山。

"是啊，没法查。"主办侦查员说，"董建武当过几年的派出所民警，还管的是案件办理。那小偷小摸就不知道送进去多少。你说，和他有仇的人，实在是多了去了，怎么查啊？要按照这么算，这个会议室里的每个人都能列出一长串名单吧？就不说董建武，柏玲的爸爸柏丰利在生意场上摸爬滚打几十年，逼倒了无数公司，这得罪的人也是多了去了。"

"社会矛盾关系没法查，那就查查侵财的前科人员吧。"我淡淡地说。

"什么？"龙番市公安局赵其国局长有些诧异，打断我的话，说，"你是让我们更改侦查方向？"

我点了点头。

"侵财？"主办侦查员显然并没有激烈反对我的意见，说，"可是我们办了这么多年的案件，在人多车多的地方，下班高峰，用抢劫的方式来侵财的，还真是很少啊。"

"很少，不代表没有，对吧？"我说。

"时间、地点不对，咱不说。"另一名侦查员说，"据我们所知，董建武把自己的警帽放在操作台上，别人一看就知道是警察的车。抢劫还专门挑警察的？这不是增加风险系数吗？没有必要吧。除非就是想好了专门朝警察去的。那么，因仇的可能性就更大了。"

"既然帽子是放在操作台上的，夜幕降临，车前的人，能看清操作台上有什么东西吗？"我说。

大家可能觉得我说得有道理，都没有说话。

"那……侵财有什么依据吗？"赵局长问。

我点了点头，说："事情还得从死因开始介绍。柏玲是右侧股动脉断裂，导致急性大出血而死亡的。在濒死期，现场起火。在火势变大之前，柏玲已经死亡了。因为死者皮肤烧焦了，所以我们不好判断凶器的具体形态，但可以断定是一把不短的刺器。除了被刺器刺伤以外，柏玲在死前还被车子的安全带勒颈，不过这个勒颈的动作，并不是她死亡的原因。"

"用这种方式杀人？"主办侦查员说。

我点点头，说："股动脉很隐蔽、很深，通常是用刺器刺击别人的时候不小心导致破裂。真的想去割断股动脉，除非是学医的，其他人还真不一定能找对地方。所以，我觉得这起杀人案，凶手起初的想法并不是杀人。既然起初的想法不是杀人，那么侵财的可能性就是最大的。"

"就这些？"主办侦查员说。

我摇摇头，说："当然还有。这是第一点。第二点，我们来重建一下现场。"

说完，我打开幻灯片，翻到车辆里的尸体最原始的体位，说："死者处于这个体位，显然是有人从后座用驾驶座安全带从后面勒住死者的颈部，然后往后拖拽形成。但是处于这个体位，凶手又怎么能用刀刺到位于驾驶座下侧柏玲的右腿呢？显然是够不着的。唯有一个解释，那就是副驾驶也有一个人，是他用刀刺击了柏玲的右腿。这起案件的作案人，应该有两个。既然有两个人，一个从后面用安全带控制住了柏玲，一个在副驾驶用刀刺伤了柏玲，那么问题来了，柏玲被安全带勒住的时候，手并没有被绑住，为什么没有挣扎？因为我们发现尸体的时候，她的双侧手臂都被卡在了驾驶座中间的空间里，没有伸向后方。再说了，当时她的胸腹部都已经完全暴露给副驾驶的凶手，如果凶手是为了杀人而来的，直接拿刀朝胸口捅，岂不是比捅大腿来得更快、更致命？"

"还是证明了凶手开始的目的，并不是谋杀。"赵其国局长点点头说。

我说："不仅如此，我认为死者不去用手拉扯勒住她颈部的安全带的唯一原因，就是手上有东西。我们来大胆推测一下吧，柏玲停车熄火后，车锁自动打开，她坐在车里玩手机。这时候，两名凶手一名拉开副驾驶的门，另一名同时拉开后座的门，都钻进了车里，关上车门，持刀抢劫。柏玲仗着自己的丈夫是警察，丝毫不畏惧，坚决不把自己的迪奥手提包和里面的财物交给凶手。后座的凶手于是用安全带把她的颈部勒住，往后拉，让她难以护住自己的包，却不下狠手勒死她。然而，副驾驶的凶手依旧不能从她的手中抢下手提包，只有用捅腿的方式来让她放弃。未承想，这一刀直接要了她的命。"

"车辆灰烬里，我们没有找到原本包上应该有的金属件，但是找到了手机的主板。说明柏玲当时在玩手机，所以手机掉落在车里，而包被抢走。"韩亮补充道。

"在凶手终于抢过手提包的时候，柏玲已经因为失血过多而丧失了意识。"我接着说，"因为有外裤和腿部肌肉的遮挡，血液没有大量喷溅出来，加之光线较暗，凶手并没有意识到柏玲即将死亡。他们在准备撤离的时候，才发现了柏玲的异常。此时，害怕事情败露的他们，只能将车辆的内饰和一些易燃的抱枕、洋娃娃什么的作为助燃物，点燃了汽车。这一点，也说明了凶手应该有前科劣迹。除了我上述的分析，没有其他作案过程可以完全解释所有的现场和尸体状况。"

"确实，如果确定手提包不在车内，倒是侵财的有力证明。"赵局长认可我们的看法，"光天化日、胆大包天。不过，即便是知道有两个人，即便是查找前科人员，也未必能找到这两个凶手。而且，即便找到了，也没有办法甄别啊。"

"为了甄别这个事情，我昨晚熬了夜。"我从包里拿出几张纸，说，"我这里有DNA实验室连夜做出的DNA图谱，这两个人应该就是犯罪分子。"

"你们找到了凶手的 DNA？"赵局长喜出望外，"你怎么确定这就是犯罪分子的？"

我看了看专案组门口，见林涛还没有出现，于是说："林科长从现场提取回来了七十二枚烟头。我昨天晚上用了不少时间，把这些烟头分门别类，最终找出了两枚比较特殊的烟头。这两个人的 DNA 就是从这两枚烟头上做出来的。"

"可是你凭什么说这两枚烟头就是凶手抽的？"

"首先要说一个前提，如果是侵财案件，且凶手有刀，那凶手就不是临时起意，而是早有预谋。经过预谋的抢劫，不应该在人多车多的地方作案啊。那么只有一种解释，就是犯罪分子年轻气盛，因为缺钱而急不可耐，只能在一个车相对少的停车场守株待兔。等到有豪车开入、停车的时候冲进去抢劫。毕竟在车内，不容易引起车外人的注意。而且在人多车多的地方，也容易逃窜。他们认为，最危险的地方反而是最安全的。"我说，"既然是定点守候，现场的烟头就有了它的价值：其一，既然凶手杀人焚尸是临时起意，死者的车上没有打火机，这说明打火机就是凶手自己带来的，随身携带打火机的，一般都是因为有抽烟的习惯；其二，凶手因为缺钱而选择抢劫的话，那么抽的烟档次不会太高；其三，凶手有两个人，如果两个人都抽烟的话，那么在某个地方应该能发现两根一样品牌的香烟，且不是一个人抽的；其四，凶手是随机选择目标的，所以不可能等到一根烟抽完才动手，什么时候来车，什么时候就会立即丢掉烟头动手，这时候香烟可能刚刚点燃，也可能只抽了一半。一般人抽烟都会抽完才走，这种烟头就会比较显眼。"

"所以这两枚烟头就是符合你说的特征的？"

我点点头，说："我对照着当时提取烟头时拍摄的现场照片，逐一寻找，发现这两枚烟头都是五块钱一包的某品牌香烟，且都只抽了一小半就被丢弃，被丢弃的地点也就相隔一米。于是，我把这两枚烟头作为重点，进行了 DNA 检验，果真，这两枚烟头不是一个人的。"

"听你这么一说，还真是挺可疑的。"赵局长说，"用这种办法提取物证，我还真是闻所未闻。找到这两个人，即便不是凶手，他们也有可能是目击证人。不过，就算他们俩是凶手，如果抓回来拒不交代，我们还是没有物证起诉他们啊。"

"毕竟案件现场条件差。"我说，"一方面是在开放式的广场，一方面中心现场遭了焚毁。想像其他案件那样获取直接指向犯罪的物证，几乎是不可能的。"

"只要能形成证据链，即便没有直接指向犯罪的证据，依旧可以证明犯罪。"赵局长说，"不过现在即便我们把人抓回来了，获取了口供，确定了烟头的 DNA，一样不能形成一套完整的证据锁链啊。"

"那就要看林科长的本事了。"我微笑着说。

在众人一脸迷惑的表情当中，我的思绪回到了昨天晚上我和林涛见面的时候。

"什么？又要我去求那个卖奢侈品的老板娘？"林涛叫道。

"为了破案嘛！又不是让你去卖身！那么激动干什么？"我说。

"这和卖身差不多了！"林涛抗议说，"你怎么就能肯定凶手把包卖了？"

"就是啊，说不定顺手扔河里了呢。"大宝附议。

我摇摇头，说："我听韩亮说，那个包至少也值个三万块钱，只要不是不识货的家伙，都会卖掉。我们之前分析凶手应该很年轻，现在的年轻人，谁不认识奢侈品品牌？"

林涛依旧不服气，问："那你怎么知道他们肯定会卖给那个老板娘？"

"她们倒卖奢侈品这一行，都有她们的潜规则吧。"我说，"上次我们在她的店里看到了，有很多二手奢侈品出售，说明她也回收二手奢侈品。她家店离现场比较近，即便凶手没有选择她家，我也敢打赌这个女人有本事探听到哪家收了赃物。"

"那直接叫派出所把她传唤来问问就好了。"林涛仍然一脸不情愿。

我笑了笑，说："传唤过来，就真的打草惊蛇了。你请老板娘到外边喝杯早茶，然后拐弯抹角地探出来，我相信你有这个本事。"

"我又不是特务！"林涛说。

我盯着林涛说："我们之前的工作，没有发现有力物证，这你也是知道的。条件这么差的案件现场，能不能拿出有力物证，在此一举了。"

"就真的没有别的路子了？"林涛眼看就要屈服了。

"那个老板娘与我们这么敌对，肯定不是做什么正经生意的。如果真的是她收受赃物，我们也有义务切断这条销赃线。"我继续攻心，"没有买卖，就没有伤害。那也就不枉你的一番心血了。"

林涛烦躁地踢着脚下的一枚小石子，想了片刻，说："好了好了，我真是服了你了。"

专案组按照我们之前的思路，对案发现场附近的、年龄较小的、有过侵财类前科劣迹的人进行了梳理，尤其注意了这些人中，哪两个人近期有过紧密联系。

其实不梳理不知道，一梳理发现还真是不少。经过一整天的筛查、摸底，最终锁定了符合上述条件的十二个人。当然，这十二个人被刑警队请回来的时候，都是清一色的冤枉脸。从面部表情来看，我们是无法分辨谁才是凶手的。

刑警支队的侦查员在第一时间取了这十二个嫌疑人的血液，火速送往 DNA 实验室进行检验，并和嫌疑烟头的 DNA 进行比对。

林涛还真不是盖的。一顿早茶的工夫，他就直接发现了破案的线索。据说，在喝早茶的过程当中，林涛直接向老板娘表露自己想给姐姐买一款包包作为生日礼物，但是苦于工资太低、包包太贵。老板娘听完，眉飞色舞地告诉林涛自己收了一款九成新的迪奥包，可以去她店里看一看，如果喜欢的话，就以市场价一折卖给林涛。

林涛早已经看过柏玲所丢失的手提包的同款照片，所以当他看到老板娘从一个隐蔽的保险柜里神神秘秘地拿出那款粉红色 Lady Dior 的时候，就把她定为"收购赃物罪"的犯罪嫌疑人了。

获知这个消息的时候，我非常不能理解。其实这个老板娘知道这个包包是赃物，而且刚刚收回来，绝对不能顶着风头卖出去。她也知道林涛就是一个警察。可是，她千算万算、躲过所有人的眼睛，却老老实实地把犯罪证据交给了林涛。嗯，或许这就是帅哥的力量吧。

因为每件奢侈品都有编号，所以锁定老板娘收购的这个包就是受害人柏玲的手提包，是一件很容易的事情。换句话说，老板娘是否构成犯罪可以先不去细究，她却是唯一可以一眼认出卖包者的人。而这个卖包者，很有可能就是犯罪分子。

"看着吧，如果她认出的那两个人的 DNA，又恰好和烟头上的 DNA 对上了，这就构成了一个完整的证据链。"我说，"在现场有逗留，反常灭烟，在起火前获得死者的随身贵重物品，而且还符合我们对犯罪分子的刻画。"

赵局长看着在屋内戴着手铐的老板娘，点点头，说："就怕她记不住啊。眼前这十二个小青年，我觉得长得都差不多，可不太好分辨面容。对了，你们要做好辨认笔录，全程录像啊。"

4

一个爱看帅哥的女人，会对男人脸盲？我不信。从一开始，我对老板娘直接指认出犯罪分子就充满了信心。

日暮癫火

当然，她也没有辜负我的期望。因为证据确凿，老板娘为了减轻自己的罪责，只能将功赎罪。她站在辨认窗的后面，努力地观察着辨认间里的十二个小青年。

"1号和7号。"她说。

我看见两名侦查员对视了一下，露出了胜利在望的表情。从他们的表情当中，我读懂了一条信息：很显然，这两个嫌疑人之间恰好有着紧密的联系。

"不用再看一遍了？确定吗？"侦查员例行公事地问。

"不用了，我确定。警察大哥们，可以放我走了吗？"老板娘已经收起了她之前面对我们时的锋芒。

"那就在这里签字吧。"侦查员说。

第二天一早，DNA比对吻合、案件获得侦破的时候，我们又已经踏上了出勘现场的路途。

这次，市局给省厅上报的是"环城公园某灌木丛中发现一具无名女尸"，并没有明确案件性质和特点，只是在内容里提到了该女子衣衫褴褛，怀疑是流浪女。

这看似是起流浪女非正常死亡的事件，却引起了我的警觉。毕竟我之前一直在猜测神仙山无名女尸是否和杜洲失踪案有关，没想到那起事件尚未结案，现在又来一起新的无名女尸事件。

环城公园是个奇妙的地方。因为绿化植被较好，又有很多石桌、石椅，所以成了很多老年人消遣的好地方。每天早上6点开始，这里就有很多老年人，喝茶的喝茶、遛狗的遛狗、打牌的打牌。但是到了晚上8点以后，这里可以说是一个人迹罕至的地方。昼夜人流量对比异常分明。

"看市局报的烧车案的情况，和我们分析的几乎丝毫不差啊。"

林涛坐在摇晃的警车里，拿着几张《公安机关内部信息传真电报》说："蹲守，随机寻找目标，直接拉车门上车实施抢劫。因为柏玲激烈反抗，抓着包包坚决不撒手，所以两个人才用了勒颈、刺腿的办法。抢到包的时候，凶手发现柏玲已经没有了意识，所以就点燃了车内的一些易燃的装饰物和坐垫。自始至终，凶手都没注意到放在操作台上的警帽，所以也不是寻仇之类的。其实是挺简单的作案过程，差一点就把侦办工作变复杂了。"

"尊重客观现象，才能永远不绕弯路。"我说，"看来到现场了，前面有人围观嘛。"

我们刚刚走下车，当天值班的但法医就朝我们迎面走了过来，说："比想象中复杂多了，死者身上有伤啊！"

"能确定是命案吗？"我慌忙问道。

但法医左右看看，警惕在警戒带外面聊的话，有可能会透露侦查秘密，所以把我们拉进了警戒带，走到尸体旁边说："周围程子砚都看了，因为都是普通的土地，也没有留下什么明显的足迹，所以暂时也不知道她是自己走到这里来的，还是被别人抛尸来这里的。但是你看看，这个女人的后脑勺感觉都碎了。"

但法医蹲下身去，双手抱起死者的头颅，按了按。别说但法医自己，连一米开外的我，都可以听见明确的骨擦音。

"颅骨骨折？"我问。

但法医点点头，说："但是头皮上只有皮下出血，表面没有擦伤。说明她的损伤是后脑和一个表面很光滑的物体作用形成的。"

"对。不论是摔的，还是打的，致伤物体都应该是光滑、坚硬的物体。"我说，"可是这里最光滑的就是这些石头凳子了，也是水泥的，表面也很粗糙，有点不太符合。"

但法医又把死者的衣服掀开，说："你们看，死者的后背部，有几处擦伤。我看了，擦伤表面还有一些小的竹刺，像是被破旧的竹子刮的。这里又没有竹子！"

"不仅如此。"我补充道，"死者穿着衣服，衣服上没有伤，而竹刺越过衣服直接扎到了皮肤里，这也没法解释。"

"看来死者是光着身子遭受侵害的，死亡后，被人穿了衣服然后抛到了这里。"大宝总结了一下。

"死者身上还有很多其他损伤啊。"我戴上手套，蹲下身，拿起死者的手腕。

尸体的尸斑已经完全形成了，尸僵也很坚硬，可以肯定是在昨天下午到晚上时分死亡的。如果按照死亡后尸僵变化的理论，她应该是昨天下午4点钟左右死亡的。而那个时候，这个公园里到处都是老年人的身影。不仅如此，死者身上尤其是手腕部，都存在明显的约束性损伤。看起来，这是一起命案无疑了。

但法医仍然没有介绍完目前的发现。

他说："还有一个点，就是死者死亡前存在呕吐行为。"

说完，但法医用止血钳拉开死者的口腔。从死者牙缝之间和颊黏膜上都可以看到有很多食物残渣黏附。

"颅脑损伤，通常有呕吐。"大宝说。

"可是现场附近并没有找到死者的呕吐物。"但法医说，"这也是死后抛尸的一个有力证据。"

我点了点头，说："既然现场没什么，那就抓紧检验尸体吧。我们先走一步，解剖室会合。"

"刚才看尸体，你们有什么看法没有？"我说。

"女孩很年轻。"林涛说。

"皮肤保养得很好。"陈诗羽更了解女人。

"那么就不可能是流浪女了。"大宝又做了个总结，"啊，我知道了！上次神仙山的那具无名女尸高度腐败，所以看不出什么，难道这两者会有什么联系吗？"

"流浪汉路倒①，法医确实比较多见。"我说，"但是在这么短的时间内，连续发生两起疑似流浪女路倒的事件，是不是就有些蹊跷了？"

"既然两者有关系，老秦又觉得第一起和杜洲失踪有关系，那么我让曲小蓉赶来殡仪馆吧，说不定她能给我们提供什么线索呢？"大宝说。

"看尸体？她行不？"林涛问。

"肯定行。"大宝一边发着微信，一边说。

尸体检验是在曲小蓉认过尸体后进行的。

并没有什么意外收获，曲小蓉根本就不认识死者。

陈诗羽陪着曲小蓉在解剖室隔壁的休息间，我们则开始了尸体检验。

死者大概有170厘米高，身材瘦削，凹凸有致。也就在30岁上下，皮肤白皙，没什么皱纹，眉毛也明显是精修过的。总之，保养得非常好。无论从哪方面看，她都绝对不可能是流浪女。

既然有人把她打扮成流浪女，那么为什么不能把上一具尸体打扮成流浪女？我这样想着，又想到了上一具尸体整齐洁白的牙齿。从这一刻起，我几乎已经认定，即便上一具尸体死于自身疾病，这两起案件也绝对有着紧密的联系。

尸表检验相对简单，除了在现场发现的那些约束伤、擦伤和头部的皮下出血以外，我们还排除了死者生前遭受过性侵的可能性。

解剖工作随即开始，由大宝和但法医主刀，而我和韩亮则开始研究这名死者的

---

① 路倒，法医术语，指在路边发现的无名尸体。

衣服。又是和上一具尸体一样，死者仅有外衣、外裤和内裤，却没有文胸。

"这还是个名牌？"我拿起死者随身的几件衣服说，"可这衣服看起来档次就很低！"

"假的。"韩亮淡淡地说，"其实仔细看，logo多了一个点，这就是山寨版。其实不怕有牌子，哪怕是杂牌子的衣服都还好，就怕这种冒牌山寨货，查都没法查。"

"之前神仙山那具女尸的衣服还在吗？"我问。

但法医一边动着刀子，一边示意实习生去物证室取衣服。

这都过去好几天了，实习生拿来的衣服还是非常臭。

我把两件衣服铺平，仔细看了看，说："虽然看不清标牌了，但是这两件衣服有很多相似之处啊。我看啊，这些衣服都应该是从同一个地摊批发市场买来的，款式老旧，连个口袋和装饰物都没有。"

"我们可以去查，但是如大海捞针，查到的机会不大。"负责联络的侦查员说。

我点了点头，说："这应该是凶手故意迷惑我们的办法，把死者全部的衣服和佩饰取走，换上他自己买来的廉价货，这是明显的伪装行为。不过，他的目的到底是什么呢？"

"哎哟，对冲伤①。"大宝说，"她还真不是被杀的，而是摔死的。"

我听闻这一点，赶紧起身去看。果真，死者的损伤部位是枕骨，对应的是枕骨粉碎性骨折，脑组织也有挫碎和出血。然而，对侧的额部脑组织也出现了明显的挫裂伤和出血，而额部头皮并不存在损伤。看起来，死者还真是摔到了一个光滑的平面上导致颅脑损伤死亡的。

"一个病死，一个摔死。"我沉吟道，"但穿着不符，有移尸的迹象。这……能说明什么呢？"

"上一个死者没有伤，而这个好像经过搏斗和约束。"但法医也沉吟道，"说不同，确实有不同点。但是说相似，又看起来极端相似。"

"虽然还没有看到故意杀人的证据，但是串并两起案件，并且立为刑事案件，应该没问题吧。"我说。

---

① 对冲伤，指的是头颅在高速运动过程中突然发生减速（比如摔跌、头撞墙时），导致着地点的头皮、颅骨、脑组织损伤出血，同时着地点对侧位置的脑组织也因惯性作用和颅骨内壁发生撞击，形成了挫伤、裂伤、出血和血肿，但是相应位置的头皮不会有损伤。

侦查员点了点头，说："找尸源还是本案关键哪。这个死者的面容犹在，应该比上一个好找一些。"

"面容不是关键的。"我说，"上一具尸体的 DNA 录入数据库并没有比中，现在就寄希望于这个死者的家人有寻找她的记录了。"

"既然是命案，就查得仔细些吧。"大宝说。

"身上有约束伤，但是仅限于手腕。"我说，"难道凶手就不怕她喊叫吗？可以确定死者的口唇黏膜没有损伤？凶手没有捂嘴的动作？"

但法医再次用止血钳拉开死者的口唇，用强光灯照着看，说："确实没有。"

"那舌尖呢？"我说，"会不会是用软物捂压？死者会不会咬伤自己的舌尖？"

"可是尸僵已经形成了，死者牙关紧闭，撬不开。"但法医说。

"我来。"此时大宝已经打开了死者的颈胸腹部并检查完毕，于是他用手术刀划开死者下颌部的肌肉组织，准备用掏舌头的方法，从颈部取出死者的舌头来检查。

划开肌肉后，大宝伸进了两个手指，探查死者舌头的位置。

"哎哟！哎哟我去！"大宝叫了一句。

我们都充满疑惑地看着大宝。

大宝一脸的纠结和费力，他反复地变换着自己手指的位置，掏了大约一分钟，从死者的口腔里拿出来一个亮闪闪的东西。

"戒指？"我叫了一声。

"难道是抢劫？"林涛在一旁似乎吸取了龙番湖案件的经验，说，"为了保全她的财产？"

"看起来也就是普通的白金戒指，顶多几千块钱，至于吗？"我摇头否定了林涛的看法。

可能是在隔壁听见了我们的对话，曲小蓉突然冲进了解剖室。她对解剖台上的血腥景象似乎视而不见，只是痴痴地盯着我手上的那枚戒指，然后猛地冲了过来，抢过戒指。

"哎，这儿有血，不卫生。"我想拦着她，可是她早已经把戒指抢到了怀里。

"这是杜洲的戒指？"大宝试探着问道。

曲小蓉整个人像没魂了一样愣住了，木木地点了点头。

我大吃一惊："啊？杜洲的戒指怎么会在这个女的嘴里？"

瞬间，有无数想法在我的脑海中汇集。

"难道，这两起案件的凶手都是杜洲？"林涛没有考虑到曲小蓉在场，大大咧咧地说，"第一具女尸死亡时间和杜洲失踪的时间还比较吻合呀。"

"不！不可能！"曲小蓉捧着戒指，泪流满面地朝林涛大吼。陈诗羽赶紧上前，揽着她往后退了一步，安抚地拍了拍她的肩。

林涛吓了一跳，没敢说话。

"如果是杜洲，他为什么要把自己的戒指塞死者的嘴里？"我使了个眼色，让陈诗羽把曲小蓉带走，然后问林涛。

林涛挠挠脑袋，说："说不定是一种签名行为？"

"签名行为"是一个犯罪行为分析的专有名词，在"清道夫专案[①]"中，我们就真真正正地接触到了签名行为。

"你见过签名行为中，有只签其中一起案件的吗？"我说，"毕竟杜洲只有一枚戒指。"

"那会不会是杜洲实施侵害的时候，被受害人咬住了手指，结果手指没让咬掉，戒指却被撸下来了？"韩亮说。

看起来大家都在怀疑杜洲，而且韩亮说的这个情况还真是有可能存在。

"韩亮说的可能性不能排除。"大宝插话说，"但我觉得，杜洲会不会只是个旁观者，并且在她尸僵还没有形成的时候，找机会把自己的戒指塞进了女人的口中，为的就是让警察发现？毕竟，我们发现了杜洲的血，那么他是受害人的概率就比是凶手的概率要大。"

"算是一种标记求救？"我问。

大宝点点头。

"也有可能是杜洲在实施犯罪的时候受伤了啊。"韩亮说。

"都是有可能的。"我说，"不过从目前的情况看，还没有更多的依据去支持哪一种论断。但是至少我们取得了实质性的进展。那就是，杜洲失踪案件、两起女人的非正常死亡案件，可以并案处置。"

"我已经向赵局长汇报了。"侦查员苦笑道，"最近真是多事之秋，我们刑侦部门这个月就没闲过。"

"是啊，不过下一步想要突破这起案件，关键还是这名死者的尸源寻找。"我

---

① 见法医秦明万象卷系列第四季《清道夫》。

说，"我们得抓紧时间送检、检验、入库。"

侦查员点了点头。

"唉，确实是多事之秋。"大宝朝隔壁休息室看了看，说，"这突然冒出一个戒指，别说曲小蓉了，我心里也慌得很。"

"不管怎么说，发现了戒指，总比没发现戒指强，对吧。"我说，"现在还没有杜洲的行踪，就不能推测杜洲已经遭遇不测，也没有证据能证明杜洲犯罪。所以现在一切都还有希望。"

"虽然希望渺茫。"大宝垂头丧气地补充了一句。

"别气馁。"我鼓励了大宝一句，"这几天大家都已经超负荷工作了，今天必须尽早回去休息，说不定明天就找到尸源了呢？"

其实我有着自己的私心。虽然最近很忙，但案件多发生在龙番本地，所以并没有出差。我和儿子接触的时间也比较多，也越能感受到儿子的成长速度，真是一天一个样。两天没见到儿子，我非常想念他，甚至现在就迫不及待地想回去见他，亲亲他的小脚丫。

大家纷纷点头应允，准备撤离。

负责联络的侦查员此时从解剖室外打完电话回来，对我们说："赵局长已经安排 DNA 部门连夜检测死者的 DNA 并比对。这三起案件就在刚才宣布并案，代号'指环专案'！"

法医秦明

VOICE OF THE DEAD

第六案

魔术棺材

—

所谓现实只不过是一个错觉，
虽然这个错觉非常持久。

—

阿尔伯特·爱因斯坦

1

"你说这名字是谁起的？'指环专案'，我还以为在看《指环王》呢。"林涛说。

"就是个名字而已，方便叙述。"我说，"总比'猎狐行动''飓风行动'什么的要贴近生活吧？好歹这案子串并的关键也是一枚指环。"

"杜洲的失踪案总算是立案了。"大宝感叹道，"这些年我拉黑了他的好友，以为一辈子都不会和他有交集了。谁知道现在……我是真希望能把他早点找出来，当面问问他，到底发生了什么，才走到今天这一步。"

此时已经是上午8点30分了，距离"指环专案"第一次专案会还有半个小时。我们全部挤在DNA实验室的数据比对室里，一边闲聊，一边看着电脑显示屏上翻滚着的数字。

"反正在省内大库比对未果。"郑大姐说，"要么和神仙山的第一个死者一样，家属没有录入失踪人员DNA库，要么就不是我们省的。现在在全国大库里滚数据，慢一点，别着急。"

我一边看手表，一边说："不着急，不着急。其实说真的，我还真没有抱多大希望。"

我的话音刚落，只听电脑音箱叮的一声，然后发出了连续的报警信号。我知道，这是疑似比对成功，需要下一步人工确认的信号。

"嘿嘿嘿，奇了怪了真是。"大宝跳了起来，拍了一下我的肩膀，"你老秦不一直号称'好的不灵坏的灵'的乌鸦嘴吗？这回怎么这么争气了？"

连躲在墙角玩手机的韩亮，也跑到了屏幕旁边。

虽然屏幕上的一连串曲线我们并不完全看得懂，但是此时的我知道，奇迹可能要发生了。

果不其然，镇定的郑大姐盯着屏幕看了五分钟，坚定地说："不会错的，比对上了。"

房间里一片欢呼之声。

"左怜，女，31岁，家庭主妇。丈夫是一伦实业的董事长焦一伦。"大宝眯着眼睛看着屏幕上的失踪人员信息，"环城公园的女死者，是个富太太啊。"

"2月8日，也就是大年初一，焦一伦从国外出差回来，发现左怜不在家，四处寻找了一番后，就到辖区派出所报案了。警方经初步调查，未发现左怜的具体去向，故于2月15日提取其父母DNA样本录入失踪人员数据库。"我念完了简要案情，"完了？这就完了？这也太简单了吧？"

"没调查出什么所以然来，怎么详细写啊？"郑大姐把数据结果打印出来交给我。

"这人失踪都一个半月了。"我说，"然而死者是近两天死亡的，这样看来，她应该是在某个地方或者就是在龙番市生活了一个半月，然后遇害的。"

"不管怎么说，尸源是找到了！"林涛说，"我们得赶紧告诉专案组，让他们调查左怜失踪前的轨迹以及她的背景资料。我看专案会是要延迟了，得等有了初步结果，才能部署下一步工作吧？"

果真，在我们向专案组通报结果后，专案组决定，先对左怜的生平情况进行调查，于是派了专门的人员赶赴左怜居住地进行调查。待一切调查清楚后，再碰头进行研究。

师父是不可能让我们这几个壮劳力闲着的。

明确了"指环专案"的下一步工作之后，师父便指示我们参加一次市政府组织的信访案件听证会。

这也不是什么稀罕事了，一些疑难的信访事项，通常会用听证会的方式来依法公正地去解决。如果涉及刑事案件，则有可能会让法医参与。

这起案件我们也不算陌生，因为信访人夏末来厅上访过好几次，我们勘查组也接待过。听证会到了不少领导和当年的办案人员，还有信访人所在行政村的群众，以及信访人雇用的律师。案件是十三年前的一起故意伤害致死案件，是一个未满14周岁的小男孩和一个16岁的男孩发生口角，继而斗殴。在斗殴的过程中，13岁的男孩用一块石头击打了16岁男孩的头部，导致16岁的男孩死亡，而死者的父亲就是夏末。

因为13岁的未成年人并不是刑事责任的主体，所以不承担刑事责任。这个男孩家给夏末方做了赔偿，男孩被劳动教养三年后释放。又过了十年，26岁的男孩在社会上打拼，积攒了不少财富，这让当年的受害人家属夏末心里很不平衡，于是他旧事重提，开始了信访之路。

夏末自称近来总是梦见逝去十三年的儿子，于是来公安厅上访，说儿子肯定有冤情。当然，公安厅接访的同志肯定不会那么迷信，于是希望信访人可以提供更详细的诉求。在律师的指点下，夏末一会儿说打架当时行为人的母亲也有参与，一会儿又说当年的法医鉴定报告存在失误。

虽然十三年前的办案程序不如现在这么精细，但仅就这起案件来说，还真是挑不出来什么毛病。听证会开始的时候还有一些辩论，但在后期，基本是办案单位占据了绝对的上风。信访人的律师最后指出，法医鉴定照片上，受害人明明是左侧颅骨骨折，鉴定书里却写成了右侧颅骨骨折。因为调查显示行为人殴打的是受害人的右侧头部，如果真的是左侧颅骨骨折，那么这个案子就蹊跷了。

我看了听证会现场展示的照片，受害人确实是右侧颅骨骨折，但律师为什么声称从照片上看是左侧颅骨骨折呢？道理很简单。法医是在锯下受害人颅盖骨后，仅仅对颅盖骨进行了拍摄。如果不是专业人员，不会运用骨缝的生理结构来判断前后的话，还真看不出这个椭圆形的颅盖骨哪边是前面额部，哪边是后面枕部。不能确定前后，自然就无法判断左右。

十三年前还是胶卷拍摄，所以在仅有的几张照片中，并没有发现可以让人一目了然确定左右的照片。好在受害人所住的村庄当年还是土葬区，所以尸体没有火化，而是掩埋。既然法医不能说服律师，听证会最终的结论就是：由省厅法医会同市局法医组织开棺验尸，明确死者头部损伤位置。如果原鉴定无误，则停访息诉；如果原鉴定有误，本案推翻原结论，重新侦查。

虽然作为法医，我们心里很确定原结论无误，但也没有办法，必须遵照市政府制订的下一步工作计划，开展开棺验尸工作。

在火化基本普及的今天，开棺验尸倒是并不常见。但是在一些仍然施行土葬的区域，也偶尔会遇见。我工作十几年来，也曾经碰见一次开棺验尸工作，就留下了深刻的印象。

那是我刚参加工作的时候，去我省西北部的一个县城复核一个信访事项。尸体是在数月之前埋葬的，需要开棺验尸。

由于当地的风俗习惯，开棺后不能将尸体随意拖移，所以我们只能在原地进行解剖检验。棺材埋在当事人家田地的中央，而开棺验尸的时间又将近黄昏。为了保证光线的充足，办案单位拉了数百米长的电线，在坟头附近支起了一盏临时的矿灯。

那个时候，有些财政状况较差的县的法医装备是没有保障的。因为嫌一次性解剖服较贵（那个时候其实也就每套六块钱），局里并没有专门的经费为法医工作提供保障。所以法医每次解剖，都穿着那脏兮兮的白大褂。待解剖完毕，法医会把白大褂带回去，自己戴着手套去清洗，清洗完后，下次接着使用。

那次开棺验尸，我拿到白大褂时，非常诧异。21世纪了，法医还穿着白大褂去解剖尸体，基本和现在还有人使用BP机一样稀奇。同时，我心里也难免有些不舒服，毕竟是反复使用的衣服，陈旧的血迹还赫然在目。

不过，总比没的穿好。于是我和林涛满心郁闷地穿上了白大褂，等待民警用铁钎撬开棺材盖。

就在棺材盖被掀开的那一瞬间，所有的民警纷纷后退。

我和林涛虽然站在数米之外，但也立即闻见了一股刺鼻的腐臭味。常年和"巨人观""尸蜡化"打交道的我们，什么大风大浪没有见过？不过就是一阵腐臭味，算个啥嘛。于是我和林涛一脸鄙夷地戴好手套，走近棺材。

那第一眼，我终生难忘。

棺材里根本就看不到什么尸体，而是满满的一层蛆虫。黄白色的蛆虫朝着各个不同的方向蠕动，恍惚间仿佛成了棺材里的一片液平面。

有轻微密集恐惧症的林涛差点晕过去，还是我一把把他扶住。但他早已紧张过度，一边打开我的手，一边惊恐地喊道："别……别碰我！"

不碰林涛可以，但是不碰尸体肯定不行。

如果有全套式的解剖服，倒是也不怕，毕竟可以把我们的身体和外界完全隔离。可现在我们只有一件白大褂和一双破胶鞋，想把尸体从蛆虫堆里弄出来，非常不易。

不过，再不易也没辙，我和当地的法医只能闭着眼、咬着牙，一只脚踏进棺材，然后弯腰在蛆虫堆里找尸体。

那一脚下去，我立刻感觉到噼里啪啦的碎裂声从脚底传上来。尸体还没有白骨化，所以还不至于支离破碎。我知道，那声音，只可能是踩碎无数蛆虫的脆响。但脚已经踏出去了，我们也没法退缩。我和当地法医同时拉住尸体上下肢的衣物，才合力把尸体从棺材里拽了出来。

同时，拽出来的还有成百上千的蛆虫，撒得满地都是。

在接下来的解剖工作里，我一直都在担心地面上的蛆虫会不会沿着鞋筒爬进我的胶鞋里。而刚才拽尸体的那一下，我总感觉好像有些蛆虫掉进了我的衣领里。由于心理作用，我感觉浑身不自在，脚背上似乎都有一些痒痒的感觉。

林涛比我好得多，毕竟拽尸体的时候他已经跑出了几丈远。不过，他也不能闲着，每次心惊胆战地靠近尸体拍照时，也难免会踩爆几只蛆虫。

没穿胶鞋的林涛，回到县城就去商店买了双皮鞋，把他那双旧的给扔了。而我，在解剖完尸体后，仔仔细细地检查了一遍自己的身体。庆幸的是，我身上并没有蛆虫黏附。不过，毕竟是穿着白大褂解剖尸体的，所以回到宾馆后，我光洗澡就洗了一个多小时。

这件事，给我们俩留下了无法磨灭的心理阴影。

我们什么样的尸体没见过？但一听到"开棺验尸"四个字，我和林涛还是不由自主地对视了一眼。

当然，那样的情况不可能再次遇见了。

一来，法医的装备设施已经今非昔比；二来，这具尸体已经埋葬了十三年，应该早就完全白骨化了。既然没有了软组织，也就不会有苍蝇前来觅食、产卵，也就不会有蛆虫。既然只是看看十三年前死者的颅骨骨折线在左边还是在右边，那肯定是一项非常简单而且毫无压力的工作。

不过，和上次开棺验尸相比，这一次的阵仗可要大多了，毕竟是市领导直接交办的案件，而且又郑重其事地举办了听证会。

我们到现场的时候，已经有两个特警中队先期抵达了。特警在现场周围拉起了警戒带，每几米就有一名特警呈跨立的姿势站岗。看起来这里的风俗也是开棺之后，不能把尸体移走，只能在现场进行检验。

和上次开棺验尸时一样，那个坟头也矗立在当事人夏末家田地的正中间。

夏末家的田，本来就在村子的最拐角处，所以这块地方比上次开棺验尸的地方更加偏僻。就算用上数百米的电线，估计都没法把电从村子里引到田地里。不过现在是下午，离黄昏还早，还不需要照明。而且，现场周围停着的三四辆刑事现场勘查车，顶端都有可以发出强光的射灯。所以即便晚上工作，这几辆车也可以让这一块地方变成白昼。

看到这些景象，我不由得感慨，经济发展给我们法医工作真是提供了不少便利。短短十年时间，我们的工作环境可以说是天翻地覆啊。

见我们在警戒带的外面开始穿全套式的一次性解剖服，特警的两名兄弟便开始用铁锹挖掘坟头。几名村民拿着竹竿在旁边等着，准备等挖出棺材的时候，把它从土坑里抬上来。

不一会儿，一口个头不小、掉了漆的棺材浮现在土坑里。虽然知道旧事不会再次发生，但我和林涛还是情不自禁地倒吸了一口冷气。

负责挖土的特警拍了拍身上的泥土，从一旁拿出一根铁钎准备撬开棺材，却被夏末伸手拦住了。夏末说："别乱来！这可是魔术棺材！你们这些粗人上来就撬，哪能行？"

特警一脸茫然。

"魔术棺材"？

我也是第一次听说，顿时来了兴趣。

我走到棺材旁边，绕着看了一圈，这个不起眼的棺材还真是有一些与众不同。如果我没有猜错的话，这口棺材周身没有一枚铁钉，全是靠木料的榫卯结构组合而成的。我曾经在一些书里看到这样的技术，但是还没有实际看到过不使用钉子的家具。虽然棺材不属于家具，但我反正没有见过。

"不用钉子的棺材，你们撬得开吗？"夏末一边说着，一边叫来了身边的人。

他身边的这个人白发苍苍，看起来应该就是这口棺材的制作者了。夏末走到棺材的尾端，按住棺材盖，白发老头在另一头不知怎么一用劲，就听咔嗒一声，棺材盖立即松了，随之腾起的，是棺材盖缝隙中被震落的灰尘。

这破解机关似的开棺方法，还真是巧妙，瞬间让我想到了《鬼吹灯》。

"人点烛，鬼吹灯。东南方向在哪儿？要不要先点根蜡烛？"大宝最近也在看《鬼吹灯》，压低声音对我神秘兮兮地说。

我见棺材已经被打开，没理睬大宝，和林涛一起走到棺材的旁边。夏末和白发老头已经离开，我叫来大宝合力把棺材盖抬了下来，倒过来放着。这个棺材盖一会儿就是我们的临时解剖台了。棺材内部和空气连通的这一刹那，我没有闻见任何异味，当然，这也是意料之中的。

放好了棺材盖，大宝率先朝棺材里看去。我在还没有直起腰的时候，就听见了大宝的一声尖叫。不远处的林涛被吓得一个趔趄。

"怎么了？一惊一乍的！"我笑道，"刚才还说什么要点蜡烛呢？"

大宝一紧张就结巴的毛病犯了："不……不……不是，这……这……这里面，有……有……有两具尸骨！"

2

大宝没有眼花。

棺材里果真有两具覆盖了尘土的尸骨。一具尸骨平躺着，而另一具尸骨侧卧在一旁。出于职业的本能，我第一眼就去看了两具尸骨的骨盆。平躺的那具尸骨是男性，而另一具却是女性。

"这是怎么回事？"我也蒙了。

"夏末怎么说？"虽然陈诗羽最年轻，但遇见意外情况时，她却是最镇定的一个。不像林涛早已跳到警车后面，不敢上前。

我们朝远处的夏末看去，他和白发老头两个人此时已经从特警的口中知道了变故，也显得异常惊讶，比比画画地说着什么。

"他们也完全不知道是怎么回事。"一名侦查员转述道。

"还真成了'魔术棺材'了，多变出了一具尸体。既然这样，这就不仅仅是个开棺复核的案件了。"我说，"在这里检验尸骨显然是不具备条件了，我们也不敢保证会不会遗失重要物证。"

"我马上来安排车辆，把棺材拉去解剖室。"侦查员说，"现在我就向赵局长报告。"

"不是说这里有风俗，开棺验尸不能移去他地吗？"我说。

侦查员冷哼了一声，说："夏末儿子的棺材里多出来一具尸体，他逃不了干系。现在他的力气都用来为自己辩白了，已经顾不上什么风俗习惯了。"

"辩白？"我好奇，"他要辩白什么？"

"比如封建迷信里的'冥婚'。"韩亮说。

"冥婚？"我似懂非懂。

"有些人为了给死去的人在阴间找个媳妇，就会在埋葬之前找一具与死去的人年龄相仿的异性尸体同时埋葬。这倒还好说，就怕有些人为了搞冥婚而故意杀一个人来陪葬。"韩亮说。

"这……不会吧？"我有些不寒而栗，又打起精神说，"真相究竟怎样，还是等尸检吧。"

在殡仪馆工作人员的帮助下，我们终于把这口不小的棺材用一辆小型卡车给拉走了。

然后，我们一起坐着勘查车向殡仪馆赶去。看着窗外的夕阳，没有一个人说话。或许是因为惊魂未定，或许是因为担心，又或许只是因为连续工作而疲惫不堪。在谜一样的沉默中，殡仪馆到了。

这次的案子实在太特殊，解剖台已经用不上了。解剖台因为太高，不可能放上去一口棺材。但我们把棺材抬到解剖室来，至少还能有一个空气环境稳定的场所，比野外可强太多了。

好在，棺材外缘看起来还比较干净，于是我们穿好了解剖服趴在棺材边沿，先是观察，再逐步动手检验这一口棺材里的两具尸体。

尸体就没有那么干净了，两具尸体都被尘土覆盖，一时半会儿也看不清尸骨的全貌。我打开林涛的勘查箱，从里面拿出了两把指纹刷，递给大宝一把，然后我们俩一人一边开始清扫尸骨上的灰尘。

"嘿！你们这是干什么！你们这就直接废了我的刷子啊！现在购买耗材的流程很麻烦的！"林涛心疼他的指纹刷，举手抗议着。

"那你说怎么办？我们现在去买刷子也来不及了。"我笑着说。

"你们真当自己是考古匠了啊？"韩亮说。

"不好吗？"我吹了一下刷子上的灰尘，对大宝说："以后改了，是'七匠合一'。"

"你们有必要这样吗？不就是两具尸骨吗？"林涛说，"这样刷，就能刷出东西了？直接取出来，就不行？"

因为人体骨骼是需要软组织、软骨来连接的，所以尸体完全白骨化之后，缺失了这些连接的组织，就会完全散落。尤其是一些小的骨头，就会容易遗失。不过所有的尸骨都装在棺材里，就不会轻易遗失骨头了。因为两具尸骨都穿着衣服，而且衣服并没有完全降解，所以把尸骨包裹保存得还不错。

"你看，你看，如果直接取，肯定就看不到这些线索了。"我刷出了两具尸骨贴合在一起的部位，指给林涛看。

"这是什么？"林涛一脸疑惑。

两具尸体的面部是贴合的，也有一部分肢体是贴合的。贴合的部分，并没有完全白骨化，而是有一些黑色硬纸壳似的东西包裹着骨骼。

"这是没有完全腐败的皮肤和皮下组织，已经皮革样化了。"我一边用止血钳夹下硬壳，一边说，"因为两具尸体的压合，这部分皮肤和皮下组织干燥不透风，所以大部分尸体腐败殆尽，而被贴合的这一小部分却因为干尸化而被保存了下来。"

"就这么点皮肤，有什么意义？"林涛看了看只有两三平方厘米的硬壳，不以为然。

我摇摇头，说："嗨，你可不要小看这点小东西，意义大了去了。你看，这个硬壳是从哪具尸体上剥离下来的？"

"嗯……主要是男性的，好像也有一点是女性的。"林涛边观察边说。

我笑了笑，说："既然是贴合导致的局部风干不腐败，那就说明，两具尸体贴合的时候，男性尸体还没有完全白骨化，对吗？"

林涛恍然大悟："啊，对啊，这就说明另一具女性尸体不是在男性尸体完全白骨化后放进去的，而是在男性尸体完全腐败、表皮消失之前放进去的。"

"对了。"我赞许道，"一具尸体在棺内腐败到完全白骨化需要一年的时间。十三年前的9月份，男性尸体被埋葬进去，一年后，也就是十二年前的9月份左右，男尸完全白骨化了。而在这之前，女性尸体已经被放进棺材里了。也就是说，女性尸体被放进棺材的时间，是在十三年前的9月到十二年前的9月之间——这是一起隐藏了十二年的积案。"

"基本确定了死亡时间！"林涛叹道。

"这是什么？"在棺材另一头刷灰的大宝，用镊子夹出了一朵干花。

"花？棺材里有花？"陈诗羽说。

韩亮在解剖室的门口靠着休息，抬眼看了一下，说："这是野菊花。"

"野菊花？"我说，"野菊花不是这个季节开吧？"

"嗯。"韩亮说，"一般是在11月份盛开。"

"棺材里有折断的野菊花，而且男性死者是9月份安葬的。"我沉吟道，"野菊花不可能自己折断跑到棺材里去，说明肯定是放女性尸体的时候，不小心把坟头的野菊花折断并带进了棺材里。这很明显，说明女性死者是在十三年前的11月份死亡并被放入棺材的。"

"精确定位死亡时间！赞！"陈诗羽鼓了鼓掌。

"光知道死亡时间可不行。"我说，"来，把女性尸骨弄到解剖台上，小心点。"

尸骨已经散架，好在有衣物包裹，我们小心翼翼地把女性尸骨翻转到一大块塑料布上，然后用塑料布兜着尸骨抬到了解剖台上。

大宝和韩法医开始检验尸骨，我则对棺材里进行进一步检验。首先我让林涛拍摄了男性尸骨的颅骨，明确了死者确实是右侧颞部骨折，算是满足了信访人夏末的诉求。另外，我对男性尸骨周围进行了搜索。搜索了一周，没有发现什么可疑的东西。但是在夕阳的反射之下，我看到了一个透光率不同的物件，于是拿了起来。看起来，那是一个透明的塑料块，不知道作何用。但是看位置，应该是从女性尸体上掉落下来的。

"这是什么？"我端详着这个透明的塑料块。它形状不规则，但是外表很光滑。显然，它不是一个自然生成的东西，肯定是人工打磨的。

"好像是歌手上台唱歌，耳朵里面戴的那个东西。嗯……耳返？但又不完全一样，总之是和耳朵有关的东西，具体是什么我就不确定了。"韩亮每次漫不经心地抬一下头，都能回答出一个关键性的问题。

"居然还有你不确定的东西？"我乐了，"不过如果是和耳朵有关的东西的话，那就是我太太铃铛的专长了呀！"

铃铛现在是省残联的助听器验配师，是这个领域绝对的专业人员，不找她找谁？

"你们正常检验尸骨，我去去就回。"我一边脱着解剖服，一边对大宝说。

铃铛正在给一名听障儿童检测听力，她看见我急匆匆地跑来，挥手示意我在检测室门口等着。我在检测室门口跳着脚等了大约十分钟，铃铛终于走了出来。

"快帮我看看这是什么？"我拿出一个物证袋，给铃铛看。

铃铛很奇怪我为什么会在临近下班的时候跑到她的单位，可能原本以为我是来接她下班的，结果我是来咨询问题的，略显失望。她看了看物证袋，说："耳模啊。"

"耳模啊？可耳模不都是绿色、蓝色的橡皮泥一样的东西吗？"我喜出望外，又有点疑惑。

耳模通常在耳背式助听器上使用，是耳背式助听器发挥作用的必要配件。将耳模塞进外耳道里，然后助听器通过一根管子连接到耳模上，这样外界的声音就会通过助听器放大，然后通过密闭了外耳道的耳模传送到中耳。

"你说的那个是耳印膏，是制作耳模的前期工序。"铃铛说，"这个是成品的耳模。"

"可是棺材里没有助听器啊。"我自言自语。

"什么棺材？"铃铛问。

"那你说，一个人会不会只戴耳模，不戴助听器啊？"我接着追问。

铃铛说："戴耳模就是为了安装助听器啊。不过助听器不是每时每刻都戴着的，睡觉就可以取下来，但耳模可以不取下来。而且耳背式助听器是通过软管连接耳模的，不小心的话，也有可能会丢掉。"

"明白了。"我笑着说，"那你看看，这个耳模，能不能看出什么线索来？比如说，通过这个耳模找到它的主人？"

铃铛无奈地拿过耳模，用放大镜看了看，说："这个耳模上有芬达克助听器公司的logo，还有国家抢救性助残项目的logo。"

"那也就是说，我可以知道它的主人是谁了？"我惊喜道。

"这个国家抢救性助残项目是每年划拨几万台助听器到全国各地市县区，免费为符合条件的听障贫困人员提供助听器安装服务，每年几万台！"铃铛白了我一眼，随即又说，"不过，芬达克公司已经退出中国市场十年了。"

"不错，不错，就是十几年前的事情。"我说，"可有什么办法能找到它的主人？"

"这是全国性的项目，可不太好查。"铃铛说，"不过这制作耳模的习惯，我可以保证不是我们省的。"

"外省的？"我的心凉了半截。

"不过，"铃铛说，"我记得芬达克是十五年前进入中国市场，十年前退出，其实只做了五年，这范围就小了很多吧。"

"哎，我甚至可以肯定这个助听器是在十三年前的11月之前做出来的，这样可以追查的范围其实也就不到两年。但一年几万台，两年也还是不少啊。"我叹道。

"那我实在也没别的思路了。"铃铛也跟着我叹气。

"没事，你已经帮了我很大忙了。"我忍不住伸手去揉开她的眉头，她又好气又好笑地把我的手打开了，用眼神警告我她同事还在不远处。

"那你晚上回不回家吃饭？"

"别等我了，不知道要熬到几点呢。"我转身，"走了啊。"

"每年几万台，两年也就十来万人的资料。"韩亮倒是比我乐观，"再结合死者的年龄和性别，又能排除掉一大半。最后的几万人资料，再和失踪人口信息碰撞一下，说不定就出来了。"

我觉得韩亮说得有道理，连忙问："这边检验的情况怎么样？"

大宝正在摆弄着手上的两块小骨头，抬头看了看我，说："死者应该是 20 岁左右的女性，身高 150 厘米左右。死者的舌骨右侧大角骨折，左上切牙和尖牙对应的牙槽骨有骨裂。其他没有损伤了。"

"舌骨骨折、牙槽骨骨折，那肯定是有捂压口鼻和扼压颈部的动作啊！"我说。

大宝点点头，目光还停留在手里的小骨头上："颞骨岩部也发黑，说明死者应该是被扼死的。因为扼死自己不能形成，所以这是一起命案。"

"果真是命案。希望不是你们说的那个什么'冥婚'。我最看不得封建迷信害死人了。"我低声说道，"死者的衣物、随身物品有什么可以进行个体识别的吗？"

大宝摇摇头，说："没有任何随身物品。衣服都已经腐败降解得很厉害了，连什么样式都看不出来，更别说是什么牌子的了。不过，通过死者穿着棉毛衫类的衣服和毛衣类的衣服，倒是可以确定，她的死亡时间确实是在初冬。"

"其他骨头都没有异常了吗？"我问。

大宝摇摇头说："其他都是正常的。不过，刚才在整理骨骼的时候，多出来这么两小块骨头，看不出来这是哪里的骨头。如果是其他动物的骨头，也不可能掉进棺材里啊。"

我伸手接过大宝手里的小骨头，全身一凉，说："骨头是在哪里发现的？"

"裤裆里。"大宝说。

"死者怀孕了。"我咬着牙说。

"啊？"大宝大吃一惊，"你是说这是胎儿的骨头？胎儿的骨头不也是能腐败殆尽的吗？"

"如果是七八个月大的胎儿，完全有可能留下骨质的残存痕迹。"我说，"之所以这小骨头在死者的裤裆里，是因为'死后分娩'。"

尸体腐败会产生大量的气体，把体内的组织压出体外。比如腐败巨人观就会出现眼球突出、舌头伸出的现象。如果死者腹中有比较大的胎儿，随着死者腹腔气体的压力增大，腹中的胎儿会被挤出体外，称为"死后分娩"。在民间，人们通常把女尸在棺材里"产子"称为棺材子。

"到底是谁，会这么残忍地杀害一个挺着大肚子的孕妇！一尸两命啊。"林涛咬

155

着牙说。

"不过，孩子的父亲肯定有最大的嫌疑。"我说，"不知道DNA部门有没有办法做出胎儿骨骼的DNA，如果可以的话，能给我们提供一些证据和线索。"

"那下一步怎么办？"陈诗羽问。

我说："现在就要看侦查部门的了。一来，要通过助听器项目的名单，来寻找符合条件的失踪人员。二来，要通过DNA来寻找孩子的父亲。"

"现在侦查部门正全心全意盯着夏末和那个做棺材的木匠呢。"陈诗羽说。

"他们分析得也对。"我说，"毕竟这个棺材叫什么'魔术棺材'，不是什么人都具备打开的技巧。夏末和棺材匠确实具有最大的嫌疑。不过，如果是夏末为了'冥婚'而作案，他为什么又要信访、开棺验尸，来拆穿自己的阴谋呢？这样看，是不是他的嫌疑又该下降了？"

"说不定是这个女鬼天天闹得他睡不着觉呢？"陈诗羽说。

"喂，要不要说得这么邪乎？"林涛缩了下脖子，看了看窗外逐渐黑下来的天。

"你不说我还忘了。"韩亮添油加醋地说，"那个夏末在听证会上不是说，因为天天梦见儿子，所以认准了有冤情吗？他儿子睡在里面那么挤，当然得托梦了。"

"还能不能愉快地聊天了？"林涛怒道。

"这就尴尬了。"我苦笑道，"处理一个信访事项，倒是弄出来一桩陈年旧案。骨骼的DNA检验比较慢，这两天算是没着落了。看起来，明天我们还是要去打听一下左怜死亡的案件，看能不能查出她和杜洲到底有着什么样的关系。"

3

"左怜那边，查得怎么样了？"一早，我走进"指环专案"的专案组就问。

主办侦查员点了点头，说："在兄弟省市的同事的帮助下，目前我们查清楚了左怜的失踪过程。"

"嗯。"我示意侦查员继续介绍。

侦查员说："左怜家境不好，大学毕业后不久，就嫁给了大她三十岁的焦一伦，也就是一伦实业的董事长。结婚之后，基本上就没出去工作了，在家当全职太太。"

"焦一伦比她大三十岁，应该不是第一次结婚吧？"大宝说。

侦查员说："确实不是，焦一伦都六十来岁的人了，前妻的孩子都比左怜大了。

焦一伦应该就是看中了左怜的美貌和听话，结婚之后，据说外面的莺莺燕燕还是不少，但左怜也没有办法管他。我们查了焦一伦的一些情人，焦一伦对她们花钱也挺大方，她们都挺满足的，对左怜也没有什么敌意。所以，我们在这条线上也没有查出什么所以然来。"

"那报案的过程是什么？"我问。

侦查员说："焦一伦是1月中旬去国外出差，原定计划是除夕当晚从国外赶回来，大概大年初一下午抵达南江机场。以往焦一伦外出归来，都是由左怜驾车去接的。除夕当晚，也就是2月7日，焦一伦在国外发起了微信视频聊天的邀请，可是左怜没有接到。当时焦一伦以为左怜在忙，也没有特别在意。但是焦一伦乘坐了十个小时飞机，于今年春节，也就是2月8日下午5点左右抵达南江机场的时候，左找右找，就是没有看见左怜。看起来，左怜并没有按照既定计划来接他。当时焦一伦就打了电话给左怜，可是一直处于无法接通的状态。"

"这时候就失踪了？"我说。

侦查员点点头，说："焦一伦心里着急，就打了出租车回到了淮江。左怜不在家里。焦一伦又赶去了岳父岳母的老家，也没有找到左怜。焦一伦问了家里的保姆才知道，2月7日除夕的下午，左怜就开车出去了，说是要去接机。保姆也是除夕下午放假回家的，要过完大年初三才回来。"

"也就是说，左怜的失踪时间就是除夕夜。"我说。

"焦一伦的飞机明明是大年初一下午5点才到南江的。"侦查员说，"而从淮江到南江驾车只有不到一个小时的时间。说明左怜从2月7日下午出门后，到2月8日下午4点，她是有自己的安排的，而且不想让别人知道。"

我点头表示认可。

侦查员说："而且，2月8日当天，焦一伦到辖区派出所报案，派出所就组织了警力进行查找，未果。第二天，又联合交警部门一同查找，最终找到了线索。"

"哦？"

"根据道路监控，交警部门发现了左怜的汽车的轨迹。"侦查员说，"2月7日下午，左怜驾驶着她的奔驰轿车，从小区出发，一路直接开到了长途汽车站的停车场。她带着一个随身的大挎包，下车后径直向售票处走去。非常可惜，售票处和候车厅的监控都有大面积死角，当地警方并没有找到左怜的影像。也就是说，走出停车场，是左怜失踪前的最后一个影像。"

"也就是说，咱们并不知道左怜是坐大巴去了哪里？"我问。

"但我们分析，来龙番的可能性大。因为那个时间点，正好可以赶上来龙番的末班车。而且抵达龙番只需两个小时，正好可以赶上跨年晚餐。"侦查员神秘一笑。

"你是说，她是来会情人的？"我问。

侦查员说："如果不是做不想被人知道的事，为何不开她自己的车？路程又不远。她肯定是害怕留下高速卡口的证据，所以才选择坐大巴。忘了说了，焦一伦公司的很多业务都和高速打交道。如果焦一伦想获取左怜驾车通过高速卡口的证据，易如反掌。"

"那你们找到她的情人了吗？"林涛问。

"依照这个线索，我们对左怜的所有通信记录进行了研判。"侦查员说，"可是没有一条是和龙番市有关系的。她的隐蔽工作做得很好。"

"网络呢？"我问。

"现在调取 QQ 和微信的聊天记录，不像以前那么容易了。"侦查员挠挠头，说，"现在要层层审批，而且拿着审批件也未必调取得到。不过，左怜在家里放着一个 iPad，上面只安装了微博。我们在她的微博互关好友里，倒是找到了一个注明居住地是龙番市的男人。而且，左怜和这个男人的聊天记录，虽然看不出什么，但是左怜给了他微信号。"

"你们现在的目标就是这个男人？"我问。

"在我们申请到调阅 QQ 和微信聊天记录之前，只能以他为目标。"侦查员说。

"可是，左怜从失踪到死亡，有一个半月的时间，难道是这个男人一直和她在一起？"林涛问。

"就这个问题，我们也进行了深入的调查。"侦查员说，"从全市的宾馆登记来看，并没有发现左怜有在龙番住店的记录。说明她至少应该有个落脚的地方。既然有落脚的地方，住一天是住，住几个月也是住。"

"焦一伦在外面拈花惹草，左怜是用自己的方式在报复焦一伦吗？"我问。

侦查员说："这可不好说。根据调查，焦一伦对左怜和她父母都不怎么尊重，过年也从来不和他们一起过。"

"这样解释，还是有些牵强。"我说，"她既然能忍受焦一伦好几年，没理由突然就放弃了优越的生活，除夕晚上突然搞私奔吧？而且，她死的时候穿的衣服挺简陋的，这个微博上认识的男人总不能是个流浪汉吧？"

"人的心理啊，还真不好说。"侦查员说，"谁知道她和焦一伦在一起这几年，究竟发生了些什么。如果她真的是难以忍受焦一伦了，和什么样的人在一起都有可能啊。"

"对了，既然并案了，有没有查一下左怜和那具腐败女尸之间的关系？"陈诗羽问。

侦查员摇摇头，说："一来，腐败女尸的尸源到现在还没有找到，不能确认身份，就不能查她们之间的关系。不过，我们查过了，左怜和杜洲肯定是没有任何联系、往来的。二来，我们对左怜身边的女性同事、同学、熟人、亲属什么的都进行了摸排，也没有发现哪个符合条件的女性失踪。也就是说，还没有依据证明两人之间有什么关系。"

"会不会是左怜隐形的闺密？"陈诗羽说，"这一个半月，左怜就住在她家？"

"这也不好说。"侦查员说，"毕竟没有查到不代表没有。社会关系调查这种事情，很难做到百分之百精确的。"

我沉思了一会儿，说："那……这个微博男找到没有？"

"刚刚查清，派人去抓了，估计直接就近带到责任区刑警二队去突审，你们要不要去看看？"侦查员说。

我点点头，说："去看看吧。"

在我们抵达刑警二队大门口的时候，押送微博男的警车刚刚抵达。微博男一脸惊恐地被两名民警架下了警车。

这个男人白白净净的，个子很高，三十多岁，穿着也不俗，和流浪汉应该没有一点关系。从他脸上的表情来看，并不像那些到案的杀人犯那样，要么从容，要么冷漠，要么悔恨。他的表情，更像是不明就里。

"认识吧？"侦查员把一张左怜的证件照扔在审讯椅上。

微博男伸头看了看，说："不认识。"

"淮江市一伦实业董事长的太太，左怜。"侦查员提示性地说。

"真的不认识啊，警官。"微博男哭丧着脸，"我从来没去过淮江市啊。"

"微信聊天记录我们都看了，你还想抵赖吗？"侦查员说，"她的微博名叫'如玉如遇'。"

我直感叹侦查员睁着眼睛说瞎话的能力。

"哦哦哦，是小玉啊。"微博男又侧头看了看审讯椅上的证件照，说，"这……这也不像啊。"

"说吧，你和她什么关系？"侦查员问。

微博男舔了舔嘴唇，说："就是，一般朋友。朋友算不上啦，就是网友，网友。"

"网友？"侦查员冷哼了一声，"如果只是网友，我们会怀疑是你杀了她吗？"

我们在审讯室外都能感觉到微博男全身的汗毛都要立起来了。他扑通一声跪到了地上，说："我……我……我冤枉啊我，就是一夜情而已，我怎么就……我……真的不是我！"

大宝在我旁边低声道："一会儿说是朋友，一会儿又是网友，现在又是一夜情了？这男人的嘴可真没溜儿。"

我用肘部戳了大宝一下，让他闭嘴。

陈诗羽则低声说："不是他杀的人。"

林涛看了陈诗羽一眼，有一些好奇和惊讶。

侦查员把微博男扶回座位，说："那就老老实实交代。"

"真的，我就是除夕夜和她一起过的而已。"微博男说，"你们可以查啊，木西西里大酒店。"

"可是他们不是没查到左怜的住宿记录吗？"林涛问。

我说："其实这个不好登记的，因为宾馆也不知道是一个人住还是有同住人员。如果左怜不想留下证据，不登记身份证，只登记这男人的，警察哪里查得到？"

"那调取监控不就完了？"陈诗羽说。

我摇摇头，说："前不久有个案子，我了解到这家五星级酒店的监控只存档一到两周就自动覆盖。这都两个月过去了，还能查到什么啊？"

"可是第二天一早，小玉就说要回去了，不然来不及什么的。"微博男说，"然后我们就在酒店分开了。仅此而已，其他的，我真的一概不知啊。"

"他应该没说假话。"陈诗羽说。

"听他这么说，左怜原定计划应该是来和他过一个除夕夜，然后第二天上午赶回淮江，再从淮江驾车去南江接焦一伦。不过，不知道究竟是什么事情打断了她的计划。"我说，"而且，她为什么失踪这么久才死亡？难道还有其他的情人？"

"有钱人啊，会不会是被绑架了？"林涛说。

"可是焦一伦也没接到勒索电话啊。"我说。

"如果是有什么特殊的原因，绑匪一直没能获取焦一伦的联系方式呢？"林涛说，"或者，焦一伦明明知道，只是他一直不说呢？"

"有道理，下一步对焦一伦还是要调查一下的。"我点头表示认可。

"就没有了？"侦查员朝着微博男厉声问道。

"真的没有了，不过你们可不可以别告诉我老婆？"微博男耸着肩膀侧了侧身，双手手指交叉抱拳，放在两腿之间。

"他绝对还有别的事情瞒着，没有交代全。"陈诗羽直接拿起话筒说了一句。

审讯室里的微博男听见陈诗羽的话，猛地一惊。

侦查员盯着微博男。

"我真的都说完了。"微博男说。

"你是不是觉得我们不够证据刑拘你啊？"侦查员说，"左怜和你发生关系之后，就神秘失踪，一个多月后，陈尸环城公园，而这期间她没有任何音信，我们是不是有足够的理由拘捕你？"

"可是我真的是冤枉的。"微博男一脸委屈。

"你是在逼我上测谎技术吗？"侦查员说。

许久，微博男低头说："好吧，我说。其实确实还有个小细节。我和左怜分开后不到一个小时，我就接到了一个匿名电话，应该是个男人的声音，很奇怪的声音，就像电视上用了变声器的那种。他说是掌握了证据，知道我在木西西里开了房间，让我乖乖听话，不然就电话联系我老婆。因为我之前骗我老婆说除夕夜要出差，所以如果这个人把这事儿告诉我老婆，我就惨了。"

"什么号码？他问你要钱了？"侦查员追问道。

微博男摇摇头，说："号码是一大串数字，不是正常的电话号码。这个人奇怪得很，我以为他会问我要钱，可是他没有，他说，'如果不想你老婆知道，就乖乖交出和你睡觉的那个女人的微信号'。他是想要小玉的微信号啊！还那么大费周章的。我就是觉得告诉他小玉的微信号也没什么嘛，就把小玉的微信号告诉他了。然后我还担惊受怕了两天，之后那人也没再联系我了，我觉得也就没事了。对了，对了，听你们这样一说，我觉得肯定是这个人杀了小玉，你们去抓他啊！"

"怎么抓他？你还有什么其他的信息吗？"侦查员问。

微博男摇头表示并没有掌握其他信息。

"是用伪基站发出的音讯信号。"韩亮说，"现在用这种方式实施电信诈骗的很多。号码全是假的，什么也查不到。"

"小羽毛，你刚才是怎么知道他有事情瞒着没说的？"林涛问陈诗羽。

"大概是侦查员的直觉吧。"陈诗羽说。

我说："哈哈，这个我知道。你们看过犯罪心理专家李玫瑾教授的理论没？这个人有明显的'亲社会性'人格，这样的人就容易在行为举止上展露他的心理状况。结合微表情专家姜振宇教授的微表情理论来说，这人视线转移、身体后仰、深吸气，都是一种逃离反应，说明了心中的恐惧和不安。同时，这个人双手抱拳护住前胸，侧着身，说明是一种保护反应，他是怀着恐惧和不安，在保护心中的秘密。"

"你牛。"大宝朝我竖了竖大拇指，"那你刚才怎么不跟小羽毛似的直接点破呢？"

"哈哈，马后炮了吧。"林涛也跟着笑。

侦查员打开审讯室的门，走了出来："估计他不敢说假话，一会儿就要放人了。"

我点点头。

侦查员接着说："现在关键是这个神秘的打电话的人，究竟要左怜的微信做什么？"

"勒索呗。"我说。

"因为勒索，所以左怜选择了失踪？"侦查员说，"这说不通啊。"

"说不定是因为怕被发现奸情，一直躲在专案第一个死者的家里，想办法满足勒索的人？"陈诗羽说，"结果不知道为什么，两人接连意外死亡。这是最能解释这一切的说法了。"

"不一定，也可能有别的原因。"大宝说，"因为你的推断里，没有把杜洲加上。"

"我怎么总觉得杜洲是凶手呢？"林涛说。

"不管是为了什么，反正查左怜的微信是没错的。"我说，"如果可以找到神秘人的微信号，以及他的企图，就可以顺藤摸瓜了。"

侦查员点点头，说："虽然很不容易，但是我们必须把调取微信记录的审批件给弄到！只是你们得多给我两天的时间。"

4

"对夏末和棺材匠的审讯，有突破吗？"我们重新返回了魔术棺材案件的专案组。

侦查员摇了摇头，说："他们一直都说什么都不知道。所以过了留置盘问的期限，我们只能放人。"

"棺材里多出一具尸体！他们居然什么都不知道？"林涛问。

侦查员笑了笑，说："毕竟坟头是开放式的，如果有人掘坟，放置尸体，再重新垒好坟头，也是可以解释的。我们现在没有丝毫证据，所以也无法申请拘留。"

"那不是可以把胎儿 DNA 和他们俩进行比对吗？"我问。

侦查员说："比对过了，和他俩都没关系嘛，我们也没办法了。"

"可是那个魔术棺材，难道不是只有那个棺材匠才可以打开吗？"我问。

侦查员摇摇头，说："其实说起来玄乎，实际上原理很简单。棺材盖是通过一个暗开关来控制松紧的。这个棺材匠世代都是在这个村里做棺材的，方圆几十公里谁家里有了白事都会来找他。他只负责做，并不负责入殓。所以这个棺材开启闭合的诀窍，这附近的村民都知道。只有我们这些外人才会觉得奇特。"

"我倒是没觉得有多奇特。"韩亮说，"还是棺材里多出一具尸体更奇特些。"

"那……尸源查到了没？"我沉思了一会儿，问道。

听我这么一问，侦查员扑哧一声笑了出来。

"笑什么笑？"我诧异道。

"我笑最近不知道是怎么了，"侦查员说，"一天到晚都是查尸源、查尸源，我看重案大队那帮人，一会儿是查腐败女尸的尸源，一会儿是查一个疑似流浪女的尸源。现在我们分局也要查尸源。"

"没办法，所有的案件，只要当事人身份不清楚的，查尸源肯定是第一要务。"我说。

"说起来，'指环专案'的那两个尸源怎么样了？"侦查员打起了岔。

"查到一个，另一个还不清楚。"我说，"不过我现在更关心这个十三年前的白骨，这个案子才应该是最难的。"

"并不难啊。"侦查员说。

"查到了？"我有些惊喜。

侦查员点点头，说："不过功劳在你们，助听器起了大作用。"

"是吗？"我内心涌起对铃铛的无比感激。

"我们一开始还准备走一走捷径的。"侦查员说，"我们从辖区派出所的出警记录里，想找一找夏末家所在的这个村庄十三年前有什么异常情况。"

"嗯，十三年前已经启用协同办案系统了吧。"我说，"那查起来应该不难，这确实是一个好办法。"

"经查，恰巧是十三年前的 11 月份，这个村庄有一天半夜还真有报警记录。"侦查员说，"一个村民反映，半夜 12 点左右的时候，好像听见了激烈的吵闹和打斗声。但是声音转瞬即逝，也不确定是哪一家传出来的，只能大概明确一个方位。如果是平常，这种声音多半会被认为是夫妻吵嘴打架，也不会有人在意，但是那天晚上，报警人的老公不在家，她一个人在家，所以很害怕，就报了警。出警民警在周围转了一圈，确定没有再听见奇怪的声音，就收队回去了。"

"听起来很可疑啊。"我说。

"可是，这条捷径很快就被堵死了。"侦查员说，"我们想啊，如果这个村庄在那个时间段真的有大肚婆，周围村民还能不知道吗？于是我们就对那个报警区域的居民进行了侧面的走访。可是毕竟是十三年前的事情，所以大家的记忆都很模糊。但至少有一点，就是确实没人看到过那个时间段有不认识的大肚婆出现在他们村庄里。"

"不会真的是外省的凶犯运尸过来的吧？"陈诗羽说。

"远抛近埋，既然藏得这么深，我不相信是很远的地方的人。"我说。

侦查员接着说："既然捷径已经被堵死了，我们只有寻求别的办法。因为你之前说了，每年国家会扶持出去几万台助听器嘛，两年就有近十万条资料，所以我们有些畏难情绪。但是真的被逼到了这份儿上，也没有办法，只有试上一试。"

"早就该试。"我微笑着等待着结果。

侦查员说："这不试不知道，一试吓一跳啊。其实并没有想象中那么可怕。国家划拨助听器主要针对的对象是儿童和老人。所以按照你们分析的死者个体特征，个子不高、20 岁左右的女性，这么一筛选，居然只有一百多人。当时我们立即信心百倍，准备把这一百多人一个一个地过筛子。可是这一摸排，又发现了难度。"

"全国这么大，不可能每个人立即就能被联系上。"我说，"所以想确定这一百多人中谁才是失踪的那个，并不容易。"

"正是。"侦查员点点头感激我的理解，说，"不过，一次偶然的发现，改变了这一切。我们发现，一个叫作冯海侠的女子，她的助听器并不是在家里申请的，而是她所在的助残工厂为她申请的。所谓的助残工厂就是这个工厂都是招收一些残疾人来做工。国家对这个工厂有大笔的补贴，所以工厂效益也不错，给残疾人的福利也就多。这个冯海侠 16 岁就离开家里了，家里人对她也是不闻不问的。但在工厂里，她却申请到了助听器，打开了新世界的大门。"

"然后呢，然后呢？"林涛好奇地催促道。

侦查员笑了笑，说："这个工厂所在的位置是一个叫望海的城市，这地方挺小，没多少人听说过。我突然想起来，之前我们不是在调查夏末家所在的村庄有人报警的事儿嘛，当时我们对报警人所在的区域的村民进行过逐人分析，调查了每个村民的背景和生活经历。当时，我是第一次听到'望海市'这个名字，所以还有印象。因为这个区域里有个叫作金牙的男人，十五年前左右，正好是在这个望海市打工。"

"信息碰撞上了。"我说，"毕竟凑巧的事情还是少数。"

侦查员认可我的观点，使劲点了点头，说："时间、空间基本都吻合上了，所以我们对金牙高度怀疑。"

"提取 DNA 了吗？"我问。

"这个还没有。"侦查员说，"这个村庄，民风比较彪悍，有不少不讲道理、还仇警的人。比如这个夏末，这次出去以后不知道会怎么说我们呢，所以我们还没有贸然行动，免得打草惊蛇，或者激起当地的民愤。"

"首先得问问，冯海侠的身份确定了吗？"我说，"我说的是证据层面的。"

侦查员点点头，说："你们来之前半个小时，刚刚拿到 DNA 报告。当地警方采集的冯海侠姐姐的 DNA，和这具尸骨存在亲缘关系，冯海侠的父母已经去世了。现在基本确定就是她了。"

"那还等什么？"我说，"有搜查令吗？"

"有。"侦查员说，"可是我还是有些担心。毕竟如果村民不理解我们的行为的话，可能会鲁莽行事。到时候法不责众，咱们的人被打了都是白打。"

"真是不能理解的现象。"林涛叹道。

"我们小组去密取吧。"我说，"你们搞清楚金牙的作息时间和家庭状况，然后在村口接应我们。"

侦查员有些担心，但随即还是点了点头，说："金牙有个老婆挺彪悍的，有个儿子今年 18 岁，在外地打工。家庭情况很简单。作息时间的话，现在就应该是他们不在家的时候。"

"儿子 18 岁？那十三年前，他已经有儿子了？"林涛说，"那他的嫌疑会不会降低了？总不能是家里有妻儿，还带个大肚婆回来吧？"

"这可不好说。"侦查员说，"如果 DNA 对得上，他还是第一嫌疑人。还有，你们没有忘记吧，那个魔术棺材，一个人是打不开的，需要另一个人在对面帮忙才可以打开。如果是金牙作案，那他老婆就有可能是帮凶啊。"

"现在也没好的物证，不管怎么说，得试一试。"大宝说。

"林涛，就看你技术开锁的水平了！"我拿起取材箱，招呼大家尽快行事。

密取检材我倒不是第一次去做，但是今天这样鬼鬼祟祟、担惊受怕的还真是第一次。在这个地形独特、易守难攻的小村子里，万一被围攻，怕是凶多吉少。

好在这个村子地广人稀，家与家之间距离还是比较远的，而且正值农忙的季节，村里没啥人。我们进入时还是比较顺利的，几乎没有一个村民注意到我们的行踪。林涛使出了他的看家本事，五分钟就打开了金牙家的大门。

为了不让金牙发现我们取了物证而提前逃窜，我们在究竟该提取什么上花了不少心思。牙刷、毛巾之类的东西，不知道哪个是金牙的、哪个是他老婆的，而且拿走了肯定会被发现。满地的烟头，更无法确定是不是有外人进来吸的。最后还是林涛从脏乱的床底下掏出了一只男式袜子，我们把袜子装进了物证袋，匆匆离开。

未承想，我们刚刚走出金牙家的大门，正巧碰见金牙回家来取农具。

金牙和我们，就在他家的大门口对视了大概一分钟，他突然喊了起来："抓小偷啊！我家进小偷了！"

我连忙拿出警官证，说："别叫别叫！我们是警察，我们就是来例行检查的！"

金牙一见警官证，更加大声地喊道："警察进我家偷东西！警察偷东西啦！还打人！"

"我……我们什么时候打你了？"大宝说。

大宝的话还没有落音，金牙家的门前已经聚集起了几个壮汉，还拿着各式各样的农具。我知道，在这种场合下，农具已经不是农具了，是凶器。

我看见金牙的眼神扫了我们一圈，此时有几个壮汉撑腰，他的眼神邪恶了许多。他肯定是看见了小羽毛手中的物证袋，物证袋里装着他的袜子。

金牙指着小羽毛喊道："就是那个女的，那个女的拿了我藏钱的袜子。"

壮汉根本不问青红皂白，纷纷举起农具向我们冲来。

我当时脑海里只有一个问句：为什么我们刑事技术人员就不能配发手枪？难道我们的工作就没有危险吗？

质疑政策已经来不及了，因为为首的壮汉手中的锄头已经朝陈诗羽的头顶挥舞了过去。

说时迟，那时快，林涛一个箭步冲了上去，把陈诗羽推到了一旁，自己则用脑袋硬生生地挨了这一下子。

等到我回头看向林涛的时候，他已经倒在了地上，满脸是血。

"我去你大爷。"我忍不住说了脏话。毕竟眼前倒下的这个人，和我有多年同居的战友情谊。

如果我刑警学院的散打老师知道我是怎么和村民们扭打的，一定会和我这个学生绝交。当时的情景，什么散打招数、擒拿格斗都已经用不上了，我上前抱住了为首的壮汉，和他在地上滚来滚去。我的余光看见陈诗羽护在林涛的周围，左一拳、右一脚已经撂倒了两人，心想：为什么她就能用上招数？肯定是我的老师没教好。

不知道是谁通了风、报了信，村口的刑警很快赶了过来并控制住了局面。但是他们也没敢逗留，害怕有更多的村民围攻过来，只是架起我们两个伤员，带上其他几人奔跑着逃出了村。

坐在警车上，我简单查看着林涛头上的伤。

"你怎么想的？"小羽毛毫不客气地吐槽道，"一个战斗力垫底的人，来保护一个战斗力最高的人吗？要不是不能把你撇一边，我还能帮老秦和大宝一把呢。"

"咯咯。"韩亮在驾驶座上清了清嗓子，"林涛能怎么想？这是他的本能反应。"

小羽毛这才挠了挠脑袋，勉勉强强地用很小的声音说道："谢谢了。"

"什么本能不本能的。"林涛有点脸红，忍着痛在开玩笑，"老秦，你半天没说话，我没大事吧？不会毁容吧？我发型乱不乱？"

"深可见骨，但是你还能说话就没大事。"我说，"不过这块头皮以后不知道还能不能长出头发。"

我是吓唬他的。

林涛看了我一眼说："那还是让我死吧。"

"你们怎么知道我们遭袭了？"我转头问韩亮。

韩亮说："八九不离十就是这个金牙做的了。你们在混战的时候，这个家伙偷偷跑了出来，应该是想和他老婆一起逃跑，但两人一起被我们抓了。那时我就估计你们遇到危险了。"

回到了市区，林涛被送医院清创缝合加留院观察，我简单拿了几瓶外敷消炎药，就赶回了刑警队。

DNA 结果还没有做出来，金牙和他老婆就已经招了。

金牙去望海市打工，做的不是正经事情。他在一个专门销赃的金店帮助店老板联络生意，所以收益不菲。工作之余，他最大的乐趣就是去当时比较时兴的卡拉OK 里唱歌。那个时候的卡拉 OK 不像现在是量贩式、单独包厢的，而是大家都围着一个舞池，用递字条的方式来点歌。在卡拉 OK 里，他认识了虽不貌美，但天真可爱的冯海侠。当时的冯海侠刚刚配上助听器，所以用她的那点工钱，到各个不同的地方去感受世界的声音，乐此不疲。金牙觉得这个小姑娘单纯好骗，于是就用各种花言巧语，攻破了冯海侠的防线。

十三年前的春天，冯海侠发现自己怀孕了，她满心欣喜，以为要和金牙一起踏入人生的新阶段。没想到，金牙这才告诉她，他早就在老家有了妻儿，就算他喜欢冯海侠，他也没打算和妻子离婚。金牙劝冯海侠打掉孩子，但冯海侠深陷在这段不伦之恋当中，非但不愿意打掉孩子，还以告知单位的领导为威胁，要继续和金牙在一起。金牙怕闹出什么幺蛾子，考虑再三，只好把冯海侠先带回老家安顿。

金牙确实是情场高手，不知怎的居然说服了妻子，让冯海侠留了下来，过上了一夫二妻的生活。当然，他也知道这事儿传出去不好，为了掩人耳目，他要求冯海侠躲在家里，不准她出门。虽然 5 岁的儿子有时候口无遮拦，但在妻子的遮掩下，附近村民确实没有注意到这个陌生大肚婆的存在。

这样秘密生活了几个月后，两个女人内心积压的矛盾越来越深。看着冯海侠的肚子一天比一天大，金牙妻子内心的厌恶也逐日加深。有一天金牙还没回家，因为使用卫生间的问题，金牙妻子和冯海侠半夜发生了纠纷，并且动了手。金牙妻子一怒之下掐死了冯海侠，一尸两命。

金牙回来后，大惊失色。但他没有去报案，他知道，如果自己报了案，妻子就没了，儿子还小，自己又怎么能让他没了亲妈呢？所以，他决定趁着夜色，和妻子一起把尸体藏到一个永远不会被人发现的地方。

而当时，夏末儿子的新坟刚刚立起来两个多月。

说到藏尸的过程，金牙和他的妻子都避而不谈。从他们的表情来看，那应该不是避罪，而是强烈的心理阴影让他们不愿去回忆过往。

究竟是什么样的心理阴影，我再清楚不过了。当时夏末儿子的尸体被埋葬两个多月，即便是深秋季节，尸体也该腐败到了最严重的时候——连我和林涛都受不了的景象，这样两个普通农民又如何不留下心理阴影？

拿着讯问笔录，我回家洗了洗澡，然后高兴地去医院看望林涛，并准备把破案的喜讯第一时间告诉他。

在医院留观室的走廊里，我看到了陈诗羽的背影，她抱着一束花。

这个说话耿直的女孩子，内心还是挺细腻的。我高兴地想着。

虽然我知道偷听不好，但是谁没有一颗八卦的心呢？于是我就躲在了病室的门口。

"你来啦。"林涛说。

"案子破了。"我听到陈诗羽整理鲜花的声音，"还疼吗？"

"疼倒是不疼。"林涛说，"不过你能帮我问问以后这一块头皮还能不能长头发吗？"

"即便不长也就一小块吧？不会影响外貌的。"

"喀，那就好。"林涛的声音有些尴尬。

沉默了一小会儿，陈诗羽说："谢啦。"

"你昨天在车上不都谢过一次了？我一个大丈夫，保护女孩子是必须的……"

"得了吧，你还是先保护好你自己吧。"陈诗羽打断了林涛的话，"那一锄头幸亏是砸偏了，如果打实了，我真不敢想会是什么后果。"

"嘿嘿。"林涛傻乐着。

"那你没事，我就走了。"陈诗羽沉默了一下，说。

"啊？这么快？"林涛脱口而出。

"嗯……还有什么要我帮忙的吗？"陈诗羽的声音听起来有点不知所措，"给你打壶热水？你要是想吃水果，我可以下去买……"

"不用不用，看到你在这里，我，我就好多了。"林涛一着急，倒是很坦诚。

"那……我给你念念这个案子的讯问笔录？"陈诗羽真是实在，我听到她拿出文件的声音，"要不你还是自己看吧，挺长的。"

我是真没想到他们就直接跳到工作交流的部分了。

"曈，还真是这样。"林涛边翻文件边说，"一夫二妻啊！宫斗啊！我记得很久之前，我和老秦就破过一个这样的案子[1]，这种奇葩的关系果然是不会长久的。"

陈诗羽没说话，估计是在等林涛看完。

"你说这一夫二妻案，怎么看起来这么像'指环专案'呢？"林涛念叨着。

---

[1] 见法医秦明万象卷系列第一季《尸语者》（下册）中"荒山残尸"一案。

"你是说，杜洲，以及那两具女尸？"陈诗羽说，"得了，偷听的快出来吧，还能一起聊聊。"

我暗叹倒霉，准备现身。

"不，不可能，杜洲没这个本事，也没这个条件。"大宝居然从病房里的卫生间走了出来，说道。

我也开门走了进去。边走边想：我们这都是什么勘查小组？分明是偷听特工队。

法医秦明

VOICE OF THE DEAD

第七案

热气下的寒尸

寒冷最灼人。

乔治·马丁

1

我最佩服我们这个行当里的人的一点，就是不论现场环境有多么温情或喜庆，只要听到任何一个和案件有关的细节，所有人的情绪立即就能转到案件上来。

此时林涛也不追究我和大宝偷听的事情，抬起他那被一个网兜兜住的脑袋，问大宝："你就那么相信杜洲？"

"也不是因为相信他。"大宝说，"左怜一个半月前就失踪了，说不定那个身份不明的女死者也是失踪了一段时间才死的。而杜洲是刚刚失踪半个多月，说不一定女死者失踪的时候，杜洲还在老家呢。"

"现在一切推测都为时尚早。"我说，"估计微信资料这两天也应该能调取回来了。"

"唉，一方面让我们尽快破案，另一方面又不让痛快地调取资料，这让人两头为难啊。"大宝说。

"保护公民隐私，把权力关在制度的笼子里，这是对的。"我说，"不过对于这种刑事案件，还是开辟绿色通道比较好。"

"嗯，对，保护公民隐私就是一个躲在厕所里，一个躲在门外面偷听，对吗？"陈诗羽一脸不屑地说。

"不是不是，我……那个……我就是刚进来的时候就尿急，所以……"大宝红着脸赶紧解释道。

忽然，所有人的手机都响了信息提示音。我们瞬间停止了打闹，看向各自收到的短信。

"太好了，刚念叨完，微信资料就拿到了！"我叫道，"那案件不就是有重大进展了吗？快叫韩亮来接咱们，马上赶回办公室！不不，别浪费时间来接我们了，让他在办公室里先看起来，这样咱们速度还能更快！"

欢呼雀跃之后，我们往住院部大楼下赶去。林涛还处在留院观察的阶段，但是

热气下的寒尸

谁也拦不住他，只能任由他跟随着我们，避开医生和护士的视线，偷偷溜走。

受台风影响，加之北边来的冷空气，夜间的温度陡降。即便我们快步走到外面打车，也依旧被冻得裹紧了外套。这就是所谓的"倒春寒"。

远在公安厅办公区大门口，就看见大楼上星星点点的几盏灯光。我们熟悉的办公室也亮着灯，显然，韩亮正按照我的吩咐，在办公室里研究微信聊天记录。

甚至连电梯都不愿意等了，我们几个一口气跑上了六楼，径直冲到了办公室，推开了大门。

韩亮正背对着我们坐在转椅上，跷着二郎腿，盯着电脑屏幕。

电脑屏幕上，是一张大床，洁白的床单上面，有一对男女正赤裸着全身。

"喂！你在看什么！"林涛的脸涨得通红。

"如你所见啊。"韩亮哈哈一笑，转过身来。

"在办公室用公家电脑看禁片？"林涛瞪着眼睛，头上的包扎限制了他的额部肌肉，以致他一眼大、一眼小地问，"你不知道你的行为可以关禁闭了吗？"

"这可是老秦吩咐我干的。"韩亮一本正经地说，"你可别瞎说，我现在的工作，和治安总队的鉴黄师一样，是为了破案。"

"哦？这是微信里的线索？"陈诗羽已经走到了屏幕前，按了一个暂停。这下，连林涛也可以一眼认出，赤裸的男人，正是我们之前询问过的那个泄露左怜微信号的男人。女人躺在床上看不清楚，但不出意料的话，她就是左怜。

"小，小羽毛。"林涛说，"如果你不想看的话，也可以……"

陈诗羽没有理会，而是飞快地又按了播放，屏幕上的男女换了个姿势，女人清晰地露出了她的面孔，正是左怜无疑。她再次按下暂停，问道："这些视频，是从微信记录里找出来的？"

韩亮点点头，正色道："没错，这正是从左怜的微信聊天记录里找出来的。"

"都聊了什么？"我问道。我们几个人纷纷坐到自己的椅子上听韩亮往下说。

"从记录上看，"韩亮说，"一个可疑的微信号在左怜开房后的那一天上午加了左怜，并且什么话都没有说，只发了一个链接和一串代码。"

"左怜回复了吗？"我问。

韩亮点点头，说："大约这两条信息发送后十分钟，左怜回复他'想怎么样？'，之后对方给了一个电话号码。所有的聊天记录就这些。"

"这不就是敲诈勒索吗？"大宝说。

我点点头，说："没有猜错的话，网址链接就是你看的这一段视频的地址。那代码呢？"

韩亮说："这是一个境外的网站，我进去以后，发现一个视频待播放的状态，但是提示要密码。我用这串代码作为密码点击，就顺利打开视频了。"

"原来如此。"我说，"这和仙人跳没啥区别嘛，偷情的时候录像，然后用视频作为敲诈勒索的筹码。不过一般这样的案件也就是为了勒索一些钱财，不至于让左怜死亡啊？"

"仙人跳？"林涛插话道，"那个微博男难道是共犯？不过从审讯情况来看，他应该不像是知情者啊。"

"我看了侦查员发给咱们的信息，他们对微博男进行了外围调查，可以确定性地排除他参与作案的可能。"韩亮说，"而且，从加微信好友的时间点来看，和微博男说的正相符。应该是微博男泄露了左怜的微信号之后，对方直接就加了她。"

"等等，我问问他们，这个人的微信号，以及左怜联系的那个电话号码，是不是都查了。"小羽毛边说边打电话，飞快问了几句后，便放下了话筒。

我们都看着小羽毛。她说道："他们也是刚查完，对方的微信号是绑定了一个虚拟手机号的。也就是说，对方的微信其实是基于一个完全假冒的号码而创建的，并不能查清楚对方是谁。至于那个电话号码，是一处公用电话亭的电话，附近还没有监控，查不清接电话的人是谁。"

"也就是说，对方不仅具备不凡的网络通信的伪装能力，而且对整个作案过程经过了精心的谋划。"我的心情顿时跌到了谷底，说，"那个微博男一问就招，显然不像是他的同伙，应该只是被利用的一个人。"

刚才还期待着迅速破案的我，此时很是失望。原本以为锁定微信号就能锁定犯罪嫌疑人，现在看起来还是我们太天真了。虽然侦查取得了突破，但是从目前的情况来看，案件的侦破希望倒是没增加多少。

"是啊，这个微博男和左怜也确实是一夜情关系。"韩亮指着电脑屏幕，说，"这个画面的背景显然是酒店的装饰，这段视频也肯定是从木西西里大酒店里拍出来的，这一点不会错。我住过木西西里大酒店，每间房间的床头都挂着一幅中国画，每间房间的画内容也不一样，但是都价值不菲。从这个背景来看，显然就是木西西里大酒店。你们来之前，我去搜了酒店的介绍页，确认过了。"

"那我跟侦查的兄弟们同步一下，让他们根据背景画去找找房间。"小羽毛又拿起了手机，飞快地输入着信息。

我沉思着，说："可是，木西西里是一家五星级酒店，有着完善的内部管理办法。如果不是住客自己拍摄，又有什么人能拍摄到这段视频？"

"酒店内部人。"几个人同时说道。

那又能从哪里查起呢？我想着。

"问题来了。"林涛也顺着追问，"这个案犯为何不去敲诈那个微博男？或者两个主角都敲诈？为何只是问了女的的微信号，直接敲诈女的？"

这个问题问到了点子上，大家心里都有一些想法，但是都没有轻易表态。

韩亮咬了咬下唇，说："其实，我发现的不仅仅是这些。"

大伙儿又重新坐直了身体，听韩亮说。

韩亮又打开了一个视频。果不其然，这个视频的背景和上一个的区别只是那幅中国画不同，其他都一模一样。显然，这也是在木西西里大酒店的某一个房间里拍摄的。

但这个视频里并没有男主角，只有一个赤裸女人在自慰。

"这不是那个演员吗？"电视剧迷大宝率先认出了女主角，"就是演那个什么的，那个什么来着？"

"什么呀？"我急着问。

"我得想想，是个小配角。"大宝说。

我转头问韩亮："这个视频，是和上一个地址一样吗？"

韩亮说："其实我就是好奇这是一个什么网站，刚才我也看了，就是不知道哪个国家的一个普通的视频论坛，没什么特别的。视频发布人的 ID 是乱码，应该是这个网站不支持中文才导致的。后来我就用这个乱码 ID 在这个论坛里寻找痕迹，找到了不少东西。"

"很多东西？"我问。

韩亮摇摇头，说："也不多，只有三段视频，还有一些被删除视频的痕迹。"

"能不能通过 IP 地址来追踪？"林涛问。

"这个就不是我擅长的领域了。但上次为了那个弗吉尼亚密码的案子，我和电脑专家们互相留过联系方式，你们没来前，我也请教过他们了。他们说这人的电脑水平可不低。"韩亮皱着眉头说，"几乎全部使用了代理服务器，他的 ID 发布帖子的 IP 地址都不一样，而且都不是境内的 IP 地址。"

"专门做了伪装。"我沉吟道,"你说有三段视频,那还有一段呢?"

"那台电脑。"韩亮指了指另一台电脑,说,"你们现在看的这段视频也是加密的,只不过被专家们破解了而已。最后一段视频的密码也应该破译得差不多了,我正在等他们发给我呢。"

"韩亮,你这次干活儿太利索了。"我称赞道,"我还真希望你能转正,不干警察可惜了。"

"辅警一样能为破案做贡献。"韩亮笑笑,"这不是舍不得和你们分开嘛。"

话音还没落,韩亮的电脑上就显示收到了新邮件。我们迫不及待地下载并打开了视频。

不出所料,背景依旧是木西西里大酒店的某个房间,画面依旧是一对男女正在缠绵。

"现在只有迅速搞清楚这些视频里的主角都是一些什么人了。"我说,"寻找主角们之间的联系,说不定就能发现点什么了。"

"应该不难查。"林涛说,"韩亮说了,这酒店每间房中的画不同,所以我们可以根据视频里画的样子,找到事发的房间。然后按照这两段视频的上传时间来确定开房时间,就知道这主角是谁了。"

陈诗羽点了点头表示认可。

"我想起来了,这演员叫欧阳悦悦。"大宝举起手机。大宝最近刚刚换用智能手机,倒是把手机搜索功能玩得很转。

"这些信息都交给侦查部门核查吧。"陈诗羽说。

"查酒店要治安部门的同事配合,但是最近几天市局治安支队正在调查一个什么'四黑四害'的案件,所以配合速度做不到最快。"我说,"我们先休息吧,明天早晨应该会有回音。"

这是一个不眠夜,我相信小组的其他成员都和我一样。

虽然案件的侦破工作取得了不小的进展,但是未来究竟会面对什么,还是一个谜。从目前的情况来看,犯罪分子不仅手段高超,而且有很强的反侦查能力,甚至他的真实意图我们都无法掌握。如果只是简单的敲诈勒索,为何左怜会失踪一段时间,而且看上去像是意外死亡?为什么又会被穿成那样,却发现不了有被性侵的迹象?第一具腐败女尸,会是视频上那个鲜活的生命吗?为什么视频上的当事人对被

热气下的寒尸

拍摄这回事毫无察觉呢？

好在第二天早晨的信息报告来得还是很快的。

侦查员经过侦查，确定了事发酒店的三个房间。可是对这三个房间的搜索，尤其是按照摄像头拍摄位置的搜索，除了一台普通的老式液晶电视机、机顶盒和电视机下面摆放的一些消费品以外，并没有看到可疑的物件和痕迹。

由此，侦查员认为是有人在当事人开房之前安装了摄像头，然后在获取录像后，又拆除了它。能自由进出房间的，只有酒店内部的部分员工。而且，既能获取视频，又能得知住客信息的，也只有酒店内部的部分员工。

可惜，酒店电梯、楼道、大门的监控，只能保留不到十天，之后就会被覆盖。而那三段视频的上传时间都在两三个月之前，所以并不能获取视频录制那段时间的监控。但即便这样，侦查员还是调取了十天之内的所有监控，以期在监控中发现可疑的人员。

另一组侦查员重点对视频里的主角进行了调查。除了左怜和微博男之外，另外两段视频里的三名主角身份也依次查清。

第二段视频里的女主角正是大宝所说的演员欧阳悦悦。经查，欧阳悦悦在去年圣诞节前夕，因为一直心情不好，就偷偷从剧组跑了出来。经纪公司因此遭受了经济损失，公司老板大发雷霆，却又找不到她。公司的人都以为她回家了，而她家里的人却以为她还在拍戏，因此欧阳悦悦失踪几个月，却没有人报警。

警方连夜对欧阳悦悦的父母进行了DNA取样，确定了神仙山上的第一具腐败尸体，真的就是欧阳悦悦。因为之前没有报警寻人，所以失踪人口DNA库没能第一时间比中欧阳悦悦。从酒店的登记记录来看，欧阳悦悦在1月20日入住酒店，21日上午正常退房。说明住宿的时候并无异常，那么基本可以断定，犯罪分子获知了她的联系方式，并且用联系左怜的方式联系了她，然后她便和左怜一样神秘失踪了。

我们分析得不错，欧阳悦悦从小患有哮喘，并且一直靠药物维持治疗。虽然不是什么大病，但是在缺乏药物的时候，哮喘依旧存在夺去生命的可能。

欧阳悦悦和左怜之间的联系又多了一层，她们的视频被同一个ID传输到同一个网站上，作案的场所又是同一家酒店，同样被穿上破旧衣物，伪装成精神病患者。显然，她俩的死亡，绝对不是看起来那么简单的意外。此时，警方都在庆幸之前并没有把这两起案件作为意外事件草草结案。

第三段视频中，根据酒店登记系统，警方查到了视频男主角。出乎意料的是，这个男人的供述和之前那个微博男的供述完全一致。男人是通过微信与女主角相约见面并发生关系，甚至到现在男人都不知道女主角究竟是谁。犯罪分子几乎用一模一样的方式，获知了女主角的微信号。

警方通过男主角的相关供述，迅速查清了第三段视频女主角的身份，是龙番市兴国投资公司董事长的千金徐小冰。徐小冰是龙番大学大三的学生，从小父母离异，母亲带着她哥哥出国了，父亲又没什么时间管她，只会在她闯祸后把她关在家里。这些年，她不断换男朋友，也总是和父亲吵架。今年元旦前后，她和父亲又激烈争吵了一次后，离家出走了。学校和家人寻找未果后报警。因为徐小冰和男人开房的时候只用了男人的身份证，所以警方也没有查找到徐小冰的住宿记录，她一直处于失踪状态，而且她的家人也没有接到过敲诈勒索的电话。

和欧阳悦悦、左怜不同，徐小冰到现在是活不见人，死不见尸。但从她的微信聊天记录看，显然她和前两者遭遇了同样的事件。

2

在获知这些信息之后，我们勘查小组在一起开了个会。大家畅所欲言后，几乎得出了统一的认识：案情目前明朗化。犯罪分子利用摄像头拍取不雅画面，利用当天房间的信息寻找到住客，并进行敲诈勒索。因为只是男人登记身份证，所以犯罪分子开始联系的都是男人。但是，他并不敲诈男人，而是只敲诈勒索女性。这样，案件是因为"性"的可能性就明显大了起来。不过，三名女主角分别是富太太、演员和富二代，也不能排除是因为当事女性更有钱，所以才专门敲诈女性。因此，犯罪分子的目的可能是谋性，也有可能是谋财。

不管是因为性还是因为财，犯罪分子用几乎一模一样的方式——敲诈成功后杀死被害人，用某种手段让尸体看起来都是意外死亡，然后给死者套上难以识别的粗糙衣物抛尸。

值得注意的是，网站上只保留了三个视频，其他的视频都被删除了。那些被删除的视频，很有可能是犯罪分子没有获取当事人的资料，或是当事人根本不理他的敲诈。他是犯罪者，生怕自己的手段暴露，所以也不会真的把没有接受敲诈的当事人的视频在网上公布，所以才删了那些视频。而当事的三个人，一个有不能离婚的老公，一个有不能丢失的名誉，一个有不能面对的严父，所以她们就自然而然地上

热气下的寒尸

钩了。因此我们果断判断,凶手只得手了三次。当然,不能排除他还在准备作案,或者有其他的案件仍没有被我们发现。

我们勘查小组利用下午的时间,在市局治安支队特别行动队的蔡文峰队长的配合下,对木西西里大酒店涉事的三个房间再次进行了勘查,并且随机抽查了其他的几个房间。果真,现场拍摄位置,除了老式的液晶彩电之外,只有一堆供客人消费的东西,比如饮料、食品、安全套、扑克什么的。当然,如果犯罪分子把针孔摄像机隐藏在这些东西之间,也是有可能不被发现的。在获取视频后,及时拆除,我们自然也就发现不了了。

虽然到目前为止,我们还是弄不清楚犯罪分子的作案动机,但我们还是维持了市局的侦查方向:对酒店内部可以进入房间并可以随意掌控住客信息的群体进行逐个调查。

我们走到了酒店大门口,还在反思自己的勘查会不会有什么漏洞,想来想去并没有什么线索。而一下午都在配合我们的蔡队长面露难色,心怀内疚地说:"你们……你们结束了吗?"

"怎么?老蔡晚上要按时回家带孩子吗?"蔡队长比我大不了两岁,我笑着拍着他的肩膀。

"带孩子?孩子都快不认我了。"蔡队长无奈地摇摇头,然后左顾右盼了一阵,低声对我说,"晚上有个行动。"

我心里顿时五味杂陈,果真是天下警察都一样,对不起父母,对不起家。这时候轮到我觉得内疚了。治安部门的行动,经常会蹲坑守候,一蹲一夜,那都是需要体力的。而我整整占用了蔡队长一下午休息时间,他晚上就得遭罪了。我们和蔡队长寒暄了几句,纷纷心怀内疚地告别了他,各自回家。

这天晚上,我陪小小秦玩的时候,一想起案子就心不在焉。铃铛见我的状态不对劲,哄着孩子到房间睡了,我知道她是想给我腾出梳理工作的时间。

虽然案件有了侦查方向,但是还有几个关键问题没有解决。杜洲和这起案件又有什么关系呢?按理说,左怜的嘴里有杜洲的戒指,这一点不会错。说明杜洲和这起连环案件有着必然的联系。可是,杜洲失踪当天的监控虽被覆盖,但是因为时间很近,所以如果杜洲入住了木西西里大酒店,肯定会被服务员认出照片。而且,酒店住客系统里,也确实没有杜洲入住的信息。所以他并没有在这家酒店里入住。本案侵害的对象是女性，这很明确，但为什么杜洲也会失踪呢？他和其他几个受害人能有什么关系呢？

除了杜洲就是罪犯之外，我实在没想出其他的可能。

但是两三个月前一直生活在三百公里开外的青乡市的杜洲，又如何能做到这一切的呢？他有不为人知的秘密吗？曲小蓉对我们说谎了吗？

难道受害人是被要挟去了青乡，拘禁数月后，被抛尸龙番？可是杜洲是坐大巴来的龙番，不具备运尸的条件啊。

另外，我还在努力地回忆欧阳悦悦、左怜尸体检验的过程，希望自己没有漏掉什么。这两个人死得都很蹊跷。明明是敲诈勒索和故意杀人的案情，却对应着意外死亡的尸体现象。这让我很是不能理解。工作这么多年，对于简单的死因问题，我应该不会出错吧？

我很是惆怅，趴在阳台上，抬头呆呆看着天空中明亮的月亮。

此时我并不知道，一起看月亮的，还有潜伏在草丛中的蔡队长。

蔡队长抬头看着月亮，对身边的队员说："这都这么晚了，里面怎么还是一点动静都没有？"

"不行的话，冲吧。"食品监督局的同事蹲得有些受不了，说。

蔡队长的身边，蹲守着十几名公安民警，还有几名穿着不同制服的年轻人。

这是一次"打四黑除四害"的联合执法行动。由公安局牵头，质监局、食品与药品监督局、工商局、疾控中心共同参与，针对的是最近有些冒头趋势的"黑作坊"。

每年的4月一到，小龙虾季也接踵而至。此时会有个别"黑作坊"专门收购一些死了的小龙虾，将它们高温蒸煮后剥壳取肉进行售卖。"黑作坊"赚黑心钱，严重危害了人民群众的健康，是"打四黑除四害"部门重点盯防的对象。

这个黑作坊，蔡队长已经盯了好几天了。

从每天运进几十蛇皮袋不明物体，到作坊锅炉不断涌出蒸汽，再到靠近作坊就能闻见一股莫名其妙的臭味来看，蔡队长掌握的这个线报很有可能就是事实。

蔡队长掌握了作坊的规律，虽然每天都有专门的小货车给黑作坊运入不明物体，但是运送的时间不确定，有的时候是凌晨，有的时候是中午。不过，每天晚上10点至11点之间，作坊里倒是会准时往外输出一箱一箱的不明物体，那就应该是处理完的死龙虾肉。

热气下的寒尸

所以蔡队长把行动的时间定在了晚间的 9 点 30 分开始，蹲守查探，一旦有不明物体运出，就可以立即行动，人赃并获。

不过此时 11 点已经过了，作坊里依旧是静悄悄的。

难道黑作坊收到了情报？

不会啊。首先蔡队长很相信自己队伍的纯洁性，毕竟行动了这么多年，还没有失手过。对于其他配合的部门，也是临时通知的，应该不会存在走漏信息的可能性。

可是，事实摆在眼前，由以往的经验来看，这次行动很有可能会失败。

申请一次联合执法可不容易，今天已经赶鸭子上架了，不行动已是不可能了。蔡队长只能咬咬牙，低沉地说了一句："行动！"

一声号令，几队治安警察从四面八方包围了黑作坊，迅速破门而入。踹开大门的那一瞬间，一股热浪伴随着无比腥臭的气味涌了出来。

黑作坊每天都需要蒸煮成吨的死龙虾，所以需要较大功率的锅炉，产热也是相当之大。但是为了最大限度地减小目标，即便作坊内部已经超过了 40 摄氏度，这些违法人员宁可忍受热臭的环境去剥壳，也不敢打开窗户透气。通风不畅、气温持续升高，使得这个大门紧闭的黑作坊里热浪袭人，而且恶臭难忍。

无奈，不管黑作坊的环境有多恶劣，联合执法小组都必须冲进去一探究竟，不仅要抓获犯罪嫌疑人，还要收缴、清理所有的赃物，防止产生传染性疾病。

联合执法小组进入现场的时候，都惊呆了。

整个黑作坊内污秽不堪，不忍直视。遍地都是虾壳，甚至连下脚的地方都没有。

从黑作坊里的装修格局来看，显然这个黑作坊的前身，是一家饭店。进门以后就是一个大厅，大厅的四周有几个包间。大厅的收银台都还没有拆除，破旧地戳在那里。黑作坊的地面都铺上了瓷砖，虽然都已经陈旧、破碎，但依旧很光滑。手工剥出来的死虾肉，被凌乱地堆在一边，仿佛正准备装箱。地面上有几个盆，可能是简单清洗虾肉用的，里面的污水已经泛出了隐隐的绿色。光滑的地面，沾上了水渍和死龙虾的汁液，不仅肮脏发黑，而且很滑。更要命的是作坊里的臭气，这样的气味甚至比腐败尸体的气味更加刺激人们的感官，让不少民警和联合执法的同志不断地干呕。

"我去！"蔡队长小心翼翼地行走，生怕滑摔一跤。他恶狠狠地吐出了一句脏话，其实，他心里早已把这些作恶人间赚黑钱的畜生的十八辈祖宗都骂了一遍。

这个季节，外面的气温只有十几摄氏度，凉爽宜人。但是此时在黑作坊内的执法人员全都大汗淋漓。一方面是因为内部的温度过高，另一方面则是大家都在憋着劲儿忍受常人无法忍受的恶臭。

"人果真听到风声都跑了。"蔡队长扫视了一圈执法人员，并没有发现谁的表情不自然，"大家四周看看吧，看可能找到什么线索。人跑了，但是赃物得查点清楚，销毁干净。"

众人应声四散查找。

作坊里的光线很暗，民警手持着电筒，都不能让作坊内的环境一目了然。执法人员只能几人一队，摸索着对现场进行清理。

大家一边小心翼翼地行走，一边顺手掀开现场堆放着的纸盒、蛇皮袋，看看里面的情况。手电筒的光柱在黑作坊的墙壁上来回扫射。

"啊！"一名质监局的姑娘突然大叫了一声，往后急退了几步，正好撞在了蔡队长的身上，把蔡队长撞得踉跄了几步。若不是蔡队长高大、健硕的身躯重心还比较稳，两个人估计得一起摔进污水盆里。

"怎么了这是？"蔡队长艰难地站稳了身体，回头看去。他见惹祸的是一个姑娘，又不好意思发火。

"头……头发！人……人！"姑娘语焉不详。

"有人没跑吗？"蔡队长有些惊喜，"在哪儿？"

姑娘此时几乎说不出话，浑身颤抖着指向作坊角落里的一堆蛇皮袋。

蔡队长二话不说，从腰间掏出手枪，大步走到蛇皮袋堆中央，并没有看见什么人。他有些不耐烦地说："哪儿啊？"

"你脚下！"姑娘躲在一名民警的背后，说。

蔡队长看了看脚下，地上只有一个开了封口的蛇皮袋，里面好像装着些什么。蔡队长蹲了下来，捏起了蛇皮袋口。冷不丁地，他也吓了一跳，往后退了好几步。虽然他是从刑侦战线上转到治安口的，以前也见过不少命案，但是此时，在这个昏暗的环境里，他对袋子里露出的这一头黑色的长发，毫无心理准备。

我欣赏完了月亮，刚刚在儿子身边躺下，就被蔡队长的电话叫了起来。

"你今天找了我一天麻烦，我也得还你一晚上的麻烦。"蔡队长说，"我打四黑打出一起命案来，真是醉了。"

"确定是命案吗？"我问。

热气下的寒尸

"一个女的，赤身裸体，下身全是血，被装在一个蛇皮袋里，你说，不是命案是什么？"蔡队长说。

"黑作坊里面杀人？"我说，"行了，你通知一下市局刑侦部门，我们马上就到。"

儿子翻了个身，梦呓道："爸爸。"

我突然鼻子一酸，很舍不得离开。想了想，俯在床边亲吻他的小脸蛋后，穿上外套走出了家门。

我们赶到现场的时候，女尸已经从蛇皮袋里面被拽了出来。

因为作坊里的气味太难闻了，尸体被抬到了作坊外面的空地上，平放在地面上。

我们并不急于检验尸体，而是围在蔡队长的身边，把他从盯梢开始，一直到行动的全部过程都听了一遍。我们稍微朝"黑作坊"里一探头，便闻见了一股恶臭。

"我去。"大宝说，"这是什么味？"

"死龙虾。"蔡队长说，"我还以为你们法医都是闻不见臭的呢。"

"这比尸体还恶心。"大宝皱起了眉头。这个嗅觉灵敏的家伙，在这个时候就比较吃亏了。

市局刑警支队的两辆勘查车都开来了，车顶的探照灯把现场内部照射得雪亮。

"喏，就在这儿。"蔡队长走到了尸体被发现的地方，说，"袋口是打开的。"

"你们没抓到人？"我问。

"挺邪门的。"蔡队长挠了挠后脑勺，说，"我行动这么多次，还没有哪一次像今天这样，一个人都抓不到。不过，他们跑不掉。"

"你们的行动泄密了？"我试探着问。

蔡队长此时也没有了信心，说："这我也不知道。恐怕是临时接到通知的吧。我们到现场的时候，灯还开着，锅炉也还开着。我们这一进门，天哪，就像是进了澡堂子，热气一股接着一股。不对，澡堂子不臭啊，这儿多臭啊。"

"你们关了锅炉？"我问。

蔡队长点点头，看看手表，说："这会儿离我们关锅炉都半个多小时了，还开窗、开门进行了通风。不然你们一来怕是就要被熏倒。"

"我们天天被熏，也没倒过。"我笑着说。

"现场太脏了。"林涛蹲在地面上，用足迹灯照射着地面，说，"这样的现场，啥也留不下啊。"

"门锁什么的，也没有什么有价值的痕迹物证。"程子砚说。

"老韩，你们看过尸体了吗？"我问市局的韩法医。

"从尸僵和尸斑的情况看，也就是昨天晚上死的。"韩法医点点头，说，"尸体上有一些损伤，主要在膝盖和胫前。不过大腿内侧有不少血，装尸体的蛇皮袋里也有血。"

我顺着韩法医的手指看去，死者的大腿内侧果真有不少擦拭状的血液，甚至有些血液还被擦拭到了脚踝部。我有些疑虑，皱了皱眉头。

"是不是又要找尸源？"大宝说。最近我们被找尸源弄得晕头转向。

"又是年轻女性，又是随意抛尸，会不会是'指环专案'啊？"韩亮在一旁提醒道。

大宝歪着头看了看屋外地面上的尸体，说："不不不，这明显不是徐小冰。"

"那会不会是新的受害者？"陈诗羽问。

我说："我看不像是'指环专案'，'指环专案'的女死者都穿着衣服，而她是赤裸的；'指环专案'的女死者都被随意抛尸在野外，而她是被装进蛇皮袋、抛尸在黑作坊里。作案手法相差很大啊。"

"我看哪，肯定是黑作坊里的人发生了什么纠纷，弄死后准备运出去呢，正好听说你们要来抓他们，"大宝摊摊手，说，"然后就跑了。"

"这是目前最合理的解释了。"我说。

"不过，从尸表看，并没有什么致命性损伤。"韩法医说，"尸源倒是不难找，她的右颈部有文身。"

3

"居然是个卖淫女？"

有文身的特征，确实让尸源寻找的速度加快了很多。我们刚把尸体运进殡仪馆，尸源调查就已经完成了。死者名叫韦玲玲，今年20岁，家住龙番市的郊区，父母都务农。韦玲玲从初中辍学后，就来到了市里打工。据调查，她一直在从事比较低级的卖淫活动，收入很低。在吸毒人员数据库中，我们也找到了韦玲玲的记录。

因为韦玲玲曾经因为吸毒被打击处理，警察在登记违法人员时，对她的个体标志进行了记录，所以警方很快就根据右颈部的文身查清楚了她的身份。

不过，对于韦玲玲的外围调查就不太顺利了。这个女孩除了出来卖淫的时候会被人看到，其他时候都不知道躲在哪里，人们更不知道她平时都和什么人接触，或者和什么人在一起生活。

即便是在一些酒吧、棋牌室里能见到韦玲玲的人，也都不知道她平时住在哪里，更不知道她有没有男朋友。

"我有一种不祥的预感。"大宝把尸体从头到脚看了一遍，说，"这……这……这真的没有致命性损伤啊！也没有窒息征象。不会……不会又找不到死因吧？"

"怎么叫'又'找不到？"我一边看着死者膝盖及胫前的损伤，一边说，"之前我们也没有哪具尸体找不到死因啊。"

话虽如此，我也知道，因为欧阳悦悦和左怜的死因都比较蹊跷，和命案的本质不符，所以大家都对她俩的死因判断产生了怀疑。

"你能看出点什么吗？"大宝说，"这个韦玲玲身上除了腿上的损伤，就没有其他的损伤了。所有的指标都是阴性的，如果一定要找个阳性指标的话，她的身上有鸡皮疙瘩。"

法医都知道，鸡皮疙瘩并没有多大的意义。死者在死亡前惊恐、寒冷都有可能出现鸡皮疙瘩。有些人在濒死期也会出现鸡皮疙瘩，甚至有些尸体在死后不久被推进了冰库，因为超生反应①也会出现鸡皮疙瘩。所以鸡皮疙瘩并没有特异性的意义。

死者小腿胫前的损伤是以表皮剥脱和皮下瘀血为主要表现。我仔细研究后发现，胫前的划伤各个方向都有，显然不是一次形成的，而是反复用胫前和粗糙地面摩擦形成的。

"髌骨下方有片状的皮下瘀血，程度还蛮重的。"我说，"结合胫前的损伤，说明她是在地面上跪了很长时间，而且不断移动才得以形成。"

"跪在地上，不断移动。"韩法医道，"会不会是跪地强奸？"

我点点头，说："不能排除这种可能，毕竟死者会阴部和大腿内侧有那么多出血，有可能是会阴部有损伤啊。"

死者的会阴部严重血染，毕竟死亡接近二十四小时了，所以血液已经浸染到了软组织里，导致无法看清楚会阴部哪里有损伤。

---

① 超生反应，是指躯体死亡后，构成人体的组织、细胞和某些器官仍可保持一定的生活功能，对刺激能发生一定的反应。比如在断头后一分钟可以看到眼球运动；在死亡后两小时，肌肉受到机械刺激还会有所收缩。

"会不会是正好伤到了会阴部的大血管死亡的啊？"大宝还在纠结死因。

"不会。"韩法医说，"现场我们勘查了，一滴血也没有看到。蛇皮袋里只有少量的血，加上死者身上附着的，这个失血量是远远导致不了死亡的。不过，不能排除死者腹腔里还有血。"

"不会，哪儿有性侵动作能导致腹腔内出血的？"我摇摇头，转念又想，"除非使用了工具。"

这样的假设，让大家也都起了鸡皮疙瘩。

"现场，一滴血也没有？"大宝重复着韩法医的另一句话。

"解剖吧。"我着急知道答案，拿起手术刀开始解剖。

在打开死者的胸腹腔后，并没有我们想象的那样可怕。死者的胸腹腔内没有积血，各组织脏器也都位置正常、形态正常。

"这是怎么回事？"大宝取出死者的心脏，按照血流的方向剪开了心脏，左看右看，并没有发现有心脏病猝死的可能。没有外伤、没有窒息、没有疾病，又不像是中毒死亡，韦玲玲的死因还真像大宝说的那样查不清了。

我咬着牙没说话，取出了死者的子宫，剪开来观察。

死者的子宫体高度充血，我打开子宫之后，发现宫腔里也有大量的血凝块样物质。我用止血钳清理了宫腔，发现宫腔壁上有坏死脱落的内膜。

我长舒了一口气，说："哪儿是什么损伤，是经期啊。"

"那就更麻烦了。"大宝说，"死因是什么？"

确实，解剖至现在，我们依旧没有发现韦玲玲的死因。

我没有说话，按照解剖规程继续对尸体进行常规解剖检验。

解剖到胃部的时候，我突然发现死者的胃内有很多咖啡色的食糜。把食糜清理干净以后，发现死者的胃壁上有很多点片状的出血点。而且，这些出血点都是沿着胃壁血管排列的。

"消化道出血？"大宝说，"不对啊，她又没有呕血，从胃内容物看，也没多大的出血量啊。"

"会不会是应激性胃出血？"韩法医说。

我摇摇头，说："这些出血点是沿着胃壁血管分布的，而且比应激性胃出血的出血点颜色要深。如果说，抛开其他因素，我会觉得这个是维什涅夫斯基氏斑！"

低温下，腹腔神经丛使胃肠道血管先发生痉挛，然后血管发生扩张，使血管

热气下的寒尸

通透性发生变化，出现小血管或毛细血管应激性出血。冻死时发生胃黏膜出血斑首先是由苏联学者维什涅夫斯基发现的，故称为"维什涅夫斯基氏斑"，简称"维氏斑"。发生率为 85% ~ 90%，是生前冻死时最有价值的征象。

"维氏斑？"大宝叫道，"你说是冻死啊？没搞错吧？现场有四十多摄氏度！"

我没有说话，示意大宝、韩法医和我合力把尸体翻了过来。我熟练地用手术刀划开死者的背部皮肤，直接暴露了腰骶部的肌肉。

果然不出我所料，死者的腰部深层肌肉有大片状的出血。

"髂腰肌出血，看来我的论断没有错。"我说。

髂腰肌出血也是冻死的另一个特征。

"腰部皮肤没有损伤，髂腰肌的出血很局限，边界清楚，显然也不是尸斑。"我说，"确诊髂腰肌出血没问题吧？那么结合维氏斑，诊断死者是冻死，也没问题吧？虽然皮肤上的鸡皮疙瘩不能证明什么，但作为冻死的一个辅助征象，更能验证我们的推断吧。"

"我记得课本上说，冻死的人有'苦笑面容'吧？"陈诗羽说完，还特意朝死者的面部看了看。

我笑了笑，说："确实，很多冻死的人都有'苦笑面容'，但是这绝对不是必然出现的。而且人都死了，你敢说什么样算是苦笑，什么样不是苦笑吗？另一方面，人死亡这么久了，经历了肌肉松弛、尸僵、尸僵缓解的过程，如果再有体位变动，谁敢说苦笑面容还一定留在她的脸上？"

"可是现场……"大宝还在纠结现场的滚滚热浪。

"现场，哪里才是现场？"我一边用手摸着死者大腿外侧的鸡皮疙瘩，一边打断了大宝，说。

"你是说，移尸？"韩法医说。

我没有立即作答，把之前所有勘查、检验的情况在自己的脑海里过了一遍，说："韩亮，查一查昨天晚上最低温度是多少。"

"昨晚冷空气来了，还记得吧？"韩亮边搜索边说，"最低温度，只有4摄氏度。"

我点点头，说："仔细想想，韩法医刚才说了，死者明明处于经期，但现场没有发现血迹，一滴血也没有。另外，死者的胫前有和粗糙地面反复摩擦形成的损伤，但是现场地面你们还记得吗？是瓷砖地面，滑得要死，何来摩擦？"

"你这么一说，看起来还真的是移尸到现场的。"大宝说。

"我突然想起去年我们办的那一起在雪地的铁轨上的尸体①案件了。"林涛说，"那不就是中暑死的吗？不也是移尸现场吗？"

"我们之前被表象和蔡队长的行动迷惑了，先入为主了。"我说，"我们一直都认为是凶手杀完人之后，把尸体装在蛇皮袋里，准备运出去的时候，得知了警方的行动，所以仓皇逃窜。其实我们犯了一个逻辑性的错误。"

陈诗羽点点头，说："咱们都没注意一个细节，往黑作坊里运死虾，用的是蛇皮袋；而黑作坊往外运处理好的死虾肉，用的是纸盒。既然死者是被装在蛇皮袋里，肯定是被人用蛇皮袋从外运进来的，而不是准备从里往外运。"

我认可地说："这起案件可能和上次雪地里热死的案件不一样。那一起案件，死者是被人故意移动到铁轨上的；而这一起案件，移尸很有可能是一种无意识的行为。"

"你是说，运死虾的人，并不知道这个蛇皮袋里面装的是具尸体？"林涛说，"当黑作坊里的人打开蛇皮袋的时候，发现了她，然后就被吓跑了？"

"原来如此。"大宝说，"蔡队长还在怀疑有内鬼，其实这帮人并不是被活人吓跑的，而是被死人吓跑的。"

"还有一点和雪地热死的案件不同。"我说，"那起案件的死亡现场肯定是一个高温的室内，而这起案件可以是室外的任何一个地方。因为4摄氏度的天气，若不是穿上足够保暖的衣物，时间一长，足够把一个人冻死了。"

"找一个高温的室内简单，但是在茫茫室外，想找到第一现场就很难了。"林涛说。

"你们看，这是不是蛇皮袋上的东西啊？"大宝打断了我们的思路，从死者浓密的头发之内，用止血钳夹出了几根纤维似的东西。

"显然不是。"林涛说，"这些蛇皮袋是塑料纤维，你那个肯定是从麻绳之类的东西上脱落下来的。"

"现场有麻绳吗？"我问，"捆扎蛇皮袋用不用这玩意儿？"

陈诗羽皱了皱眉头，说："我注意看了现场还没有开封的蛇皮袋，都是直接用蛇皮袋袋口捆扎的，没有见到麻绳。"

"也就是说，这些麻绳的纤维，是从第一现场带出来的。"我赞许地看了眼大

---

① 见法医秦明万象卷系列第五季《幸存者》中"雪地热死之谜"一案。

宝，说，"好眼力！这个东西说不定很有用，要留好。"

"既然能查到黑作坊，难道查不到黑作坊的进货渠道吗？"韩亮说，"既然死者有可能是被当成死龙虾抬进了黑作坊，那么她的起点肯定就是死龙虾堆放的地点附近啊！"

"这个我也问了。"陈诗羽说，"第一，蔡队长他们还没有抓捕到黑作坊里的人；第二，经过前期的调查，黑作坊肯定有很多进货的渠道，所以每天运进死虾的，并不是一拨人，而是来自四面八方。这就有些麻烦了，因为咱们不知道究竟哪个堆放死虾的点才是韦玲玲死亡的现场。"

"如果真的能知道有几个渠道进货，我们未必查不清哪个点才是死亡现场。"我神秘一笑，说，"咱们不要忘记了，冻死还有一个特征性的表现，就是反常脱衣现象！"

反常脱衣现象解释起来不算复杂。机体随着体温的下降，气血交换率降低，大脑呈现兴奋状态，出现血液的第一次重新分布：喘息、呼吸及心率加快，对刺激反应敏感，躁动不安。随着体温的进一步下降，血液开始第二次重新分布：当体温降至 34 摄氏度以下时，皮肤血管处于麻痹状态，大脑皮层进入抑制期，在丘脑下部体温中枢的调节下，皮肤血管突然扩张，肌体深层的温暖血液充盈皮肤血管，中心温度下降快，体表温度下降慢，造成体表和体内温度接近或相等。这时体温虽然一直在下降，皮肤感受器却有热的感觉，下丘脑体温调节中枢发出热的信息，传递到效应器，导致冻死前反常脱衣现象的发生。

反常脱衣现象经常会对警察的办案产生不利的因素。比如一个年轻的女孩，赤身裸体地躺在野外，衣服被抛甩得杂乱无章。如果警察排除了这是一起命案的话，不仅死者的家属会提出疑问，网络舆论也会出现各种不理解的声音。

"我当时还在奇怪，死者会阴部流血，在大腿内侧摩擦擦拭也就算了，为什么脚踝处也有擦拭状血液？"我说，"现在看起来，肯定是因为死者出现了反常脱衣现象，所以带有卫生巾的内裤在脱离身体的时候，和脚踝发生了摩擦，形成了擦拭状血液。"

"我明白了。"林涛说，"只要我们知道有几个堆积死龙虾的点，然后在这些点附近寻找女性的衣物，只要找到，而且通过内裤上卫生巾的血液进行 DNA 印证，就能知道死者的死亡第一现场在哪里。"

"可是，这都一天了，难保她的衣服不被人捡走啊。"大宝说。

我哈哈一笑，说："谁会去捡一条带着卫生巾的内裤啊？而且，死者的收入不高，衣服估计也会比较廉价。越是廉价，我们找到的机会就越大！"

"那你还觉得，这是一起案件吗？"陈诗羽说，"她有被性侵过吗？"

"现在就不好说了。"我说，"因为会阴部血染，我们也不能确定有没有损伤，提取精斑更是不可能了。对于案件性质，毕竟死者身上有伤，而且是跪地的损伤。如果不是被胁迫，我觉得一个年轻的女孩跪在寒冷的夜里，直至冻死，这有些解释不过去吧？"

冻死的案件我们也经常遇见，但是大多不是这样的情况。多数的冻死案件，都会发生在一些流浪汉、在深山密林里迷路的人或者醉酒的人身上。醉酒后，在路边呼呼大睡，加之酒精促使散热加快，最后导致冻死的案件，我们每年都会遇见。毕竟冻死需要一个比较长的时间过程，如果人的意识清楚，还在并不偏僻的室外被冻死，就不太好解释了。唯一能解释的，就是她是被胁迫的。而且，这起案件中，死者不仅被冻死了，还被人装进了蛇皮袋里意图隐藏，更加提示这绝对不是一个简单的意外事件。

"如果她被胁迫了，那还是一起案件啊！"陈诗羽说，"我这就去找蔡队长，把信息反馈给他。破案刻不容缓，就看他这一晚上的成果了！"

4

第二天一早，当我们走进办公室的时候，就发现陈诗羽垂头丧气地趴在办公室的办公桌上，在纸上画着什么。

"这是什么？区域建筑分布图？"林涛走到陈诗羽的背后，歪着头看。

陈诗羽无精打采地点点头，说："唯一有问题的，就是派出所的排查了。不过蔡队长说了，这个派出所所长很负责任，蔡队长不相信他会出错。"

"也就是说，你们锁定了区域，但是没有锁定重点人口，对吗？"我问。

陈诗羽指着桌面上区域图的一点，说："是啊。蔡队长他们昨天就把黑作坊的主要犯罪分子都给抓获了，然后获知了四条获取死龙虾的途径。其中有一条途径就是一个菜市场的垃圾堆积场。这个菜市场有龙虾批发的区域，在每天打烊后，所有的死龙虾被归拢到这个垃圾场的某个堆积点。在垃圾被清理之前，有几个人专门神不知鬼不觉地把这些死龙虾装袋，然后用铲车直接装车送到黑作坊里。"

"真是黑了良心！"林涛皱了皱眉头，说，"这些死虾肉用来做什么？咱们不会也没有幸免吧？"

"很多黑心商家会购买这些标榜成品龙虾肉的死虾肉，作为一些零食、早点的添加物，一般都会绞碎，加作料，这样就掩盖了腐败的气味。"陈诗羽说。

林涛有点想吐："比如虾仁包？"

"你们在垃圾场附近找到韦玲玲的内衣了？"我把话题拉了回来。

"何止是内衣。"陈诗羽似乎并没有为此感到兴奋，而是平淡地叙述着，"内衣、内裤、睡衣、睡裤，都在。"

"穿了这么多？"我问。毕竟不是严寒腊月，如果穿着严实的话，就不具备冻死的环境条件。

"所谓的睡衣、睡裤，就是用菜市场裁缝那里最廉价的棉布做的，几乎没有御寒的能力。"陈诗羽说。

"也就是说，咱们关于反常脱衣现象的分析是正确的。"我说，"然后你们做了哪些侦查工作？"

"我们一致认为，韦玲玲平时的居住地点应该就在菜市场附近。"陈诗羽说。

我点点头表示认可，说："不错，我对此也有几点支持的依据，第一，尸体是被装进蛇皮袋里的，算是一个埋藏的动作。远抛近埋，说明死者的死亡现场就在附近。只有死亡现场在附近，凶手不方便把尸体运走，才会找到这个位置来装袋。如果是远处抛过来的，何必大费周章。第二，既然死亡现场在附近，死者又穿着这么薄的睡衣，她居住的地方离死亡现场肯定也不远。最后，死亡现场附近的地面，应该很粗糙吧？"

陈诗羽补充道："是的。地面是碎石子地面。看完现场后，我们找到了做睡衣的裁缝，裁缝表示韦玲玲就住在附近，但是具体住在哪里，则完全不知道了。"

我沉吟道："在自己家附近的地方，被强制要求跪着，直至冻死。这个不太好理解。唯一能解释的，是不是就应该是她的头头儿，或者男朋友什么的？"

陈诗羽说："这个分析我们也想到了。而且，死虾堆积的地方很隐蔽，不然那么臭，肯定会被菜场附近的居民投诉的。所以不了解这块区域的人，是找不到这个隐蔽的地方的。那么，就很有可能是和她住在一起的人。不过，蔡队长问了行动队的同事，毕竟韦玲玲被处罚过，所以对她的情况还算了解。据说她的卖淫行为是没有组织的，完全是单打独斗。而且，也是三天打鱼、两天晒网的。钱只要够她生活开支、够她吸毒就可以了。"

"所以你们就排查了这个区域的居民，看韦玲玲住在哪里？有没有同居的男人？"我问。

陈诗羽点点头，说："派出所所长对这个区域的人口进行了甄别，认为韦玲玲唯一有可能居住的地点，就在一百三十五户出租房之中。"

"这范围已经很小了呀。"我说，"找附近的人看看照片，不就有线索了？"

陈诗羽叹了口气，说："我一开始也是这样想的，可是奇了怪了，除了那个裁缝认出了她，其他人居然都没有见过。后来蔡队长说这种卖淫女，都是昼伏夜出，也不和邻居打交道，所以认识的人不多。"

"那只能一户一户地找了？"我问。

陈诗羽疲惫地点头："不然怎么办？现在又没有租房登记的制度，很多房东也根本不去了解租客究竟是做什么的。当然，我们在排查这一百三十五户出租房的时候，把重点目标放在曾经有男女同居、现在只剩下男人的房间。"

"然而没找到，对吧？"我从她的神情里看到了结果。

"唉，是的。"陈诗羽显得很挫败，"一百三十五户全部找完了，没有发现可疑的人。"

我没有说话，和大家一起走到了隔壁的物证室，把昨晚提取回来的韦玲玲的衣服一件一件地在检验台上摊开，看能不能在衣服上寻找到线索。

在尸源明确的案件中，衣物的作用就大打折扣了。但是眼尖的大宝还是在衣服上发现了一些端倪。

大宝从勘查箱里拿出一个镊子，从睡衣的腰部夹起一根纤维，说："看！麻绳纤维！和韦玲玲头发里的一模一样！"

"难道她是被捆绑着冻死的？"林涛凑过来，眯着眼睛看。

我摇摇头，回忆了一会儿，说："不会。死者身上没有任何由绳索捆绑形成的损伤和痕迹。虽然冻死的死者尸僵发生得比较慢，但是在尸僵形成之前，有可能全身冻僵。冻僵的尸体皮肤表面肯定会留下绳索的印迹，只要被捆绑了的话。而且，你见过捆绑人，还捆绑到头发上的吗？"

"那是怎么回事？"大宝问。

我也想不出所以然，就问陈诗羽："你们排查的时候，见到此类麻绳了吗？"

"有。"陈诗羽回答得很痛快。

我顿时来了精神，站直了身体听。

但陈诗羽摇摇头，说："不过，这个人肯定不是犯罪分子。"

"为何？"我问。

陈诗羽说："当时我们排查的其中一户是租住在地下室里的，小屋只有二十几平方米，站在门口就能一目了然。租户是一个小女孩，20岁上下的样子。我去找蔡队长前，你们不是分析过韦玲玲有可能被性侵吗？所以这个小女孩我们也没仔细盘问。不过我记得，她家的一角就有一卷麻绳。"

"啊，后来我们不是确定韦玲玲是来月经了吗？这大大降低了被性侵的可能性啊！"我急忙说，"女孩也不能放过嫌疑，这两个女孩完全有可能是室友啊！"

"啊？这样啊。"陈诗羽顿了一下，又摇了摇头，说，"不过，应该还是不可能。那间屋子虽然只有二十几平方米，但也能放下两张小床，现场却只有一张小床，如果她们是室友的话，没必要非得挤在一张床上吧？"

"那如果她们是恋人呢？"我慢慢地说。

"可是……可是，她不是卖淫吗？"陈诗羽一下子没转过弯来。

"性取向是一回事，谋生方式是另一回事。不要把两者混淆了。"我提醒道，"马上申请搜查证，我们去她家再看看。"

因为时间所迫，我们甚至已经等不到侦查部门确定那个叫段翠的女孩是否在家，就出动搜查了。毕竟她的家里有可疑的物品，履行合法程序进行搜查倒是也无伤大雅。

不过，案件侦破的速度，比我们想象的还要快。

我们走到韦玲玲死亡现场附近的垃圾场的时候，就看见段翠正拖着一个大麻袋往垃圾场里走。

我们从她的后方包抄，把她围在了一个角落里。

"姑娘，运什么呢？"林涛穿着一身整齐的制服，英姿飒爽地站在段翠的背后。

段翠猛地回头，满脸的惊愕和恐惧。

"我……没……我……就是……丢垃圾。"段翠结结巴巴地说。

"垃圾？这么一大包啊？"林涛伸手要去拉开麻袋。

段翠颤抖了一下，把麻袋往身后藏了藏。

"来，我们来谈谈。"陈诗羽搂过段翠的肩膀，把她拉到了一边。段翠被拉走的时候，依旧心不在焉地盯着麻袋。

以我的经验来看，麻袋里确实是杂物，而不是尸体。但是我还是依照搜查、勘查的规范，戴上了手套，慢慢打开了麻袋。

麻袋里是一些琐碎的生活用品，而且都是女性的用品。比如拖鞋、丝袜什么的。

在这一刻，我知道这起案件已经破了。即便还没有进行 DNA 的验证，我也猜到，这些物品应该都是韦玲玲的。

在我们把麻袋里的物品分门别类地用物证袋装好之后，陈诗羽那边也取得了进展。

离得老远，我们就听见了段翠断断续续的哭声。

犯罪嫌疑人的哭声，和交代基本就是一个意思了。

段翠和韦玲玲是小学同学，同一村、同一村民组，从小一起长大。

据段翠所述，她们俩之间的恋情，从小学六年级就开始了。

上了初中之后，因为家境贫困，韦玲玲的父母要求韦玲玲辍学，并且让她到城里打工赚钱，养活年幼的弟弟。韦玲玲进城后，不知什么原因、什么路子，就干起了卖淫的勾当。更要命的是，她沾上了毒品。

一个人单打独斗，赚的钱仅仅够买她自己所需的毒品，连生活都成了问题。韦玲玲于是想了个办法，就是叫上她的恋人——正在村中学读高三的段翠来和她一起卖淫。有了双倍的收入和恋人的陪伴，生活会过得更有滋有味吧。

在百般利诱之下，段翠躲开整天只知道吵架的父母，独自来到城里和韦玲玲会合。不久之后，她就被韦玲玲说服，开始了卖淫的营生。正如韦玲玲所料，因为段翠年轻漂亮、长相清纯，她们的要价又不高，所以生意是越来越红火。

可是，生意是越来越好了，韦玲玲的毒瘾也越来越重，对毒品的需求也越来越大。一开始，她们还能使用卖淫得来的金钱换毒品、缴纳房租、保障生活，慢慢地，她们两个人的卖淫所得，甚至只够换回韦玲玲所需的毒品。

段翠在同性关系中其实处于强势一方，但是再怎么管教、训骂甚至殴打，都不能让韦玲玲戒除毒瘾。看到韦玲玲每次毒瘾发作的那副惨状，段翠又于心不忍，只能拿出所剩无几的金钱让韦玲玲去换回毒品，最后她甚至连房租、电费都快交不起了。

为了维持生活，段翠只有加快卖淫的频率，甚至一天之内可以接十几个客人。为了高价，客人提出的任何变态要求，她都会同意。更不用说不戴避孕套什么的了。

事发的原因，是段翠发现自己怀孕了。

热气下的寒尸

毕竟只是个不到 20 岁的女孩，发现怀孕这种事情，她还是很惊恐的。惊恐的段翠回到家里，翻找着她藏起来的两千块钱。毕竟，尽快地打掉胎儿，才能保证她迅速回归"工作状态"。可是，两千块钱不翼而飞。

看着床上躺着昏昏欲睡的韦玲玲，段翠知道她偷了钱，换了毒品。这会儿，正是刚刚过完毒瘾呢。

不安、惊恐、愤怒、绝望……此时的段翠根本就控制不了自己的情绪，根本就不可能像以往一样对韦玲玲产生同情。她根本就不知道没了这两千块钱该怎么办。怀着孕再去赚钱，她会死吗？她不确定。

愤怒之下，段翠用巴掌和冷水唤醒了吸毒之后的韦玲玲，然后揪着她的耳朵，把她拉到地下室的外面，让她跪在地上。韦玲玲得知段翠怀孕后，也深感自责，跪着爬到段翠的脚下赔罪。不想原谅她的段翠则回到家里拿了一根麻绳，一头捆在树上，一头捆在韦玲玲的腰间，不准她继续爬过来。

不敢违命的韦玲玲跪伏在地面上哭泣。

突然，段翠又有些许心软。

为了不让自己再次心软，为了给韦玲玲狠狠的惩罚，段翠扭头回到出租屋里，坐在床边生闷气。而韦玲玲也不敢擅自起来回家。

过度的愤怒、悲伤和疲劳，让怀孕的段翠不知不觉就躺在床上睡着了。

这段时间，是韦玲玲最痛苦的时候。

她感觉到很冷，但是懊悔和内疚促使着她逼迫自己接受这样的惩罚。

可是冷空气肆虐，她身上的衣物不能御寒，加之毒品的作用，让她跪在地上慢慢地失去了意识。

下丘脑体温调节中枢发出热的信息，让韦玲玲慢慢地开始觉得全身燥热。她半昏迷着开始撕扯自己的衣服。在她把睡衣从头上褪去的时候，麻绳的纤维沾到了头发上，留下了破案的线索。

段翠一觉醒来，发现已是凌晨时分。

她想起韦玲玲此时还在外面跪着，于是赶紧来到了室外。

此时的韦玲玲全身赤裸，下身全是血迹，衣服散落在周围，早已气息全无。

段翠完全被吓傻了。

在她的眼里，韦玲玲肯定是被哪个坏人强暴后杀害了，她应该报警。可是，报了警又怎么办？警察还能查不出她们俩的关系？还能查不出她们谋生的手段？被关进去几天不要紧，要是传到父母的耳朵里呢？要是传到村里人的耳朵里呢？后果不堪设想。

反正韦玲玲已经死了，警察发现后肯定会查的，肯定会为她报仇的。只要不把她段翠牵扯进来就行了。

段翠想明白了之后，想起地下室的东面有个垃圾堆积点，而每天凌晨都会有人鬼鬼祟祟地来这里收垃圾。于是段翠把尸体拉到了堆积点，装进了一个原本就铺放在那里的蛇皮袋，然后像其他袋子那样码好，悄然离开了现场。

一整天，段翠都在梦里，要么梦见警察为韦玲玲找到了凶手，要么就是梦见她顺利赚到了钱，打掉了胎，然后回去继续当她的高中生。

直到被收审的时候，段翠都完全没有想到，夺去韦玲玲生命的，正是她。

"这个段翠，涉嫌什么罪名？"我静静地听完了这个悲剧，问道。

"这我还真不知道该怎么定。"陈诗羽皱着眉头，说，"最后她要不要承担刑事责任、承担何种刑事责任，还是要看律师和公诉方之间的博弈了。"

"她们都还只是孩子，却走上了不归路。"林涛感慨道，"如果她们的父母足够爱她们、在意她们，是不是就不会有这样的悲剧发生了？"

法医秦明

VOICE OF THE DEAD

第八案

宛如少女

我急切地盼望着可以经历一场放纵的快乐，纵使巨大的悲哀将接踵而至，我也在所不惜。

太宰治

1

一上午，我们收了六起伤情鉴定。

即便每天都在卖力地工作，我们还是忙不过来。我们除了经常出差办理命案，还得做伤情鉴定、骨龄鉴定、组织病理学鉴定、信访复核、科研、培训等一大堆工作。因为伤情鉴定的受理必须有两个鉴定人，而我们只有在不出差的工作时间，才能来受理公安厅复核的伤情鉴定，所以，出差频繁的我们，总是做不到第一时间接受委托来进行鉴定，有的甚至还会被拖延个十天半个月。

因为这些拖延，别说鉴定结果对当事人不利了，即便是有利的结论，都会被冠以"拖沓"的名头。更倒霉的是，我们还会因为没有第一时间受理鉴定而被投诉，然后被督察部门调查。

为了让不愉快的事件不再发生，我们就把出差办案以外的所有工作时间，都安排给了伤情鉴定的受理工作。尽管我们效率很高，半天能受理好几起伤情鉴定，然而，受理后的烦琐程序和对疑难鉴定的会诊工作，还是会耗费更多的时间。

"我觉得我们现在用科学解释的现象，都是自然思维之内的自圆其说，其实还有很多解释不了的东西。"

一上午被鉴定人吵得头昏脑涨的大宝，突然来了这么一句，让大家都有些意外。

"你什么意思？"我合起鉴定卷宗，抬头问道。

"他是在说一些不能用科学解释的案件吧。"韩亮这个"活百科"来了兴趣，说，"比如红衣男孩啊、南大碎尸案啊什么的。"

"这有什么不能解释的？"我说，"那不过是网络妖魔化了，其实都是可以用法医学知识解释的啊。"

"不是，我说的是这种巧合。"大宝扬了扬手中的案件登记表，说，"你看，前一段时间，因为鼻骨骨折来鉴定的，扎堆来，受理的几个都是鼻骨骨折；今天吧，来的是手指功能障碍的，一来就是三四个。不管哪一类案件，怎么都是扎堆来呢？"

这确实是我曾经注意的现象，但要说有多诡异也不至于，就是巧合罢了。

我笑着摇了摇头，继续看手中的鉴定卷宗。

"我跟你说啊，你在医院妇产科实习过没有？"大宝推了推鼻梁上的眼镜，神秘兮兮地说。

"有什么说法吗？"

"我在产科实习的时候啊，只要那一天那个手术室接生的第一个孩子是男孩，后面所有的都是男孩。如果是女孩，则都是女孩。"大宝说，"医院的护工都在说，都是一船一船拉来的，这一船是男孩，另一船就是女孩。"

"哈哈，这个我以前也听师父说过。"我笑道。我知道，医院经常会流行这样的"鬼故事"。

林涛肩膀一颤，说："好好的艳阳高照，怎么又说到这上面了？"

陈诗羽看了林涛一眼，没说话。

大宝嘿嘿笑着，说："我在基层的时候，出非正常死亡的现场，也是喜欢扎堆。跳楼的话，一天跳好几个。溺死的话，也是一样。"

"巧合罢了。"我说。

话音刚落，陈诗羽的手机响了起来。

之前杜洲失踪，因为线索不足没办法立案，所以对杜洲失踪现场周围的调查，小羽毛的师弟师妹出了不少力。后来案件串并案件并且立案调查了以后，当地警方展开了调查，可是师弟师妹依旧在不懈地、努力地协助调查。多一股调查的力量，就多一些破案的希望。

所以每次陈诗羽的手机响起，我们都会投去期待的目光。

这次，陈诗羽接完电话，表情严肃地看着我们，说："看来我们最好到杜洲失踪的现场附近去看看。"看来，好消息没出现，情况甚至越来越不妙了。

按照陈诗羽的侦查部署，师弟师妹主要是对杜洲失踪现场附近的住户逐户调查，寻找可疑的人员，也寻找可能的目击者。

经过一个多月的调查，我们对这条调查线几乎已经没有了信心。随着时间的推移，即便有目击者，他的记忆也会出现模糊和偏差，对我们下一步工作的参考价值也会大打折扣。不过，我们抵达现场后，却得知并不是调查目击者有了进展，而是又有一个失踪者浮出了水面。

失踪者叫罗雪琴，女性，22岁，龙番科技大学医学部医事法学专业大四的学生。

这是一个不常见的专业，不像其他医学生要学习五年才能拿到全日制本科学位，这个专业只学四年。他们的主修方向是法学，但是又会学习一部分医学基础知识。学校的本意是，这个专业就业的主要方向是从事医疗事务的律师，但实际上，这个专业的毕业生很多都去了医疗器械销售公司。

确实，这个孩子失踪了一个多月，都没有任何人报警。不过，这期间，龙番市也没有出现相似年龄和性别的无名尸体。所以这又是一起莫名其妙的失踪案。

罗雪琴是个性格内向、长相不错的女孩。在她上高三，临近高考的时候，她的父亲因为一次车祸而去世。从此以后，她的母亲对生活丧失了信心，开始用酒精和麻将麻痹自己，对罗雪琴不闻不问。甚至罗父的赔偿抚恤金，也被罗母在麻将桌上渐渐输光。好在罗父生前有一笔积蓄，并且把卡偷偷藏在罗雪琴那里，所以罗雪琴还不至于缺衣短食、上不起学。

师弟师妹在排查附近住户的时候，就对罗家的情况感到不解。一般母女二人的家都会比较整洁，罗家却是邋遢不堪，去家里访问都没地方下脚。调查的时候，罗母刚打完通宵麻将，输了好几千块钱，所以对警察的突然到访气不打一处来，她告诉师弟们，罗雪琴这个不孝女已经一个多月没有往家里打电话，也不来给她送钱了，把两个师弟一顿数落后，她便关了大门。

既然罗雪琴不在家里，又是在校大学生，所以师弟们也就暂时把罗雪琴这条线给放下了。直到排查来排查去，也没有任何线索的时候，他们就又想起了罗雪琴。

前几天，师弟们赶赴龙番科技大学寻找罗雪琴，想了解相关情况。可是找来找去居然也没有找到罗雪琴的下落。获取了罗雪琴的手机号码后，多次拨打均是关机状态。这时候，师弟们才意识到，罗雪琴也失踪了。

毕竟是大四下半学期了，考研的考研，找工作的找工作，更多的学生则自己联系了实习单位，一方面可以实习，另一方面也可以赚点钱。所以，即便罗雪琴已经一个多月没有和任何人联系，也没有人注意到这个异常。

大家对这所学校对应届毕业生的管理之松散感到无比惊讶，却又无可奈何。同时，对罗雪琴这个几乎无人过问、无家可归的女孩子感到同情，也都隐约觉得罗雪琴的神秘失踪，很有可能和杜洲有着某种联系。于是，大家开始展开力量调查罗雪琴的下落。

第一步是对近一个多月来发现的龙番市无名尸体情况进行了了解，发现并没有和罗雪琴相似的情况出现。

第二步，两名师妹硬着头皮再次去找了罗雪琴的妈妈。罗母可能是赢了钱，所以这次谈话还是比较顺利的。据罗母说，具体哪一天不记得了，但是罗雪琴在一个多月前的一天下午回家，告诉她自己找了份工作。罗母当时输了钱，就让罗雪琴先给她一点。可是罗雪琴说第二天才是第一次上班，晚上要去买两套像样的衣服，所以没有钱给她。母女俩因此发生了争吵，罗雪琴就下楼骑着自己的助力车离开了。

第三步，师弟们又赶去学校进行了调查。同寝室的同学说罗雪琴平时很少和她们说话，在三年多的大学生活中都是如此。因为罗雪琴是本市人，所以在寝室居住得也不规律。但是听说她在年后应聘了一家私人医疗耗材公司，作为销售员，说是包吃包住一个月还能拿三千块钱。既然是包住，她就此离开寝室也是很正常的。

另外，师弟们还获知罗雪琴大学几年一直暗恋着本专业同年级的一个男生，方斗杨。这是个长得高高大大、白白净净，性格同样内向的腼腆男孩。据说，他不仅是系里的系草，更是一个超级学霸，成绩常年稳居专业同年级榜首，最近被确定为系里保送的研究生，他几乎是系里甚至学校大部分女生的暗恋对象。

方斗杨似乎只和罗雪琴说得上话，不过方斗杨解释说他和罗雪琴之间只是纯粹的同学关系。方斗杨会依罗雪琴的要求，帮她补课、温习，两人会在一起吃个饭、上个自习。至于其他的关系，方斗杨否认了，方斗杨周围的同学也都证实他俩没在一起。虽然方斗杨独自在学校附近租了个小平房，但是平时就一个人住，未把罗雪琴带进去过。

因为最近一个多月，方斗杨一直在忙着保送研究生的事情，所以对罗雪琴已经一个多月没有出现这一情况，他并没有注意过。

师弟们从方斗杨处还了解到了一些情况：罗雪琴为了更快地赚到钱，没有选择参加司法考试去当律师，而是找了与企业相关的职位。她应聘的医疗耗材公司通知她今年 3 月 1 日正式上班，因为 1 日上班好算工资。2 月下旬的时候，罗雪琴曾把这个好消息通过微信告知了方斗杨，方斗杨还写了好长一段祝福语来鼓励她。

既然 3 月 1 日是正式上班的日子，那么罗母最后看到罗雪琴的时间，就应该是2 月 28 日下午。这也是在这么久的调查中，可以证实罗雪琴出现的最后一个时间点。杜洲失踪的时间，也恰好是在 2 月 28 日下午。这个时间点让大家很是兴奋。之前，大家以为罗雪琴可能是一个目击者，不过现在看来，她的失踪和杜洲失踪案、指环专案都有着某种关系。毕竟地点、时间都对得上，世界上不会有这种巧合存在。

第四步，师弟们去了罗雪琴应聘的那家医疗耗材公司进行寻找。经调查，罗雪琴自始至终都没有来公司上班。因为罗雪琴还是实习生，没有拿到毕业证，所以公司不能和罗雪琴签署正式的劳动合同。公司和罗雪琴只是口头约定。可是，3月1日当天，罗雪琴并没有如约来公司上班，电话也联系不上。毕竟只是口头约定，公司认为她另有高就，也就没有去学校寻找她。

至此，师弟师妹确定了两点：一，罗雪琴失踪的地点和时间，与杜洲的极为相近；二，罗雪琴是真的失踪了，而且很有可能是和杜洲相遇后失踪的。

在对公司的调查中，公司老板提供了一条很有价值的线索。2月下旬，公司在罗雪琴入职前，给了她一袋止血纱布，以及一些止血纱布的相关销售文件，让她先行熟悉业务。公司老板称，当时罗雪琴把止血纱布放在了她的助力车里。

这让师弟师妹更加兴奋了，因为杜洲失踪的现场，就有一块沾染了杜洲鲜血的止血纱布。当时大家还都在纳闷，如果不是120抵达现场，什么人会随身携带着止血纱布呢？于是，师弟师妹调取了现场止血纱布的照片给公司老板看。公司老板一眼就认出了照片中的纱布，无论是颜色、质地，还是剪裁规格，都应该是他们公司的无疑。

这样，罗雪琴和杜洲之间存在关系，就是板上钉钉的事实了。

师弟师妹获此消息的同时，陈诗羽正在和治安支队同事一起排查上一起案件的嫌疑人，电话未能接通。因此，师弟师妹决定，先不向专案组汇报，而是自行调查罗雪琴可能所在的位置，以及罗雪琴生平社会交际面，尤其是和杜洲有没有可能有瓜葛。

直到今天上午，两条侦查线全部调查未果，他们这才电话通知了陈诗羽。

我们到了现场，一边听着陈诗羽师弟的详细介绍，一边深深地思考着，至于林涛、韩亮什么时候离开了，都没有注意。等到师弟全面介绍完情况，我们才发现韩亮和林涛双双从勘查车上走了下来，走向我们。

"我怀疑罗雪琴会不会和左怜她们遇到一样的事情？"韩亮说，"难道是和杜洲开房间之后，被凶手勒索了？"

我摇摇头，说："一来，之前的几名受害者，当事男主角都没有失踪。二来，这个女孩子艰苦朴素、性格内向，正忙着准备第二天正式入职呢，不像是会一时兴起去与陌生人发生关系的人。"

"确实。"韩亮说，"我刚才不放心，又重新检查了那个境外网站，确定没有其他的视频存在了，既然没有视频，也就不存在敲诈勒索的条件。"

"我这边倒是有发现。"林涛说，"我又重新查看了现场的照片，有个很重要的痕迹，在当时并没有被我们注意。"

"什么？"我问。

林涛捧着一个笔记本电脑，打开一张照片给我看着说："现场墙面，有喷溅状血迹的地方附近，有助力车轮胎的印记，以及助力车倒地的痕迹。"

"什么？"我说，"助力车倒地了？"

"难道是罗雪琴骑车撞了杜洲，杜洲受伤了？"大宝咬着牙说，"然后罗雪琴给杜洲进行了现场包扎？"

"这可以解释。"我说，"但是为什么两个人双双失踪了？"

"即便是杜洲昏迷无意识，这个瘦弱的女生也没本事把杜洲弄到什么地方去啊。"陈诗羽拿着罗雪琴的照片，说，"而且，她也完全没有动机把杜洲弄走。"

"那就只能是杜洲把罗雪琴弄走了？"我沉吟道。

"指环、血迹、助力车。"大宝说，"难道杜洲真的就是'指环专案'的罪魁祸首？"

"很多问题没有问清楚。"陈诗羽插话道，"既然这个没人管、没人问的罗雪琴平时也不爱和别人交往，只愿意把心里话告诉方斗杨，那么，我觉得之前咱们对方斗杨的调查还不够深入。"

"你还想找一下方斗杨吗？"我问。

陈诗羽点了点头。

2

我们驱车赶往龙番科技大学医学部校区的时候，发现有不少学生神色惊慌。

怀着疑虑，我们来到了医事法学系办公室。然而，系办公室里有好几名老师和学生，都在面色焦急地讨论着什么。

我出示了自己的警官证，并且说明了来意。

"谁报的警？"一名年长的老师厉声问道。

其他的老师和同学纷纷用表情来表达他们的无辜。

这个开场白让我们大感意外，也十分尴尬。我连忙解释道："我们不是出警的民警，没人报警，我们只是想来这里找一下方斗杨同学，了解一些关于罗雪琴同学的情况。"

老师吃了一惊，说："其实我们学校对同学的自主权利是非常尊重的。"

我知道这些老师是在担心罗雪琴的失踪事件中，他们负有管理不善的责任，于是说："事情既然已经发生了，辩解也无用，现在最好的结果就是迅速找到失踪的同学。"

年长的老师叹了口气，说："既然如此，瞒也是瞒不住了。"

我有些奇怪。在之前师弟师妹前来调查的时候，学校就应该知道警方已经掌握了罗雪琴失踪的信息。既然这样，还对警方瞒什么呢？

老师顿了顿，低沉地说："方斗杨今天上午也失踪了。"

这句话让我们所有人都大吃了一惊。不过惊讶过后，我们也理解了为什么学校的同学都神色惊慌。虽然罗雪琴已经失踪一个多月了，但之前学校里并不知道怎么回事。直到师弟师妹来学校调查的时候，罗雪琴失踪的信息这才传了开来。

一个同学莫名其妙地人间蒸发了，这个信息足以在学生之中激起不小的波澜。几天后，和罗雪琴私交甚好的方斗杨也失踪了。两桩事件放在一起，一时间谣言四起，学生们也都人人自危。

我们则比学生们更加担忧。我们要找谁，谁就失踪，这让我们不得不浮想联翩。如果方斗杨被灭口的话，犯罪分子应该是在下一盘很大的棋。可是，他的作案动机是什么呢？他下一步还会做些什么呢？这些只会在悬疑电影里出现的情节，怎么就生生地出现在生活中了？

"还真是扎堆了。"韩亮摊了摊手，对大宝说。

不久前，大宝刚刚抛出了他的理论。刚来了某一种类型的案件，后面就会扎堆来。还真是邪门了。

但是，方斗杨真的是因为罗雪琴的失踪而失踪的吗？这会不会只是一种巧合？

我心存侥幸，问老师："哦？那他的失踪，是怎么发现的呢？"

"罗雪琴同学失踪后，校办召开紧急会议，决定加强对学生，尤其是对应届毕业生的管理工作。"老师说，"其实我并不赞成这样，毕竟二十多岁的孩子都已经是成年人了，他们应该有自我管理能力和自由度。总不能把学生自己的行为责任强加给学校吧。"

我知道这个老师只不过是想推脱自己的责任，笑了笑，打断他说："然后呢？"

宛如少女

"会议决定,今天早晨8点,各系自己召开会议。"老师说,"要求限制学生的人身自由,所有的学生必须到场参会。"

"方斗杨没来?"大宝急着问。

"方斗杨是我们系的学生会组织部部长,今天的会议也是他这两天一手组织操办的。"老师说,"所以今天上午的会议他缺席了,这的确不太正常。"

"是失踪,还是失联?"林涛问道。

老师尴尬地说:"呃,目前,只是失联。我们找不到他,电话也打不通。"

我想了想,说:"据我所知,方斗杨近两年来,都是在学校附近租住的房屋,对吧?"

老师以为我又是在责问他,赶紧解释道:"学校的宿舍条件不好,有家庭条件好的同学去外面租房,这是学生们的人身自由,我觉得学校没有权利,也没有义务去干涉别人的隐私,这就是人权!"

"你们去他租的房子看了吗?"其实我想的完全不是那么回事。

老师松了口气,指着几个学生,说:"我刚才其实正在安排他们几个寻找。方斗杨这个孩子性格内向,不爱交流,特立独行。所以租房两年,居然没有学生知道他租住在哪里。"

我更是松了一口气。方斗杨联系不上,很有可能还在他平时居住的地方。身体不适、有人来访等许多原因都有可能导致他缺席一个学生们并不感兴趣的会议。既然居住地还没有去寻找,那么现在就说方斗杨失踪还有些为时过早。

我懒得再和这个一味推卸责任的老师废话下去,招招手让大家收队。

"我们都是学法律的,有法治意识。"老师在身后补充道,"一旦存在问题,我们肯定会依法报警的。"

"依法报警,我倒是第一次听说。"陈诗羽无奈地摊摊手,说,"我们接下去怎么办?"

"找到方斗杨是第一要务。"我说,"把全部情况通报'指环专案'的专案组,让专案组调配警力,寻找方斗杨的租房所在。"

"嗯,我现在就去。"陈诗羽点头道,"那你们呢?"

"我们这么命苦,还能去干什么。"大宝叹息道,"接了六个鉴定,现在不回去写鉴定书,就得晚上加班喽。"

在大宝写完他的第三份鉴定书的时候，陈诗羽给我们打了电话。

从小羽毛冰冷的语气就可判断，方斗杨的失联，并没有我们想象的那么简单。

民警很快就找到了方斗杨平时租住的房屋。这是一幢连窗户都没有的小平房，位于一排联排平房的拐角之处。小平房的大门是一扇破旧的防盗门，却紧紧地锁着。无论警方怎么敲打大门，里面都没有人应声。在请示了专案组之后，民警用消防斧破门而入。进入现场的时候，所有的民警都惊呆了，现场的情况诡异得让人难以置信。进入现场的民警赶紧向专案组进行了简单的通报，专案组组长听完也一惊，第一时间指派市局刑警支队的技术力量赶赴现场，也通知我们迅速支援。

方斗杨死了。

我们赶到现场后，很快理解了民警们惊愕的原因。

站在门口，如果仅仅看房间右侧面，俨然是一个学霸的房间的样子。一张整洁的行军床旁边，放着一个不大的书架。书架上摆满了书籍，有横有竖，倒也错落有致。书籍的覆盖面很广，从外国文学到计算机知识，从金庸全集到散文杂选。可见，这个方斗杨是个阅读兴趣十分广泛的年轻人。

但稍一转眼，这儒雅书香的气氛就被破坏殆尽了。

房间的左侧面，有一张书桌和一把椅子。桌椅之下，散落着许多成团的卫生纸，丢弃得杂乱不堪。书桌之上，有两个红色的文胸，和一条黑色的蕾丝边女式内裤，随意地摆在电脑屏幕的两侧。引起人们注意的，倒不是书桌、椅子、卫生纸和女式内衣，而是躺在椅子一旁地面上的方斗杨。

乍一看，绝对想不到眼前的尸体，居然是一个男孩的尸体。方斗杨上身穿着一件粉色的女式小洋装，洋装的正面还镶着各种颜色的亮片，在室内日光灯的照射下，熠熠闪烁。小洋装的衣摆被掀了起来，露出了穿在内侧的文胸。他的下身穿着亮蓝色的短裙，腿上套着长筒丝袜，脚上还穿着夸张的高跟鞋。方斗杨的一条腿架在旁边的椅子上，露出了裙底的红色蕾丝内裤。他的头上甚至还戴了一顶劣质的假发，假发是咖啡色的，松软地散落在他的头部周围，几缕头发遮住了半个面孔。

"我开始还以为自己走错了。"民警说，"一个穿着艳丽的女孩躺在地上，我当时心里那个没底啊，咯噔一下！后悔自己就这样破门进来了。"

"我倒是看出地上的，显然不是活人了。"另一名民警插话道，"不过，我还以为是方斗杨杀了人呢。结果走到附近一看，那鹰钩鼻子，那眼睛下面的痣，这明明就是方斗杨本人啊！"

宛如少女

"哎呀，怎么搞成这样？我的房子以后怎么租啊？"我们正站在门口观察房间的全貌，身后忽然传来了一声哀鸣。我回头一看，外面站了一个打扮花哨的高个子年轻男人，应该就是民警找来的房东。

我看了看男人，问道："你平时和他接触多吗？"

"不多不多！"房东像是触电了一样，叫道，"我只是个房东，哪儿有那么多时间和房客接触！"

"基本情况你该了解吧？"我对他的激烈反应有些诧异。

"不了解不了解，我了解他干吗？"房东又急了。

"尸体上还有捆绑行为。"先行进入现场的市局韩法医说。

"绳子？真是命案？"林涛惊讶道。

林涛话音刚落，房东像是很意外地哆嗦了一下。

我没有回答，穿好勘查装备后，沿着程子砚事先铺设好的勘查踏板，踏进了房间。一进屋内，就能闻见一股腥臭的味道。

离尸体更近一步，我可以清楚地看见尸体上捆绑着的塑料绳。绳子从死者的胯部、腰部反复缠绕，看不清具体的缠绕方向和方式，也看不清绳头、绳结究竟在哪里。

我径直走到书桌的旁边，用手指拨拉掉覆盖在键盘上的卫生纸，说："如果我没有猜错，电脑上应该是正在放映黄色电影。"

我笑了笑，动了一下鼠标，眼前的电脑显示屏瞬间亮了起来。电脑正在使用播放器播放视频，显示的状态是视频播放完毕后的定格画面。从屏幕定格画面里赤裸的女人来看，我的分析一点也不错。

"自然播放完毕后的定格画面。"韩亮站在门口的勘查踏板上说，"看来是没有人为关闭、暂停的行为。"

我蹲在尸体旁边的踏板上，动了动方斗杨的肘关节和指关节，说："以目前可以看到的部分，尸体上没有损伤。从尸僵的强硬程度来看，他应该是昨天深夜死亡的。"

"可是，他为什么会穿成这样啊？"林涛说，"难道大宝的乌鸦嘴又应验了？有案件就扎堆来，上一起咱们办的是女性同性恋，这一起难道是男性同性恋？"

"不，这可不是同性恋杀人的现场。男同性恋干吗要看女性的裸体？"我笑了笑，说，"不出意料的话，他应该是死于性窒息。"

"性窒息？"林涛显然没听懂。

"今天早晨，韩亮说的那个被网络妖魔化的红衣男孩案，其实就是性窒息。"我解释道。

"性窒息我知道。"陈诗羽说，"以前上课的时候听说过，好像是指性心理和性行为变态者，独自在偏僻隐蔽的地方，采用缢、勒颈项等控制呼吸的方式，造成大脑的缺氧状态，刺激增强其性欲以达到性高潮。由于实施过程中很容易发生意外，这种行为有很大风险，会导致窒息性死亡。"

"可是……可是他被绑着！"林涛还没反应过来。

"对啊，不绑的话，怎么让自己窒息？"我说，"性窒息者的年龄，一般多在12~25岁这个年龄段。而且都是男性，至少在国内还没有女性性窒息者的报道。尤其是学习压力大、性格内向的高中生和大学生，还是比较多见的。"

"你是说，自己绑自己？"林涛用一副难以置信的表情说道，"你怎么知道他是性窒息？"

我点了点头，说："这种事情，一般都是独自完成的。所以只能是自己绑自己。一般性窒息案件的现场，有几个很重大的特征，首先就是男性穿着女性的衣服，甚至连内衣、丝袜、高跟鞋都一件不落。其次是现场环境封闭，具有隐蔽性。再次是现场通常有女性内衣、淫秽影碟等物品。最后，就是这个捆绑了。"

"那就不是他杀了？"陈诗羽说，"可是有些同性恋杀人的现场，也会和这个相仿吧？"

我说："性窒息就是意外事件，是自淫者在采取这种手段的时候，操作失误而导致的。"

林涛依旧是一副不可思议的表情。

我顿了顿，接着说："当然，到底是不是性窒息，还需要进一步现场勘查和尸体检验后，才能确定。如果死者的死因就是窒息，而且现场只有他的痕迹，捆绑行为自己可以形成，那么就应该是性窒息。但如果现场有其他人的痕迹，死亡的方式是他自己不能完成的，那就应该另当别论了。"

说完，我整理好手套，拨了拨盖住死者半个面部的假发，露出了他涂着口红的双唇。我看见他的嘴角仿佛有一些痕迹，像是液体流过的痕迹。

很多用绳索造成机械性窒息死亡的案件，比如勒死、缢死，都会造成"流涎"这一尸体征象，所以并不奇怪。但是方斗杨嘴角的液体痕迹，是向着他的颈部流的。也就是说，他流涎的时候，应该处于上半身的直立位，而不是我们看到的仰卧位。

为什么他的体位会发生变化？是从椅子上跌落的吗？但是从椅子上跌落，又如何能做到一只脚架在椅子上面呢？

我的脑子飞快地转着，思索着，直到被林涛打断。

"奇怪！"林涛说，"这现场不是锁着门的吗？怎么会有两个人的足迹啊！"

"如果之前有人进过他的房间，也很正常吧。"陈诗羽说。

"不对，这足迹很新鲜。甚至比方斗杨自己的足迹都新鲜。而且这个足迹应该是一个个子很高的男人留下的，比方斗杨的足迹要大。"程子砚静静地分析道。

"那会不会是后来我们民警进来形成的？"我的心里一沉。一方面担心方斗杨真的是被别人杀死的，甚至和罗雪琴、杜洲案有关系，另一方面我也害怕自己刚才的论断被推翻，天天说不能"先入为主"，结果自己还是"先入为主"了，实在是一件很丢脸的事情。

"不会，民警的鞋印都已经排除了。"林涛肯定地说。

我和林涛同时陷入了思考，不过没思考一会儿，就又被一直在整理尸体上的绳索的大宝打断了。

大宝拎着塑料绳的一个绳头，说："这绳头没有打结，不可能是勒死的呀！"

3

"那死因是什么呢？"主办侦查员急着问。

刚才我们这一番讨论，让他们心里忽上忽下的。

我摇摇头，说："我也不确定，当务之急，还是把尸体弄到解剖室去进一步检验。林涛，你留下来看看足迹有没有鉴定价值。"

林涛点头应允，我们怀着忐忑的心情，一言不发地上车赶往殡仪馆。

方斗杨的尸体被放在解剖台上，宛如少女。暗红色的尸斑在他白净的皮肤上格外明显。方斗杨的脸上应该是擦了粉，所以显得更加苍白，一抹红唇也便更加扎眼。

大宝拿着一块纱布，想把死者脸上的粉和口红擦掉，被我制止了。在目前情况完全不明的条件下，我需要尽可能少地变动尸体状态。而且，擦粉也好，口红也好，都不会影响我们的正常检验。

法医对尸体上的绳结，一般会采取绕开绳结处剪开，整体取下后，再用胶布把剪断的两端粘合起来，这样就可以保存整个绳索捆绑尸体时的形态了。

不过方斗杨尸体上的绳索没有打结，绳头还处于游离的状态，我们就无法采用常规的办法来固定绳索了。在商量过后，我们决定沿着游离的绳头直接拿下尸体上的绳索，全程录像固定。

大宝和韩法医负责托起尸体，我则负责把绳子从尸体上绕下来。

从表面上看，绳子缠绕尸体的方式很复杂，但真正梳理起来，绳子的绕法又很简单。绳子是从尸体的胯部开始缠绕，慢慢地往上进行的。绳子即将缠绕到颈部的时候，缠绕的动作停止了，虽然有几股已经绕上了颈根部，但是因为没有将绳头打结，所以绳子也没有吃上力气，是不可能勒死人的。

拿掉绳子之后，我嘱咐大宝在绳子上进行擦拭，看能不能获取一些不同于方斗杨的DNA。然后我和韩法医把男孩身上的艳装逐件脱掉。

虽然绳子没有打结，但是在起初缠绕的时候，还是绕得很紧。脱掉死者的衣服之后，我们可以看到尸体腹部有深深的勒痕。但绳子是软的，所以勒痕也不过就是印记，并未造成皮下瘀血。

有了勒痕的存在，皮肤变得不平整。以防万一，我们把每条勒痕都仔细看了一遍，防止有损伤藏在勒痕的里面。不过，从头到脚检查了一遍，除了在死者右侧耳后发现一处椭圆形的皮下出血之外，就再也没有发现任何损伤了。

耳后的那处小小的损伤，并不能说明什么。轻微损伤导致小面积皮下瘀血是常有的事情。即便是我们活人，多多少少也都能在身上找出几处皮下出血。

我们重点检查了死者的颈部。虽然有几缕绳索缠绕，但因为绳头是游离的，所以只是松松垮垮地绕在颈根部，甚至连皮肤的印记都没有留下，更不用说导致皮下出血或者窒息了。至此，我们已经可以断定，方斗杨并不是死于性窒息。

"不是性窒息啊。"我赶紧纠正自己的错误。

"确实不是。"大宝补充道，"死者尸体上也没有明显的窒息征象。天哪，又一个搞不清死亡原因的！"

"现场那么封闭、暖和，又不可能是高低温死亡。"陈诗羽还沉浸在上一起蛇皮袋藏尸的案子中。

"为什么你们要加个'又'字？"我哑然失笑，"到目前为止，我们办的案子死因都搞清楚了。我相信这个死者的死因也可以搞清楚。"

我暗暗地为自己打气。

这个年纪的男孩，因为疾病导致死亡的也不少。很多先天性疾病，比如胸腺淋巴体质、先天性心脏病，很有可能会在这个年纪开始出现，并且致命。我们之前遇见的也不少。

我咬咬牙，执起手术刀对尸体进行解剖检验。

颈部没有损伤，舌骨、甲状软骨无骨折，胸腹腔内没有积血，有一根肋骨骨折，但是并没有造成胸膜腔的破裂和出血，而且骨折的断端也没有出血，应该是死后造成的骨折。毕竟搬运尸体的时候会造成一些死后损伤，所以单纯地看这处骨折也不能说明什么。腹腔也都是正常的。我们重点看了看死者的胸腺和心脏，甚至把心脏按照血流的方向剪开，都没有发现任何异常。大宝也仔细地切开死者的头皮，皮下、颅骨都没有异常，取出的脑组织也是正常的，并不存在脑动脉畸形破裂造成的颅内出血。

我自认为解剖得已经非常细致了，皮肤和肌肉之间都逐层分离了，也没有找到任何一丝生前损伤。还真是奇怪，一套系统解剖做下来，我们居然仍没有找到死者的死因。

我双手撑在解剖台的边缘，静静地思考着。

“现场看完了。”林涛人未到，声先到。

我抬头看着解剖室的门口。林涛和程子砚满头大汗地跑进来，林涛说：“现场的足迹都是残缺足迹，没有比对价值。”

我大感失望。

“还有，”林涛捋了捋自己的头发，说，“现场发现的卫生纸上，大多精斑预试验呈阳性，已经拿去 DNA 室检验基因型了。不过这个正常，不检也知道。”

陈诗羽补充道：“侦查部门倒是有突破。”

“哦？什么突破？”我站直了身体，转过头问。

“经过调查，这个方斗杨虽然平时不喜欢和学校里的同学、老师沟通，但是和那个房东关系可好得很。”陈诗羽说，“有很多人都反映这个房东经常带着方斗杨混。”

我问：“那……这个房东控制了吗？”

“控制了。”陈诗羽点头说，“侦查部门已经把房东请回刑警队了。”

我略感安心，但是想到死因还没有解决，立即又愁上眉梢。

“现在问题在我们这儿。”我说，“死因我们居然没有找到！”

“啊？”林涛吃了一惊，问，“没伤？”

“没伤。”我说。

“就一处小伤。”大宝指了指死者的耳后。

"这么小一块瘀青，不算伤。"林涛说。

"对啊，不管大小损伤，都要打开来看，这是师父对我们的要求。"我若有所思地说完，拿起手术刀在方斗杨耳后损伤的旁边划了开来。

对于局部损伤的检验，法医通常不会破坏皮肤损伤的整体结构。采取的办法是在损伤的旁边划开，然后从皮下组织分离的方法，探究皮肤损伤下方究竟损伤有多严重。

可是在我划开皮肤，还没有向皮肤损伤下方分离的时候，就看见了条状的出血。

"哎？这儿怎么有一条出血？"大宝也看见了，说，"这出血和耳后的损伤位置对不上啊。"

"是啊，这出血是在皮肤损伤的下面，更接近耳根了。"我说完，又把解剖切口拉长了一点，并且沿着皮下组织，分离了耳后的皮肤损伤处。

果真，这其实是两处出血，互相没有联系和交叉。耳后的皮肤损伤下方，有一块和皮肤损伤相呼应的椭圆形出血，这应该是表面软、质地硬的钝性物体造成的损伤。而这处损伤的下方，有一条横形的皮下出血，皮肤上并没有对应的损伤，说明这是一处质地软的钝性物体挤压所形成的损伤。而且这处横形的皮下出血并不短，从耳后皮肤损伤的下方，一直向死者的面部延伸，我们打开的小的皮肤切口，还没有看全。

没有办法，我们只有打开死者的面部皮肤来观察了。

中国人对于遗体还是非常尊重的，即便是刑事案件，在解剖完后，还会举行一些遗体告别的仪式。自然腐败就算了，但若是法医检验的时候破坏了死者的颜面部，肯定会被家属投诉。但比如这起案件，不沿着出血的方向打开面部又是不行的，所以法医们也想出了办法来应对这样的情况。

"我们从死者的耳屏前纵向下刀，然后沿着下颌两端，一刀划到下颌下面。这样，沿着刀口，我们就可以分离皮下组织，把死者的整个右侧面皮给掀起来。面部的皮下组织、肌肉甚至骨骼也就可以进行检验了。"我一边动刀一边说，也是给林涛、陈诗羽和韩亮他们普及一些法医学的知识。

"面皮……"韩亮说，"我以后再也没法正视'三鲜炒面皮'了。老秦，你又废了我一道美食。"

掀面皮不是法医的常规检验手段，只有确定损伤位于面部皮肤下，才会用这种办法。在检验完之后，只需要法医认真一些缝合，死者的整个面容是不会遭到破坏的。

果真，我们的决断是正确的。在打开死者的右侧面皮之后，我们发现了一条细细的皮下出血，从死者的耳根一直延伸到嘴角。

我二话不说，用同样的方法掀起了死者的左侧面皮。同样，几乎和右侧一模一样，也有一条细细的皮下出血从死者左侧耳根直接延伸到左侧嘴角。

"结合现场的情况。"我拿起捆绑在死者身体上的塑料绳，说，"面部的勒痕，就是这个形成的。"

"这样的勒痕是自己不能形成的！"大宝说，"难道他真的是被人杀死的？"

"不。"我说，"从尸体的损伤看，这条绳子是勒在方斗杨嘴里的，哪儿有这样杀人的？不过大宝有一点说对了，这是自己不能形成的损伤痕迹。现在看起来，有人站在方斗杨的背后，用绳子勒在他的上下牙列之间，右耳后的皮肤损伤痕迹，就是这个人的右手拇指留下来的。"

我用自己的拇指比画了一下，椭圆形的皮下出血比我的拇指指腹略小一些，但是形状相仿。

"电视上都能看到，很多人都是这样勒死别人的。"陈诗羽说，"不过，这人为啥不勒脖子，要勒嘴啊？我知道了，他肯定是套绳子的时候，没套到脖子上，而是直接套到了嘴上。"

"不会。"我否定道，"第一，从现场情况看，方斗杨自己要造成窒息征象获取快感的行为是肯定存在的。那么，这绳子就是他自己绕在身上的。既然是自己绕的，有别人来想勒他，就要找这绳子的绳头，他不可能不知道。你说的那种杀人方式，必须乘人不备。第二，虽然勒到了嘴上，但这个人并没有重新去勒脖子，而且他的死因也不是勒脖子。第三，这么粗的塑料绳，只在皮下形成了这么细的皮下出血，而且皮肤都没有损伤，说明作用力很轻，我不认为他是为了勒死方斗杨。"

"有新的发现，但是就像你刚才说的，死因并不是勒脖子，"大宝说，"那死因究竟是什么呢？"

"看起来，所有的死因都排除了。"我沉吟道。

"是啊。没有窒息征象，没有损伤痕迹，没有致命性的疾病，中毒看起来也不像。"大宝说，"电击的话，也没见电流斑，高低温就更不可能了。好嘛，六大死因排除完了。"

"排除完了是好事。"我说，"很多死亡，都是需要用排除法来最终定论的。"

刚说完，我灵光一现，用探针从尸体皮肤外面模仿了一下颈动脉的走向，说："我好像知道他是怎么死亡的了！"

在大家期待的眼神里，我用"Y"字解剖法打开了死者的颈部皮肤，这样可以更加充分地暴露颈部侧面的皮下组织。

我把死者的胸锁乳突肌分离开，掀起来，暴露出颈部侧面深层的血管和神经。

我找到死者的颈动脉，在已有分离面允许的情况下，尽可能长地截取了死者的颈动脉，用止血钳把离体的颈动脉夹了出来。

我的这个动作，被韩法医最先发现了意图，他说："你在考虑抑制死？可是，这损伤离颈动脉窦的位置，偏高了一些吧？"

"抑制死？"对陈诗羽来说，这并不是一个完全陌生的名词。在三尸奇案[①]里，就有个死者是被踢中睾丸之后抑制死。这两个案件虽然死因一样，作用方式却完全不一样，所以让陈诗羽这个没有医学基础的新警有些摸不着头脑。

抑制死，指的是死者由于身体某些部位受到轻微的、但对正常人不足以构成死亡的刺激或外伤，通过反射在短时间内心跳停止而死亡，且在尸体检验中未发现明确死因的情况。抑制死是一种发生概率非常小的死亡原因，但是因为它出现得急骤，而且不可预见，所以极易引起误会、不理解以及舆论的广泛关注。

之前"吻颈死"就上过热搜。说白了，就是亲吻颈部长时间压迫颈动脉窦的压力感受器，从而致人死亡。这也是由于一些支配心脏活动的迷走神经受到刺激后过度兴奋，致使心血管活动突然抑制而发生了心搏骤停。

当然，可以刺激迷走神经的，不仅仅是"吻颈"。在法医学的实践中，我们发现，利用钝性外力击打或压迫颈部、心前区、心后区、会阴部，以及在某些医疗活动中，如胸、腹穿刺，尿道扩张、引流等，都可以见到抑制死的案例。不过，话说回来，在医疗活动中突发抑制死，死者家属是很难理解的，往往也会引发医疗纠纷。

"我想起了小时候看的电视剧，主角用手掌劈砍一下对手的颈部，对手就死了。"陈诗羽说。

"倒没有那么夸张。"我说，"并不是说颈动脉窦受到击打，就一定会昏厥或死亡。这种死亡是极小概率的事件，并不是必然发生的结果。抑制死的发生和人体状态、健康状况、神经敏感性等个体因素相关，并不是在每个人身上都能发生，而且在同

---

① 见法医秦明万象卷系列第五季《幸存者》中"夺命密室"一案。

一个体上，也并不是受了外力就一定会昏厥或者死亡，它也是个极小概率的事件。"

"啊，这个人的颈动脉窦位置长得比较靠上。"韩法医考虑到了个体差异性，用取下来的颈动脉在死者的皮肤外面比画着说，"其实这个损伤还正好就是作用在颈动脉窦上！"

"我们都用了排除法了。"大宝说，"看来真的只能用这个死因解释了，不过，如果有可以直接证实的证据就好了。"

4

我微微一笑，用起了"酒精神功"。

酒精可以让组织表面的水分挥发，更清楚地显露出组织表面细微的形态变化。这个案子也不例外。我把死者的颈动脉剪开，然后用酒精擦拭了颈动脉的内膜。渐渐地，动脉内膜的颜色出现了差异。在颈动脉窦的位置，动脉的颜色偏白，而其他的位置，则带有淡淡的粉红色。

"我们喜欢用'组织内出血'来判断某些组织是否受伤。"我说，"其实，有的时候'缺血'也是很有价值的征象。比如某地方受到压迫，其下的血管内会出现缺血的征象。"

"既然颈动脉窦这里缺血了，说明它就是受到了压迫！"大宝说。

我点点头表示认可。

"这位置在绳子的上方……"韩法医沉吟道，"所以，是有人用绳子勒方斗杨嘴的时候，拇指压迫到了他的颈动脉窦，然后意外造成了死亡，对吗？"

我点了点头。

"难道是有人要帮方斗杨完成性窒息的过程？"大宝叫道。

我摇了摇头，说："不。第一，之前说过，性窒息一般都是独自进行的。第二，如果有人帮忙，怎么会是勒嘴巴？勒嘴巴又不可能导致窒息。"

"那是怎么回事？"大宝不解道。

我没说话，用止血钳撬开了死者的牙列，用手电筒朝死者的口腔内部打光。很快，我用镊子夹出了一根纤维。

"我跟你学的。"我笑着对大宝说，"有了这根纤维，至少可以确定就是绑住他身体的这根绳子勒的嘴巴。"

"可是，我还是不知道为什么会有人用绳子勒住他的嘴巴。"大宝说。

"嘴巴里好像有好多泡沫呢。"韩法医眯着眼睛朝死者的口腔里看。

"泡沫。"我沉吟着。我想起了在现场勘查的时候，发现的死者嘴角流涎的痕迹。现在想起来，正因为死者面部抹了粉，痕迹才那么明显。

我二话不说，拿起脏器刀，把死者的大脑冠状面切开，切成片。果真，我们在其中的一片脑组织中发现了异样。

在这片脑组织中，我们看见了一小块灰白色的区域，这应该是脑组织的局部软化灶。可能是方斗杨小的时候有头部的外伤，遗留下了这个软化灶。

"如果有软化灶，是不是就有可能引发癫痫？"我说完，转头问身后的侦查员说："他以前发作过羊角风吗？"

侦查员摇摇头说："这我也不清楚。"

"脑部有软化灶，口腔内有白色泡沫，而且在他倒地之前，还有泡沫或者液体流出嘴角。"我说，"很多人在看见别人癫痫发作的时候，认为第一时间要把嘴巴勒住，防止患者咬舌头，是这样不？"

"你是说，他在准备性窒息的时候，突发癫痫，然后有人用绳子勒住他的嘴巴，防止他咬自己的舌头？"大宝说。

我点了点头，说："虽然在患者抽搐、癫痫发作的时候往嘴里塞东西、用东西撑开嘴或是勒住嘴，都是错误的方法，但是我们小的时候一直都是听大人这么说的，甚至很多医务工作者也会这样去做。"

"这样看，这都是意外啊。意外地发了癫痫，意外地被勒嘴巴导致抑制死。"林涛说，"可是，方斗杨在玩性窒息的时候，这个人怎么会在场？"

"如果方斗杨是坐在那里突发癫痫的话，这个人应该是在他的背后勒嘴巴的。"我说，"因为现场狭小的环境，是不可能有两个人并排坐着的。"

"门不是锁着的吗？"我说，"那个房东，问得怎么样了？"

"我打电话问问。"陈诗羽应声走出了解剖室。

不一会儿陈诗羽又走回了解剖室，说："应该不是他干的，从外围调查来看，他有昨天晚上不在场的证据。"

"哦。"我点了点头，说，"不是就好，不过，为啥我在现场的时候，觉得这个房东鬼鬼祟祟的呢？"

"我也有这样的感觉。"林涛说。

宛如少女

陈诗羽哼了一声，说："因为这个房东是个色坯子，方斗杨所有的黄色视频，包括性窒息的'教学视频'，都是房东给他的。"

"哦，这么回事啊。"我说，"这不是教人学坏吗？"

"他们把房东交给蔡队长了。"陈诗羽说，"以传播淫秽信息，对他进行行政处罚。"

"那会是谁呢？"我沉思道。

"我觉得我们做得已经足够了吧？"韩法医有些感慨，说，"现在已经查清了他的死因是抑制死，这是一场意外。而且性窒息这些东西传出去对死者的名声也不好。甚至现在看起来，这个行为人应该是有救护死者的目的，只是不慎出现了这场意外。既然不是命案，我们是不是不用非得深究啊，这不是在教人家做好事有风险吗？"

"是不是做好事，要不要承担责任，这是法院来评判的。"我说，"我们要做的就是把事情的来龙去脉给查清楚，对死者负责。事情没有水落石出，任何一条线索没有查清楚，我们都不能算是给了死者一个交代。况且，我们还要对事实负责、对真相负责，哪儿有查到一半就放弃的道理？"

"可是，足迹也没有，指纹也没有，怎么找人啊？"林涛说。

我也在思考，让自己静下心来，一边审视着眼前的这具尸体，一边考虑自己有没有遗漏。

突然，我的目光定格在死者的胸部。我整理好手套，找到刚才发现的那根肋骨骨折处，把骨折断端周围的软组织都剔除掉，只露出白森森的骨骼。

之前的判断没有错误，这确实是死后形成的肋骨骨折。可是，死者倒地是仰卧位的，并不会因为摔倒而形成。那么，它真的是搬运尸体的时候形成的吗？

我又分离了邻近几根肋骨对应位置的软组织，用灯光照过去的时候，才发现，死者的左侧第四到第七根肋骨其实都有骨折。因为其他几根肋骨骨折都仅仅是内侧骨皮质断裂，所以没有影响肋骨的活动度，再加上这些骨折都是死后形成的骨折，所以没有软组织的出血，所以我们在开始的时候并没有发现。

"我现在提个问题。"我内心已经有底了，不慌不忙地问，"一般多根肋骨骨折，位于一条线，而且还是死后骨折，我们一般考虑什么？"

"CPR。"大宝像是学生回答老师问题一般，举着手说。

"对。"我说，"一般这样的损伤都是在机体濒死期或者死亡后，进行心外按压抢救的时候形成的。"

我这算是把专有英文缩写解释给大家听了。

"我明白了！"大宝说，"你是说，这个行为人导致方斗杨死亡了以后，还对他进行过抢救！因为方斗杨被我们民警找到的时候，已经死亡好久了，没有经过120抢救的过程。"

我点点头，说："这个人在勒住方斗杨嘴巴的时候，突然抽搐着的方斗杨开始没有了意识，也停止了抽搐，甚至直接从椅子上倒了下去。正因为他是慢慢倒下的，有行为人的搀扶动作，所以他的一条腿才会架在椅子上，没有落地。倒下去以后，行为人可能意识到了什么，立即对他进行了CPR，可是并没有救回来。其实这个人的做法没错，抑制死最有效的抢救方法就是CPR了，很多发生心脏抑制、心搏骤停的人，通过CPR都能苏醒。只是方斗杨没有那么幸运，可惜啊。"

"这能说明什么？"林涛不明就里。

大宝抢着说："我知道。这就更加说明这起案件是一个意外！甚至行为人当时还有抢救的行为，这就更不应该让他承担责任了。"

"那不还是没有进展吗？"林涛一脸茫然。

我笑笑说："大宝说的这个是一个方面。但是我现在唯一庆幸的，就是当时我们没有把方斗杨这一脸的脂粉给擦掉。"

"我明白了！"大宝今天特别清醒，他说，"心外按压都是要结合人工呼吸来进行的。CPR的规范是：心外按压三十次，就要进行人工呼吸两次。既然有人工呼吸，那就有可能嘴和嘴接触。嘴和嘴接触，就有可能在方斗杨的嘴巴上，留下DNA！"

"答对！"我一边说着，一边用棉签擦拭着方斗杨的嘴唇及周围，"如果我们刚才清除了他的脂粉，这些物证估计就找不到了。"

"好险。"大宝心有余悸。

不一会儿，棉签就被擦成了红色，好在这并不会过分影响物证的检验。

"可是，我们还是没法找人啊。"侦查员插话道。

我微微一笑，说："能做到这些，而且事后还逃跑的，一定是熟人。而且咱们别忘了，方斗杨本身就是学医的。所以，下一步找人的范围，就是在方斗杨他们系里，找他的同学。也不用所有的同学都筛一遍，根据林涛他们的论断，行为人是一个个子挺高的人。"

"至少185厘米。"林涛插话道。

"那就好找了。"侦查员兴奋道。

"事情经过还没搞清楚，找到人以后，通知我们一声啊。"我对着侦查员急匆匆的背影说道。

"你这算是偷窥吗？"侦查员说。

在找到行为人苏小岭以后，侦查员特别选择了证人询问室来询问他。一来苏小岭毕竟还是个学生；二来他并没有犯罪的行为。

我们在询问室里旁听的时候，突然听见"偷窥"这二字，我好像感觉到了一丝异样。但是想来想去，我并不知道自己为何会注意到这个词。

苏小岭顿时就急了："我什么时候偷窥了？我偷窥他干吗？他是个男的！"

"那不是偷窥，你为何会在现场？"侦查员问道，"既然现场的门是锁着的，你又是怎么进入现场的？"

苏小岭欲言又止，默默地搓着自己的手。

"从法医检验的情况看，你没有犯罪行为。"另一名侦查员说，"但是你不说清楚事情的经过，可对你不利啊。"

"好吧，我确实是冤枉的。"苏小岭下定了决心，说，"其实之前我就探听到方斗杨租房子租在哪里了。那天我就想去他家里看看，于是就去了。我去的时候，他的那扇破铁门并没有关严，是有一条门缝的。我从门缝里看进去，发现坐在那里的居然是个女孩的背影！方斗杨并不在家里。我当时吓了一跳，还仔细看了门牌号码，确定是方斗杨租的房屋。难道这个女孩就是琴琴？我就继续看，可是我看见桌上的电脑屏幕正在播放黄色电影，那个女的还在往身上绑绳子。我就知道那个变态的家伙肯定不是琴琴了，还以为方斗杨交了其他的女朋友，就准备离开。可是这个时候，我看见那个女的突然抽搐了起来，我知道她肯定是犯了癫痫。"

"你就进去施救了？"侦查员并没有追问我们更关心的细节。

苏小岭点点头，说："医者仁心嘛，潜意识就促使我冲了进去，想用绳子防止他咬住自己的舌头。可是在隔离他的齿列的时候，我突然发现那哪儿是什么女人，明明就是穿着女装的方斗杨。我这一惊不要紧，可能是力量大了，不知怎的，这家伙的身体就开始软下来了。我摸了他的脉搏，心跳都没了。我得强调一下，这家伙肯定是癫痫致死的！我没有勒他的脖子，也没有捂他的口鼻，不可能是我弄死他的。"

"你接着说经过。"侦查员对案件事实已经了然于胸，不想听苏小岭的辩解。

"他很沉，我扶不住他，就把他放到了地上。"苏小岭接着说，"然后我就对他进行心肺复苏，可是抢救了半个小时，还是没抢救过来。我就赶紧离开了。"

"你为什么不报警？"侦查员说。

苏小岭尴尬地搓着手，说："我……我没法报警啊。这家伙这么变态，穿成那个样子，要是我报警了，传出去的话，别人还以为我也是变态呢。再说了，我……我也不确定我勒他的时候会不会不小心把他给勒死了，所以心里有些害怕。"

"我现在有两个问题。"在一旁的我实在憋不住了，插话问道，"第一，你为什么要跟踪查探方斗杨？第二，你说的琴琴是谁？"

苏小岭低着头，说："琴琴，是我喜欢的一个女孩，叫罗雪琴。可是她不太爱理我，只理方斗杨。我开始是衷心祝福他们的。不过最近听说琴琴失踪了，这个方斗杨居然毫不关心！这个渣男！所以我就开始跟踪他，看他是不是搞了什么名堂。"

答案和我心里所想的印证上了。虽然我们丢失了最好的线索提供人方斗杨，但是现在又出现了一个苏小岭。这实在是不幸中的万幸了。

"你对罗雪琴了解吗？"我问，"她一般和什么人接触？"

"她很少和别人接触，也没什么朋友。"苏小岭说，"但没关系，这些在我看来都不是缺点。我就喜欢她这样的女孩。"

"对她的家庭，你了解吗？"我接着问。

苏小岭摇了摇头，说："她从来不说。"

我心想，她不说也是正常的。遇见那样不幸的祸事，又摊上那样一个妈妈，换谁也不会愿意透露自己的家庭状况。

"那你见过这个人吗？"我出示了一张杜洲的正面照片。

苏小岭还是摇了摇头。

"那你还有没有其他关于罗雪琴的信息？你得共享给我们，不能一个人蛮干。"我说。

"你们也在找她吗？"苏小岭抬起头来。

"当然！任何一个公民失踪，我们都有义务寻找。"我说，"但是找不找得到就不好说了。所以你掌握的任何一条信息，都可能会对我们有用。"

苏小岭点点头，开始絮絮叨叨地和我们聊着罗雪琴的琐事。听来听去，也都是师弟师妹调查出来的那些事情，并没有什么新鲜的信息。

唯一可以引起我们注意的，可能就是苏小岭对罗雪琴平时总爱骑着的助力车的描述了。

那是一辆印着小碎花的助力车，是小踏板的，但是整辆车的体积不小。助力车的轮胎质量不好，总是会破。罗雪琴因为轮胎破了需要推去修这件事情，还找过苏小岭帮忙。毕竟那么重的车子，一旦轮胎废了，就很难推得动。罗雪琴选修了中医药学，所以在她的车坐垫下面，她总爱放着几袋中药。时间一长，她那助力车一股中药味，老远就能闻见。罗雪琴说，这样骑车时闻着也能明目醒脑，就会比较安全。想来，父亲的车祸还是给她留下了一些心理阴影吧。

现在罗雪琴已经失踪了，助力车也一样找不到，那么，寻找她这辆很有特征的助力车，会不会也是一种方法呢？我们燃起了一点希望，却感觉难以下手。毕竟，总不能让大宝这个"人形警犬"满大街嗅哪辆助力车有中药味吧？

罗雪琴啊罗雪琴，你到底会在哪里呢？

法医秦明

VOICE OF THE DEAD

第九案

荒山干尸

———

人是生而自由的，却无往不在枷锁之中。
自以为是其他一切的主人的人，
反而比其他一切更是奴隶。

———

让-雅克·卢梭

1

没有从苏小岭身上问出点什么来，大家都不太甘心。

一大早，大宝和林涛正在翻看对苏小岭的询问笔录。

"你说这个苏小岭，"大宝抱怨道，"说自己很喜欢罗雪琴，但对罗雪琴的事情又一问三不知！我真不明白，这是哪门子的喜欢嘛？"

"是啊。"林涛也垂头丧气地说，"好不容易找到一个罗雪琴能和杜洲案有关系，罗雪琴失踪了；好不容易找到一个方斗杨和罗雪琴有关系，方斗杨死了；好不容易找到一个苏小岭和方斗杨有关系，苏小岭一问三不知。你说我们这是太背了呢，还是太背了呢？"

"不管怎么说，这个苏小岭确实是导致方斗杨死亡的人。"我说，"说明方斗杨的死亡是一个意外事件，和罗雪琴、杜洲都没有关系。这是不争的事实。"

"是啊！案发的时候，就害怕是一个连环杀人案。"大宝说，"结果证实了是巧合吧，又有些不甘心。"

"我现在只希望这一切都是巧合，或者是一个简单的事件，只是我们没有想通其中的关系。"我看着天花板说，"不过，随着时间的推移，好像又没有那么简单了。"

"对了，小羽毛，助力车找得怎样了？"林涛像是想起了什么，转头问陈诗羽。

陈诗羽正在想着什么，被他突然一问吓了一跳，惊道："啊？哦！按照罗雪琴同学的描述，交警部门找到了助力车的售卖商家，拍了照片，现在发动全市派出所、交警队、路面巡逻民警和联防队员来找。找到了会通知我们的。"

"这恐怕是唯一的捷径了。"林涛叹道。

"还有，"陈诗羽说，"酒店的员工基本都排查一遍了，没有什么人存在嫌疑。首先，具备伪装手机号的技术能力的，就没两个人。"

"预料之中。"我说，"但不是酒店的人，如何能自如地拆装摄像头？就算经常可以独自进入酒店房间的不是酒店员工的人，也得找。"

陈诗羽点点头，说："嗯！这个工作也在开展。"

"可是，他究竟把人都藏哪里去了呢？"我纳闷道，"他的意图又是什么呢？"

丁零零……

指令电话再一次响起。

我拿起电话，静静地听着指挥中心叙述完简要案情，对大家说："出发吧，有案件。不过，韩亮去哪儿了？"

"哇！出勘现场，不长痔疮。我来打。"大宝拿起了手机，拨通了电话，过了一会儿，茫然地说，"挂了我的电话，这小子是不是又遇到前女友了啊？"

"事不宜迟。"我拎起勘查箱，说，"边走边打，在车库等他。"

我们一行几个人匆匆地往车库门口走去，远远地就看见韩亮和一个40岁左右的妇女在站着说话。

"工作单位您就别来啦，我一个早上没吃饭算啥啊。"韩亮挠着后脑勺尴尬地说。

"你爸说过的，你年纪轻轻，早饭必须吃。"女人递给韩亮一个精致的保温桶。

"我买个煎饼就行。"韩亮说，"不至于这么费心吧？"

"路边摊哪儿能吃？不卫生。"女人伸手把韩亮衣摆上的灰尘掸掉，装作若无其事地说，"你刚才在看的那个旧手机，是你妈留下来的吧？"

韩亮没吱声，转头不和女人对视，却看见了正在向他们走去的我们。

"你想你妈妈，我能理解。"女人说，"但人不能总活在过去的阴影里。来当警察，也是因为你看不开，对吧。"

"不说了，你快回去吧，我要出现场。"韩亮揽着女人的肩膀，往前推了推。

"一说到这个话题你就回避。"女人重新站直身子，说，"你说你，家里这么大产业你不好好继承，考来公安厅当一个专职驾驶员，你这不是在浪费青春吗？"

"人各有志！"韩亮有点不耐烦，"而且我也参与办案，是辅警，不是专职驾驶员。好了，好了，我真的有事了，你快回去吧！"

女人听见了我们的脚步声，侧脸看了看我们，知道韩亮没有撒谎，说："亮啊，听我一句，该放下得放下，别再跟自己过不去了，你爸爸也会老的，你不帮他，他还能指望谁呢！"

"好了，好了，说过多少遍了，他想找谁接班，就找谁接班。我帮不了他，也不想帮他。"韩亮推着女人的肩膀，把她推到了一辆宾利前，帮她拉开车门。

女人又低声嘱咐了几句什么，坐进了车里，黑色的宾利飞驰而去。

"嚯，豪车啊。"大宝恋恋不舍地看着远去的轿车。

韩亮有些尴尬，连忙说道："怎么了？又有现场？"

"还以为你要迟到呢，吓一跳。"我把箱子放进勘查车的后备厢，说，"赶紧吧，林山风景区派出所。"

"好远啊，又是三百多公里，好在我昨晚睡得好。"韩亮说。

"哎，刚才那个女人是谁啊？"林涛一脸八卦地说。

"那是我妈。"韩亮发动勘查车，目不斜视地说。

"啊，这么年轻？"大宝一脸惊讶，"我刚才没听清，她说什么阴影不阴影的，咋回事啊？"

韩亮表情有些不自然，没有答话。

"别人家的私事，你就爱掺和是吧？"我一巴掌打在大宝的后脑勺上，帮韩亮解围，然后正色道，"好了，我现在说一说案件的基本情况，大家注意听。"

韩亮的表情瞬间缓和了一些。

我说："两个来自南江市的驴友，到我们的林山风景区探险，今天早晨6点，他们起来以后，在往没有开发的深山里步行的时候，发现在一片树林之内的山洞里，有一具尸骨。于是报警了。"

停了几秒，大宝叫道："这就……没了？"

"目前掌握的就是这些情况。"我说，"现在南江市正在开大会，周围省份都有安保任务。这时候出现了死因不明、存在疑点的现场，我们肯定要第一时间支援的，具体情况，等到了现场再问吧。"

大宝点了点头，说："说不定我们在路上的时候，情况就已经搞清楚了呢。"

清早，大家都没有睡意，所以大家也不像平常一样，一上车就东倒西歪地呼呼大睡。一路上，大家都在各自想着心事，直到勘查车和当地警方的引路车会合，都没有谁打破车里的沉默。

下高速后，我们跟着引路车一路颠簸，越过了风景秀丽的林山，直到到了林山后方的山野边缘，车子才停了下来。

我下了车，抬头看了看，说："没路？"

引路车上跳下来的林山风景区公安局刑警支队曹爽支队长说："没路！"

"没路，人怎么上去的？"我说完，看了看自己的衣服，心想：这下铃铛给我新买的一套休闲装又该废了。

"驴友呗。"曹支队长的刑侦破案任务不是很重，救援任务却不轻，"经常有驴友走这边探险，都是没开发的地方。风景确实是不错，但是容易迷路，容易掉坑里。"

"那会不会是驴友意外身亡？"我说。

"估计也是。"曹支队长笑着说，"不过一上报省厅，指挥中心就直接指令你们了，估计还是开会的原因。"

"风景区的法医还真是不好做。"我没走几步路就崴了一下脚。

"所以啊，我们这里的警察，一怕驴友，二怕自杀。"曹支队长说，"基本上平时的警力都用在救援和寻尸上了。"

"你们辛苦。"我费劲地一边走一边说，"这没路的深山，我还真是没爬过。"

"不会又是在悬崖底下吧？"大宝费劲地掰开灌木枝，说。

"为什么要加个'又'字？"我警觉地问。

"不是，就是在一片灌木林里。"曹支队长走在队伍的最前面，说。

"如果在悬崖底下的话，这次就不能再让老秦下去了。"大宝傻笑着说，"曹支队你不知道，上次有个现场在悬崖下面，老秦自告奋勇绑着绳子下去，结果我们好几个人都拉不上来他啊！哈哈！①"

曹支队长哑然失笑。

我尴尬地说："那时候胖而已。"

"现在不胖吗？"林涛跟在我的后面补刀。

"哎哟，你看这是什么！"我突然回头，吓唬林涛。

林涛愣了一下，警觉地东张西望。

陈诗羽说："你们有力气恶作剧，不如走快两步。"

艰难地往密林里走了半个多小时，我们终于隐约看见远处围着警戒带，几个警察正在警戒带里忙忙碌碌。

"终于走到了。"大宝搓了搓手，他的手背都被四周灌木划出了浅表皮肤划痕。

"行动不便，不具备交通工具通行的条件，说明这里很有可能就是死亡的现场。"我说，"运尸或者运活人的难度都很大，我们拎个勘查箱都这么费劲，更不用

---

① 见法医秦明系列万象卷第二季《无声的证词》中"婴儿之殇"一案。

说扛个人了。约束、控制到这里来的可能性也不大，说明死者是自己到这里来的。"

"自己来这里，不害怕啊？"林涛看了看周围。即便艳阳高照，这块地方也显得有些阴森。偶尔传出来的几声动物的叫声，更让人觉得心里发毛。

这个季节的天气还算比较凉爽，所以现场也没有看见成群结队的苍蝇。但我们一眼就看到了远处的异样，绿色的草地上有一个大红色的背包，色彩的对比格外醒目，显然不是荒山野岭里本该有的物件。

顺着背包的位置往前看去，就到了一座石头山的山脚下，山脚下有一个小山洞，有警察进出于山洞。看来，尸体很有可能就在这个山洞里。

我们在警戒带之外，穿戴好现场勘查装备，越过了警戒带，走到了大红色的背包前。

"尸体在里面？"我指了指山脚下的山洞。

曹支队点点头，说："现在刚刚把勘查通道打开到山洞里，尸体和随身物品还没有开始看。"

"这个地面，有条件吗？"林涛蹲在地上，说。

"条件不好。"曹支队说，"但毕竟是泥土地面，我们还是用石膏提取了几个残缺的立体足迹。除了报案人的，还有几枚足迹。现在还不清楚有没有比对的价值，但是我们觉得至少有两个人的足迹。"

"两个人？"我说，"这深山老林的，一般没人来，既然有两个人，那么这个案子就有疑点了。"

曹支队点了点头。

"除了这个大包，就没啥随身物品了吗？"大宝说，"包有没有被翻动过？"

我蹲在地面上，看了看背包的锁扣。这是个背包客们喜欢选择的双肩包，包的锁扣带有密码。虽然是那种防君子不防小人的锁扣，但是它至少可以告诉我们，这个包并没有被别人打开过。

我摇了摇头，对林涛说："既然通道已经打开了，我们直接干活儿吧。我去山洞里看看尸体，你和小羽毛清点一下包里的物品。"

林涛看了看漆黑的山洞，咽了口唾沫，庆幸地点了点头。

我和大宝一起走进了山洞。山洞不是很深，所以也不至于一点光线都没有，但是想看清楚山洞里的情况，还是需要借助勘查光源。

山洞的一角，蜷缩着一具尸体，看不清脸，只能看到他穿着一件灰色的男式冲锋衣和运动裤。看起来，这是一具男尸。

我走到尸体的旁边，把尸体翻了过来，地面上有很多蚂蚁。但是还好，并没有我害怕的甲虫之类的昆虫。

尸体没有腐败成巨人观，也没有白骨化，而是呈现了干尸化的特征。尸体皮下组织干瘪，皮肤紧紧地附在骨骼之上，这就是传说中的"皮包骨"吧。皮肤已经变成了灰褐色，但是并没有完全干燥，说明死亡时间并不太长。

我简单看了看死者的衣着，冲锋衣的里面，还有毛线衣，应该是天气比较冷的时候死亡的。结合现在的天气，死者应该是在一两个月之前死亡的。

"干尸？"大宝说，"在这里怎么会形成干尸？一般在沙漠里才比较多见。"

"最近一两个月，这边天气如何？"我问曹支队。

曹支队说："很干燥，这样下去，要闹旱灾了。一两个月没有下雨。"

"这就对了。"我说，"虽然这里是一个山洞，但这是一座石头山，而且山洞也是通风的。加上大环境比较干燥，所以死者死亡后，在通风干燥的环境里，水分迅速流失，从而形成了干尸的状态。"

"干尸比巨人观强啊。"大宝说，"干尸是保存型尸体现象，有什么损伤、窒息的征象，都会被保存下来，有助于我们的观察。"

我点了点头，说："干尸的尸体比较脆，搬运不当容易造成二次损伤。这里的光线不适合尸检，所以我们要用尸体袋装好，然后请曹支队安排两个身强力壮的民警小心地帮我们把尸体运出去，到殡仪馆检验。"

曹支队点头应允。

我直起身子，在山洞里四处观察。这是一处很平常的山洞，并没有什么特别的地方。地面上也不过就是一些泥土和石子，没有其他的异物。但是我们在尸体旁边的地面上，发现了一处黑灰色的痕迹。

我拿出镊子，在黑灰色的痕迹里翻动着。

"这人在山洞里烤火吗？"大宝也看到了这一处疑似燃烧灰烬的痕迹。

我没有吱声，慢慢地翻动着灰烬。

好一会儿，我说："结合现场发现的两种足迹，这说不定还真是一起命案。"

"真的假的？"曹支队大吃一惊。一般在野外发现尸体，尤其是背包客的尸体，大多是背包客在旅行的时候，因为发生意外、迷路、寒冷、饥饿或者疾病突发而死亡，命案倒是很少。

"可是现场没有任何打斗的痕迹。"曹支队接着说。毕竟发生了命案，对这一支日常主要执行救援、寻人任务的队伍，是一次严峻的考验。

"这一处灰烬，有疑点。"我说。

"不是烤火吗？"曹支队问。

我摇摇头，说："烤火，一般用的都是树枝之类的助燃物，灰烬是纯黑色的，还会有没烧尽残留的助燃物。但这一处灰烬是灰白色的，很小、很轻，没有什么残留。如果我没有猜错的话，应该是烧纸留下的痕迹。"

"烧纸？"大宝说。

我说："因为纸燃烧得很快，能够释放的热量也很小，所以不会有人烧纸来取暖。而我们通常所见的烧纸，都是用来祭奠。"

"杀了人，为了弥补愧疚的心情，所以又烧了堆纸？"大宝说。

我点点头说："这是最大的可能。"

"那就是熟人作案啊。"曹支队松了口气。

"林涛，你们那里有发现吗？"我对着山洞外面喊，声音在山洞里形成了回音。

"有！我们发现了身份证！"林涛喊道。

2

"储强，1971年10月17日出生，龙番市五星街道五星花园小区17栋802室。"大宝一字一句地读着林涛找到的身份证，"哟，还是咱龙番人呢。"

"储强？"韩亮重复了一句，微微皱起了眉。

"是死者吗？"我看了看身份证的正反面，质疑道。

"不是死者的话，说不定就是嫌疑人了。"曹支队说，"这儿根本就没啥人来啊。"

"应该是他。"我逐个看了林涛从背包里清理出来的东西，说，"死者的冲锋衣没有帽子，而包里的这个帽子应该就是从冲锋衣上卸下来的。就这一点，基本可以肯定这个背包就是死者的。而背包的暗格里放着的钱包里的身份证，自然也应该是死者的。"

"反正也是要经过DNA验证的，咱们在这儿纠结这个没用。"林涛说，"我们看了背包里的东西，所有生活必需品一应俱全。而且，所有的物品都十分整洁，摆放也很整齐，没有任何翻动的痕迹。包里的钱包也在，里面还有万把块钱。只是，没有手机。"

"凶手只拿手机？"大宝说。

"第一，这不一定是一起命案，还需要进一步检验才知道。"我纠正道，"第二，为什么手机不在就一定是被人拿走了？有些驴友为了不被打扰，就是从来不带手机的，好吗？"

"哦，说得也是。"大宝说。

我皱着眉头看着地面上整齐摆放的物件，说："不过，一个驴友可以不带手机，但很少不带水壶啊，这里怎么没看到水壶？"

"是啊。"大宝说，"这儿都有压缩饼干、罐头什么的干粮，就是没见有水壶。这是为啥？凶手为啥只拿水壶？啊，不对，还不能说是凶手呢，这不一定是起命案。"

我皱着眉头思索着。

之前就皱着眉头的韩亮，突然问道："'储强'这个名字，你们有没有觉得很熟悉？"

"熟悉吗？"我又看了看身份证，说，"我怎么没有什么印象……"

韩亮甩了甩脑袋，说："早上没吃饱，记性都不好使了，这名字我绝对听见过，就是这时候不知道咋就挖不出来呢？"

"挖不出来慢慢挖。"我见两名民警抬着尸体已经往外走了，笑着说，"现场既然已经清理完了，我们把尸体和随身物品都带回去慢慢看吧。"

"是啊，这走出去还得半个多小时呢。"大宝又搓了搓自己的手背。

费劲地走出了山地，看到警车的那一刹那，我们都感到无比幸福。有时候真的很佩服那些驴友，一个人走一个小时路不算什么，但是走一个小时没路的山地，实在是太耗费体力了。而我一路为了不让铃铛买的新衣服被毁掉，更是费了不少劲，衣服勉强保住了，我自己出了一身汗。

我坐在勘查车里喘着粗气。

"想起来了吗？"陈诗羽显得最轻松，扭头问韩亮。

"快了，快了。"韩亮指了指自己的脑门。

"什么叫'快了'？"大宝惊愕道，"你怎么想事情搞得和便秘一样？"

"你觉得像命案？"林涛漫不经心地说道。

我点了点头。

林涛说："可是现场肯定没有搏斗的痕迹。虽然有两种足迹，但是我看了，不能排除是死者自己的足迹或者是报案人的足迹出于种种原因发生变形，而产生的误判。是不是除了足迹的问题，就没有支持命案的依据了？"

"还有，"我说，"我们在山洞里面发现了异样。"

"有搏斗痕迹吗？"

我摇摇头，说："搏斗痕迹倒是没有，尸体的姿态也很自然。但是尸体的旁边有一堆烧纸的痕迹。"

"烧纸？"林涛也陷入了思索。毕竟，如果真的只有一个人，在什么情况下会独自烧纸呢？

"烧纸也可以是死者在祭奠别人呀。比如说，那一天正好是某个人的忌日。"陈诗羽提出了一个假设。

"我也一直在考虑这个问题。"我说，"不过我刚才搜查了尸体的衣服，林涛也仔细搜寻了山洞口的背包，都没有发现火源。那么，火源是怎么来的？总不能是钻木取火吧？"

"如果是火柴在烧纸的火堆里完全焚毁了呢？"陈诗羽说。

我摇摇头说："一来，一个驴友不可能毁掉自己的火源；二来，如果是火柴被焚毁，在那么一小堆燃烧灰烬里，我应该可以找到没有被完全烧毁的火柴柄。"

"是啊，我从来没听说过驴友携带的火源会是火柴。至少也要备一个打火机什么的吧？"大宝说，"即便这个人不抽烟，那也该为自己的旅行做好充分的准备。这人的背包里连登山绳、瑞士军刀什么的都准备了，不太可能不带火吧。而且，水壶也没有。"

"所以，一切还是等到尸检结束后，再做定论。"我说。

"反正我觉得，那不像是一个命案现场该有的状态。"林涛摊了摊手。

干尸化的尸体，看上去就像披着人皮的骷髅。尤其是头部的皮肤紧紧地贴合颅骨，头发还附着在头皮之上，如同一具皱巴巴的丧尸。即便是这样，法医也并不讨厌干尸。因为快速的风干，尸体的腐败停止，尸体内的水分被蒸发，所以尸体没有臭味，看起来也不恶心。无论从嗅觉还是视觉，再到触觉，都不会对法医造成太大的刺激。

按照尸检的顺序，我们最先翻开了死者的眼睑。这最先的检验，就让我们有些犹豫。死者的眼睑被翻开以后，我们没有看到应该有的白眼珠和黑眼珠，只能看到眼眶里黑乎乎的一片。虽然尸体干尸化，会让眼球内的玻璃体液蒸发殆尽，导致眼球变形，但变形到一眶泥土样的物质，倒是没有见到过。

想来想去，我们也想不出这是什么导致的，也就不再纠结，继续进行尸表检验。

好在，干尸化尸体的每一寸皮肤虽然变了颜色和性质，但都是完整的。如果有什么机械性的外伤作用，一定会留下痕迹。

我们顺着死者的颈部，到躯干，然后再到四肢，对尸体的皮肤进行了仔细的观察。我们对自己的要求就是，如果有小的针眼，即便是电流斑，我们也都一定要发现。

可是，我们使尽浑身解数，甚至把颈部等关键部位皱巴巴的皮肤都尽可能地展平了，也没有能够在尸体外表皮肤上发现一点损伤。死者肯定是没有遭受任何暴力作用。

"没有约束伤、威逼伤和抵抗伤。死亡的姿态非常正常。"大宝拿起死者的右手，说，"不过，死者是一个很讲究的人啊。不仅是随身物品整理得很整齐，个人卫生也超好啊！一般旅游探险的人，至少指甲缝里都很脏吧？这人不留指甲，干干净净。有着良好指甲卫生的男人，多半是医生。"

"我想起来储强是谁了！"韩亮被大宝这一说，突然开了窍，"医生，还记得吗？储强，就是余莹莹家诊所的那个触电的医生啊！"

听韩亮这么一说，我也恍然大悟。

余莹莹是韩亮的前女友。十几年前，余莹莹开私人诊所的父母发现一个病人死在厕所中，误以为是自己的医治不当导致，为了掩人耳目而将尸体藏匿掩埋。不久后，诊所的另一名医生储强在厕所中意外触电，余莹莹父母才知道事情的真相，追悔莫及。一个多月前，那具被掩埋的病人尸体在龙番湿地公园中被挖出，我们在查案时，找到了储强触电事故的判决书，才串起了整个案件的始末。

但我们没有找到储强本人，因为当年储强触电后被救治了过来，还拿到了装修工程队的一大笔赔偿款，他便辞去了工作，开始游山玩水的生活。因为储强一直未婚，父母也不在世，手机也联系不上，所以当时我们才没有找到他。

眼前的这个储强，居然就是那个储强？世界也太小了。

"他会是被人杀害的吗？"韩亮有些尴尬，"他是一个多月前死的，对吗？"

我知道韩亮在担心什么。一个多月前，余莹莹的父母因涉嫌"侮辱尸体罪"被刑事拘留的时候，韩亮连续几天都在陪余莹莹吃饭，他这个人对前女友也挺好的。

"你是害怕，这个储强也是余莹莹的父母杀的？"我说，"因为一个多月前，警方总去调查余莹莹的时候，余氏夫妇就害怕了，他们认为储强可能猜出了真相，泄露了秘密，所以杀害他灭口，对吗？"

"是啊，那就从侮辱尸体罪变成了故意杀人罪。"韩亮说，"那样的话，余莹莹就要失去父母了。"

"不管怎么说，先把这个情况反馈给专案组和龙番警方吧。"我说，"至少要先排查一下那起案子的案发前后，余氏夫妇有什么异常，有没有作案时间。"

韩亮低头不语。

尸源已经找到了，我们省去了很多工作。但是，对于尸体检验的工作，还是需要继续严谨地进行。毕竟，案件的性质还不清楚。

手术刀划在已经干硬的皮肤之上，很艰难。换了两次刀片，我们才将死者的颈胸腹部的皮肤彻底打开。逐层分离之后，尸体已经干瘪了的肌肉和韧带暴露了出来。和尸表看见的情况一样，丝毫损伤都不存在。

"没有机械性损伤，没有导致机械性窒息的外力痕迹，这个人难道是病死的？"大宝用胳膊扶了扶鼻梁上快要掉下来的眼镜。

我不死心地检查了死者的其他内脏——都已经自溶、脱水，变成了薄薄的一层组织，但是各组织上并没有损伤和出血点。确实，这具尸体排除机械性损伤致死和机械性窒息致死是没有问题的。

"除了你说的三种死亡原因，咱们还需要进行理化实验才能排除中毒死亡。"我仍然不愿意放弃。

"中毒的话，就不一定是他杀了。"大宝说，"如果是服毒自杀，那和疾病死亡就一样了。"

"不过，服毒自杀依旧解决不了水壶和火源的问题。"我说完就陷入了思考。

大宝二话不说，用止血钳熟练地分离出已经干瘪的气管，然后用止血钳打开了气管腔，说："你看看，气管这么干净，没有充血反应，也没有假膜。口腔里面也没有损伤，牙龈都是好的，牙齿也没有松动。更关键的是，四肢躯干都没有约束伤、威逼伤和抵抗伤，可以排除是别人强行灌服农药导致他死亡。"

"不是灌服也不一定就不是他杀。"我说，"还有骗服呢。"

"这……不好鉴别吧。"大宝说。

"只要是无色无味的毒药，骗服完全有可能啊。"我灵光一闪，说，"水壶的丢失，恰恰就是最好的依据！"

"你是说，现场没有水壶是因为水壶就是投毒的工具，所以凶手把它带走了？"林涛问。

我点了点头。

"理化能不能做出来？尸体都已经这样了。"林涛担心道。

"做不做得出来不确定，碰碰运气吧。"我说，"不过很多无色无味的毒药都是性质相对稳定的，即便时间很长，依旧不会降解、分解，还是可以做出来的。"

因为死者的胃壁已经非常薄了，所以我小心翼翼地用手术刀划开胃壁组织。死者的胃内有不少食糜，但也是经过消化的模样了，而且此时都已经脱水，呈现出干燥的颗粒。看起来，死者应该是进食三四个小时后死亡的。我用不锈钢勺捞出死者的部分胃内容物，并剪下了一部分胃壁和一部分肝脏，送理化实验室检验。

然后，我们几个人傻傻地站在解剖台的前面发愣。

如果我推断的全部正确，这个储强是被他人投毒致死的，那么那个人又会是谁呢？靠着几枚残缺的足迹，显然是不足以发现犯罪嫌疑人的。

虽然并不是所有的案件都需要我们技术部门提供侦查方向和线索，很多案件我们技术部门的工作还没有完成就已经破案了，但是，每一起案件我们都希望自己可以发现更多的线索以支持侦查。即便对侦查工作帮助不大，以后在起诉审判过程当中，我们的分析也可以作为参考。

不过，这具尸体真的没有什么特殊的地方可以进行深究了。除非，那全是"泥土"的眼眶？

我这样想着，用手术刀延长了头皮切口，一直到耳后。然后把额部头皮继续向下分离，直到眼部皮肤和骨骼完全分离了，露出了白森森的眼眶骨骼。

"你们不觉得眼眶里有些问题吗？"我用镊子小心翼翼地把眼眶里的"泥土"夹了出来。

"好像是有问题。大多干尸的眼球虽然干瘪降解，但还是能看到黑白眼珠的分界的。"大宝说，"这个眼眶里都是乱糟糟的。不过，也不能排除是动物啃食。"

"什么动物只啃眼珠，其他地方都不啃？"我一边继续清理眼眶，一边说。

"昆虫也可以啊，蚂蚁什么的。"大宝用止血钳扒拉着我从眼眶里夹出来的灰褐色的物质。

眼眶内的物质被清理干净后，就可以看到死者双侧眼眶内不规则走向的血管压迹了。我找来一块酒精棉球，仔细地把眼眶内周围骨壁附着的软组织擦拭干净。随着擦拭的动作，死者右眼眶外侧壁的一条痕迹逐渐显露了出来。

我心里一惊，反复地擦拭那块痕迹，让它更加清晰。

在几经确认之后，我难以置信地说："你们看！"

3

"这是什么？"陈诗羽不明就里地问。

"骨质压迹。"我说。

"这……这不是和周围的那些痕迹都一样吗？"陈诗羽指着眼眶里歪歪扭扭的压迹，说。

"不一样。"我说，"骨骼上的血管压迹是骨骼发育过程中形成的，其走向、深浅都和血管的分布有关。所以，没有什么规则性。但是，我们看到的这一条痕迹，明显非常笔直，而且深浅均匀。换句话说，这是一个锐器刮擦眼眶而形成的骨质压迹。"

"那这就是损伤？"陈诗羽问。

我点了点头，说："所以我们的经验是正确的，即便尸体干尸化，眼眶内也不应该一团糟。死者的眼眶之内应该是被硬物戳、搅，导致眼球破裂，所以在形成干尸以后，才会这样一团糟。"

"不会真的有动物只啃死者的眼珠吧？"大宝说。

我摇摇头，说："不会。死者的面部皮肤都是完整的，所以尖锐的物品仅仅戳进了眼球。如果是动物咬的话，难以形成。而且，我们看这个骨质压迹，很锐利。动物的牙齿只有尖，没有刃，同样难以形成。"

"那就是，死者被别人捅瞎了双眼？"林涛问道。

大宝说："不会，不会，死者没有抵抗伤，而且面部皮肤和眼睑都没有损伤。你不知道'角膜反射'吧？如果有东西靠近眼睛，人是会下意识闭眼的。"

"而且，死者的衣服上没有血迹。"我补充道，"死者应该是在固定体位被戳了眼睛，然后就没有移动体位了，所以血液没有流到衣服上。血液流到脸上、流到地面上，可能都会因为时间的推移而消失，唯独流在衣服上是会保存下来的。事实是，我们并没有发现疑似的血迹。但是，至少我们可以确定死者应该是他杀了，而不是自杀。"

"你的意思是说，死者是死亡以后，被人戳了眼睛？"林涛张大了嘴巴。

我点点头，说："从被戳眼后没有反应，以及出血量不太大来考虑，确实应该是死后伤眼的表现。"

"这……什么人会在杀完人后戳人家的眼睛？"陈诗羽说，"我以前好像看过一个报道，说是一个人用树枝戳瞎了一个小男孩的眼睛。不过那是泄愤，这个也是吗？"

大家都沉默了下来。

过了一会儿，我说："这样的案例，我还真的没有遇见过。但是根据我看过的案例报道来说，总结一下，主要有以下几种可能。第一种可能就是小羽毛刚才说的泄愤。但是泄愤、虐尸很少仅仅针对眼睛，还会针对尸体的其他部位。这具尸体根本就没有其他损伤，所以这种可能性微乎其微。第二种可能就是精神病人杀人毁尸。但是精神病人杀人有手段的不确定性，不会用投毒这种具有隐蔽性的杀人手段，所以这种可能大胆排除。第三种可能就是，喀喀，说出来有点惊悚啊。有些民间传说吃啥补啥，所以曾经也有挖人眼球生吃的案例。"

"哕。"一向大胆的陈诗羽，也有些不适了。

我清了一下嗓子，接着说："但是，本案中并不是挖眼球，而是用锐器戳、搅，来毁坏眼球。所以，这种恶心的可能性也不存在了。"

"我知道了，还有最后一种可能性。"大宝显然已经猜到我想说什么了。

"是的。"我说，"现在唯一可以解释的就是，破坏生前最后影像。"

"什么意思？"陈诗羽歪着头问。

"你不知道吗？社会上流传着一种说法。说是一个人在死亡的最后一刻，他看见的影像是可以被投影在视网膜上，然后保留下来的。"我说，"这种传说认为，警察有一种技术，可以提取到保留在视网膜上的影像，然后重新呈现出来，这样，警方就知道死者死亡前最后看见的是谁了。警察就是这样破案的。"

"啊？还有这种技术？"陈诗羽大吃一惊。

"当然没有。"我笑着说，"不然要我们法医还有啥用？破案就太简单了好不好。但正是因为这种传说的存在，有些犯罪分子才会在杀完人以后，刻意破坏死者的眼球，为的就是破坏视网膜上留下的'影像'。我认为，这起案件的凶手，恰恰就是这种想法。"

"说明，一是熟人作案；二是凶手知识水平不高，容易相信谣言。"大宝说。

我见尸体检验已经完成了，一边脱下解剖服，一边给大宝点了个赞，说："不错，刻画犯罪分子的能力长进不小。"

大宝拉开解剖室的窗帘，见天色已经完全黑了下来，说："这一尸检就忘了时间，我都饿了。"

"专案组今天开会吗？"我问陈诗羽。

陈诗羽拿着手机说："刚刚问了曹支队，专案组现在在对储强以及余莹莹的父母进行相关的调查，因为是要去龙番市调查，晚上怕是来不及汇总了，所以曹支队让我们找个宾馆先休息，明早8点专案组碰头。"

我点了点头，伸了个懒腰，看着天上的月亮和星星，说："林山就是出了名的空气好。这么美丽的星空，感觉只有小的时候才看到过。今晚早点睡，明早早起晨跑，一定很惬意。"

"你晨跑是为了下次下崖不至于几个人拉不上来吧。"大宝取笑道。

可能是爬山越野累着了，和韩亮一起回到房间后，我倒头就睡。迷迷糊糊之中，仿佛感觉韩亮靠在床头玩手机。不知道是在试探着余莹莹什么，还是又在玩他的旧手机里的贪吃蛇？他应该不会向余莹莹透露什么警务机密，这一点我还是信得过韩亮的。另外，我仿佛听见隔壁房间的大宝和林涛像是在打闹，发出了打翻什么东西的声音。不过我也管不着了，睡觉要紧！

可能是林山市的空气环境太好了，像一个大的天然氧吧，第二天一早起床，大家都显得精神抖擞。然而好景不长，一进专案组会议室，我们一如既往地被香烟的烟雾围绕。

"有消息了吗？"我进门就问。

"理化部门的结果最关键了。"曹支队说，"确实，死者死于中毒。"

我微微一笑，心想这个结果我早就预料到了，说："什么毒药？"

"毒鼠强。"曹支队说。

"无色无味，果真是骗服的。"大宝说。

"侦查呢？"我问。

"你要什么信息？"曹支队翻看着笔记本。

"余氏夫妇有嫌疑吗？"韩亮忍不住问道。

"哦，这夫妻俩现在处于取保候审的阶段。"曹支队说，"我们的侦查员去找了他们和他们身边的人。但因为死者具体死亡时间不能确定，所以也无法判断案发时余氏夫妇有没有作案时间。但是从侦查员的感觉来看，这两个人不太像。"

"虽然余氏夫妇可能在一个多月前具备作案的动机，但是我觉得可以果断排除他俩。"我说，"第一，储强离职以后就去旅游了，这么多年了，没有携带手机的习惯，余氏夫妇应该找不到他。第二，余氏夫妇都是学医的，自然知道视网膜不可能留下最后的影像，所以也不会有戳眼睛的动作。鉴于这两点，他们俩的嫌疑可以排除。我想知道，对储强活动轨迹的调查有什么线索吗？"

曹支队继续翻着他的笔记本，说："这个人也是蛮执着的。从他订过的机票和火车票来看，他这些年一直都没有闲着，跑遍了全中国。去林山也不是第一次了，但是最近的一次，应该是在去年 12 月之前。我们只能从火车票上看到这样的信息，但是之后信息就中断了。只要和储强有联系的人，我们都调查了，但是毫无所获。所有人都反映，储强这个人不喜欢和人交流，喜欢独来独往。"

"没了？"我见曹支队停了下来，追问道。

"没了。"曹支队挠了挠头，说，"哦，还有一点，这个储强在去年的时候，在外省因为嫖娼被连续处罚了两次。不过，一个没结婚的成年男人，鬼迷心窍去干这种事情也不算少见。"

我低着头沉思着，说："卖淫女？不过，卖淫女没道理杀人不拿钱啊。"

曹支队摊了摊手。

我说："我们来根据现场的情况还原一下当时的情景吧。应该是有一个人和储强一起去探险，没有走多远，这个人就在储强的水壶里投入了毒鼠强。走到山洞的时候，储强喝水，然后中毒身亡。凶手见储强死了，害怕他的眼睛留下影像，所以用匕首戳坏了死者的眼球后，又在死者面前烧了一堆纸，点火后顺便把打火机揣进了口袋。最后凶手拿着储强的水壶离开了现场。"

"等等，为什么凶手有匕首，却不用匕首杀人，而是投毒？"曹支队说，"投毒这种事情肯定是预谋已久的，绝对不会临时起意，因为谁也不可能在出去探险的时候随身带着毒鼠强。"

"因为匕首杀人会见血，比较可怕。"我说，"要么就是凶手对自己能不能搏斗过储强心存怀疑，不自信。对了，不自信。储强是一个不高不壮、手无寸铁、毫无防备的男人，拿着匕首还没有把握能杀掉他的话，很有可能真的是卖淫女啊。"

"杀人后不抢钱，说明有更大的阴谋？"曹支队顺着我刚才的话说道。

"可是，你们这里的卖淫女，还提供陪探险服务？"我取笑道。

"说不定还真有。"曹支队一本正经，不像是在开玩笑，这让我大吃一惊。

"说来听听。"我说。

"因为这里是风景区,有很多人,包括很多老外都会来这里住上一年半载慢慢玩。"曹支队说,"有的时候,这些来常驻旅游的人会觉得寂寞,找卖淫女也只能满足一时之需,这就滋生出一种特殊职业了。有些女子专门来到林山风景区附近,租一间房,花一年的时间专心陪着这些游客,当'出租老婆'。"

"出租老婆?"我说,"这倒是有意思了,那么出租老婆也会陪着探险?"

"这个可说不好。"曹支队说,"因人而异吧。"

"那你们下一步侦查方向不就明确了吗?"大宝满意地说道,"这个储强从来林山到死亡,之间至少有两个月,说明他很有可能租了个老婆啊。"

"可是,从事这个的人不少,一个个排查,而且没有甄别的依据,我们怎么去发现谁才是犯罪嫌疑人?毕竟事情已经过去一两个月了。"曹支队说,"而且,证据也不行啊。足迹是残缺的,虽然凶手拿走了水壶和打火机,但不可能现在还留在身边啊。"

"确实是这样的。"我说,"不过,毒鼠强现在国家管控得很严,你们这边怎么还有?"

"没有。"曹支队说,"我们市以前毒鼠强使用率就很低,在国家明文管控之后,进行过几次大规模的行动,至少在十年之内都没有发生过毒鼠强引发的中毒案件了。"

"那凶手的毒鼠强能从哪儿来?"我说,"据我所知,全省的毒鼠强管控工作都是得力的。不过,以前最大的毒鼠强集散地风县,倒还是会出现毒鼠强中毒的事件。当年收缴的时候,没有收缴干净吧。"

"风县。"一名派出所民警说,"我们这里好像还真的是有一些从风县移居过来的人,也有人从事陪客服务。"

"那就好办了。"我说,"查一查这个群体,重点注意知识层次不高,而且非常迷信的人。一旦有目标了,查一查一个多月前她的反常迹象,说不定证据就能浮出水面了呢?"

话虽这样说,可是我的心里还是一直在打鼓。虽然我觉得我们的分析不会错,但是毕竟还没有靠得住的证据,所以忐忑不安也是正常的。

专案会结束,侦查员们纷纷动了起来,我们却闲了下来。

"有件事情,还是得汇报一下。"在回宾馆的路上,林涛说。

"咋啦,这么正经?"我漫不经心。

大宝抢话道:"怪我,怪我。不过要我说,这些宾馆也都是奸商,我们的出差住宿标准一涨，他们就坐地起价，非要涨到出差住宿标准的价格，我就是不服气。"

"什么和什么啊。"我一头雾水。

"昨晚我和大宝打闹，结果把电视机给撞坏了。"林涛内疚地说。

"啊？"我说，"那是要赔偿的！而且自掏腰包。"

"所以说怪我嘛，"大宝不好意思地说，"我本来已给组装回去了，想着也还能用，就不想告诉酒店了。反正他们退房、查房也不会去查电视机，而且电视机还能用。"

"可万一电视机又坏了呢？"林涛担心地说，"到时候就说不清楚了。"

说话间，我们的车到了宾馆楼下，我和林涛、大宝走进他们的房间，我问："坏得严重吗？"

林涛走到电视机旁，用手指轻轻一碰，那台老式的液晶电视的外壳就掉了下来，只有一个液晶显示屏孤零零地挂在墙壁上。

"我去，你们真是能闹。"我皱着眉头研究这个外壳是怎么装在电视上的。

"这电视还照样能看，只不过这种老式液晶电视的音箱是装在显示屏两侧的，这个外壳就是为了把音箱隐藏起来。"大宝指着外壳两边密集的镂空点说，"声音就是从这些小洞里传出来的。其实，只要咱们去买个胶水把外壳粘上，就和好电视无异了。"

"小洞？"我说，"把外壳装上就看不出来了？"

我感觉自己全身的血液都在沸腾。

"是啊，怎么了？"大宝不明就里。

"不行！我们得赶紧回龙番！"我说。

"没破案呢！"大宝说。

师父立下的规定，没有破案，或者案件没有取得突破的时候，没有其他紧急的事务，我们不得自己决定离开现场。

"这事儿比等破案更重要。"我自己都觉得自己有些失态，"我们马上回龙番，马上回去！"

"那也得和曹支队他们说一下吧。"林涛说。

"电话说。"我说，"马上出发！"

几个人都被我神经质的表现惊呆了。我平时虽然不能说是大气稳重，但也不至于像今天这样毫无头绪地焦躁。

大家拗不过我，于是收拾好行装，和前台交代了一下电视的事情，并表示市公安局会出面解决，然后急切地上车赶往龙番。

听说我们突然启程回龙番，曹支队有些意外，却在电话里信心满满地说："在你们的指导之下，案件很快就要破了。你知道吗？侦查员在调查访问的时候，直接锁定了一个小村庄，那个村庄果真是有视网膜留影像的传说。"

此时的我思绪万千，已经顾不上林山这起案件的侦破工作了。

林涛倒是很冷静，追问道："所以凶手抓到了吗？"

曹支队说："你们给我们框定的范围很小，在对这个人群进行侦查的时候，我们发现一个叫作王丽丽的陪住女行为有些反常，总是往保险公司跑。后来我们对保险公司的资料进行了调取，基本已经搞清楚情况了。储强两个多月前在保险公司给自己买了一份人身意外保险，保险的受益人正是王丽丽。"

"原来是骗保啊！"林涛恍然大悟。

在警察抓获王丽丽后不久，她就交代了全部作案过程，此案也就真相大白了。

储强来到林山后，得知这里有陪住的业务。刚刚因嫖娼被连续处罚的储强，觉得这种服务实在是性价比很高。于是，储强就和王丽丽住在了一起。一起游山玩水两个月后，储强对王丽丽产生了感情，同时，他也向王丽丽提出了陪同他一起探险的要求。

王丽丽深思熟虑之后，告诉储强，陪他探险可以，但是必须先买好保险。储强于是给自己买了一份保险，第一受益人是王丽丽；给王丽丽也买了一份保险，第一受益人是王丽丽的母亲。这算是一种诚意吧。然而储强不知道，王丽丽要求买保险，并不是真的为了"保险"，而是为了钱。

王丽丽打的如意算盘，是用手上存着的毒鼠强，在深山里杀死储强。毕竟那是没有开发的地方，也不会有人发现。她在和储强相处的过程中，也了解到储强的父母过世、交友不多的情况，也不担心会有人找到自己的头上。所以，王丽丽可以向保险公司提起储强失踪，等法院宣告储强失踪、死亡后，她就能拿到一大笔保险赔偿金了。这样的安排可谓天衣无缝。殊不知，天网恢恢，疏而不漏。

4

曹支队的这通电话让我们很振奋。一路上，大家都在讨论着骗保的案例，也反思着这个案件不够完美的地方。当我们想到卖淫女杀人不拿钱的时候，为何没有更深一步地去推断这是起骗保案件呢？如果那样的话，侦查就更加有针对性了，案件也会更加顺利地破获。

好在我们框定的侦查范围很准确，案件也破获了，才没有留下遗憾。

直到我们下了高速，也没有人问我，今天的神经质举动是因何而起。

"去'指环专案'的专案组？"韩亮握着方向盘问道。

"不，去木西西里大酒店。"我说。

"去酒店做什么？"林涛说，"那边还在排查，我们这时候去好吗？"

我没回答，只是默默地等韩亮把车开到了酒店的楼下，然后走到车后备厢边，拿出了一个勘查箱和一个工具箱，问陈诗羽："涉事的三个房间还封存着吗？"

陈诗羽点了点头。

大家莫名其妙地跟着我走到位于六楼的第一个房间，找总台打开了房门。

我从工具箱里拿出一把螺丝刀，说："我现在要拆电视了。"

直至此时，大家才露出了恍然大悟的神色。

所以，当服务员拦着不允许拆电视时，林涛、大宝在一旁协商损坏赔偿的事宜，让我专心地拆下了那台老式液晶电视的外壳。

这电视机的组装方式，和林山市被大宝、林涛损坏的那台一模一样。外壳是由液晶显示屏的塑料边缘以及两侧 10 厘米宽的音箱面板组成的，音箱面板也是由密集的小圆孔组成的。

在拆下外壳的那一瞬间，我就看见了黏附在外壳音箱面板下缘的一个小小的装置。

我打了个激灵，小心翼翼地把装置拆了下来，说："你俩打打闹闹的也不是坏事，有的时候就成了破案的关键。"

"针孔摄像头？"韩亮也很兴奋。

"没错，镜头顶住音箱面板的小洞，不仅能拍摄到电视机对面的大床，而且隐藏至深，很难发现。"我说。

"可是，它的电池能撑那么久？"大宝说。

"不用电池。"我沿着针孔摄像头尾端的电线一直捋到了液晶屏幕的后面，说，"它的电源是和电视机的电源相连接的。只要房间一插卡，针孔摄像头直接通电开始工作。"

"我去，这么先进！"大宝惊叹。

"先进的还不止这些。"韩亮摆弄着摄像头，说，"还有，这个东西没有储存卡，是依靠 3G 信号传输的。"

"正常，他不具备经常过来获取内存卡的条件。"我说，"必须有更加先进的传输模式。"

"晕，那 3G 不是需要电话卡吗？"大宝说。

"这个人使用的微信都是伪造的 SIM 卡，更不用说直接用来获取视频的卡了，肯定是伪造的。"韩亮说。

"高级啊。"大宝从韩亮的手中接过这台小装置。

"虽然听起来很高级，但看模样倒是粗制滥造的。"韩亮说，"没有品牌，没有生产商的 logo，要我看啊，这很有可能是犯罪分子自己拼凑制造的。"

"那就断了我们查生产、销售途径这一条路。"我可惜地说道，"不过至少有一点可以刻画，那就是这个犯罪分子十分精通电子工程行业。"

"这应该有用。"陈诗羽做着笔记。

我说："还有一个最最关键的点，我们之前认为摄像头是临时搭建、事后拆除的，以此来划定了侦查范围。现在看起来，这个侦查范围是错误的。犯罪分子只需要进过一次这个房间，就可以有长久的效益。那么，装电视的、装修的、维修电视的、开过房间的，都是具备作案条件的。"

"真是一个可怕的偷窥狂！"大宝叫道。

"三起案件都是跟这个酒店有关的。"林涛沉思道，"说明犯罪分子要么比较方便潜入这家酒店，要么只有能力潜入这家酒店，所以基本可以排除他是房客的可能——因为如果他只是因为开房才来这里的话，那完全可以多去几家酒店开，广撒网，收益还更大。"

"有道理，范围又小了。"陈诗羽说。

"那还是有不少人啊！"大宝说。

此时服务员已经喊来了酒店经理，他正准备谴责我们的行为时，看到了我们手上的针孔摄像头。于是他严峻的神情瞬间缓和下来，赶紧说道："太感谢你们了！我们现在就安排工程师逐个检查房间电视，然后获取的东西都拿来给你们。"

"至少有三个。"林涛嘱咐道。

"既然犯罪分子这么精通此道，酒店的住宿管理系统也应该被黑了吧？"我说，"毕竟拍摄到视频只是偷窥，而电话约人则是敲诈。偷窥只需要摄像头就行了，而敲诈则需要住客的信息。"

"从之前的三起案件来看，犯罪分子最先联系的，都是在酒店住宿系统里留下联系方式的人。"陈诗羽说，"如果是女人，就直接联络；如果是男人，就从男人那里获取女人的联系方式。"

"走，去看看。"我拉着韩亮下楼。

有了这个针孔摄像头，酒店十分配合我们的工作。甚至暂停了办理入住手续，让我们检查酒店系统正常与否。

韩亮和他的电脑专家外援连线，花了半个小时的时间，确定酒店系统很安全，并没有被入侵的迹象，也没有可能被入侵的漏洞。

"会不会是你的技术不好？"陈诗羽难以置信。

"如果是只能进入房间一次的犯罪分子，他是如何获取酒店住客信息的呢？"我也难以理解。

"那就是前台有问题喽？"林涛戴上了手套，开始清理前台的东西。

陈诗羽也戴上手套，帮林涛一起。

我和大宝则在前台附近逛。

木西西里大酒店的前台和其他大酒店的前台也没有什么区别。前台的后面是工作人员的通道，通向酒店的办公区域，一般人是不能通行的。前台的旁边是礼宾台，礼宾台的后面是一个小的行李房，客人寄存的行李都放在里面，用标签绳捆绑标记，也不是随便什么人都能进去的。

行李房里有一张小桌子，上面放着大大小小的纸盒，都是快递员送来的东西。快递员给酒店员工送快递的时候，都会放在这里，然后给收件人发送一条短信。酒店员工会在下班以后，到行李房里来拿自己的快递。

行李房的管理比工作人员通道要松多了。因为前台的工作人员比较忙，所以如果有人进入行李房，也有可能不被人注意。

我顺手拿起行李房里的快递，左看看，右看看。突然听见林涛的声音："发现了！"

相对藏在电视机外壳里的高科技针孔摄像头来说，犯罪分子获取住客信息的手段要低级很多。

林涛是在吧台的灯罩里找到的另一枚针孔摄像头。这个摄像头相比电视机里的小了很多，外形也更加精致，而且有生产厂商和品牌。

"电视机里的那种摄像头没法装在灯罩里。"林涛拆下摄像头，说，"这种小摄像头装在灯罩里，几乎是有了保护色，根本就注意不了。这枚摄像头的镜头正好是对着住宿系统电脑屏幕的，犯罪分子就是这样窥见入住信息的。而且，台灯是装饰用的，也没有实质性用处，且是固定在吧台上的。装在台灯上最安全，一来不会有人去注意这个台灯；二来也不会移动。"

"这是一个国产的摄像头品牌。"韩亮说，"估计销量会比较大，不太好查。"

"这人精通网络，肯定是网购。"陈诗羽说，"网购的话，就有联系的方式，还有邮寄的地址。"

"他作案滴水不漏，会把自己家的地址写上？"大宝说，"而且怎么联系的也不好查吧？还是回到了网购销售渠道的问题。"

"不写自己家地址，但至少要写自己能取到的地址吧！"我说，"之前不是说他用伪造的卡申请了微信吗？那会不会用这个微信去联系微商卖家？"

"之前对那个假的微信号，侦查部门做了不少工作，但是有没有和微商联系，这个倒是没有深究。但我想，这个应该不难查。"陈诗羽拿出手机，联系前方侦查员。

"我们有八个房间的电视都被装了摄像头。"此时酒店经理带着工程师回到了吧台，和我们说道。

前方侦查员还在侦查，我们也有时间去看看这些摄像头，于是和经理一起走到办公室，把拆下来的摄像头一字排开，放在办公桌上观察。看来看去，并没有什么好的突破。

"这八个房间有什么共同特征吗？"我问。

"都是商务大床房。"经理说，"就是有电脑、有保险箱，房间面积更大一些，也贵一些。"

"可以理解。"大宝说，"一般住贵的房间的人，都会更有钱一些，所以犯罪分子选择了这种房型。"

"你们酒店只有八个商务大床房？"我问。

经理摇摇头，说："不，有四十几间呢。"

"那为什么会只选择这八间？"我问。

经理摇头表示不解。

"因为他只有八个摄像头呗，所以就随机选择了。"大宝解释道。

"那有没有什么人，只进过这八个房间？而且只进过一次？"我问。

"哎哟，这可就不好说了。"经理说，"这个信息量也太大了，我得逐一去问我们员工，看他们可有什么印象。"

"有电脑，有保险箱。"我沉吟道，"你们房间的电脑维修，是自己人做吗？"

"我们酒店没有专职的网管。"经理说，"一般都是外聘的，而且每次外聘也不一样。"

"那这八个房间外聘过的网管，有没有名单？"我问。

"这得查一查。"经理说。

"就查这八个房间曾经维修电脑的网管名单上的交叉人员，哦，还有吧台的电脑也一样查。"我说。

经理点了点头，走了出去。

此时，陈诗羽也接了一个电话回来，说："查到了，果真是微商销售的摄像头，收货地址恰恰就是这个酒店。"

"收货人是谁？！"我惊喜异常。

"收货人写的是××。"陈诗羽摊了摊手，说，"收件电话也是酒店的总台电话。"

"那他怎么取货？"大宝问道。

我想了想，一拍大腿，说："你们忘了吗？酒店收到快递都是直接放在行李房，然后取件人自己去取的！"

"可是，那还是不知道谁取走了快递啊！"大宝一脸茫然。

我拉着大伙儿回到了行李房，对礼宾台的人说："几个月前，你们有没有注意到你们认识或者脸熟的人，进了行李房拿快递？"

"这……这太多了吧。"礼宾很诧异。

"不，我说的是非酒店员工。"我说。

"非酒店员工？"礼宾看了看自己的同事，两个人低头冥想。

不一会儿，经理从吧台后面走了出来，拿着一本厚厚的笔记本，说："我们外聘的网络工程师有十几个人，每次电脑有问题，不定人去请他们来，按次计费。每一笔账倒是记得清楚，但是具体请的是谁，记录得有些乱。我翻了翻，不敢确定啊，估计有三个人的嫌疑比较大。"

我拿出本子准备记录，心想这个前台经理倒是有几分保安队长的潜质。

"一个叫苏前的胖子、一个叫丁立响的瘦高个儿、一个……"经理的话还没有落音，就被礼宾打断了。

"我想起来了。"礼宾说,"就是丁立响,丁立响进过行李房!"

"具体说说。"我热血沸腾。

"有三四个月了吧。"礼宾说,"那天好像是下午,酒店大堂没什么人。我上了厕所回来,就看见丁立响从行李房出来,手上拿着一个快递。我当时还开玩笑说你怎么有快递寄来这里,他说是前台的妹子让他帮忙取的。他是来帮忙清理前台电脑系统的。我当时还远远地看了一下,他确实和前台妹子说了几句话,就开始摆弄起电脑来,前台妹子就到后面通道去休息了。所以,我也没有在意。他不可能是冒领快递啊,因为后来也没人说自己的快递丢了。"

"这就是了。"我说,"你们通知他来清理电脑系统的时候,他就网购了摄像头。第二天或者第三天,他带着摄像头去清理电脑系统。因为是下午时间,酒店的人少,前台服务员又没有电脑可用,所以肯定在后面的通道里休息。而这正是这个丁立响把摄像头装在台灯罩上的机会!这一切都是经过精心预谋的!这个案子要破了!"

陈诗羽说:"经理,您能把他的相关资料给我吗?越详细越好。"

经理点了点头,开始在外聘人员登记表中寻找丁立响的资料。

"有地址了。"陈诗羽接过经理递过来的表格,兴奋地说,"我去通知专案组,组织刑警、特警抓紧时间包围这个人的家。"

"怕是来不及了。"我突然想起了什么,苦笑着说,"如果这个人的摄像头都处于偷窥状态的话,那么我们进房间、拆电视、查吧台等一系列动作,他都尽收眼底了。现在都过去两个小时了,他肯定跑了。"

"跑得了和尚跑不了庙。"陈诗羽领头带着我们钻进了韩亮的勘查车。

特警果真是一支特别能战斗的队伍。

我觉得韩亮已经把车开得够快了,可我们抵达丁立响家的时候,发现这个小区早已被大批特警包围得水泄不通。

刚才在车上,我就一直在思考,这个丁立响究竟是个什么样的人呢,他约见这些被敲诈的女性,究竟是什么意图?两名女性的死和他有关系吗?杜洲和他又是什么关系?罗雪琴呢?他有地方藏人或者藏尸吗?他住在什么样的房子里?

结果现场和我想象的完全不一样。丁立响住在一个破旧的小区里,这里楼房密集,他住的还是六楼。显然,他根本就没有可能在家里藏人或者藏尸。

特警已经确认丁立响并不在家里,正准备对他家进行全面搜查时,遭到了一个女人的激烈抵抗。我们到的时候，那女人正在家门口撒泼打滚。她身后那扇破旧的铁门，还是老式的门闩，可见这个小区已经建成很多年了。

"丁立响去哪儿了？"穿着威武的特警队长站在女人的旁边，严肃地问道。

"你们凭什么进我家啊？欺负残疾人是不是？我要投诉你们！"女人躺在地上，嘴里骂骂咧咧的。我注意到她的脸上有很多烧伤的旧疤痕，一条腿也是残缺的。

"丁立响涉嫌命案，如果你再拖延时间，就以包庇罪论处！"特警队长说。

"少吓唬我！"女人半坐起身，说，"我们家老丁会杀人？你去左邻右舍问问，他是个什么人？他是个老好人、大孝子啊！他天天给我做饭，有工夫杀人吗？我跟他吵架的时候，他连个屁都不敢放！他有胆子杀人吗？你们别诬陷老丁了，滚！都给我滚！"

真是个棘手的状况。

"陶春花，陶大姐，是吧？"陈诗羽不知什么时候蹲在了女人的身边，"你说得没错，丁立响是个什么样的人，你心里最清楚。但你仔细想想，你们家老丁真的是你说的那样吗？最近几个月，他真的一点变化都没有吗？如果他真的有事瞒着你，你是他老婆，你心里真会一点感觉都没有吗？"

陶春花张了张嘴，好像被噎了一下，一时没说出话来。

"陶大姐，丁立响是不是不在家？他今天是什么时候出去的？"我趁机问道。

"我不知道！"陶春花没好气地回答，但显然陈诗羽的话让她有些动摇了，她又闷声补了一句，"一大早就出去了，三顿饭都在冰箱里放着呢。我这腿，哪儿跟得上他出门啊。"

"你知道他平时去哪里上班吗？"陈诗羽问道。

"不知道。"陶春花喘了一口粗气，说，"我是个废人，他什么都不跟我说。他都不敢碰我、不敢看我，你说我是不是个废人？我能知道个屁啊！"

她的愤怒里带着泪光，并不像是在说谎。丁立响如果真的囚禁了这些女孩，大概是不会把他的秘密告诉老婆的。

"搜查令到了。"一名特警拿着搜查令向队长报告。

"现在我们要搜查你的家，请配合一下。"特警队长的语气也变得温和了一些。

但陶春花就像是心窝里被刺了一刀，突然又变得歇斯底里起来："我不准你们进去！我看你们谁敢！"

法医秦明

VOICE OF THE DEAD

第十案

水上囚室

——

夺走别人自由的人是仇恨的囚徒，
他被偏见和短视的铁栅囚禁着。

纳尔逊·罗利赫拉赫拉·曼德拉

<h1 style="text-align:center">1</h1>

"我看你们谁敢！"陶春花用自己残缺臃肿的身体，拦在那一扇斑驳的铁门前面，"有本事，你们就从我身上踩过去啊！"

"现在我们是在依法执行公务，请你配合，否则你将涉嫌妨碍公务。"特警队长摆好了架势，我知道他们要采取强制措施了，这只是先礼后兵，不禁本能地往后退了一步。

"等等，我来劝她，可以吗？"陈诗羽反倒往前走了一步，"给我两分钟时间就好，你们可以稍微回避一下吗？"

特警队长有些尴尬，却还是点了点头。我完全可以理解他们，不怕一万就怕万一，万一陶春花在被制伏的过程中出了什么意外，结局还真不好说。毕竟并没有证据证明她有违法犯罪的行为。如果小羽毛能够和平解决这个事儿，那事情就好办多了。

我们给她腾出了空间。隐约听见小羽毛和陶春花似乎在轻声地说些什么，陶春花开始还有冷笑和叫骂声，后面声音竟渐渐软化了下去，变成了呜呜的啜泣声。

默默地等了几分钟，陈诗羽扶着陶春花过来了。

"我和你们一起带她回去审讯吧。"陈诗羽向特警队长请示，得到允许后转向我们："现场就交给你们了。"

我们敬佩地向陈诗羽点点头，然后开始各自穿戴现场勘查装备。

这是一个很平常的百姓家，并没有什么特殊的摆设。在进到中心现场之前，我们就对这个小区进行了大概的勘查。这里并不是一个具备藏人、藏尸或者非法拘禁条件的地方。现在最重要的，就是希望我们能找到属于失踪人或者死者的东西，一方面让丁立响的犯罪证据坐实了，另一方面可以查探出丁立响那个秘密工作室的所在地，或是其他能囚禁人的地方。

房屋是个普通的两居室，进了那扇斑驳的老式铁门，就是一个很狭窄的客厅。客厅进去后，有个通道，通道两侧分别是两个卧室、厨房和卫生间。房子里的摆设本来就有些凌乱，刚收下来的内衣、内裤随处丢弃，和脏衣服混在一起，可以看出这家的主人对生活的质量基本上已经放弃了。

我用戴着纱布手套的手，摸了一下冰箱的上缘，满满的一层灰。

有灰不是坏事，至少那些沾满了灰尘的角落，说明近期并没有人为接触过，我们也就自然而然地缩小了搜查的范围。

我把小组成员分成了两组，我和林涛重点搜查卧室，大宝和韩亮重点搜查客厅和卫生间。

次卧室显然没有居住的痕迹。里面虽然有一张婴儿床，但是上面没有被褥。衣柜也是空的，里面落着厚厚的一层灰尘。显然，这对夫妻没有子嗣，因此这间房间长期搁置不用。

主卧室的面积虽然不算小，但墙壁已经破旧斑驳了。我抬起头看了看天花板，墙面的涂料已经开裂，有几块涂料仿佛很快就要掉下来似的。

我小心地挨个儿抽屉检查着，动作尽可能地轻，防止破坏突如其来的证据。

墙上的挂钟嘀嘀嗒嗒地走着。

"卡地亚？"我说。

"啊？"正在检查床头柜的林涛站起身子。

"他们这个经济状况，怎么可能买得起卡地亚？"我说。

"这块手表要好几万吧！"林涛惊道，转念一想，又急忙说，"喂，你不会又要我去找那个卖奢侈品的老板娘吧。"

"别紧张。"我笑着说，"她销赃，已经被拘了。"

"你觉得这块手表，是哪个受害者的？"林涛说。

我点了点头，把手表小心装进物证袋，说："每一件奢侈品都有唯一的编号。左怜、欧阳悦悦和徐小冰的经济条件都不错，又都是时尚人士，没有随身物品是不可能的。说不定，这块手表就是属于某一名受害者的。只需要我们调取相关的购买资料，这就是一枚铁证。"

"哦。"林涛说，"床头柜里没有什么特别的东西，连安全套都没有，说明他们没有避孕。一直没孩子，他们夫妇中至少有一个人有问题。"

"这个床头柜检查了吗？"我指了指另外一侧的床头柜。

林涛摇了摇头，蹲下身来，拉开了床头柜的抽屉。抽屉一拉开，林涛就呆在了那里。

"怎么了？"我发现了异常。

"手……手铐！"林涛从床头柜里拿出了一副银光闪闪的手铐。

"我去！"我连忙从林涛手里接过了手铐，"不对啊，这个手铐这么逼真，但是毫无分量，应该是空心的吧。"

"反正不是警察用的手铐。"林涛说完，又低头在抽屉里翻找，很快拿出了一把钥匙。

"家里有手铐，显然不正常。"我说，"但是这个手铐，真的能有效地控制住人吗？"

韩亮此时走进了房间，拿过手铐摆弄了几下，笑着说："你俩啥也不懂啊，这个就是情趣手铐。"

我和林涛站着没动，直愣愣地盯着韩亮。

韩亮尴尬地笑了笑，说："没买过，总见过吧？"

"这个东西能随便卖？"我说。

韩亮笑着说："不是啥稀奇东西，糊弄糊弄人还差不多。"

林涛拿着手铐，左右看看，从五斗橱上的一个小瓶子里拿出一根牙签，在手铐的锁眼里搅动了几下，手铐啪的一声就被打开了。

"看见了吧，完全不具备拘禁别人的能力。"韩亮说道。

我们花了大半天的时间，几乎把这个小小的房子里面的东西全部搜查了一遍。除了那一块卡地亚手表和一副假手铐，没有其他的发现。

尽管事先知道丁立响是个电脑、网络和电子产品的高手，但搜查他家的结果却令人意外，整个家里连一台电脑都没有，更不用说电脑配件或者组装电子产品的器械了。

看起来，丁立响把自己隐藏得很深，凡是和自己的特长有关的东西，他一律不放在家里，也从来不在家里施展自己的特长。

而且，侦查部门也已经调查了大半天，可以确定的就是，丁立响并不受雇于任何一家公司，只是通过客户介绍的方式，承担了木西西里大酒店以及其他几幢写字楼的电脑维修工作。他不属于任何一家公司，是一个自由人，在这些临时聘请他的单位有需要的时候，他才会现身去解决问题。

不要小看这自由职业，收入一点也不比固定工作少。毕竟他的技能还是很出众的，别人解决不掉的问题，他可以手到擒来，有了这样的口碑，自然不愁收入。所以，丁立响除了到各个公司工作之外，肯定还有一个上班时间的栖身之地，那么，这个秘密的工作室究竟在哪里呢？工作室是不是就是恶魔的营地呢？

丁立响的家中，连和电脑有关的物件都没有，更不用谈和工作室有关联的物件了。我们反复清理了丁立响家中所有的东西，最后的结果是放弃搜查。看来，要找到丁立响以及他的工作室，基本只有靠城市探头还有调查访问工作了。

我们的搜查工作结束了，寻找线索的工作还没有结束。

我拿着手铐，赶赴刑警支队专案组审讯室，想去看看小羽毛他们对陶春花的审讯情况怎么样了。

"陶春花，女，33岁，之前是幼儿园老师，目前无业。户籍地龙溪市陶堂镇。"在审讯室的门口，侦查员把前期调查的情况通报给我们，"五年前，陶春花通过相亲和丁立响结婚，婚后一直没有孩子。三年前，丁立响的父母和陶春花在一起打车去中医院的路上遭遇车祸，丁立响的父母当场死亡，陶春花捡回了一条命，但失去了一条腿，身上也有多处烧伤。她的工作保不住了，便在家待着，靠残疾人补助和丁立响赚的钱维持生活。两人都没有前科劣迹，就像陶春花说的那样，邻居对丁立响的评价还挺不错，都说他对妻子不离不弃，是个好丈夫。"

我点了点头，从侦查员手中接过材料卷宗，推门走进了审讯室。

负责审讯的侦查员正襟危坐，小羽毛在做记录，向我们微微点了点头。而对面坐在审讯椅上的陶春花，神情有些恍惚。她臃肿的身体塞在审讯椅里，一条残缺的腿悬在那里。

我们法医只是技术人员，可以在侦查员的邀请之下参与审讯，但是不能成为审讯的主导者。所以，我坐在了负责审讯的侦查员的旁边，把手里拎着的两个透明物证袋重重地放在了桌子上。

陶春花微微抬头瞄了物证袋一眼，仿佛并没有过多的表情反应。这让我有点奇怪。

"你接着说。"侦查员说。显然我们进门的时候打断了他们的谈话。

"我骂他，凶他，但他从来不还嘴。"陶春花的声音有些疲惫，"我扇他耳光，就好像扇在木头上、石头上一样。可能在他眼里，我也就是会说话的木头、石头，没感情的，只是因为亏欠我，才忍受着和我这样的人在一起。"

"他为什么亏欠你？"

陶春花仰天笑了："他为什么亏欠我？因为生不出孩子啊。他爸妈可想要小孩了，我们一结婚，就给买了婴儿床，喏，放在我们家的那个，你们看到没？五年啦！跟个鬼魂一样，五年啦！我不想生吗？老丁他不行啊！他不是身体不行，他是心里不愿意。他太听话了，听他爸妈的话，才跟我相亲，因为他爸妈说，当幼儿园老师的，脾气好、老实，更会带孩子，他就听了，娶了我。然后呢？他爸妈说要孩子，他就跟我睡，一个月哪几天睡觉，安排得明明白白的！有这样的家庭吗？有这样的老公吗？……啊，我们家老丁就是。那时候我也年轻啊，谁不想要一个知冷知热的男人？他是好，但我知道他心里没我，他心里想什么，我一点都猜不出来。"

陶春花笑得脸上都是眼泪。

她又继续说道："然后，他爸妈就说是我有问题，非要带我去看这个中医、那个中医。好呀，去看医生，我听你们的。结果就被车撞了，那个疼啊，火烧火燎的，我一辈子都没那么疼过……醒来的时候，公公婆婆都没了，我想笑，但我一看，我的腿没了，我的脸也没了。我是个废人了。这下，他更加不会要我了……结果呢？谁能想到，他还非要伺候我，天天给我做好吃的，对我比当初对他妈还要恭敬。他不是亏欠是什么？可是啊，我以前是个女人，现在也还是个女人，他对我哪里像对待女人啊……你们问我，他有什么不对劲，他哪里都不对劲，很久，很久了，我已经不知道什么才叫正常了……"

显然，问了这么长时间，侦查员根本没有问出实质性的内容。虽然陶春花的经历让人感觉很压抑、很窒息，但我还是很着急，毕竟还有三个失踪的人下落不明，也不知道丁立响和杜洲到底有着什么样的关系。最危险的是，我们在搜查酒店的时候，丁立响肯定是可以通过摄像头传输系统发现我们的动静的，那么，就会对人质的安全造成威胁。

我实在忍不住了，拎起装着手表的物证袋说："这是你的？"

陶春花看了一眼，点了点头。

我更加诧异了。我问："你买得起这几万块钱的手表？"

"老丁说是客户送的。"陶春花的表情看起来不像在说谎，"前一段时间，我管他管得比较严的时候，他送了这个手表给我，说我得给他时间，他不工作的话，我们都得饿死。但要是他每天只回来一趟，就能赚钱给我带回更多的礼物。我累了，也信了，这段时间就不怎么管他了。"

"那这个呢？"站在我身后的林涛举起物证袋里的手铐问。

"这个是假的。"陶春花说，"我就在楼下小店里买的。"

陈诗羽有些意外："你买手铐做什么？"

陶春花一脸坦然地说道："用来铐住老丁的，我要他陪我一起睡。"

"为什么？"我说，"他晚上也会出门吗？"

陶春花说："外面到处都是女人，我不拦着，他不就走了吗？你知道吗，老丁这个人看起来老实蔫尿的，可有一次，我发现他趴在窗户上偷窥隔壁女人洗澡呢！你说，这人是不是得铐起来？"

"偷窥"这个词，突然在我的脑海里闪现了一下。似曾相识。

"这可气死我了。"陶春花说，"他不碰我，倒是对别的女人有想法啊。我闹了一顿，扇了他耳光，以为他能改好呢。可是没想到，没过两天，这家伙晚上居然趁着我睡着的时候，又溜到公用厕所偷看人家女的上厕所。"

"所以为了管住他，就买了手铐？"陈诗羽问。

陶春花点了点头，说："他和我说，他需要这样的刺激，要不然他一辈子都好不起来。他还想跟我生孩子。哈哈，你听他说的什么话。我不信他，所以我每天晚上睡觉的时候，都用手铐把我的手和他的手铐在一起，看他往哪里跑。"

"这手铐铐得住人吗？"我问。

陶春花沮丧地说："本来还好，可是，就在两三个月前吧，他有一天晚上居然不知道怎么弄开了手铐。我早上醒来，发现他没在床上。所以等他回来的时候，我就又闹了他一顿。可是当天晚上他居然又打开手铐跑了！"

"跑去哪儿了？"我问。

"我不知道。"陶春花说，"他就和我说是晚上必须走，因为他的病有可能就要治好了。"

听完，我浑身一紧。时间对得上，从证词上来看，他很有可能是去侵犯那几个失踪的女性了。而且，真的是和性有关。不过，杜洲又是怎么回事？是他的帮凶？

陶春花接着说："第二天他再回来的时候，就带了这块手表，让我不要管他了。他说有客户不仅会送他值钱的东西，还能帮他治好病。所以，我也就懒得管他了。这一段时间，他每天都是晚上回来做很多很多饭，把给我的部分放在冰箱里，然后鬼鬼祟祟地带着保温桶就走了。"

"保温桶？"我说，"他这是装了多少饭菜？"

"我不知道。"陶春花气鼓鼓地说，"我不想管，只要他还回来，我就懒得管了。"

"除了手表，他还有没有带过其他东西回来？"

"有，他还带回一些奢侈品牌的包啊、首饰啊什么的。"陶春花说，"不过那些东西我都卖了，就留下了这块手表，因为是他第一次送我的东西，就没卖。"

我回头看了看陈诗羽，她也看了看我。

看起来，陶春花真的只知道这么多了。我们的线索又一次断掉了。我很是沮丧，但又无计可施，只能默默地拿起物证袋离开了审讯室。

2

接下来的两天实在是太熬人了。

我们作为刑事科学技术部门，不可能冲在一线去寻找被困人员，去寻找丁立响的下落。所以，我们只能傻傻地待在办公室里等消息，偶尔派陈诗羽去打探一下消息。虽然知道不应该分心，但做伤情鉴定的时候，我还是控制不住自己，显得无精打采，被一个来做鉴定的大爷臭骂了一顿。

因为"指环专案"影响恶劣，市局抽调了刑警各部门上百名精干力量，兵分三路，围绕丁立响进行了调查。

第一组侦查员对丁立响的生平进行了调查。调查的结果，和陶春花说的差不多。丁立响对网络信息化的软件和硬件都有着异于常人的兴趣，他所有的专业技能几乎全部来源于自学。可能是在父母的高压下长大，他从小就不愿意多和别人交流，总是独来独往。即便走入了社会，除非工作上和人交流以外，一般也不与人沟通。陶春花提到的邻居女人和本案也没有什么关系。她和丁立响井水不犯河水。在公安内网的各大系统里，都很少能找到丁立响的踪迹。

第二组侦查员则分布在全市各个交通要道、卡点，以及公交车、火车、轮船站点和飞机场，与各个区域的公安机关配合，把龙番市这个大口袋的各个袋口扎紧，防止丁立响趁乱逃出龙番市。专案组相信，丁立响只要还在龙番市，就一定逃不出布控圈。但是经过两天的工作，完全没有发现丁立响的身影。

现在只有两种可能，丁立响要么在龙番市的某个隐蔽角落里躲藏了起来，要么就是徒步翻山，逃出了龙番。

第三组侦查员的任务是最重要的，他们会同市局视频侦查大队的民警，对全市所有的交警、治安、公交监控，以及不少民用监控进行调取、观看、研判。希望借此发现丁立响这两天的活动，最好还能找到丁立响工作室的具体位置或者方向。

没想到的是，丁立响作案的预谋应该是很早以前就有了。在监控视频可以保存的范围内，民警确实找到了很多有关丁立响的影像资料。不过，根本就无法研判他的活动轨迹。但是在很多经验丰富的视频侦查部门专家的判断下，可以确定丁立响的工作室应该位于龙番市的西北区域。由于丁立响有意躲开监控，只挑不设监控的公共交通工具乘坐，所以民警能明确的，也只有这么一点了。

可是，专家们所划定的侦查范围，是整个龙番市西北区域。对于一个两万平方公里、一千多万人口的城市，这意味着警察要排查大约三千平方公里的区域，以及两百多万人口。

这是一个几乎不可能完成的任务。

我们勘查组也仔细研究了龙番市的西北区域。这个区域是一个老的工业密集区域，里面有很多工厂、商家，也有很多废弃的房屋和院落。人口居住也算比较密集，就连流浪汉都有上千人，更不用说大量的流动人口了。

丁立响抛出来的死者有两个人，即便加上杜洲、罗雪琴失踪的地点，我们也还是不能运用侦查地图学来进行研判。虽然两具尸体以及杜洲的失踪地点都属于专家划定的这个"西北区域"，但是互相距离都不是太近。如果需要长途跋涉来运尸，又不被别人发现，说明丁立响很有可能拥有交通工具。那么就更无法研判他可能隐藏的区域以及工作室所在的区域了。

侦查员也就交通工具的问题咨询了我们。经过前期的调查，丁立响的名下没有车，也没有向其他人借过车。我们依据死者没有被包裹、没有运输伤，判断丁立响的交通工具不应该是两轮车。于是，侦查的视线基本锁定在电动或燃油三轮车上。

可是，一个城市，尤其是城市市郊，这类车该有多少啊！数量多得你都不敢想。而且，这样的车，根本不会在交警部门备案。

因此，三条线的侦查员做了大量的调查工作，却并没有对抓捕嫌疑人或者营救人质产生积极作用。

毕竟丁立响已经察觉了警方的行动，所以大家担心的还是人质的安全。至少有两名被丁立响侵害的女性还下落不明，而杜洲究竟是被害人，还是共犯，依旧不得而知。

专案组就像热锅上的蚂蚁，成天团团转。

然而，祸不单行，福不双降，就在这个节骨眼上，龙番市又出事了。

龙番山下的垃圾堆积场，突然发生了大火，龙番市公安消防出动了两个中队的官兵，才把大火扑灭。

救火的时候，一对母女到消防官兵处哭诉，这家的男主人张建国在大火烧起来的时候，正好在垃圾山里寻找可以卖钱的垃圾，而此时下落不明。

我们的勘查车一路往西北方向驶去，赶往大火的现场。

一路上，我们都在留心路边的建筑和人。不过，这块区域虽然废弃、偏远，但因为房价便宜，人口还是不少的。踏入了这块区域，我们才能真正理解侦查员们调查的不易。

很快，我们抵达了现场。

这里是位于西北区域的龙番山，山脉不小，但是在这个地方形成了一个山洼。而这个山洼，就被用来作为城市垃圾的中转站。

这个地方很空旷，周围也没有建筑物和人，是一个被城市遗忘的角落。

唯一会来这个地方的，就是那些靠拾荒维持生计的人。虽然运来这里的垃圾都已经被过滤了一遍，能够卖钱的东西并不多，但还是会有一些拾荒者来这里碰碰运气，寻找一些"漏网之鱼"。

张建国就是这样的人。

他是一个勤劳的拾荒者。除了在城市的垃圾桶里寻找纸盒、饮料瓶外，他偶尔也会来这个垃圾场里翻翻拣拣。还别说，这里毕竟人少，所以每次他都不会空手而归。

张建国的家距离这个垃圾场并不远，所以他的妻子、女儿在大火烧起来的时候，远远就看见了浓烟，于是立即狂奔到垃圾场附近。她们看见了张建国的三轮车停在那里，人却没在，看样子凶多吉少，吓得赶紧寻找消防官兵施救。

人命关天，在大火还没有被扑灭的时候，消防队就派出了两名战士进入火场呼喊、寻找，但是浓烟滚滚，实在无法打开视野，更不用说找到人了。在寻找未果后，官兵们加快了灭火速度，而且通知了消防救援大队。

在大火被扑灭了以后，消防救援大队的十余名战士，带着搜救犬就开始在垃圾场进行搜救。

我们到达现场的时候，搜救工作还在进行。

林涛和市局的程子砚对着张建国的三轮车看来看去。

"丁立响只要有这么一辆三轮车，就肯定能运出尸体。"林涛说。

程子砚点了点头，拉了拉三轮车上覆盖的一块毯子，说："如果丁立响也弄这么一块挡布，把尸体藏在车斗里，用布一遮，就神不知鬼不觉了。"

我们正在想象着这种可能性，就听到远处的搜救队员喊道："头儿！找到了！已经没有生命体征了！"

垃圾场边缘的那一对母女开始抱头痛哭。

其实这是意料之中的。在那么大的火场里，想要全身而退，几乎是不可能的事情。这也是消防部门第一时间通知市局法医部门到场的原因。

我直起身子，说："走，有活儿干了。"

"抓紧时间吧。"大宝说，"估计尸体焚毁得比较严重，不能让家属看见了，她们肯定受不了。"

我点头赞同大宝的观点，指挥消防队员把尸体放在消防车的后面，让消防车成为一道屏障，然后让消防队员把死者家属挡在了外面。

我和大宝戴好手套，走近尸体，把覆盖在尸体上的布拿开。这时候，我和大宝同时大吃了一惊。

尸体蜷缩在地上，侧面对着我们。从尸体的外形上来看，皮肤并没有受到火焰的侵蚀，尸体没有像火场尸体那样，全部炭化。裸露部位的皮肤看起来没有被焚毁，衣服也都完好无损。甚至，尸体的头发都完好无损。

我们知道，头发是最容易被烧毁的人体组织，一旦身体受到高温，头发是最先消失殆尽的。

不过，张建国的尸体表面都是黑色的，黏附了大量的烟灰炭末。

"他所在的那片区域没有烧起来？"我问身边的救援队员。

救援队员摇摇头，说："烧起来了。而且烧得很严重。"

"那为什么他的头发都还在？"救援队员长期出入于火场，所以一些基本知识不需要我们多说。

我从勘查箱里拿出一块纱布，蘸上酒精，然后在张建国裸露的皮肤部位反复擦拭。很快，黑色的烟灰炭末被纱布擦拭干净，露出了正常颜色的皮肤。我用止血钳指了指这一块被清理干净的皮肤给救援队员看。

救援队员拿起刚才覆盖尸体的布，说："刚才在寻找尸体的时候，是天狼先嗅到的。因为垃圾场堆积了大量的垃圾，而尸体是陷入垃圾之中的，他的表面被这么一块布盖着。这是一块阻燃布。"

"哦，阻燃布。"大宝说，"所以他是在发现着火了，知道自己逃不出去的情况下，用一块阻燃布把自己盖了起来。"

"这种布在现场附近还有好几块，说不定就是巧合。"救援队员说，"死者陷入垃圾堆后，正好一块阻燃布覆盖了他，也不排除这种可能。"

我点了点头。

大宝说："明白了。死者陷在垃圾堆里，又有阻燃布隔绝外界火情。所以，虽然他没有被大火烧死，但周围环境严重缺氧，导致了窒息死亡。"

我没有说话，依旧用酒精纱布擦拭死者裸露部位的皮肤，并且让大宝把张建国身上的衣物给剪下来。经过检查，张建国的颈部、口鼻腔都没有明显的损伤痕迹，躯干部和四肢也都没有明显的损伤。看起来，是有依据排除他死于机械性损伤和机械性窒息了。

"这就是一个意外事件。"大宝给案件定了性质。

"这里这么空旷，而且没有人管理，是不是经常发生火灾啊？"我一边把张建国的衣服整理还原，一边说。

衣物也很正常，没有损伤或者撕扯的痕迹。

"没有。"站在一旁的一名消防中队中尉说，"这个位置人烟稀少，又明令禁止烟火，因此以前没有发生过火灾。而且，我认为，这里都是露天存放垃圾，咱们龙番市雨水偏多，这里的垃圾以及垃圾下面的土地都浸了水。即便有零星的火星，也是没法引起大火的。"

"有人抽烟也不会引发火灾？"我问。因为我从死者外衣的口袋里掏出了一包香烟和一个一次性打火机。

"以我的经验，香烟不能算明火，是很难在这个垃圾场里引发大火的。"中尉说，"不过，如果烟头引燃了一些小的易燃物，导致明火出现，明火逐渐扩散，也不是完全没有可能。但这也算是小概率事件了。"

"那这场火灾是怎么形成的？"大宝问。

"这个，我们还是需要调查的。"中尉指了指远处正在驶来的一辆白色牌照的武警用车，说，"火灾调查部门已经派人来了。"

我若有所思地点了点头："既然在不应该起火的地方起火了，那么是小概率事件发生的可能性也就比较大。"

中尉点了点头表示认可。

"既然这样，案件我们可以移交给市局啦。"大宝摘了手套，拍着和我们一起抵达现场的韩法医的肩膀，说道。

烧死有三种机理。第一种是火场中的氧气减少，一氧化碳增多，从而导致窒息或者一氧化碳中毒，或者是呼吸道被热灼伤、水肿导致呼吸困难而窒息死亡；第二种是体表皮肤广泛烧伤而导致的创伤性休克死亡；第三种是火场坍塌等导致的机械性损伤死亡。

无论是哪一种机理，法医只要明确死者并不存在外人作用而死亡、死后焚尸这种可能性，就可以不作为刑事案件处理了。法医通常见到的火场中的尸体，都是被严重焚毁的，或者缺失部分肢体的，在这样的情况下，无法排除有没有外伤存在，就只能通过气管内的热呼吸道综合征①以及有无烟灰炭末吸入，来判断死者被火烧的时候还有没有生命体征存在。一旦确认存在热呼吸道综合征并在气管里看到烟灰炭末，则可以判断是生前烧死。至于是意外烧死，还是有人纵火烧死，则不仅仅是法医需要考虑的范畴了。

但这个案件不一样，死者的皮肤都是完好的。我们通过尸表检验，就可以轻易排除他是被他人作用致死的。结合救援队介绍的情况，大宝说的缺氧窒息而死，是张建国最有可能的死因。那么，这应该是一起意外。从这个垃圾场没有其他人、死者还吸烟这一点看，本案的始作俑者，应该就是张建国本人。

确实如大宝所说，我们现在应该去专案组看看"指环专案"的调查有没有新的进展了，而不是在这里纠缠一个意外死亡的事件。

我点了点头，从勘查箱里拿出一支棉签，心想最后简单确认一下死者的生前烧死状况，然后就赶赴"指环专案"的专案组。

我用棉签从死者的鼻腔内插入，尽可能深地去搅动。这个举动就是看看烟灰炭末是不是被死者吸入了深部鼻腔。这是判断生前烧死的一个最简便的方法，不过只在面部没有被焚毁的尸体上有效。

结果让我大吃了一惊。

我抽出来的棉签，白白净净的，没有黏附到一点烟灰炭末。

---

① 热呼吸道综合征，是指高温烟雾、炭尘进入呼吸道，引发呼吸道一系列反应，最终出于喉头水肿等原因而窒息的综合征。

3

"怎么会这样？"大宝最先叫了起来，引得勘查组的几个人纷纷侧首。

我也一样大吃了一惊，拿着棉签反反复复地看着，心里想着是不是自己的操作有误。可是，这么一个简单的操作，又怎么可能有失误呢？

"这……不是烧死？"经常和我们一起出入于火灾现场，林涛对烧死的尸体基本征象也是有所了解的。鼻孔里没有烟灰炭末，说明死者是死后被埋于垃圾堆里，然后大量的烟灰沉着、附着于身体之上，才导致了这样一个状态。

可是，尸体上并没有损伤啊！难道死者是恰好中毒了，或者是潜在性疾病突发了？这一切都是巧合吗？不会有这么大的巧合吧。

"是不是一氧化碳中毒死亡，才会这样的？"林涛问。

我摇摇头，说："只有火起来了，一氧化碳才会产生，才会中毒。而这个时候，死者应该会有烧伤。即便此时死者已经隐藏于阻燃布下方了，也肯定会吸入大量的灰烬，那么我的棉签就应该可以擦出东西来了。再者，你觉得这么空旷的地方也可以一氧化碳中毒吗？"

"那究竟会是怎么一回事呢？"林涛百思不得其解。

"不知道。需要尸体解剖才可以判断。"我坚定地说。

"解剖？"一名侦查员看了看消防车那头的母女，说，"又要去做死者家属的工作吗？这可不容易。"

我收拾好勘查箱里的东西，摘掉手套，拍了拍身上的灰尘，拎起勘查箱说："不容易也得做啊。实在是不同意的话，就只有请你们分局局长出面签署文件，强制解剖了。"

"强制解剖？"侦查员说，"这案子符合条件吗？我们没有依据或者疑点表明这是一起刑事案件啊。"

我举起手中的物证袋，物证袋里装着那支白白的棉签，说："这还不是疑点吗？死者不是生前烧死，而是死后焚尸！"

我把物证袋装进口袋里，从一脸惊愕的侦查员身边掠过，径直走向了勘查车。

"不准确，不准确。"大宝纠正我说，"尸体没有被焚毁，就是沾了点黑灰，所以不算是死后焚尸，不算。"

做通家属的工作肯定不容易，而公安分局的领导也不愿轻易担责任，没有签署强制解剖的命令。所以，我们在解剖室隔壁的休息间里硬是等了两个多小时，才看见侦查员满脸是汗、吭哧吭哧地跑了过来。

"抱歉抱歉，我真是把吃奶的力气都用上了！现在好歹家属是同意了。"侦查员扬了扬手里经过家属签字的尸体解剖通知书，说，"不过家属不愿意来解剖室，所以咱们可以直接开始了。"

此时的我已经等得万般急躁，见总算是做通了工作，也算是松了一口气。

"抓紧时间吧，请殡仪馆的同志赶紧把尸体送过来。"我苦恼地说，"要是冰柜的效果好，两三个小时就完成速冻了，还得化冻！"

"早就想到了。"韩法医微微一笑，说，"在冷冻间大厅里呢，没进冰柜。"

尸体在现场的时候就已经被我们剪掉了衣物，此时放上解剖台的是一具赤裸的老年男尸。曾被衣物遮盖的部分，皮肤颜色正常，而裸露部位的皮肤，即便已经被我们擦拭过了，还是显得很黑。

我用止血钳夹起纱布，对尸体又进行了一遍从头到脚的清洗，同时，也是对尸体进行第二轮检查。不出所料，第二轮检查并没有发现死者存在什么损伤。尤其是我一开始怀疑的针眼、隐蔽位置损伤等有可能被我忽略掉的问题，也一样并不存在。

不过，有一个现象倒是引起了我的注意。

幸亏在刚开始的时候，我并没有清洗干净。此时，在强烈的无影灯的照射之下，我似乎看到死者的面部存在一些异样。尤其是在林涛拍摄的照片里，这个异样更加明显。死者的眼角处，还有鼻根附近，就像是鱼尾纹一样，好像有一些白色的线条。这些线条的颜色比较浅，和周围的皮肤形成了浅浅的色差。不过，我知道这并不是真的皱纹。

看到这里，我歪头思考了一下，书本上的诸多理论，在我的脑海里不断翻滚。我似乎已经有一些线索了，于是从器械盘里拿出手术刀，对对面的大宝和韩法医说："等不及了，我必须马上知道死者的死因。"

我急切的心情显然和大家不谋而合了。大宝二话不说，拿起止血钳准备配合我的动作。

我熟练地一刀打开死者的胸腹腔，甚至都不检查腹腔情况，而是直接用手术刀切开了肋软骨，然后分离了胸锁关节，取下了肋骨，暴露了死者的胸腔。

眼前是一片黑红之色。

"哎哟，这人烟瘾不小吧。"林涛伸头看了一眼，啧啧称奇，"肺居然能黑成这个样子？"

"傻吧。"大宝用止血钳指了指暴露出的胸腔里的黑红之色，说，"你见过谁的肺长在中间的？"

我没有说话，用手扒开死者的左侧胸腔，暴露出了淡紫红色的肺脏，说："是啊，你看到的这个才是肺。"

"那也有好多黑斑，烟是不能抽。"林涛说。

"两侧胸腔里好像都有少量积血。"我说。

"这人怎么感觉怪怪的。"陈诗羽比林涛好学多了，说，"以往看见你们打开死者胸腔的时候，中间那一块是……是心脏，对吧？"

"是的，心包。"我说。

"可是，以往看见你们拿下胸骨的时候，心脏这里应该是红黄相间的吧。"陈诗羽说。

我点点头，赞许地说："对，因为纵隔、胸腺和心包都在这一块，所以脂肪、腺体是黄色的，其他组织是红色的。你看到的这是一个异常的纵隔，纵隔里有大量的血液，我们叫作纵隔血肿。如果我没有猜错的话，死者的死因就在这里了！毕竟形成这么大面积的血肿，已经足以让死者死亡了。"

"别说那么专业，什么隔？这说明什么问题？"林涛急了。

"我现在说的话，也太不负责任了。"我举起手术刀，说，"具体的原因，我需要进一步检查才能知道。"

我用手术刀切开纵隔，但是因为眼前一片血肿，根本就不可能具体分辨纵隔之内各组织的位置关系。在这种时候，就只能靠"手感"了。

对于很多经验丰富的外科医生，触觉比视觉更重要。在手术当中，手感好的外科医生可以更快地结束战斗，对患者造成的医源性损伤也就更小。同样，法医也是这样，在死者体内存在大量血液污染视野的情况下，手感就显得很重要了。

我用手术刀逐层分离纵隔，眼前的各组织更加清晰了。主动脉被我单独分离出来以后，我用纱布仔细地擦拭了它的周围，很快，大家看到它的上面有一个裂口。

"主动脉破了？"大宝吃了一惊，"主动脉怎么会破的？"

"是一个主动脉夹层动脉瘤。"我指了指破裂口的周围，说，"这个局部的区域，主动脉壁已经比较薄了，所以有破裂的危险。"

主动脉夹层动脉瘤是一种较为少见的致命性疾病，它的发生与多种疾病有关，但是它是一种非常可怕的致命性疾病。如果自己没有察觉症状，任由其发展的话，一旦在某些诱因的作用下，造成破裂，就会急骤发病而死亡。

"疾病猝死？"林涛说，"这……这也太巧了吧？刚刚猝死，然后就失火？"

我没有接话，翻出死者的两侧肺脏看了看，说："不，主动脉夹层动脉瘤虽然有自发破裂的可能性，但是也有很多是有外界原因的。比如这个死者，不仅仅是动脉瘤破裂，而且双侧的肺脏都有轻微的挫伤。你们说，这些肺挫伤是哪里来的？"

"被别人打的吗？"陈诗羽说，"可是表皮没有损伤啊。"

陈诗羽已经具备了不少法医学的知识和分析方法，我很是满意地点点头，说："确实，正因为他的胸壁表面没有损伤，所以说明他的肺挫伤不应该来源于机械暴力。那么，最大的可能就只剩下肺脏震荡而形成的损伤了。"

"震荡？"陈诗羽不解，"摔跤吗？"

我微笑不语。

大宝恍然大悟地说："哦！原来是这样！我知道了，你们等等哈，我来开颅看看。"

在大宝用开颅锯打开死者颅腔的时候，我也没有闲着，我观察了死者的双侧鼓膜。果然不出我所料，死者的双侧鼓膜都存在穿孔，虽然穿孔形态是有生活反应的，但是穿孔边缘出血现象并不明显。

"果然如此。"大宝打开了死者的颅腔说道。脑组织表面可以看到广泛的出血点。

"你们在打什么哑谜？"林涛感觉越听越迷糊，憋不住了。

"他们在找依据，现在依据已经找到了，基本确定，死者的损伤应该是爆炸伤。"韩法医解释说。

"爆炸伤？哪里爆炸了？"陈诗羽问。

"从法医的角度看，死者全身的这些损伤情况，就应该是爆炸形成的。"我用止血钳指着死者的面部，说，"最先让我怀疑是爆炸伤的，是死者眼角的那些白色的细纹。这些细纹的形成，是因为爆炸瞬间会产生强光，如果死者面向炸心，由于强光作用，就会有反射性闭眼动作，使得眼部周围的皱襞沟纹内皮肤没有热作用或者烟尘附着。机体迅速死亡后，会先出现肌肉松弛，这样，被皱襞保护的皮肤就显露了出来，形成白色的纹线。这些白色的纹线像是鹅爪的形态，所以这被法医们称为'鹅爪样改变'，是爆炸伤的一种证明。"

大家都在思索。我接着说："爆炸产生的冲击波不仅可以导致死者的鼓膜穿孔，而且会因为死亡迅速而造成穿孔部位出血不多。同时，冲击波作用于胸腔，使得胸腔压力骤然升高，这也是诱发死者原有的主动脉夹层动脉瘤破裂的原因。不仅如此，因为胸腔压力增高，上腔静脉血压骤升，回心血流逆行，可引起脑内小静脉和毛细血管扩张、破裂，导致脑组织出现广泛性的出血灶。也是一样的原理，冲击波对死者的肺脏造成了震荡，而形成了肺挫伤。有了这么多依据，我们可以肯定的是，死者死于爆炸伤。"

"听你这么一说，整个现场好像是能够串起来了。"林涛说，"张建国正在垃圾场里捡垃圾，不知道什么原因，突然发生了爆炸。"

"可能和他口袋里的香烟有关系。"大宝说。

林涛点点头，接着说："爆炸导致张建国迅速倒地而死亡，但是在倒地的过程中，他陷入了垃圾堆里，然后恰巧被一块因为爆炸掀起来的阻燃布遮盖。爆炸虽然导致了垃圾场的大火，但是大火没有烧到垃圾平面以下有阻燃布遮盖的张建国。"

"可是整个过程中，都没有人反映那里发生了爆炸啊。"陈诗羽说。

"这个也可以解释。"林涛微笑着说，"现场环境本来就偏僻得很，周围也没有人家。爆炸发生的时候，并没有人注意到声音，反而是因为大火产生的浓烟，才引起了周围居民，包括张建国家人的注意。"

"而且爆炸并不严重。"我说，"如果是严重的爆炸，死者的衣物很有可能被炸裂。甚至在有些爆炸案件中，死者身上的衣服都被冲击波剥光，死者的皮肤也很有可能发生严重的撕脱伤。而这名死者的皮肤都是完好的，衣服也都很正常，不过是黏附了烟灰炭末。解剖检验虽然看到了损伤，但也不过是轻微肺挫伤，就连整个腹腔脏器都没有因为爆炸时的冲击波震荡而发生破裂，肋骨也没有折断。致死的原因，却是他曾经潜在性的致命疾病被诱发。这一切，都可以证明此次爆炸是一次轻微爆炸。既然是轻微爆炸，声音就不会太大，那么结合林涛的分析，此次爆炸没有被人发现也属正常。"

"也就是说，如果张建国没有那个什么瘤子，他不一定会死？"林涛问。

"那个不是瘤子，那个是局部动脉壁薄，经不起血压的压迫，逐渐向外突出，看起来像个肿瘤一样。"我说，"不过，如果不是这个原因，他确实不会死，他的其他内脏损伤都不严重，还不足以致死。"

"说不定被大火烧死呢。"大宝说。

"说得也是。"我说，"不过，垃圾场里，怎么会有爆炸物呢？"

"是啊，这一点很奇怪。"陈诗羽说，"消防火调部门在刚才就已经对现场进行了一次粗略的搜索，并没有发现明显的爆炸装置的零件。"

"应该不是爆炸装置导致的爆炸。"我说，"一来爆炸装置不会就这么大一点威力；二来爆炸装置不应该在一个不易失火的现场引发大火。"

"连失火都不易，那哪儿来的爆炸？太匪夷所思了。"大宝说。

"这个我也想不明白。"我说，"我只知道，我们费了半天劲做通了家属工作去解剖尸体，结果现在得出这样的结论，如果我们没办法找出爆炸源头，就没办法向死者家属交代。"

"现在一切的希望都在现场了。"林涛说，"希望大火没有毁掉线索。不过现场那么大，我们去哪里找线索才是捷径呢？"

"有办法。"我说，"你们别忘了'鹅爪样改变'。既然我们知道死者在爆炸瞬间是面向炸点的，又知道死者倒地后很快死亡，没有体位的变动，那么根据他倒地的姿势就应该可以分析出他在爆炸瞬间面向的位置，也就是炸点的大概位置。"

"而且，既然有'鹅爪样改变'，说明他离炸点不远。"大宝说，"不然，这大白天里，强光衰减以后，就不会引起人的反射性闭眼了。"

我微笑着点了点头，说："我们赶紧复勘现场，越早勘查，找到线索的希望就越大。"

4

消防火灾调查部门的同事还在现场进行搜索，他们也寄希望于在天黑之前，可以找到火灾发生的线索。

我们见现场的垃圾都已经被水浸泡，是强大的高压水枪作用形成的，所以从勘查车里拿出胶鞋穿上，然后深一脚浅一脚地向发现尸体的位置走去。

上午看现场的时候，因为消防官兵直接运出了尸体，所以我们没有进入垃圾场。进入垃圾场的时候，才发现实在是举步维艰。腐烂的垃圾被水浸泡后，更加腐臭难闻，和尸臭味差不多了。关键是走在垃圾的上面，完全不知道下一脚会不会踏空。

林涛拿着勘查笔录和现场图，现场图是在发现尸体的时候，程子砚画下来的，现在居然发挥了极大的作用。我们跟着林涛，走到了现场图中标记的位置。

林涛看了看现场图，又看了看周围的环境，指着地面说："喏，就是这里了。"

我的方向感不强，所以当了法医。一名痕迹检验员，是一定要具备强烈方向感的。根据现场的状况能完成现场图的绘画，又要根据现场图的记录来重新建立现场模型。在这一点上，我被林涛甩出了几条街。

"尸体是右侧卧位躺着的，如果把他原位立起来，就应该是面朝东南，嗯，对，应该是东南。"林涛一边比画着，一边说。

"东南，是……"我尴尬地问。

"这边。"林涛一脸鄙视。

眼前是一片焦土。

从我们一路走过来的经验看，这一片被焚毁的烟灰炭末之下，应该有各种各样的城市垃圾。我们在很多火灾现场，会把所有的灰烬都筛一遍，寻找隐藏在灰烬里的秘密。不过，这么大面积的灰烬，用这种方法显然已经无法奏效了。

那么，该怎么去寻找线索呢？我们仅仅知道一个方向和一个大概的区域。

我往尸体位置的东南方向走了几步，漫无目的地踱着步，用胶鞋的鞋尖踢着烧毁了的不知道什么物体，偶尔蹲下来，把灰烬扒拉开，想发现一些有价值的物体。

可是，谈何容易啊。

"为啥我闻见一股特殊的味道？"同样在我的身后漫无目的地寻找的大宝，突然来了一句。

"啥味道？"林涛拿着一把消防锹，随机挖上几锹，"这里要么就是烧焦的味，要么就是垃圾的腐臭味，我也闻得到。"

"不对不对。"大宝吸了吸鼻子，说，"大概就这一块地方，你挖挖看。"

林涛狐疑地走过来，用消防锹开始掘地，突然，林涛停了下来。

我见有戏，赶紧凑过来看，努力地从满目焦黑中寻找不一样的地方。

"我知道了，是中药味！"大宝一蹦三尺高，"我知道了！罗雪琴的助力车！他们说有中药味！"

"走火入魔了吧？"我说，"这么大火，什么中药味不被烧没了？"

"谁说的？"大宝说，"很多中草药在受到高温之后，气味会更加浓重好不好？你们中医学没学过吗？"

"可能大宝是对的。"林涛看了看我，蹲下身去，从他挖的坑里抓住一个什么东西，使劲一拽，果然拽上来一个烧焦了的车轮毂。

"垃圾场里有两轮助力车？"我陷入沉思。

此时，消防火调部门的同事也闻声赶了过来，几个人互相帮衬着，把一辆几乎被烧毁的助力车车架从灰烬里拖了出来。

"是不是它发生了爆炸？"大宝急着问。

一名消防火调部门的少校把助力车扶正，仔仔细细地看了有二十分钟，面色凝重地说："基本可以肯定，这辆车，就是这场爆炸的起火源。"

"如何确定？"我吃了一惊。

"说起专业问题，就比较复杂了。"少校说，"简单说，助力车的油箱爆裂，符合爆炸所致。而且这辆车的油箱口存在制造瑕疵，一旦车辆长时间倾倒放置，油箱里的部分燃油就会从油箱口旁边的缝隙里渗出来。"

"也就是说，这辆车在这里放了不短的时间了，而且是倾倒放置，所以燃油慢慢地渗出，覆盖了周围的垃圾。"林涛接着话说，"然后死者的烟头，可能点燃了漏出来的燃油，然后就像导火索一样，引燃了油箱里的油。因为油箱体积有限，就导致了小规模的爆炸。爆炸本身没有多少抛出物，但是距离很近的张建国却被冲击波诱发了原有疾病突发死亡。"

"油箱爆炸后，箱内的燃油作为助燃物，引发了火灾，火烧大了，就波及了周围的垃圾。"少校说。

"可是烟头不算是明火吧？能引燃汽油？"大宝问。

"正常情况下是不容易引燃。但是燃油如果有挥发气体，或者烟头引燃了其他的小物体，产生了明火，都是可以引发火灾和爆炸的。"少校说，"无巧不成书，但是从这个车架保留下来的痕迹看，我们已经可以确定它就是元凶了。"

我们关注的重点当然不在这里。

我重新把助力车架放倒，想在车里寻找一些其他的线索。

"挺奇怪的，助力车即便是坏的，也能卖个两三百块钱。扔这里简直解释不通，而且，车里还有不少油呢。"少校说，"能渗出不少油，还能引起爆炸和大火，我看至少还有半箱油。"

"扔在这里，是因为它是赃物！"

我的声音激动起来，因为我们在助力车残存的车架之内，不仅找到了疑似包装中药的塑料包碎片，更找到了一沓没有被完全焚毁的纱布。

"我早就叫你进来搜！你还谦虚！你简直比警犬还厉害。"林涛拍了一下大宝的后脑勺。

"我们已经有足够的证据证明，这辆助力车就是罗雪琴的助力车。"我说，"既然凶手把它藏在垃圾场里，根据'远抛近埋'的理论，凶手的工作室应该离这个垃圾场不远。而且，这个垃圾场正好是市区的西北方，和我们侦查部门前期的调查情况相吻合。"

"那我们现在该怎么办？"陈诗羽精神抖擞。

我沉思了一下，说："我记得，我们一路上看到好多废弃的房子，这些说不定都会被凶手利用。现在要调集特警支队，以垃圾场为圆心，对周围废弃的房屋进行地毯式搜查。还有失踪人员没找到，所以我们要尽快！"

"那这辆车，我们得带走。"少校完全不知道我们在说什么。

"不行，这可能是一起重大刑事案件的关键证物，所以我们必须原物提取。"我坚定地说。

少校看了看我坚定的表情，也没有坚持，说："也行，不过我们要全方位拍照，回去好出调查报告。"

"好。"我抬腕看了看表，让陈诗羽赶紧去向"指环专案"指挥部报告，请求指挥部调集人手。

大宝看了看刚刚结束工作、正准备收队的消防救援大队，对少校说："能不能把你们的救援大队借我们用一下？"

我顿时理解了大宝的意思，心里暗暗称赞。这个大宝，时而迷迷糊糊，时而灵光一现，总是在一些意想不到的时候，发挥出他的作用，真是个大大的福将。

"是这样的。"我向一脸惊愕的少校解释道，"我们现在在侦办的案件，可能涉及寻找有生命体征的被非法拘禁的人质。你知道的，我们刑侦部门的警犬主要是搜毒搜爆犬、鉴别犬、血迹追踪犬和防暴犬。而你们消防部门的搜救犬，最适合我们这项工作。搜人质，搜救犬肯定比特警强。"

少校理解地点点头，说："公安都是一家人，何来借不借之说？我来通知救援大队，让他们辅助你们搜寻人质，相关的手续，以后再补。"

这样大规模的搜查场面，我还是第一次见。特警支队全员出动，在更了解地形的辖区派出所民警的带领下，分了十几组，对垃圾场附近的废弃建筑物进行了搜查。龙番市公安局新配备的警用直升机也升空进行俯览，协助指挥搜查。

龙番山脚下，有一块塌陷区域。这块区域以前是一座煤矿，煤被挖完后，就成了废弃的煤窑。随着时间的推移，这一小块区域逐渐塌陷于地平面以下，蓄水成为一个"水库"。这样的地方在龙番市周围很是常见，被称为塌陷区。塌陷区的住户都获得了相应的赔偿，举家搬迁。之前的房屋大多被淹没一层，只剩下二、三层矗立于水上。

因为塌陷区无法作业、生产，所以平时也不可能有人来这里。

但是这一块不大的塌陷区，毕竟位于垃圾场附近，所以一样被特警列为重点搜查对象。当然，搜查的主要目标，是离水边百米的几幢小楼。

别小看这塌陷区，水深都在 3 米以上，所以特警只得借用冲锋橡皮艇向楼房靠近。

"如果必须划船才能过去，那丁立响平时是怎么过去的？应该不是这里。"林涛说。

他的话音还没有落，救援大队的消防战士突然喊道："你们快来看看，这里有条小船！"

原来，搜救犬嗅到了藏在芦苇荡里的一条小船。

"既然有小船，肯定就有人进出于岸上和水面中间的房屋。"我说完，在岸边看了看说，"这里还有一条以前开采天然气的运输管道，但是仔细看这个管道，旁边居然还有一个细管子。这应该是水管！"

"而且还有电！"大宝指了指系在运输管道上的电线说，"通向中间的小楼！"

"中间小楼里的人，不仅从岸上盗接了自然水，还盗接了电。"我说，"不是为了住人，还能是什么？"

"果然是这里！"陈诗羽第一个撑起小船，招手让我们上去。

"特警那边还没有抵达位置，还是等他们攻下来以后，我们再过去吧。"韩亮说，"这也太不安全了。"

"有特警顶在前面，哪儿有不安全的？"我笑着跳上了船。林涛、大宝也随即上船。韩亮摇了摇头，坐在了船尾。

陈诗羽挥动小船的船桨，小船向塌陷区中央位置的几栋小楼驶去。

"你连船都会开？"大宝大吃一惊。

陈诗羽气喘吁吁地甩了甩头发，说："学校里教过。"

我们的小船行驶到一半的时候，前方的特警已经给我们喊话了："发现了现场和人质，嫌疑人去向不明。"

我的心里咯噔了一下。

陈诗羽肯定也是这样，她加快了速度，小船像离弦的箭一样飞速向小楼驶去。当我们从小船上跳进小楼的时候，深深感叹道，这简直就是一个天然的牢笼啊。

小楼的一楼已经被水面淹没，小楼周围一片汪洋。二楼的墙面上被打开了一个大洞，正是进出人的入口，也是小楼通向外界的唯一出口。如果没有船的话，插翅难飞。

从入口进来，室内和外界的破落完全不一样。室内就像一个现代化的中控指挥室，面前有三个屏幕，应该是对三个没有窗户的房间的监控。

第一个监控里，一个女孩正跪在一个男人的身边。第二个监控的房间是空的。第三个监控的房间里，一个女人衣衫褴褛地缩在一张小小的行军床上。

室内的桌面上，还有一台单独的电脑，电脑的屏幕上是个九宫格，但是全黑了。如果没有猜错的话，这个九宫格里原来显示的，就是酒店各房间的情况以及总台电脑上的住客信息。另外，桌面上还堆积着大量叫不出名字的电子元件，可想而知，这是一个电子发烧友的工作室无疑。

我戴好手套，拉开室内小床旁边的衣柜，柜子里堆积着几套名牌的衣物和包包。显然，是凶手从之前的三名受害者身上剥下来的。这个案子，即便丁立响被抓获后不交代，也有板上钉钉的事实证据。

"杜洲！那是杜洲！"大宝指着第一个监控里的男人喊道。

"这三个房间在哪儿？"我急着问。

"楼上正在破门。"特警队长指了指二楼墙洞旁边的一道楼梯。

我们迅速沿着楼梯上楼，看到三组特警正在对着三扇铁门实施破锁。房锁一打开，大宝第一个冲了进去。

"杜洲，杜洲！"大宝摸了摸男人的颈动脉，然后立即开始进行心肺复苏和人工呼吸。

"快救救他，快救救他！"身边的年轻女孩满脸泪痕地央求着我们。

我简单地扫视了一眼房间，房间多处都可以看到血迹，杜洲的身上也被一些纱布简单包扎了好几个地方。简单地一看，就可以判断杜洲遭受了非人的虐待。除了纱布包扎的地方，他身上很多地方都有大大小小的青紫。

"行吗？"我接过大宝的手，对杜洲进行心肺复苏。大宝满脸是汗地坐在地上。

"120马上就到了。"特警队长在身边关切地说道。

"怕是不行了。"我反复探测杜洲的生命体征，并没有复苏的迹象，但是我没有停下心外按压的动作。

"不要啊！不要放弃啊！"女孩哇哇大哭。

"坏人去哪儿了？罗雪琴！"陈诗羽扶正了女孩的肩膀，凝视着她说。

确实，作为医生的我们，第一时间想到了救人；而作为侦查员的陈诗羽，第一时间想到的是抓获犯罪分子。犯罪分子如果不被第一时间抓获，还会对更多的人产生威胁。

女孩听见陈诗羽喊出了她的名字，略微一怔，随后说："两天前就跑了，来和我们说警察发现他了，他要走了，让我们自己想办法活下去。杜哥全身都是伤，这两天唯一的一点食物还全部逼着我吃了。他没力气了，刚才就已经说不出话了。你们一定要救他，一定要救他。"

陈诗羽眉头一皱，接着问："那个坏人就说了这么一句？还有没有说些别的？"

罗雪琴仍在号啕大哭。

陈诗羽抖了抖她的肩膀，说："快告诉我！如果不抓到坏人，他会害更多的人！"

罗雪琴这才回过神来，努力镇定了一下，抬起头，说："他好像，好像还说去山里躲躲，如果运气好，警察没找到他，他还会回来。"

"李队长，赶紧报告指挥部，搜山。"陈诗羽看了看外面已经降下夜幕的天空，对特警队长说。

"好的。"李队长拿起了对讲机。

"找离塌陷区不远的小路，小路的尽头会有个三轮车。"我一边按压，一边说。

"对，对，对，他应该有三轮车。"大宝说。

"我陪你去。"林涛对陈诗羽说。

"这是我们侦查员的事情，你去做什么？"陈诗羽说，"你还是跟老秦他们去现场吧，那里更能发挥你的作用。你来了，我又该忙着保护你了。"

林涛脸一红，留了下来。

看着大家远去的背影，我内心为他们祈祷平安。

我们一直对杜洲进行心肺复苏，直到120医生赶来。医生们为杜洲接上了生命体征监护仪，努力了一会儿，医生站起身来，说："没有希望了，放弃吧。"

"别放弃啊！刚才我还觉得他有脉搏的！"大宝涨红了脸，跳起来说。

"节哀。"医生说。

我搂过大宝，竭尽全力让他平静下来，低头向杜洲默哀。

我心里知道，虽然大宝总是嘴上说着不能原谅这个发小的夺妻之恨，其实他的心里早已经原谅了杜洲。

虽然丁立响在一个小时之后就被警方抓获了，但是刑警们整整忙碌了一夜，该审讯的审讯，该提取物证的提取物证，该询问证人的询问证人。还有两组女民警在医院陪着两名受害者，一组民警负责处理杜洲的后事。

我们勘查组也一样一夜无眠，几个人在办公室里等候专案组的消息。

法医秦明
VOICE OF THE DEAD

尾声

黑暗四重奏

———

你是我的敌人：一个从未有人有过的敌人。
我把我自己的生活交给你，以满足你那种
人的感情中最低级、最卑鄙的感情：恨、
虚荣心和贪婪，而你却毫不顾惜地浪费掉
我的生活。

———

奥斯卡·王尔德

龙番市公安局讯问笔录

时间：＊ 月 ＊＊ 日 3：00 至 ＊ 月 ＊＊ 日 7：00
地点：龙番市公安局刑警支队办案中心
讯问人：＊＊＊ ＊＊＊　　工作单位：龙番市公安局刑警支队重案大队
记录人：陈诗羽　　工作单位：龙林省公安厅刑警总队第一勘查组
被讯问人：丁立响　　性别：男　　出生日期：1985 年 11 月 5 日
身份证件种类及号码：居民身份证 ＊＊＊＊＊＊＊＊＊＊＊＊＊＊＊＊＊＊
现住址：龙番市世纪小区 3 栋 601 室　　联系方式：＊＊＊＊＊＊＊＊＊＊＊
户籍所在地：龙番市世纪小区 3 栋 601 室

问：我们是龙番市公安局刑警支队的民警，现在依法对你进行讯问。这是我们的警官证以及犯罪嫌疑人权利和义务告知书，你看完后如实回答我们的问题。

答：看完了。我会如实回答你们的问题。

问：介绍一下你的家人。

答：没什么好说的。

问：你父母呢？

答：死了。

问：老婆呢？你和她的关系怎么样？

答：你们见过她了？那还用问吗？

问：她知道你在外面做什么吗？

答：不知道。我们俩没有感情，就是硬凑在一起过日子而已。我没必要什么都告诉她。

问：你从事什么工作？

答：网络技术。

问：说具体点？

答：现在的人离不开电脑和网络，我会修电脑，会修网络，所以他们离不开我。

问：你的意思就是给别人修电脑和修网络？只是给那一家宾馆当外聘的网络工程师吗？

答：不，求我的人多了。去宾馆干那个活儿只是我去装探头的一个幌子，不然开房间装探头容易被你们发现。他们酒店的网络工程师很多，因为每次给的钱少，所以换得很频繁。我觉得这样你们就不好调查了。

问：你知道你涉嫌触犯了哪条刑律吗？

答：不知道。反正我没杀人，没强奸。

问：先说说塌陷区的那栋废弃房子吧。

答：哦，那房子是我自己改造的，拉了水电，装了电脑。那只是我的工作室，我平时工作的地方。你们不觉得挺不错的吗？

问：你弄这个房子就是为了工作？

答：（沉默一会儿）还养了几个人。

问："养"了几个人？详细说说吧。

答：我给他们提供了一个"世外桃源"，让他们远离世俗的喧嚣。为了养这几个人，我还特地弄了许多家具、浴具、电视什么的。每天都给他们送饭，特地把三楼弄得漂漂亮亮的。我对他们很好，算是尽心尽力了。

问：说说你为什么要关他们，他们又是怎么死的？

答：死了？不会吧！这事儿可不能算在我头上。我什么都没做，你们搜了酒店，我害怕，所以我就走了。我走的时候他们可还没死啊。

问：别废话！从你作案前开始交代。

答：不要说得那么难听嘛。什么叫作案？我刚才说了，我是解救他们于水火。如果你们感兴趣，我从头说起好了。我是个好人、老实人，真的，你们可以随便问问我们小区的邻居，问问我工作过的单位，谁都这么说。当然，这都是我爸妈管得好，从小，他们对我就很严格，我做错一点事情，都是要罚跪的。一跪就是一晚上，什么坏人都变成好人啦。

　　所以我一直很听话，他们说什么，我就做什么。相亲？结婚？生孩子？我可什么都按照他们说的做了。对，我老婆就是你们认识的陶春花。不过，我和她结婚的时候，她可不像现在这样。她腿不瘸，人也不胖，性格更是和现在没法比。她以前是当幼儿园老师的，你们看不出来吧？一个和我一样老实听话的女人，我爸妈怎么会不喜欢呢？

　　结婚，也就那么回事，和一个陌生人睡在一起，假装大家都很熟。我对陶春花没意见，她以前确实是个好人，收拾屋子很勤快，就是大家说的很贤惠的那种老婆。可是，怎么说呢，我就是对她没感觉，尤其是要和她生孩子时，一看到隔壁房间里的婴儿床，一想到这屋子里还要再来一个很乖、很听话的小崽子，我就不行了。我躺在那里，怎么都没有反应。

　　问：你说的"不行"是指？

　　答：兄弟，都是男人，你说"不行"是指什么？

　　问：需要你自己说清楚点。

　　答：就是没有性功能啊。不过这事儿也很邪门，我一个人在家看片子的时候，明明是可以的。

　　问：接着说。

　　答：因为不行嘛，就一直没有孩子。可是偏偏我爸妈天天就嚷着要抱孙子。我知道，他们这么急着让我相亲，让我结婚，其实就是为了抱孙子，我不过就是给他们生产孙子的一个工具，陶春花也是。可是，我不行这件事，不可能告诉他们啊，所以他们就一直认为是陶春花的问题，带她去好多医院看过，都没查出问题。陶春花也羞于把这些事告诉他们，所以一直很配合去医院检查。后来，不知道听谁说的，我爸妈就带着陶春花去看中医。陶春花也很配合，她自己去看完中医，又偷偷找中医开回来药，给我喝。她心里是知道我的问题，但是又怕伤了我的自尊，所以和医生都在说是自己的一个朋友有问题。唉，这个傻女人。其实我心里也是知道的，我不是有病，我只是不想和她一起。

　　问：接着说。

　　答：就这样，有一次他们三个人在去看中医的路上，出了车祸。我爸妈当场就死了，陶春花坐在副驾驶，一条腿被卡住了，全身烧得到处都是伤，送医院抢救去了。我听到他们车祸的消息的时候，好像心里头压了很多年的东西，一下子就轻松了。我的眼泪哗哗往下掉，好像一辈子都没哭过似的。大家都以为我是伤心难过呢，就只有我自己知道我是为自己高兴而哭的，我自由了啊！可惜，陶春花运气不好，烧成那样，她还活下来了。她少了一条腿，又毁了容，居然还活下来了。这下我连离婚也没法提了，谁让她是我爸妈害的呢，我这辈子就甩不掉她了。我难受啊，这下是真难受了。你们能不能不要铐着我？看到这手铐，我心里更难受了。

问：（略松解手铐）为什么看到手铐就难受？

答：还不是因为陶春花啊！车祸之后，她就不是原来的陶春花了，变成了一个凶悍不讲理的泼妇。真的，太可怕了，一夜之间，她就变成了一个疯婆娘！

问：具体说说，变成什么样了？

答：她丢了工作，只能在家待着。可是，她对什么都不在乎了，以前每天把屋子打扫得干干净净的，现在什么都不管。她行动不便，我知道，可她用拐拐打我的时候，比我爸妈打我可疼多了，她天天骂我，讽刺我，嘲笑我，一会儿哭，一会儿叫……我的脑袋嗡嗡的，可我也没办法向那样的一个人还手。她不让我出门，还总是怀疑我在外面有女人。我要是在她面前不小心看了别的女人一眼，她就会一个巴掌打过来，一点面子都不给。我有时候真觉得我爸妈死了之后，是不是附到她身上去了？她怎么能变得这么可怕呢？到后来，她越发过分，买回来一个手铐，晚上把我和她铐在一起，怕我晚上跑出去找别的女人。你说，这不是变态吗？

当然，我什么都没说，我就忍着。人人都说我是好人，他们可不知道当好人有多难受。有一次，我无意中偷看到了隔壁的美女在洗澡。我忽然发现自己有反应了。原来偷窥真的是可以刺激性欲的，就像偷偷看毛片一样。我发现了新大陆，觉得自己真的有可能重振雄风了。

问：然后你是怎么做的？

答：后来我就想啊，总是这样偷窥一个人，没什么意思。所以我就去公共厕所啊什么的偷窥。但是，这种吧，实在是没有可控性，你懂吧？就是我需要的时候，不一定碰得到。所以，我就想，是不是可以把我的网络、电脑技术给用上呢？比如，针孔摄像头什么的，这些器材是专用器材，一般人搞不到，但是我有办法搞到啊。可是，这些东西安装在什么地方才能满足我的需求呢？就在这个时候，我看到一家五星级酒店在招外聘网络工程师。虽然薪酬很低，但那是五星级酒店啊，每天入住率那么高，而且入住的都是一些年轻、时尚的人，所以这里绝对是可以做一些手脚的。

问：哪家酒店？说清楚。

答：木西西里大酒店。住得起这家酒店的，肯定都是有钱的人。而有钱的人，尤其是本地的人，不回家住酒店做什么？那肯定是有猫腻啊。既然有猫腻，就有我发挥的空间啊。即便偷窥被抓住了也不要紧，那些偷情的人理亏，也不会报警。于是，我去那家酒店应聘了。我这个技术，去当个什么网管，那就是杀鸡用牛刀。

问：插一句，你的电子技术是怎么学的？你的资料里显示你大学读的也不是这个专业。

答：哈哈，靠上大学能学到黑客技术？能组装电子元件？我都是自学的，我有天赋。我小学的时候，被爸妈关在家里实在没有事情干，就开始研究这些了。

问：你接着说。

答：我回家想了很久，终于研究出一套完善的方案。就是自己制作针孔摄像机，把电源连接到电视上，只要房间一通电，就自动开机摄录。视频信号实时通过酒店的Wi-Fi进行传输，传输到我伪造的一张SIM卡上。我在数十公里之外，一样可以接收到。这样我就等于实时对酒店房间进行监控和录像了。在此之前，我早就已经开始弄我的工作室了。我也是无意中发现这个"世外桃源"的，真的是人间仙境、世外桃源啊，空气又好，又安静。在去酒店应聘之前，我的工作室已经初具规模了。麻雀虽小，五脏俱全，水、电、网、电脑俱全。这是我一个人躲清净的地方。

问：水、电、网的管线，都是你自己盗接的吗？

答：我说兄弟，你们说话怎么就那么难听？什么叫盗接的？我不过是借用而已。

问：不要贫嘴，接着说。

答：所以那几天，我就在工作室里研制我的装备。酒店聘用我之后，第一个任务，就是给八个房间的电脑重装系统。那都是商务大床房，绝对是我的目标啊。所以我就利用重装电脑系统的时间，给每个房间的电视机音箱里装上了针孔摄像机。回到工作室一看，我去，效果比我想象中还好。怎么说呢，在这个方面，我是个天才。

问：你就只是安装了针孔摄像机吗？

答：这事儿就复杂了。其实最开始我只是想通过偷窥来获得满足。可是吧，就在我装好摄像机的那个晚上，我准备偷偷去工作室看的时候，陶春花又犯病了。刚才说了，她用手铐把我和她铐在了一起。你们不知道啊，我的电脑硬盘有限，不可能将所有的视频都录像保存，所以我晚上必须在工作室啊，看到有价值的视频，才能手动开始录像保存嘛。人家都是晚上开房，我晚上被铐住了，那岂不是白费这么大劲？

问：所以你逃跑了？

答：没有。开始没有逃跑，也跑不掉啊。我一动，她就醒了。不过，这是个麻烦事，只要陶春花犯病，我就没法偷窥。所以我就想啊，怎么才能保持一个总是能偷窥到的状态呢？后来我就想了一个办法。如果抓一个美女回来，关在我工作室楼上的小屋子里，岂不是想什么时候偷窥，就什么时候偷窥？但怎么才能抓到呢？然后，我就想到了之前说的猫腻。既然有猫腻，别人敲诈钱，而我只要人。要敲诈，首先得知道每个房间的住客信息，这样才能联系上。于是我就想设计一个黑客程序植入前台电脑。不过，据我所知，他们酒店是经常会重装系统的，使用的住宿登记系统防火墙也很厉害。与其想办法设计一套使用不久就会被格式化的黑客程序，不如想办法组装一个更小、更精密的摄像头直接放到前台去。可是，这个技术确实很难，没有专业的仪器，我造不出来。所以，我就想到了微商。微商真的是啥都有的卖，我用伪造的 SIM 卡申请了微信号，购买了摄像头，然后利用总台需要重装系统的时机，把摄像头装在了前台的灯罩里。天衣无缝啊。

问：然后你就得逞了？真的抓人回来了？

答：可是，白天还是看不到人家开房啊。所以，我至少得逃出来一个晚上，弄到一个人的信息，好把她约出来、控制住才行。

问：插一句，你平时用什么交通工具？

答：我的工作室必须是保密的，那是我赚钱的地方。连那个疯女人我都不能让她知道！所以我白天一般都是坐公交或者地铁，到没有城市监控的地方，然后转坐"蹦蹦①"到老工业园区附近。我的电动三轮车会停在那里，骑车到了塌陷区附近，我再坐船到工作室。

问：你费这么大劲，就是为了逃避警方的追踪吗？当时就预谋犯罪了吗？

答：什么预谋犯罪，这个是不是有点过了？我就是图个方便而已。

问：接着说。你逃出来了以后，是怎么到工作室的？

答：三个多月前吧，应该是元旦前后。装好吧台摄像头之后，我就在工作室看到了一对男女登记入住。一看就是去偷情的，鬼鬼祟祟的。要命的是，这酒店不按你们警察的要求，把两个人的身份都做登记。他们只登记了男人的信息。妈的，我要男人的信息做什么？这我就愁啊。他们开完房就出去了，我估计晚上才会去办事儿②。然后我也回家了。晚上我就着急啊，必须出去寻找我的希望啊。所以我就试了试打开手铐。没想到那手铐居然那么容易就被打开了。于是我就逃了出去。果真，视频里那可真是精彩啊，我都没想到，一个看起来那么年轻、高贵、正经的女孩子，在没人看到的地方，居然玩得这么刺激！看得我完全可以重振雄风了。所以我决定，不管怎么样，也要把视频里那个女孩给请回来。第二天，我把工作室楼上的三间房打扫了一间出来，然后购置了生活必需品，装了热水器，让她可以洗澡。你看我多体贴！连女性的睡衣我都想到了，做了两套。

问：做的衣服？

答：是啊，找了个菜市场旁边的裁缝做的。做的衣服舒服嘛。这女孩马上就归我养着了，我得让她舒服啊。

问：你是怎么把她抓回来的？

答：我先是把他们做爱的视频放到一个境外网站上，加了密。然后用自己之前申请的微信号，联系了开房的那个男人，威胁他，要他告诉我女孩的联系方式。我的天，我没有想到的是，这个男人，居然不假思索就告诉了我女孩的微信号。这个背信弃义的东西。然后我就联系了那个女的，找了个公用电话告诉她境外网站的网址和解密密码。这女的还是年轻啊，很快就联系我，问我要多少钱。我说不要钱，见面细谈。然后就约她在一

① 蹦蹦，指郊区拉客营运的三轮车。
② 这里指发生男女关系。

个你们警察绝对不可能追踪到的地方见面。那个地方我熟悉啊，很好藏身。没想到这个女孩真是糊涂胆大，真的就出现了。我不费吹灰之力就把她请到了我的工作室里，锁在了她的房间里。

问：那是你的房间。

答：反正后来她很喜欢她的房间。但是她一开始确实是挺害怕的，一直在那里哭骂，还喊饿。没办法，我的工作室没有开伙，我就只好回家取食物。可是一回家，我就又被陶春花打了一顿。晚上她又把我铐了起来。我知道，要继续治疗我的病，就只有先稳住陶春花，不然她要是去报警什么的，就坏了我的好事。所以当天晚上，我又打开了手铐，逃了出去。回到工作室给女孩送了食物以后，我清理了一下她的随身物品。一个丫头片子，随身带了一万多块现金。那些首饰什么的，看起来也很值钱。看起来她应该是被好好地养大的，但这女孩子也挺奇怪，刚开始闹得很凶，后来吃了东西和换了衣服，就不那么凶了。她非要和我聊天，说我走了之后，这里没有人，她特别害怕，让我晚上能不能不走。所以，我就在门外陪了她一晚上。第二天，我拿着她的手表和首饰回家，给了陶春花。陶春花本来又要发脾气了，看到东西，怎么说呢，她还愣了一下。从车祸之后，我是第一次看到她笑，笑得丑丑的，但跟刚结婚那时候还有点像。我说，只要她别再干涉我的工作，别再铐住我，以后我经常会有好东西给她。陶春花似乎信了。从此以后，我就自由了。

问：你为什么不住在工作室算了？

答：我那里没法开伙，在外面买的话太招摇了，会被发现。所以我还是坚持每天回家做饭，然后给我养活的女人吃。这也表现出我的体贴。

问：接着说。

答：后来，我又回到了房间，那个女孩子听到我来了还很高兴。我跟她说，她可以在这里洗澡。她还真的去洗了。我在摄像头里看她，一下子就有反应了，我冲进房间，就和她睡了——哎，我不是强奸啊，她也愿意的，她说只要不杀她，做什么都行。她还告诉了我她的名字，她叫徐小冰，还在上大学，她爸爸不管她，只有她闯祸了才去凶她。我真是没空听那些，我要是有这样的爸爸，我都能笑醒了。我只管要抓住机会，这还是我结婚后第一次享受，那种滋味……

问：别废话，说经过。

答：后来几天，天天晚上我都是可以的，徐小冰也真是有求必应。这时候我觉得我的病已经治好了，但我还是舍不得把徐小冰放回去。不管怎么说，待在她这儿，要比和陶春花一起舒坦一万倍吧。这时候，我在视频里看到一个熟悉的面孔，欧阳悦悦。

问：你认识欧阳悦悦？

答：虽然她不能算什么大明星，但是还是挺有名气的吧？我一直就挺喜欢这个演员的。万万没想到，她居然出现在了我的监控视野里。虽然没有带男人来，但是她自慰了啊！那整个过程，简直，哈哈，你们想象得到吗？我知道，一个演员最注重的是公众形象，而且我可以直接看到她的开房信息。于是，我用同样的办法，约见了她。她也是一个人就来了，轻轻松松地被我弄了进来。

问：然后你也性侵了她。

答：没有。怎么就是性侵了？我说过我没杀过人、没强奸过人。徐小冰也是自己乐意的好吗？

问：胁迫情况下，即便服从，也是强奸。

答：胡说，反正我没有强奸。欧阳悦悦进来以后，我也向她提出过要求，结果她不仅不同意，还摔了电视机。这模样，可太像我妈了。这一闹不要紧，我本来差不多治好的病，又犯了。连徐小冰帮我，我也不行了。

问：你必须如实交代！

答：我真的没有怎么样她！我可是老实人啊，哈哈，碰上个性格刚烈的，我也没办法。当然，我也不可能放欧阳悦悦走，怕她报警嘛。所以，我准备再抓一个回来，看看能不能重新治好我的病，反正我的楼上有三个房间嘛，够住。于是我就费尽心思找啊。

问：又找到了新的目标？

答：开始的半个月是没有找到。目标倒是有，但是，要么就是人家不理我的微信，要么就是带着帮手来约见的地点。所以我都放弃了，也把她们的视频都删除了。直到有一个叫左怜的女子出现在我的监控里，而且一个人来赴约。我记得好像是春节那天。你看我这日子过的，车祸以后，春节都没好好过过。

问：你把她也抓回来了？

答：是的。不过也就是抓回来了而已。在被欧阳悦悦拒绝了一次以后，我就真的又不行了，即便抓了左怜来，偷偷看她洗澡，也还是不行。左怜是个冷冰冰的人，她这个人很谨慎，总是一副要和我拼死拼活的架势，我一直没起反应，也就一直把她关着。只有徐小冰听我的话，可是她一对我好，我又觉得她像以前的陶春花。我找徐小冰尝试了很多次，都不行。于是我也就只能通过对她们三个人的偷窥，继续刺激自己。这样的状态，持续了十几二十天吧。

问：她们现在人呢？

答：你们不都说了吗？都死了。不对啊，不应该都死啊。我留了吃的，而且不也就走了两天吗？饿不死吧？不过欧阳悦悦和左怜确实是死了。

问：你杀了她们？

答：别乱说啊兄弟！我都说过了，我真的没有杀人！欧阳悦悦是病死的。

问：具体说说。

答：那天下午我还在工作室里看她们。毕竟她们身上有很多钱，而且有很多值钱的东西。我很长一段时间都不需要工作了嘛，所以我就一直在看她们来刺激自己。结果发现欧阳悦悦在房间里抽搐，我就赶紧喊了徐小冰一起救她。欧阳悦悦就在那里一直喘，上不来气，我们怎么掐人中，怎么给她顺气都不行。后来她的嘴唇都变成青紫色的了，我们也只能干瞪眼。你知道的，我工作室那个地方，送医院都来不及啊。而且，我也不可能蠢到真的把她送医院。所以我们只能眼睁睁地看着她死了。死了就死了吧，徐小冰那个丫头的脸色一下子就变了，像是疯了一样，让我别杀她。真是奇怪，欧阳悦悦也不是我杀的好不好！没有办法，我就只好让徐小冰帮我一起把欧阳悦悦的尸体运到了船上。我自己开船到岸边，用电动三轮车拖着尸体准备去神仙山扔掉。那个山我知道的，其实还是很偏僻的。

问：然后你就把尸体抛了？

答：是啊。不然还能怎样？我倒是想扔在塌陷区的水里，但是尸体不是会浮上来的吗？那我岂不是自己暴露自己，自己吓唬自己？所以就抛远一点好了。不过那一天我真是倒霉透顶。欧阳悦悦好歹是个女明星，女明星什么味道，我一次没尝到就死了，太可惜了。更倒霉的是，抛尸的过程，还被人看到了。

问：谁看到了？

答：一个叫杜洲的男人，和一个叫罗雪琴的女大学生。不过我现在还得感谢他们。

问：接着说。

答：当时我骑车准备抛尸的时候，撞到一个男人，车差一点侧翻。盖尸体的毯子掀了一个角。那个男人显然看见了车斗里的尸体，但是他似乎装出一副什么都没有看见的样子，还和我道了个歉，然后就走了。我知道他是想去报警的，于是就尾随过去。到了一个没人的巷子里，他果然正拿着手机准备报警，我就拿砖头砸了他一下。你别看他高高大大的，一下就被砸晕了，流了不少血。我当时也不知道怎么办。你们知道的，我不杀人，但也不能放跑他啊。正思考着呢，一个长得很漂亮的女大学生骑着个助力车经过巷子。你说我倒霉不倒霉，被一个人看到还不够，还得再来一个。这大学生看见杜洲满脸血，就停车从车里拿出纱布，给他止血，问我是怎么回事。我就说是他自己摔倒了、摔伤了。她就问怎么办，要不要去医院。去了医院，我还能有什么好吗？而且这个女大学生也长得挺好看的，就是那种纯洁的美。

问：别打岔，说经过。

答：然后我就骗她，说这个人是我堂兄，一直有病，但是没大问题。现在血止住了，送医院要花钱，没必要。只要她能帮忙把我堂兄送到家门口，我们全家都感谢她。这女大学生犹豫了一下，但还是答应了。我借口说自己的三轮车里拉了货，没法带人，所以得请她用她的助力车帮忙拉一下人。于是这个女大学生骑着她的助力车，载着昏迷的杜洲，跟着我的三轮车，绕开了所有监控，开到了塌陷区。等女大学生反应过来事情不对的时候，已经来不及了。我很容易就把她和杜洲一起弄到了工作室里。正好欧阳悦悦死了，腾出来一个房间，给他俩用。锁好他们后，我让徐小冰帮我看管好他们，自己重新去扔了欧阳悦悦的尸体。扔完以后，又把罗雪琴的助力车骑到附近的垃圾场里藏起来，再走回塌陷区，这一番折腾，给我累坏了。不过，也算是完美补漏了。

问：那左怜又是怎么死的？

答：欧阳悦悦死了以后，我一直很后怕，那方面就更不行了。但是我在监控里看到杜洲一直照顾那个罗雪琴，在罗雪琴洗澡的时候，他还故意背过身子不看。哎哟，那种共患难的感情，倒是有意思得很。后来我就发现，在我偷窥他们互动的时候，即便他们之间的关系很纯洁，我还是有了一些反应。这就是我刚才说我还得感谢罗雪琴的原因，她又治好了我的病。有一次，我有反应的时候，就想去骗罗雪琴出来，可是杜洲拼死护着她，不让她出来。我又让徐小冰去骗罗雪琴出来，可是杜洲挺精明的，也一样不让罗雪琴离开他的视线。妈的，这样一弄，我的反应又消失了。没办法，我就只好继续偷窥，等有反应的时候，去找徐小冰。可是也许是厌倦了吧，看到徐小冰的时候，反应就消失了。

问：我们在问左怜是怎么死的。

答：别急啊，我这儿慢慢说着呢。最后没有办法，我在被杜洲、罗雪琴刺激出反应以后，就想着去找左怜。巧得很，我一开门，刚好看见她在洗澡。这连脱衣服都省去了。可是这个左怜就是很倔，一边骂我一边挣扎，结果一不小心摔倒了，后脑勺直接摔在了地板上，头上砸了一个口子，当场就在那里吐白沫、抽搐。

问：所以是你杀了她。

答：怎么就是我杀了她？我说得还不清楚吗？她是自己摔倒跌伤了以后死的。不是我杀的！

问：接着说。

答：后来我就把她拖到竹凉席上，给她穿了衣服。你想啊，反正她们的首饰、随身物品、身份证件什么的都已经被我藏在工作室里了，又换了衣服，她们又不是本地人，警察看她们不是被杀死的，肯定也就直接火化了。但是不能让警察知道她们俩有关系，所以不能扔在一个地方。于是我决定让徐小冰再和我一起把尸体拖到船上，我要把尸体扔到环城公园去，那个地方也很偏僻，不容易被发现。

问：为什么又是徐小冰？

答：不然还能找谁？徐小冰是最听话的，我让她怎么做，她就怎么做。平时我也不锁着她，她想去哪里就去哪里。反正她只要上不了船，就跑不出我的工作室。不过这次我喊她的时候，发现她扒在杜洲他们房间的门口，通过门上的小窗在说话。这时候我就有点紧张了。如果她被杜洲策反了的话，可就不好了。所以我让她和我一起把尸体放到船上以后，也把她锁了起来，安全起见嘛。

问：你千算万算，算不到徐小冰把杜洲的一枚戒指塞进了左怜尸体的嘴里。这也是我们关键的并案证据。正因为杜洲的戒指和左怜的关系、杜洲和罗雪琴的关系、罗雪琴和她助力车的关系，才让我们最终找到你的工作室、找到你。

答：杜洲有戒指？这可能是我的疏忽吧。不过你们找到我也没关系，我没杀人，也没强奸啊。

问：你接着说。

答：奇怪的是，杜洲这人可能有毛病，关了那么久，都不去摸罗雪琴一下。我觉得他俩要是干出点什么，我肯定就能好了。后来我又尝试了很久，发现我在偷窥杜洲和罗雪琴一起生活的片段的时候，偶尔还是可以激起能力的。但是我想把罗雪琴和杜洲分开，居然做不到。不管我怎么想办法，他就是让我靠近不了罗雪琴。毕竟我这个小体格不是他的对手，所以一直也没能把罗雪琴弄出来。然后我就只有找徐小冰了，还好，我还是和徐小冰成功办成了几次事儿（这里指性关系）。因为空了一个房间嘛，罗雪琴和杜洲又分不开，所以我还想再抓一个来，可一直都没有成功。直到有一天，我看见你们发现了我的摄像头。我知道自己暴露了，所以临时决定去山里躲躲。然后就被你们抓住了，你们说，我不就是想解决解决自己的问题嘛，我有什么错？连徐小冰都愿意跟我睡，我真的是个好人啊。

问：现在我们告知你，你涉嫌非法拘禁（致人死亡）罪、强奸罪、抢劫罪、敲诈勒索罪、故意伤害（致人死亡）罪等诸多罪名，被我局依法刑事拘留。你可认罪？

答：我不认罪。我刚才说了，我没杀人，没强奸。我就是偷窥一下。

问：罪名成不成立，上了法庭再说吧。你现在还有什么需要说明的吗？

答：没有了。反正我不认罪。

问：你以上说的属实吗？

答：属实。

以上笔录我看过，和我说的相符。

丁立响

龙番市公安局询问笔录

时间：＊ 月 ＊＊ 日 8：00 至 ＊ 月 ＊＊ 日 10：00
地点：龙番市公安局刑警支队办案中心
询问人：＊＊＊ ＊＊＊　　工作单位：龙番市公安局刑警支队重案大队
记录人：陈诗羽　　工作单位：龙林省公安厅刑警总队第一勘查组
被询问人：罗雪琴　　性别：女　　出生日期：1994 年 7 月 11 日
身份证件种类及号码：居民身份证 ＊＊＊＊＊＊＊＊＊＊＊＊＊＊＊＊＊＊
现住址：龙番市银河路 3 号龙番科技大学 7 号宿舍楼 3 楼
联系方式：＊＊＊＊＊＊＊＊＊＊＊
户籍所在地：龙番市银河路 3 号龙番科技大学

问：我们是龙番市公安局刑警支队的民警，现在依法对你进行询问。这是我们的警官证以及被害人权利和义务告知书，你看完后如实回答我们的问题。

答：看完了。我会如实回答你们的问题。

问：你昨晚休息得还可以吗？现在的情绪平静了吗？可以接受询问吗？

答：没睡好，觉得很内疚。但是现在情绪平静了，可以接受询问。

问：好的。你的基本情况我们都已经知道了，请介绍一下你的家庭情况。

答：我的父亲因车祸去世了，家里还有个母亲，叫薛景靓，今年 44 岁，无业。

问：你认识侵害你的人吗？

答：以前不认识。后来是同样被他关着的一个叫作徐小冰的姐姐和我们说，他叫丁立响，是个电脑专家，也是个变态。

问：这里有九张照片，你能认出谁是侵害你的人吗？

答：（指出丁立响的照片）就是他。

问：你被解救时，和你同室的男人，你认识吗？

答：以前不认识，后来我们聊的时候，他告诉我他叫杜洲，是青乡市一家公司的业务经理，家里有个老婆，正怀着孕。（哭）

问：你们是什么时候、怎么被抓进那个塌陷区的？

答：2月28日下午，因为我的入职通知书已经拿到手了，所以我回家去给我妈妈报喜。我妈妈这人只喜欢打麻将，又没有收入来源，都是靠我来资助她，因为我爸爸偷偷给我留了一笔钱，所以我们才没有饿死。可是我回家后，我妈一点也不高兴，就是让我给她一点钱，说她最近手气不顺。我身上只有五百块钱，第二天就要上班了，总要买两件衣服吧？所以我没有给她，她就对我发脾气。本来很高兴的事情，她这样一闹，我一点心情都没了。然后我就骑着我的助力车离开家准备回宿舍。经过我家附近的一条小巷子的时候，我看见一个男人满头、满脸是血地躺在地上，旁边站着另一个男人，不知道在做什么。

问：这两个男人分别是谁？

答：躺着的那个受伤的男人是杜洲，站着的就是丁立响。

问：请接着说。

答：因为我是医学生，老师说了，医者仁心，所以我不能袖手旁观。我就停下了车，过去看杜洲的情况。当时他头部有一个不短的挫裂创，还有活动性出血，但不严重。可能是因为有脑震荡，所以当时他意识不清楚。我就从我的助力车里拿出一块纱布。

问：说说你的助力车是什么样子的。

答：我的助力车是一辆粉红色的弯把女式燃油助力车，前几天刚刚加了油。我的车坐垫下面的储物盒里，有一些我应聘的公司提供的纱布样品，还有我自己做的中药香囊，主要是檀香、丁香、薄荷等几味中药。

问：请接着说经过。

答：当时我用纱布给杜洲的头止血，因为是止血纱布，所以效果还不错，但是杜洲还是没有醒过来。我就问丁立响是怎么回事。丁立响说，他和杜洲是亲戚，他们俩用三轮车运货，结果杜洲不小心从三轮车上摔下来了，就摔伤了。我说，那赶紧送杜洲去医院啊。丁立响就说，他没有带钱，杜洲的爸爸也是老中医，所以还是把杜洲送回家比较好。因为我身上也没有多少钱，所以就同意了，准备离开。结果丁立响说他的三轮车里有货物，不能压，所以没法送杜洲，希望我能骑着我的助力车，跟着他的三轮车帮忙把杜洲送回家。我想了想，既然做好事就做到底，这是积德行善嘛，所以就同意了。

问：你注意到丁立响三轮车里装着什么货物了吗？

答：是被一个深红色的毯子盖着的，四周还有砖头压着，看不清里面装了什么。后来听杜洲说，车里装的是一具尸体，丁立响是个杀人犯。

问：杜洲是昏迷状态，你是怎么骑车带着他的？

答：他当时是一种意识不清楚的状态，但是可以直立坐在我的车后座，上半身靠着我。

问：请接着说。

答：我就骑车载着杜洲，跟着丁立响，一路往西北方向骑。每次我问丁立响，他都说快到了快到了。后来我觉得不太对劲了，因为路两边都是没人住的房子了，路也越来越窄、越来越破。而且天也要黑了。我开始害怕了，就告诉丁立响，我不能再送了。丁立响就指着前面的一片水面说，那里就是他们的家。不过，现在我也必须跟着他们回家了，不然就把我扔到水里淹死。我当时害怕极了，就拼命地叫喊，可是丁立响一点也不害怕，因为周围根本就没有人。我也想和他搏斗，可是根本就不是他的对手，然后他就把我弄上了一条小船，带着杜洲划到了中间的一个房子里。这时候我就知道完了。这样一个地方，警察根本就不可能找到。而且，我失踪了，也不会有人来找我。（沉默）

问：其实有个叫苏小岭的男孩一直在找你。你接着说经过吧。

答：苏小岭？……嗯，我接着说。我们进了那栋房子之后，就被关进了二楼的一个房间。

问：你说的应该是三楼，因为一楼是被淹没在水面以下的。

答：好像是这样的。然后丁立响就把门从外面锁上了。铁门上有一扇小窗，我就透过窗户往外看，也想弄开铁门。外面有个很漂亮，但是穿着很邋遢的姐姐，她先是往楼下看了一会儿，然后告诉我，让我不要白费力气。因为即便从房间里逃出去，也是不可能回到岸上的。然后我就问她，丁立响究竟想做什么。她就和我说丁立响就是个变态，然后说，他专门关女人，还能做什么。听完以后，我就特别害怕。好在杜洲也被他关起来了，说明杜洲不是他的同伙。

问：杜洲是什么时候醒的？

答：就在丁立响再次回来之前，杜洲就醒了。不过，他的头部损伤好像挺重的，人显得很虚弱。他问我是怎么回事，我就把事情的原委全部告诉他了。当时我很内疚，也很害怕。因为杜洲是被我骑着车拉过来的，他肯定会很恨我。可是没想到，他一点也没有怪我，还安慰我，说有他在，我们不会有事的。然后他就给我介绍了他的工作、他的家庭，他说他一定要出去，他还没能看到自己的孩子长什么样呢。（哭）

问：你稳定一下情绪再说。

答：（大概哭了十分钟）然后我就问他为什么会受伤。杜洲说，他被丁立响骑的电动三轮车撞了，三轮车倾斜的时候，掉下来一块砖头。因为砖头是压毯子的，所以毯子的一角被掀开了。杜洲说，他看见三轮车里是一具女性尸体！所以杜洲就想先稳住丁立响，然后报案。没想到就被丁立响用砖头袭击了，后面的事情他就不知道了。

问：你们被非法拘禁的这一个半月里，发生了什么？

答：杜洲非常绅士，不仅没有对我做什么，而且时刻保护着我。开始的时候，丁立响什么也没有做，还送来两套女式的布衣服，没有品牌的那种，好像是裁缝做的。他说女人要换换衣服保持干净，男人就不需要了。丁立响每天还送来饭菜，虽然很难吃，但能勉强吃饱。因为那个房间没有窗户，所以我们根本不知道外面是白天还是黑夜，房间里很潮湿，很难受。杜洲让我睡床，他就垫了一块被褥睡在地上。一周后，他全身都酸痛难受。我让他和我一起睡床上挤一挤，他一开始不愿意，后来实在是因为他头上的伤反反复复，身体虚弱，无法坚持睡在地上，就同意了。但是他很规矩，尽可能和我保持距离。但是就在他睡上床后不久，丁立响就开门进来，说要让我出去一下。我当时想到徐小冰姐姐和我说的话，特别害怕。杜洲这时候就上来阻拦，然后他们就开始打架。因为杜洲的伤没有痊愈，身体虚弱，丁立响还有棍子，所以杜洲就被打伤了。不过他被打伤后还是不屈服，硬是没让丁立响把我带走。然后丁立响就走了。后来丁立响让徐小冰来叫我出去，也被杜洲挡住了。不过，杜洲因此挨了好几顿打，浑身都是伤。

问：请接着说。

答：有一天，我突然听见徐小冰在门口尖叫，就去铁门上的小窗看。

杜洲把徐小冰喊到门口，问怎么回事。徐小冰姐姐过来说，我们隔壁的房间，其实还关着另外一个姐姐，那个姐姐不爱说话。刚才，丁立响想进去强暴那个姐姐，那个姐姐激烈反抗，不小心摔在了地上，满地都是血。那个姐姐好像是死了。我当时吓坏了，觉得自己也快要死了。不过杜洲好像很镇定。因为以前的时候，徐小冰姐姐和我们说过，这里病死过一个姐姐，丁立响让她帮忙把尸体运走了。所以，杜洲认为丁立响还是会让徐小冰帮忙运尸体。杜洲拿出一个戒指，让徐小冰趁丁立响不注意的时候，把戒指塞到死了的那个姐姐的嘴里。杜洲说，现在警察即便在找这些失踪的人，也不会有任何线索，一旦有了这枚戒指，说不定可以给警察一些线索。我觉得杜洲特别聪明，也盼望警察能早日找到我们。虽然我知道希望很渺茫，因为那个地方真的很隐蔽。

问：这枚戒指确实给了我们线索。但是你们的随身物品不是全部被丁立响收缴了吗？为什么杜洲还有一枚戒指？

答：因为杜洲在丁立响来收缴我们的物品的时候，偷偷地把戒指藏在嘴里了。他说那是他的结婚戒指，说什么他已经伤害了自己的兄弟，不能再辜负自己的爱人。当年他不够勇敢，喜欢一个人拖到她都要结婚了才开口，让她跟自己受了很多委屈，现在他要当爸爸了，他要做全世界最勇敢的人、能保护别人的人。所以，这枚结婚戒指他无论如何不能被丁立响抢走。

问：请接着说。

答：后来，丁立响又来找我，说隔壁空了一间房，让我搬过去，不用再挤了。别说那个房间死过人，即便没有死过人，我也不会过去，我知道丁立响在想什么。杜洲也一直保护着我，直到他遍体鳞伤，甚至快站不起来了。我特别心痛。我有的时候在想，为了不让他再挨打，我已经准备去献身了。可是杜洲和我说，他已经挨了这么多打，如果最后还是没能保住我，他就白挨打了。我觉得有道理。杜洲如果被打死了，我也准备自杀。后来的一小段时间，丁立响没有来过，但是杜洲不知道怎么了，身体越来越不行了。有一天，丁立响又来了，我知道杜洲已经没有反抗的能力了，已经准备好自尽了。可是丁立响却说，警察发现他了，他要到山里躲躲，让我们好自为之。然后给我们留了一点食物。后来大概两天的时间，我想让杜洲吃一点东西恢复身体，我知道警察一定能找到我们的，只要我们能坚持足够长的时间。可是杜洲完全不吃，他说省给我和徐小冰吃。他说这里这么偏僻，警察没有个十天半个月根本就找不到，让我们一定要坚持到最后。后来，在你们找到我们的时候，杜洲就走了。（哭）

问：他是个英雄，我们深表哀悼，也请你节哀。后来的这两天，徐小冰的精神状态怎么样？

答：她好像一直处于很恍惚的状态，一会儿清醒，一会儿糊涂。如果是我，被逼着去搬尸体，一定会疯的。

问：你见到过那个摔死的姐姐吗？

答：没有。好像听到过她的声音，但是没有见到她长什么样子。

问：你愿意出庭指认犯罪嫌疑人吗？

答：愿意。

问：你还有什么要补充的？

答：我希望一定要判丁立响死刑。

问：法律一定会公正判决的。另外还有什么要补充的吗？

答：没了。

问：你以上说的属实吗？

答：属实。

以上笔录我看过，和我说的相符。

罗雪琴

关于延期询问被害人徐小冰的情况说明

局领导：

　　龙番市"指环专案"被害人徐小冰自被我支队解救以来，精神状态恍惚，不具备接受询问的条件。在我支队和其家属多次沟通、了解后得知，徐小冰目前正在接受家人、心理医生的联合心理治疗。考虑到徐小冰系本案被害人及重要证人，故拟等待其精神状态恢复后，在其家属的陪同下对其进行询问。

　　特此说明。

龙番市公安局刑警支队

20＊＊年＊月＊＊日

龙番市公安局刑警支队
鉴定结论通知书

龙鉴通［20＊＊］0781 号

曲小蓉：

我支队于＊月＊＊日，邀请省公安厅法医科专家会同我支队法医共同对杜洲尸体进行了死因鉴定，鉴定结论为：死者杜洲系因被反复殴打，引起挤压综合征，导致肾衰竭而死亡；饥饿、寒冷加速其死亡过程。根据《中华人民共和国刑事诉讼法》第一百四十六条之规定，如若你对该鉴定结论有异议，可以书面提出补充鉴定或者重新鉴定的申请。

龙番市公安局刑警支队

20＊＊年＊月＊＊日

"曲小蓉，还好吗？"

"杜洲的戒指，已经送还给她了，算是最后的纪念吧。"大宝说，"至少，她知道杜洲并不是同案犯，而是个英雄。这对她来说，应该也是最后的安慰。唉，很多事情，真的是晚一步就来不及了。"

"别这样想。"我小声说，"所有的警察在这段时间都已经竭尽全力了。而且，我们还挽回了两条人命。有些东西，过去了，就要接受它。毕竟，我们还有很多时间，要留给重要的人。"

韩亮远远看向我们，举起了手中无形的酒杯。

"给重要的人。"

"给重要的人。"

本书完

下一季

《天谴者》

（已出版）

法医秦明

VOICE OF THE DEAD

番外

你被偷窥了吗

放纵自己的欲望是最大的祸害；
谈论别人的隐私是最大的罪恶；
不知自己过失是最大的病痛。

亚里士多德

小说看完了，不知道大家现在是什么感受？

有人可能觉得，这种为了满足自己的欲望而在酒店里安装摄像头，再利用拍摄到的视频对多位女性进行勒索、囚禁、强奸的事情，实在是太夸张了。但这些故事情节确实都来源于真实案例，老秦只是对它们进行了改编和创作，才有了这本书的主线案件。

六年前《偷窥者》刚出版时，"偷窥"还不算是一个热词。

现在，一听到"偷窥"这个词，大家脑海里都会浮出很多画面，绝大多数应该都和"猥琐""淫秽""变态"这些词有关吧。其实，我们生活中存在的偷窥，不只如此。

不着急，今天我们慢慢说。

1

近年来，和偷窥有关的最著名的案例，就是"韩国 N 号房"的丑闻了。

2019 年 6 月，两名韩国女大学生和一名记者发现了一个通往社交平台 Telegram 加密聊天室的链接，从而挖出了被称为"N 号房"的诸多聊天室。每一个聊天室就是一个网络上的虚拟房间，而每个房间里，都有一群匿名的偷窥者。房间类型五花八门，但主题都是围绕对女性的性迫害运营的。有人不定期在房间里发布视频，视频的内容都和性有关。很明显，受害的女性都并非自愿参与到这场疯狂的"偷窥游戏"中，在视频里，她们被强奸、被虐待，受尽折磨。更可怕的是，受害者的详细信息都被公布在房间里，年龄最小的受害者，甚至只有 11 岁。

很多房间是需要付费才能进入的，但这并没有阻挡围观者的热情。其中一个房间甚至有两万多人同时在线观看。

事情一经曝光，立即引起了轩然大波，不仅仅是韩国国内，全世界都在谴责这

你被偷窥了吗

一挑战人类道德文明底线的恶劣行为。

迫于舆论的压力，韩国警方对"N号房"进行了全面的调查。根据韩国警方发言人称，已逮捕了六十七名犯罪嫌疑人，其中包括十七名房间运营者及五十名拥有并传播儿童性虐待视频的人。另外，警方估计，房间成员涉及二十六万名用户。

简单说，"N号房"事件里的受害人，是被二十六万人偷窥了。

一开始，女大学生和记者之所以能够发现这一隐藏极深的秘密，因为这个"N号房"其实在韩国国内已经产生了一定的影响力。不知道出于什么原因，警方在多次接到报警之后，并没有采取实质意义上的行动。即便有了确凿的证据，警方也只是打击处理了个案的嫌疑人，并没有把这黑暗中的产业链连根拔起。

据一名受害女教师说，她接到一个陌生电话，被告知她的裸照在"N号房"里流传。她感到很疑惑，自己从来没拍过什么裸照啊，怎么会有这样的事情发生呢？她根据打电话的人提供的网址，进入了一个私密聊天室后，果然发现自己的脸被拼接在了一个女性的裸体上。这张合成照片的下面，还写着她的名字、年龄、工作和住址等详细的信息。

看到这里，大家是不是觉得很熟悉？这不就是这本书里相似的情节吗？不过，犯罪分子的作案动机有所不同罢了。

这位女教师很气愤，立即报了警。可是警察却以"Telegram保密性太高，难以抓捕"为由，让她干脆视而不见算了，毕竟"也没什么损失"。

后来聪明的女教师用了"钓鱼"的手段，把自己四张不同的照片分别发给了她怀疑是犯罪分子的四名男子。没多久，她其中一张照片上的脸，又被拼接在一个女性裸体上，发布在了"N号房"的房间里。这样，女教师就知道究竟是谁干的事儿了，于是拿着全部的证据报了警。这次，韩国警方没有理由不处理了，于是对男子进行了打击处理。可是，他们也仅仅是对这名男子进行了打击处理，而没有对整个产业链进行深挖。

警方的消极处理，让更多人肆无忌惮起来。甚至还有人先作为举报人去报了警，确认警察不管这些事儿后，便放心大胆地当起了"N号房"的房主，成了违法犯罪场所的运营人。不仅如此，在媒体最初对"N号房"进行公开报道后，事件也没有得到警方的及时处理。"N号房"的主要运营者之一，网名"博士"的人一开始见媒体报道也很担心，但见警方并没有因此而行动，则变得更加嚣张。

韩国网民对警方的处理方式非常愤怒，在问政平台上发表了请愿书，并自发在各个社交平台上推广这个话题，要求韩国警方公布二十六万"N号房"会员名单，并针对包括"N号房事件"在内的网络性犯罪颁布惩罚性法律。

这些请愿获得了数百万网民的支持和点赞，也终于惊动了韩国政府高层。时任韩国总统的文在寅说："政府将删除所有涉案视频，并为受害者提供法律、医疗等所需支援。警方应认识到此案的严重性，对涉案人员进行彻底调查，对加害人严惩不贷。如有必要，警察厅组建特别专项调查组，政府也要制定杜绝网络性犯罪的根本对策。"

"N号房"终于被起底，几个主要运营者都被公示了身份，并被追究了刑事责任。在"N号房"里下载并留存数百个涉及青少年性侵害视频的会员，也终于被追究了刑事责任。

当然，也有很多会员表示不服气，他们认为自己仅仅是浏览了一些淫秽信息罢了，有什么了不起的呢？政府要公开会员的名单，是不是侵犯了他们的人权？

哦，这时候想起"人权"这个词儿了，当他们偷窥别人隐私的时候，怎么就没想过自己是如何侵害那些受害者的"人权"的？等到事情曝光后，才害怕自己"社死"，是不是太自私了一些？

"进入过房间的，你们每个人都是杀人犯。"

这是韩国网民在请愿中喊出的一句口号，也是给很多人带来震撼的一句话。

每一个进入房间围观的人，都躲在匿名的ID之后，怀揣着阴暗的心思，偷窥着那些残忍刺激的画面。他们觉得自己不过是庞大的在线人数中毫不起眼的一个，又不是始作俑者，能有多大罪？

但没有观众，就没有买卖。这些残酷的看客，其实都是在默许和助长"N号房"的魔爪伸向更多无辜的女性。他们的每一次点击，就像扎进受害者身体的一把刀子，他们和杀人犯有什么本质区别？在受害者面前，他们又有什么资格说自己无辜？

"N号房"事件虽然发生在韩国，偷窥离我们却并不远。

说到底，人性都是相似的。偷窥者肆无忌惮，受害者忍气吞声，真正勇敢选择报警维权的仍是少数。很多偷窥的事件，都因为当事人顾及脸面不愿声张，而不了了之。作为警察，我很希望大家能重视偷窥这一恶劣行为，既学会保护自己，也不怕恶人威胁，以合理的方式方法处理身边出现的偷窥事件。如果大家看完这篇文章后，能有一些收获，那我也就深感欣慰了。

2

偷窥，无处不在。

每个人身上，都有摄像头。

前面说了，《偷窥者》的主线案是有真实原型的，是我的前辈和战友们亲身经历、参与侦破的案子。我们法医经常要出差住宾馆，打知道这个案子后，我就留下了心理阴影，每次踏入宾馆房间，都会担心有人在房间里安装摄像头。当然，我一个糙老爷们儿，都会觉得不舒服，更不用说那些独自出门办事的女性朋友了。

"偷窥"事件最恶劣、最难防，也最让人不适的，就是书中所述的这种在隐私空间里安装针孔摄像头的事件。《偷窥者》出版后不久，社交媒体上就曝出了一则宾馆偷窥事件，在我的印象中，这恐怕是网络时代第一条引起社会广泛关注的偷窥新闻。

新闻里说，一名女子在入住了一家宾馆后，晚上躺在床上睡不着，就关了灯，在那儿看着天花板发呆。这一看不要紧，倒是看出了蹊跷来。在天花板的吊顶边缘，似乎有一个红点在不断地闪烁。她就很奇怪，这个地方怎么会有红灯呢？常住宾馆的人应该知道，每个房间的房顶中央，是有一个烟雾报警器的，这是消防设施，万一房间起火，可以触发喷淋。很多烟雾报警器确实是有红灯闪烁的，但烟雾报警器很少安装在房顶的边缘，毕竟如果要喷水的话，也覆盖不了多少地方。女子起了好奇心，就开了灯，搬凳子站到红点位置的下面仔细观察。这一看，她吓了一跳，这里居然安装了一个针孔摄像头！女子于是找宾馆理论，宾馆则声称这绝对不是宾馆的行为，可能是以前的某位住客自行安装的。后来女子报了警，这才把安装摄像头的幕后真凶给揪了出来。

看到这则新闻的时候，我都惊了一下。没想到书里的案件，在现实中又上演了。不过这也不能算是巧合，毕竟，这种现象当年可能就已经有很多了，只是被发现、被抓住、被报道的不多而已。

要说科技也是双刃剑，用在心地善良的人手中，可能会带来社会的进步；用在心怀邪念的人手中，可能就成了罪恶的工具。这些年来，偷窥的技术手段也不断在升级，光是针孔摄像头就有了各种各样的型号，被安装在各种让人防不胜防的位置，每次有新闻曝出，都会引起舆论哗然。

比如，2019年福州市曝出了一则新闻，一名宾馆的住客在无意中发现了一枚针孔摄像头，第一时间报了警。在警方的努力下，犯罪嫌疑人陈某被抓获归案。这个陈某在几年的时间里，利用去宾馆入住的借口，在多家酒店安装窃听、窃照设备，偷拍视频达三十多个G，涉及六百多名受害者。案件侦破后，经福州鼓楼区法院审理，最终以非法使用专用器材罪判处陈某有期徒刑七个月；责令陈某删除本案中所有涉及侵犯他人隐私的照片及视频，以消除影响，并在国家级媒体上向社会公众公开赔礼道歉。很多网友对陈某为满足自己的窥私欲，大肆侵犯他人隐私的行为深恶痛绝，认为刑罚过轻。但是毕竟他没有诸如强奸、勒索等其他犯罪行为，依据我们现有的法律，也只能这样了。

因为这样的新闻时有发生，所以大家现在住宾馆，都非常警惕。在之前曝出的新闻里，犯罪嫌疑人不仅会在宾馆房间的屋顶、电视机、电源插座里安装摄像头，甚至还会在浴室里安装摄像头，用来满足那令人不齿的变态心理。

而被安装摄像头的，不仅仅是宾馆房间。有网友在公共厕所里、试衣间里，都曾经发现针孔摄像头。这些被发现的摄像头，究竟侵犯过多少人的隐私，就不得而知了。

也有网友在网上发帖陈述过自己在出租房被偷窥的遭遇：入住几个月后，她无意间在卧室的顶灯上，发现了一枚针孔摄像头。而安装这枚针孔摄像头的，就是房东本人。房东在被警方拘留后供认，他安装摄像头的目的就是满足自己的窥私欲。

这些事件层出不穷，令人发指。可是，就像前面说的，针孔摄像头的技术不断升级，安装位置也越来越隐蔽，我们又该如何防备呢？总不能一去隐私的地方，就先找一圈，看有没有针孔摄像头吧？所以，这件事情还是得政府来发力。

2020年7月16日，广州市公安局召开"飓风2020"专项行动战果发布会。其中一个战果，就是网警支队侦破的一起非法生产、销售窃听窃照专用器材专案。广州市公安局奔赴全国多个城市，共抓获涉案嫌疑人七十四名，缴获针孔摄像头、无线微型耳机以及整合了针孔摄像头的火机、皮带、手表、家用吸顶灯、衣服等违法设备一万多套。原来这么多常用的家居用品中，都可以安装针孔摄像头，真是让人不寒而栗。好在，这一起案件的侦破，从源头上避免了更多人的受害。

2021年，中央网信办会同工信部、公安部、市场监管总局深入推进摄像头偷窥

你被偷窥了吗

等黑产集中治理工作，对非法利用摄像头偷窥个人隐私画面、交易隐私视频、传授偷窥偷拍技术等侵害公民个人隐私行为进行集中治理。在治理的过程中，执法人员们惊讶地发现，在整个黑产业链中，摄像头用户的账号 ID 竟然也是一个可以流通买卖的商品。有人收购摄像头的 ID，一百五十块钱就能买到四百个 ID。还有人贩卖专门的黑产扫描工具，只要三百元，这种扫描工具就可以在一分钟内扫描几千台摄像头 ID。

买这些 ID 有什么用呢？因为现在很多人买了家用摄像头之后，都懒得设置新的密码，用的是产品初始默认的用户名和密码，所以一旦黑产交易者获取到这些摄像头 ID，就可以轻松破解密码，观看大量摄像头的实时画面。就这样，家用摄像头成了陌生人偷窥我们生活的窗口，恋人之间的亲密行为，变成了陌生人付费下载的色情片，真是让人触目惊心。

因为国家的有力处置，这种利用摄像头进行偷窥的猖獗势头得到了有效遏制，但是想要完全杜绝，还有一段艰辛的路要走。

在这里，老秦一方面呼吁有关部门对这些专用器材继续加大管理的力度，从源头上杜绝偷窥事件的发生；对于破解控制或者非法安装摄像头、出售破解软件、传授偷拍技术这些违法行为应该重拳打击，不要让原本出于照顾老人、小孩、宠物而安装的摄像头，反过来成为泄露隐私的渠道。另一方面，老秦也希望我们能有相关的立法，加大对"偷窥者"的打击力度，只有对他们进行重罚，才能以儆效尤。

说了半天针孔摄像头、专用器材什么的，并不是说只有针孔摄像头才能完成偷窥，这些专用器材也不是偷窥者的唯一工具。**大家别忘了，现在的社会，每个人身上都带着摄像头呢!**

利用手机进行偷窥的事件，也是屡见不鲜的。

说一件发生在我身边的故事。

2021 年，在安徽省合肥市地铁的扶手电梯上，一名穿着黑色衣服的小哥发现前面一名白衣男子举止有异。白衣男看起来似乎只是拿着手机站在女孩的后面，实际上却在偷拍女孩的裙底! 充满勇气和智慧的黑衣小哥立即做出了教科书式的正义之举。

他先是把自己的手机交给旁边的大姐，让大姐帮忙全程录像留证，然后自己勇敢地冲了上去，一把抓过白衣男子的手机。在发现白衣男子的手机果真正开启着录像模式之后，他一边奋力控制住不断挣扎的白衣男子，一边防止白衣男子夺回手机删除录像，同时，他呼喊了警察。地铁警察立即赶到，在检查了白衣男子的手机后，果断将其控制，依法对其行政拘留。这一段"教科书式阻止偷拍"的视频发到了网上，立即引来了广大网友的纷纷点赞，《人民日报》的微博对黑衣小哥的行为进行了表扬。而黑衣小哥则表示，这是每一位富有正义感的市民都会去做的事情。

现在是信息化、移动互联的时代，几乎每个人都拥有一部具有摄像头的手机，随时随地可以进行拍摄。因此，在公交车上、在地铁里、在人员密集的场所，经常会有心怀不轨的人，利用人群做掩护，干一些猥琐之事。女性朋友一定要有自我保护的意识，防人之心不可无。

而正如这位英勇的黑衣小哥所示范的一样，防偷窥绝对不仅仅是受害者一个人的事情，也不仅仅是政府相关部门的事情，而是全社会的事情，只有群策群力、群防群治，才能真正地让这些心怀叵测之人无处遁形。

除了针孔摄像头和手机偷拍，有的偷窥者甚至明目张胆地用眼睛直接偷窥。这种事情，经常会发生在公共厕所或者试衣间这类地方。

最有代表性的一个案例，发生在南京某高校里。

2022年，南京某高校的一名女学生去学校的公共厕所如厕的时候，偶然间发现厕所门边居然探出了半个男人的脑袋。而这惊悚的一幕，恰好被女生用手机拍摄了下来，视频发上网后，立即引发了轩然大波：这个男人，竟然还是学校的老师！事发后，学校发布公告，称涉事教师已经被停职，学校也成立了调查组进行调查。随后，南京警方也声称接到该大学学生的报警，针对警情，他们将搜集证据进行调查。我相信，等待这名猥琐教师的将是法律的惩罚，他的偷窥行为也会成为其永生无法擦除的污点，因为互联网是有记忆的。

在关注这些偷窥事件的过程中，老秦本来以为遇到这种事情，大家都会同仇敌忾，可是没想到，评论区里还总是会冒出一些三观不正的言论，比如在《地铁猥琐男偷窥邻座女性胸部》这一篇报道里，不少网友评论被偷拍的女性"穿着裸露不就是想被别人看吗""长得这么丑也就胸可以看了""有人看就不错了，再过十年谁还看你"……

这些评论真的是让人大跌眼镜，要是按照"穿着裸露就活该被偷窥"的逻辑，那你的钱被人抢了，只能怪你钱太多？你要是被人杀了，只能怪你太招人恨？你闯了一个红灯，难不成怪红灯亮得不是时候？……一起违法犯罪案件，把罪责归咎于受害者，这样的人，不是蠢就是坏。这些三观不正、为偷窥者找理由、给受害者泼脏水的人，和偷窥者一样恶劣。

在很多偷窥案件、性侵案件中，有些人就喜欢在受害人的背后指指点点，将受害者的不幸，当成八卦的谈资："就是那个女生被人侵犯过""全世界都知道这女的被偷看过了""这样的人在我们村都没人要"……这样的人，也一样可恶。

很多受害者之所以保持缄默，就是因为害怕这样的流言蜚语。

言论是一把可以杀人的刀，雪崩的时候，没有一片雪花是无辜的。

如果身边的人遭遇不幸，我希望大家不要对受害人带有偏见或歧视。受害人也不要因为遭遇了这种事，而觉得自己抬不起头来。我在微信号做直播时，一位连麦的读者说了一段让我印象深刻的话：

"这些伤害看上去无形，但其实本质和打断人的胳膊是一样的。既然断了胳膊的人可以坦坦荡荡地在大街上行走，那这些受害者一样可以在阳光下自信地绽放笑容——因为真正需要感到羞耻的是那些施害者，而不是受害者。"

她说得非常好。我想借这本书，把这段话传递给所有的读者朋友。

说了这么多，有朋友该问了，虽然我们希望偷窥的事儿越来越少，但现阶段有没有什么对付偷窥的方法？比如以后出差、旅行入住宾馆，如何检查宾馆房间有没有安装针孔摄像头呢？如果我在公共场所遭遇了偷窥，我该如何保护自己呢？别急，咱们一个一个说。

入住宾馆后，对房间进行一番检查还是很有必要的。

首先咱们得知道偷窥者安装摄像头是为了看什么，所以重点检查的地方自然是可以照射到床的地方以及浴室和卫生间。其次，咱们也得知道摄像头一般会伪装在哪里：床铺上方的烟雾报警器，电视机旁边的挂钩、插座、卡通挂件、路由器、电灯开关，等等，都有可能隐藏针孔摄像头。这些地方的摄像头有的时候通过肉眼就能发现，而有的摄像头因为隐藏得很巧妙，所以肉眼也不一定能发现。

在这种情况下，我们还有办法对付。比如手机排查法：我们把宾馆的窗帘拉上，关闭所有的灯，让房间保持黑暗的状态，然后打开手机的拍摄功能，对重点区域进行扫描排查，如果手机屏幕上能看到光斑或者红点，就说明这个地方可能藏有针孔摄像头。再比如手电排查法：因为摄像头是有镜头的，镜头是可以反光的，我们可以用手机的手电筒对所有有孔洞的地方进行照射，如果孔洞内侧反射出了光亮，则说明这里可能藏有摄像头。

除了对针孔摄像头要进行排查外，在公共场所也要防止有人用手机或者直接用肉眼进行偷窥。有了这种防偷窥的意识，就会知道在上公共厕所的时候，应该关闭好隔间的门，还要注意隔间内是否有一些可疑的或者多余的物品，比如打火机、饮料罐等。有案例提示，有一些针孔摄像头就会被藏在这些看似无关紧要的物品当中；在公交车或者地铁上就座的时候，应该注意坐姿，并且留意身边可疑的人，尽量别睡着了；在上楼梯或者上自动扶梯的时候，如有空间，尽量侧身站位（可以注意到身后位置），一手轻压裙摆……

当然，如果真的在私密场所发现了针孔摄像头，或者在公共场所遭遇了偷拍，请一定不要胆怯，要高声斥责，引起其他人的注意，并且及时报警，及时报警，及时报警。重要的事情得说三遍。

《中华人民共和国刑法》规定，非法使用窃听、窃照专用器材，造成严重后果的，处二年以下有期徒刑、拘役或管制；第三百六十四条还规定了传播淫秽物品罪，即传播淫秽的书刊、影片、音像、图片或者其他淫秽物品，情节严重的，处二年以下有期徒刑、拘役或者管制。《治安管理处罚法》第四十二条也规定了，偷窥、偷拍、窃听、散布他人隐私的，可处五日以下拘留或者五百元以下罚款；情节较重的，处五日以上十日以下拘留，可以并处五百元以下罚款。

善良的人们，应该提高警惕，拿起法律的武器去惩罚那些怀恶的人，因为这样可以让更多无辜的人不会继续被侵害。怀恶的人，请抬头看看头上悬着的法律之剑，悬崖勒马吧。

3

你可能正在主动提供隐私给偷窥者？

这并不是危言耸听。

现在大家已经习惯用社交媒体来记录生活，晒自拍、晒娃、晒生活。但这些信息可能隐藏了个人信息，如自拍照里面含有透露地址的标志性建筑、火车票信息、机票信息、车牌号，家长晒娃的照片或视频里含有生日日期、学校名称、地址定位……如果不加注意、随意发布，有可能会让别有用心的人二次利用。

下面这个故事，我都不由得捏一把汗。

你被偷窥了吗

现在很多孩子在小学、中学阶段就已经拥有了自己的手机。一位 12 岁女孩的母亲，一天闲来无事，就拿起女儿的手机随便翻了翻，居然发现手机相册里有女儿的裸体视频，女儿甚至还在视频里做了一些不堪入目的动作。母亲瞠目结舌、雷霆大怒，等女儿放学回来后，就对其进行了逼问。

一问才知道，这个品学兼优的女孩，不是真的"学坏了"，而是遭遇了网络猥亵。

这个名词大家听起来似乎有些陌生，但意思还是比较好理解的。原来，女孩一直有一个"明星梦"，有一次，她在 QQ 上聊天的时候，遇见了一个自称为某影视训练基地的副总经理"婷儿"。对网络毫不设防的女孩，为了急于实现"明星梦"，按照"婷儿"的要求，把姓名、年龄、身高、在读学校基本信息全部告诉了对方。这个"婷儿"说女孩很有潜质，适合培养发展成影视明星，不过要在网络上进行一系列的"面试"和"试镜"。

"面试"和"试镜"其实就是陷阱，但这个陷阱令女孩越陷越深。不久后，"婷儿"告诉女孩，需要她拍摄一段有诱惑表情和声音的视频。女孩拍了好几段视频，都被"婷儿"否定了，"婷儿"很不满意她的表现，要求女孩不穿衣服拍摄，动作要求也越来越淫秽。缺乏性防卫能力的女孩，虽然觉得哪里不对劲，但是为了"明星梦"，她决定"豁出去"了。

公安机关受理了母亲的报警之后，高度重视，很快侦破了此案。这个"婷儿"不是什么女副总，也和影视公司毫无关系，就是一个 40 多岁的猥琐男。他诱骗女孩录制视频的目的，就是满足他的偷窥欲和性变态心理。后来这个猥琐男以"猥亵儿童罪"被判处有期徒刑五年半，受到了法律的严惩。

现在的网络上确实有这种人，他们长时间潜伏在粉丝群、童星群里，发现哪些小女孩表现出急于出道的热情后，就会有针对性地去添加她们的个人 QQ。他们假借影视公司人员的身份，以推荐女童拍电影、出道做童星为诱饵，谎称需要做身体审核、敏感度测试、服从性测试，诱骗她们拍摄淫秽视频、裸体照片。很多受骗女孩，都是为了"明星梦"而主动配合、主动满足，甚至主动提供了自己全部隐私信息。

网络不是法外之地，躲在屏幕的后面，肆意发泄自己的情绪和欲望的人，还真是不少。但是要知道，躲在屏幕后面造谣、传谣是违法，躲在屏幕后面猥亵儿童亦是违法，甚至是犯罪。

最高人民检察院的办案指引中提道："网络环境下，以满足性刺激为目的，虽未直接与被害儿童进行身体接触，但是通过 QQ、微信等网络软件，以诱骗、强迫或者其他方法要求儿童拍摄、传送暴露身体的不雅照片、视频，行为人通过画面看到被害儿童裸体、敏感部位的，是对儿童人格尊严和心理健康的严重侵害，与实际接触儿童身体的猥亵行为具有相同的社会危害性，应当认定构成猥亵儿童罪。"

无论在什么情况下，我们随时都应该具备隐私保护的意识，也应该教会孩子隐私保护的意识，这样才能防止无意中泄露自己的隐私，才能在被胁迫或者诱惑时，保持清醒的头脑，不越陷越深，成为对方的猎物。

隐私保护的重要性，不用老秦说，大家也都知道。

这本《偷窥者》里，几名受害者因为隐私信息遭受了泄露，导致她们遭受了性侵害和非法拘禁，甚至还有人因此丧命。老秦在这里再说五个名词和五个案例，让大家再多了解一些隐私泄露而产生的恶果，希望大家能够因此提高警惕性。

一是网络绑架勒索。以我们刚才说的那个冒充影视公司骗取未成年人隐私的案例来说，如果不是警方工作得力，在第一时间就抓获了犯罪嫌疑人，那么这名犯罪嫌疑人不仅仅可以利用女童的视频来满足自己的偷窥欲，更是能以此视频来威胁，勒索更多的钱财。为什么这么说呢？2020年，一名女大学生因为无力偿还"裸贷"，选择烧炭自杀，结束了自己年轻的生命。"裸贷"属于电信网络诈骗，犯罪分子利用女大学生想要拥有奢侈品而无力购买的心理，让女大学生用"裸照"换"贷款"，最后层层加码利息，用勒索的行为获取暴利。可见，自己的隐私一旦被不法之人掌握，后患无穷。

二是网络骗色。还是以冒充影视公司骗取未成年人的案例来说，在这一起案件发生后，警方顺藤摸瓜，又抓获了一批打着"招童星"的幌子行犯罪之事的犯罪嫌疑人。其中一名犯罪嫌疑人不仅用同样的手段，骗取了一名少女的裸体视频，更是以此作为勒索，要求该少女和他开房。好在女孩没有继续糊涂下去，及时报警，这名犯罪嫌疑人也在前往宾馆的途中，被警方抓获。除此之外，还有人利用网络搞"假网恋""假相亲""假征友"的方式，骗取女孩的信任，获取女孩大量隐私信息，进而骗色。在这样的案子中，很多受害者因为害怕，不断满足对方的要求，结果落在对方手里的把柄也越来越多，其实及时报警，才是最好的止损方式。

三是网络暴力。前面说了，我们在社交网络晒的照片，一不小心就会暴露我们的隐私。在大多数情况下，隐私泄露了也就泄露了，并不一定会造成什么严重的后果，但是一旦遇上了事情，可就不好说了。

你被偷窥了吗

　　比如 2018 年，一名女医生在游泳池游泳的时候，遭到了一名 13 岁男童的冒犯，男童向女医生脸上吐口水，女医生的丈夫在了解情况后要求男童道歉，男童拒不道歉，女医生的丈夫就出手教训了这名男童。随后男童的家长和女医生夫妇发生了冲突，视频被掐头去尾发在了网上，引来了大批网民对女医生的声讨，他们通过网络"人肉"，找到了女医生全家的信息，并公开发布在网上。女医生全家都遭受了网络暴力和各种骚扰，最后女医生不堪其扰，吞服五百片安眠药而自杀离世。

　　这件事，实在是令人痛心。当然，我们今天讨论的不是网络暴力和人肉搜索的恶劣性，而是对自己的隐私的保护。平时注意保护自己的隐私，关键时刻也能保护自己，毕竟网友不都是"友"，大部分都是素未谋面、不知深浅的陌生人。

　　四是入室犯罪。一名独居的女子，家境殷实，也有很多朋友。有一次，她出国游玩的时候，发了一条朋友圈，加上了自己的具体定位。其实这是再正常不过的事情了，可是，这条信息却被一个别有用心的人利用了。此人知道女子是独居，而且很有钱，此时定位又在国外，于是就多次前往她家，盗窃了大量贵重物品。

　　说到这个故事，老秦又想到了刚刚热播的电视剧《警察荣誉》里的一个小故事，就是老板娘店铺里的监控坏了，她于是发了一条朋友圈，问谁会修理监控头，同时加上了自己店铺的定位。当她的店铺失窃后，给警方的调查带来了难度，因为她朋友圈里的所有人都有作案的嫌疑。

　　五是侵犯肖像权。有很多朋友认为，我们就是普通人，怎么会有人来侵犯我们的肖像权呢？下面这个故事就是个例子。

　　一个 3 岁孩子的妈妈，有一天突然接到了朋友的电话，朋友问她是不是给什么企业做了代言人。这位妈妈一脸莫名其妙，自己就是个普通人，怎么会去当代言人？在朋友的指引下，这位妈妈找到了一个企业广告。这个企业是做减肥药产品的，其广告图用的就是这位妈妈发在网络上的自己减肥前和减肥后的照片。实际的情况是这位妈妈在孩子断奶后，通过自己的不懈运动和节食保健，将自己的体重减了三十多斤，整个人就像是换了个人似的。原本这位妈妈只是发发朋友圈以此纪念自己的努力，却没有想到被减肥药厂家盗用。这种事情经常会在减肥药、美胸仪器、内衣、保健品等领域看到，而很多肖像权被侵犯的人都不知道自己成了免费的"广告代言人"。

　　由此可见，泄露隐私的危害还是很大的。

　　那么，我们平时在发布社交媒体信息的时候，应该注意些什么呢？

　　首先，在发布微博、朋友圈等社交媒体信息的时候，对自己的姓名、身份证号、电话、住址，等等，甚至自己的身体特征都要尽可能地保密。

老秦记得看过一则报道，一个专家声称近距离拍摄的比"V"手势照片，能还原出照片主人的手指指纹。当然，这个有点夸张，只是理论上的，毕竟要做到还原指纹是需要专业人员和专业设备的。不过对于一些我们容易疏忽的地方，要注意防范。比如，我们收到快递之后，要记得把快递单上的姓名、住址和电话等个人信息刮掉后再扔进垃圾箱，否则会被别有用心之人利用。

老秦在实际办案中，还真遇见过毫无隐私保护的意识、把自己的家门密码和银行卡密码都在直播里说出来的人。这个案例，老秦会收录在法医秦明系列小说众生卷第四季《白卷》里，感兴趣的朋友可以等出版后看看。

然后，咱们还得防备一些不明来源的 App 侵入我们的手机，获取我们的隐私信息。

比如，拒绝不明 App 访问私人数据；不接听陌生来电，不回复陌生短信、邮件；不轻易连接"免费"Wi-Fi，避免不法分子借此套用个人信息；抹除照片敏感信息再分享；到官方渠道下载应用，最大限度减少下载到不良 App 的风险，等等。这些都是很好的防范做法。

但生活里的举动万万千千，我们实在是很难做到万无一失。一旦你的隐私泄露，被不法分子利用了，该怎么办呢？还是重要的事情说三遍：及时报警，及时报警，及时报警。

在接到报警后，警方会对不法分子偷窥隐私的动机进行调查，并且依法对其进行处罚，更重要的是，警察可以保护你的安全。刚才说的那个用裸体视频要挟开房的案件，就是因为受害女孩及时报警，这才避免了自己被性侵害。如果不法分子侵犯了你的肖像权等，可能有一些情节不是警方管辖的，但是你也应该及时保存证据，及时咨询律师，是可以通过自诉来追究不法分子的责任的。

4

你或许也很讨厌偷窥者，
但你能意识到自己的偷窥行为吗？

如果说对陌生人的偷窥行为，大多数人还有防范的常识，但有一类打着爱的名义的偷窥行为，则容易被我们忽略，我们甚至成了偷窥者还不自知。

你被偷窥了吗

以爱之名的偷窥最常见于三种形式，大家也和我一起来自查吧。

第一种最常见的以爱之名的偷窥，就是父母对孩子的监控了。

老秦曾在网上看到一个孩子的帖子。

孩子说，自己的房间被父母安装上了摄像头，关键还不知道是什么时候装的，有一天在没开灯的房间里抬头，发现有一个蓝色的亮光，这才发现有摄像头。

在这篇帖子下面，有不少孩子跟帖，声称自己也遭遇了相同的情况。甚至有一名孩子跟帖说："我也是！！！发现摄像头的那一瞬间，感觉所有举动被恶鬼盯着！汗毛倒立！"

看到这则评论，老秦真的很是痛心。用"恶鬼"来形容父母，这还是正常的亲子关系吗？把孩子当成犯人一样来实时监控，这还是正常的亲子关系吗？

我这么一说，很多父母可能就不服气了。

他们认为，自己的孩子正值青春期、叛逆期，这是一个非常特殊的时期。孩子躲着家长在自己房间里打游戏、上网聊天，如果不加以严格约束，那孩子就有可能"学坏"，学习成绩就会下降，为了孩子以后有一个更好的人生，对孩子进行监控，了解孩子的一言一行，这有什么不对？我们的偷窥又不是满足私欲，又没有不法意图，我们是爱孩子，我们是为了孩子好，这有什么不对？

确实，网络上有专家认为，在孩子成长过程中，监控并不必然就是侵犯隐私，也可以成为帮助孩子成长的工具。因为未成年人的心智、自我保护能力、自我控制能力等还是不足的，需要成人的保护，也需要成人的监督，不能把它无限地放大，把所有对孩子的监督和帮助都看成是对儿童隐私的侵犯。这位专家的意思是说，只要能和孩子沟通好，说安装摄像头是为了保护孩子的安全，做好孩子的心理建设，也是可以安装的，也不能说是侵犯孩子的隐私。

有了专家的支持，家长们更加理直气壮了。

但是老秦的观点和这位专家是完全不同的。我认为在孩子的独立空间里安装监控设施是绝不可取的。不管是偷偷安装，还是告知孩子后安装，都是绝不可取的。

要知道，孩子不是父母的附属品，而是一个独立的个体。

老秦认为，和谐的家庭关系，有几个非常重要的词：信任、宽容、尊重。

在亲子关系中，只有做到了这三个词，才能真正地和孩子无障碍沟通，才能保证孩子不会走上歪路。对未成年人的管束，绝对不是压迫和控制。孩子犯了错，你可以严厉教训，但教训后更应该讲明道理。一味地用"父威母威"来压迫，企图把孩子所有的行为都控制在自己的认知范围内，有的时候会适得其反，激发孩子的逆反心理。

如果你认可这三个词的亲子关系的话，那么我们再回头看看安装监控的行为，是不是和这三个词背道而驰了？首先，安装监控的行为，就是充分表达了父母对孩子不信任的意思；其次，你随意践踏孩子的隐私，哪里还有尊重可言？最后，安装了监控，把孩子无时无刻不放在自己的眼皮子底下，哪来的宽容和理解？

是的，安装监控确实可以及时发现孩子的不良行为，并予以斥责、纠正。但是你们有没有想过，无论是偷偷安装，还是告知后安装，这会给孩子造成多大的心理影响？他们会觉得即便在自己的家中、自己的小房间里，都毫无秘密可言，脑海里每时每刻都绷紧了弦，生怕自己做错了什么，或者被误会了什么。这种心理影响有多大，我们自己设身处地一下就可以理解了，是完全有可能造成严重的心理阴影的。学习成绩也许会被提升一点，但是形成了心理阴影，孰重孰轻，父母难道分不清吗？这绝对不仅仅是侵犯隐私的问题，更是对孩子精神的摧残。

《检察日报》也刊文评论过这种行为，说这其实就是父爱与母爱的泛滥。没有人喜欢活在无时无刻的监控之下，包括家长。己所不欲，勿施于人。爱孩子、教育孩子，首先要信任孩子、尊重孩子。没有相信、没有尊重的爱，跨越了爱与教育的边界，换来的也只能是孩子对父母的不相信和不尊重。

所以，老秦觉得，我们不能成为偷窥自己孩子的偷窥者，我们应充分尊重孩子们的隐私，让他们有他们自己的空间，有自己的小秘密，这样的人生才是他们应有的人生。作为家长，只需要在大方向上把握住孩子的成长路径，让他们在正确的轨道上行进，避免他们接触不该接触的人和事，让他们理解如何做一个善良的人、努力的人，让他们有理想、有干劲，这就足够了。

比起装监控，我认为坦诚沟通，才是父母与孩子之间的相处之道。父母的双眼，应该比冷冰冰的摄像头更有温度。亲子关系出现了严重的问题，安装监控并不能解决问题，只会加剧问题的恶化。

所以，你们还觉得以爱之名来偷窥孩子的隐私是理所当然的吗？

第二种最常见的以爱之名的偷窥，就是夫妻、恋人之间的互相监控了。

先来说一个老秦亲自侦办的案件。一对大学生情侣，男孩因为家境不是很好，一直很自卑。大学毕业后，女孩要去另一个城市实习，这让男孩非常焦虑，于是他

你被偷窥了吗

以送女孩一部新手机为名，在新手机里安装了一款监控 App。这款 App 可以偷窥手机里的信息，甚至能对手机进行定位。

异地恋总是充满了变数。女孩的亲属给她介绍了一个相亲对象，两人见面后，彼此都觉得挺满意的，于是女孩和相亲对象去开了个房间。这一切，都在远在数百里之外的男孩的监控之中。男孩发现这一切后，乘坐高铁来到了女孩实习所在的城市，买了一把杀猪刀。他在宾馆门口蹲守了一夜，第二天一早，女孩和相亲对象退房出门的时候，男孩上前，二话不说，举起了手中的屠刀。女孩当场死亡，相亲对象身负重伤，男孩则被闻讯赶来的民警当场抓获。

真是一场悲剧。

有读者问我，为什么我写的这么多故事里，有很大一部分杀人案件都是因为感情纠纷而起的呢？我回答这名读者说："十命九奸。"在法医的实践工作中，因为感情纠纷、婚外情等因素而导致的命案还真是不少。爱情容易冲昏人的头脑，让人失去理智。尤其是当爱情转变为"占有欲"后，失去理智的可能性就会成倍增加。

占有欲的表现之一，就是对另一半无时无刻的窥探。

我看到过一则报道，有一种职业叫作"偷拍猎人"，还有一种职业叫作"反偷拍猎人"。顾名思义，偷拍猎人就是接受雇主的委托，在被偷拍人的家里、办公室、手机里安装偷拍、偷窥的设施和软件。而反偷拍猎人其实就是接受雇主的委托，对偷拍、偷窥设施和软件进行查找和清除。

说句实话，这两种职业的出现，真的是体现了人性的深渊。

根据反偷拍猎人的调查报告，他们接单的个人用户，大多数都涉及情感纠纷（如婚外情）。比如在一桩单子中，夫妻双方因为琐事而感情不和，在女方决意离婚后，丈夫在家里三个房间都装了针孔摄像头，就连车上也装了定位器，想通过跟踪的方法控制妻子。妻子的隐私多次被暴露后，才怀疑自己被监控了，于是找上了反偷拍猎人。

其实我们想一想，这种以爱之名的偷窥是极其危险的。

伴侣区别于一般的关系，双方之间会有秘密交换的过程，包括行踪、沟通记录、情感情绪等信息。在心理学层面上，掌握其他人的秘密，从某种意义上来说就是具有了掌控他人的手段。爱可以亲密，但不能无间。和亲子关系一样，伴侣关系也不存在谁是谁的附属品、拥有物，每个人都是独特的个体。先是有自我，再有"子女、父母、伴侣"等其他的身份。只有尊重彼此的身体、空间、个性，才能做到恰如其分的关心，而不是无处不在的控制。

然而，这种控制一旦出现，就说明伴侣关系出现了严重的问题，或者说是其中一方的心理出现了严重的问题。他们需要用监控、定位、偷窥的方式，来满足自己内心的占有欲和控制欲，想通过这种方式来实现对另一半身心的完全操纵。

这种畸形的心理一旦出现，就像给亲密关系安装了一颗定时炸弹，越是想要监控一个人的行为，就越容易将那个人推得更远。一个想捆绑，一个想解绑，矛盾就会不断激化。从刚才那个坐高铁千里迢迢来杀女友的案子，可见一斑。就像有的偷拍猎人说的那样，他们通过偷拍、偷窥，也许只是想破解秘密、还原真相，可没有想到，出现的却是不可预料的恶果。

看到这里，有朋友就问了，如果另一半对我不忠，给我戴"绿帽子"，难不成我还不能监控了？不监控我怎么有证据呢？

这就又回到"信任"的话题了。

爱情的基础，也是信任。一旦失去了信任，要我说，那就是彻彻底底地没有了爱。你心中的那份感受，就不再是爱情了，而是占有欲和控制欲。你接下来大概率会去做的事情，并不是挽留和挽救，而是摧毁。一旦夫妻、恋人关系发展到这一地步，那就真的没有维持这段关系的必要了。

和平分手，不是最好的解决办法吗？既然终究是要失去，为什么不选择一种和平、无害的分开方式呢？因为愤怒、不甘的情绪而毁灭别人的一生、毁灭自己的一生，是多么愚蠢的行为啊！

第三种最常见的以爱之名的偷窥，就是私生饭追星了。

每个人内心都有崇拜的偶像，我们会通过各种方式来表达自己对偶像的喜欢，例如关注偶像动态、为偶像的活动"打 call"、支持偶像的作品，等等。

但有些粉丝的行为却越了线，他们为了满足自己的私欲，跟踪、偷窥、偷拍明星的日常以及未公开的行程和工作，甚至会使用暴力手段骚扰自己喜欢的明星艺人。这类粉丝，被叫作私生饭。

私生饭的偷窥行为，严重干扰了明星的生活。有的明星的手机因为号码被泄露，而被骚扰电话打爆；有的明星因为航班行程被泄露，而被围堵在机场无法登机；有的明星因为私生饭蹲点而不敢出门，甚至被人撬开家门……

设身处地想一想，如果你是这些明星，你被私生饭天天骚扰、偷窥、围追堵截，会是一种什么样的感受呢？

没错，明星是公众人物，入了这行就必然生活在聚光灯下。但明星也是人，他们的个人隐私、生活信息，也应该跟普通人一样受到法律保护。那些名为私生饭、实为偷窥者的人，凭借过度曝光明星艺人的隐私，来满足自己的偷窥欲，来标榜自己的信息挖掘能力。这种病态追星的方式，是非常不可取的，也是法律所不能容忍的。

在前文里，我们说过了《刑法》和《治安管理处罚法》对这种违法犯罪的行为都明文规定应予以打击。国家互联网信息办公室发布的《网络信息内容生态治理规定》也明文规定：网络信息内容服务使用者和生产者、平台不得开展网络暴力、人肉搜索、深度伪造、流量造假、操纵账号等违法活动。

如果明星遭受了私生饭的偷窥和骚扰，应该立即拿起法律武器来保护自己，对这些违法犯罪的人予以打击。如果一味地忍让，实际上就是纵容、助长这些私生饭的气焰，就会形成恶性循环，让这种不良社会风气更加严重。所以我也想对读者朋友们说："如果你以后看到了哪位明星艺人用法律武器保护自己权益，追诉私生饭的侵权行为，你应该予以支持和鼓励，而不是轻蔑地说一句，'都这么大明星了，和一个粉丝计较什么？'"你的态度同样影响着这种不良社会风气的消长。

老秦和大家一样，都有过青春岁月，也有过心仪的偶像。追星没什么不对的，但是理智追星非常重要。不去骚扰你的偶像，不去影响你偶像的正常生活和工作，这是作为一名粉丝最起码的底线。如果你能学习偶像的工作和学习精神，努力提升自己的能力，向偶像靠拢，跟随偶像的脚步多为社会做贡献，这就是一名粉丝的最高境界了。

这篇文章，我写了整整两天，希望能给阅读这篇文章的朋友们提供一些启发。在看这篇文章之前，你或许也从来没有想过，偷窥居然离自己的生活这么近，如果我们不注意，真的有可能会主动将隐私暴露在不怀好意的人面前。

大家可以思考一下，老秦说得对不对，也可以留心老秦说的那些防偷窥的办法。

总之一句话吧，我希望大家都不要去当偷窥者！都要远离偷窥者！

万象卷结束了，去众生卷里继续领略法医工作的魅力吧！

偷窥者·特别花絮

"芹菜"好，不知道此时陪你看到最后一页的**勘查小组伴读员**是谁呢？这可是勘查小组成员第一次以伴读员的身份集体亮相呢！希望他们能陪你读完每一本法医秦明系列新书。

秦明

林涛

大宝

韩亮

陈诗羽

程子砚

本书特别附送**防偷窥贴纸**，请找到彩插中正在偷窥的"眼睛"，并用贴纸把它们逐一堵住！想知道自己是否有遗漏的话，可以在"法医秦明"公众号回复"偷窥之眼"，就能获得正确答案啦。

欢迎你在微博@法医秦明@元气社，晒出《偷窥者》图书封面、专属的Q萌伴读员、防偷窥贴纸粘贴答案！也期待你在豆瓣《偷窥者》图书评论区留下你的阅读感受，我们将不定期把全套勘查小组陪读卡（六张）送到用心的读者手中。

关于新书的更多活动资讯，敬请留意"法医秦明"公众号哦！

万象卷完结 · 特别预告

《偷窥者》典藏版是万象卷最后一季，细心的读者会发现，目前万象卷典藏版里还缺少一本小说，即万象卷的起点《尸语者》。这本法医秦明开山之作，对于老秦来说，有着无法替代的意义：

法医秦明系列的故事都是根据真实案件改编，而《尸语者》中的二十个故事全都改编于我亲自侦办的案例，这些也是我职业生涯中印象最深刻的案件。

今年是《尸语者》出版的十周年，也是法医秦明系列诞生的十周年，所以我选择在这个具有特殊意义的年份里，重新修订这本书。

本来我以为《尸语者》和前几本典藏版的修订难度是差不多的，但没想到这一修订，就花了半年之久。我呕心沥血地让《尸语者》"胖"了整整一倍，从原版的二十万字新增到典藏版的四十多万字，分上、下册出版。可以说，这本书涉及的干货，我都全盘托出了。

一方面，我尽可能地还原二十个案件更为丰富的细节；另一方面，我还补充记录了年轻时那些令人难以忘怀的生活片段：从一名懵懂无知的法医学学生，到满腔热血的新人法医，再到能够独当一面的主检法医师……希望大家能透过书中"我"的视角，去感受真实的法医成长史。

我把青春时代最珍贵的回忆记录在《尸语者》典藏版里，如果能让你感受到一些共鸣，为你提供一点参考，那就是我的荣幸了。

在法医秦明十周年的尾声中，向大家预告一个重磅好消息：这本让老秦几乎"重写"的《尸语者》典藏版，预计在2023年的春天出版，典藏版万象卷即将迎来正式的完结！届时，我们还会随书赠送森灵版法医工具手绘贴纸、"芹意满满"好运祈福卡等精美赠品。如果你已经按捺不住好奇心，可以在"法医秦明"公众号回复"尸语者典藏版"，抢先阅读精彩章节哦！